剑来

4
草长莺飞时

◎ 烽火戏诸侯 著

浙江文艺出版社
Zhejiang Literature & Art Publishing House

第一章
去 开 山

李宝瓶虽然出现了短暂的气馁,可很快就斗志昂扬,不动声色地挪开脚步,偷偷摸摸从高大女子的左手边位置绕到她身后,再走到她右手边,看看她的衣裳,瞅瞅她的大荷叶。她觉得还是好看,真是美。

听过了崔东山的骂娘和老秀才的训斥,陈平安琢磨出一些意味来,可仍是不敢置信,咽了咽口水,小声问高大女子:"这位老先生是齐先生的先生,那个什么文圣?儒家的大圣人?"

难怪这一路走得如此跌宕起伏,会遇上戴斗笠的阿良和风雪庙的陆地剑仙魏晋。当然,还有这个姓崔的。

高大女子点头笑道:"是的。"

女子真身是石拱桥底下所悬的老剑条孕育而出的剑灵,在近万年的漫长等待中,她曾经亲眼见证了最后一条真龙的陨落。那场可歌可泣的落幕之战,三教和诸子百家的大练气士联袂出手仍是死伤无数,战死之人的尸体如雨落大地,魂魄凝聚不散,连同真龙死后的气运混淆在一起,最后造就了骊珠洞天,却被她视为稚童打架。

她从头到尾都在冷眼旁观,偶尔眼前一亮,就偷偷拾取几件漂亮好看的物件,神不知鬼不觉。

她本以为自己的余生,要么就是睡觉,要么就是打着哈欠观想那些气势恢宏的远古遗址,在其中飘来荡去,比孤魂野鬼还不如,就这么一点点在光阴长河里随波逐流,等待灵气涣散殆尽的那一天。

但是在骊珠洞天破碎之际,她挑中了陈平安作为第二任主人,不是天生大剑仙坯子的宁姚,不是来历不俗的马苦玄,更不是什么谢实、曹曦这些土生土长的小镇天才。

这一切,齐静春功莫大焉。

先是那一夜,齐静春独自一人枯坐廊桥到天明,就在那块"风生水起"的匾额下边,为的就是说服她睁眼看一看泥瓶巷少年,哪怕一眼都好。

其实她的第一眼感觉,是没有感觉。

她实在是见过太多太多惊奇了。

所以她无动于衷。对她而言,骊珠洞天破碎下坠也好,天道反扑百姓遭殃也罢,对她没有任何影响。

可她确实有一点好奇,齐静春这么一个被誉为有望立教称祖的读书人,为何偏偏选中一个连书都没读过的孩子?

所以她在那天之后,多看了少年几眼,仍是没觉得如何。

后来她实在无聊,终于记起在齐静春离去之时,凭借小镇圣人的身份,以大神通捞起了骊珠洞天最近十多年光阴长河之中的"一捧水",放了廊桥底下。

于是有一天,她闲来无事,便现出真身,悬停在廊桥底下的水面上,一边梳理头发,一边观水。里面记录着那个泥瓶巷少年的点点滴滴。

有伏线千里的幕后谋划,有市井巷弄的鸡毛蒜皮,有包藏祸心的善举,有无心之举的祸事,有家长里短有悲欢离合,有伤心有诚心,有人生有人死。

她觉得挺有意思,比看一群孩子打打杀杀或者围殴一条小虫有意思多了。

比如屁大一个孩子,背着差不多有他半人高的背篓,说是要上山采药,结果还没上山就哭得那叫一个惊天动地;又比如孩子站在小板凳上,手拿锅铲碎碎念:"今晚一定要烧一顿好吃的,不咸不淡刚刚好。"

还比如那个跑着离开糖葫芦摊的孩子,一边跑一边流口水,只能努力想象着小时候尝过的滋味;最后比如那个孩子为了活下去,大中午都在溪水深处钓鱼,全然不知神仙难钓中午鱼的道理,晒得比黑炭还黑。

剑灵知道这些皆是苦难,但是她又从来不觉得这是什么难熬的苦难。

因为剑灵曾经跟随她的主人征战四方,尸山血海。那些满地神祇的残骸能够堆积成山;那些大妖的妖丹能够一次性穿成糖葫芦,吃起来嘎嘣脆;那些化外天魔的身影遮天蔽日,一剑摧破。

所以齐静春再次找到她后,她仍是不愿点头。这么会说道理的圣贤齐静春无计可施,只得收回了那一捧光阴水,在廊桥上轻轻倒入龙须溪。那些画面缓缓流淌,从为了送信身形匆匆的少年陈平安,回到在神仙坟里祈求娘亲身体平安的孩子陈平安。

齐静春不再尝试说服剑灵,开始走向廊桥一端。恰恰是他大失所望的最后关头,有一句无心之语总算略微打动了铁石心肠的剑灵："我们都对这个世界很失望啊。"

剑灵不动声色,那捧水即将全部融入溪水,最后一幕是孩子在泥瓶巷与父亲告别:"爹,我五虚岁了,是大人啦!"

剑灵望向那个背影,说道:"让他走一趟廊桥,如果他能够坚持前行,我可以考虑。"

齐静春震惊转头,随即开怀大笑,使劲点头:"我相信陈平安,请你相信齐静春!"

他大步走下廊桥台阶,两只大袖子晃得厉害,仿佛里头装满了他的少年时光。

剑灵被陈平安一句问话打断思绪。

他小心翼翼问道:"既然是齐先生的老师,那我们能不能不打?"

剑灵松开手中的雪白荷叶,它先是飘向高空,然后一瞬间变得巨大,足足撑起了方圆十里的广阔天幕。她摇头道:"为了齐先生,你必须要打这一架。"

陈平安挠头道:"虽然不知道为什么,但既然跟齐先生有关,你又这么说了,我相信你……"他停顿片刻,眼神坚毅,凝视着高大女子,咧嘴笑,"打就打!"

高大女子会心一笑,转移视线,望向那个还在拖延的老头子。为了解开绑缚卷轴的那个绳结就花了大半天工夫,他这会儿还在嘀嘀咕咕呢:"我曾经只知道躲在书斋里做学问,错过了很多。走出功德林后,就想要尝试一下以前不敢想象的生活,比如痛快喝酒、跟人粗脖子吵架、吃辛辣的食物、光膀子下水游泳……就这么一路走过了很多地方,见识过很多名山大川……"

高大女子打趣道:"文圣老爷,还没完呢?脖子横竖挨一刀,嗯,是一剑,你这么拖着毫无意义。"

老秀才悻悻然道:"我这不是等着你们俩改变主意嘛。"

高大女子眯眼冷声道:"老家伙,别得了便宜还卖乖!"

老秀才呵呵一笑:"老家伙?"

高大女子笑容愈发温柔:"我记下了。"

老秀才话中是破罐子破摔的意思:"打就打,谁怕谁?真以为我打架不行啊,那只是相对于我吵架的本事而言。"

老秀才总算解开绳结,手腕一抖,那幅画卷啪一声横向铺展开来,斜斜坠向地面,瞬间铺满了水井四周的地面。陈平安想要挪步,被高大女子按住肩膀,让他不用动。

胆大包天的李宝瓶干脆就蹲在地上仔细观摩起来,不忘伸手这里戳戳那里点点。

站在老秀才身后的崔东山,此时正帮他捧着行囊。

老秀才轻喝道:"收!"

李宝瓶蓦然惊醒——铺在地上的画卷没了!而且小师叔和那个脾气不太好的女鬼姐姐,以及先生的先生,她该称呼为师祖的老秀才,一起消失不见。

她抬起头望去,那幅画恢复成了一支卷轴,安安静静悬停在空中。

崔东山对此并不觉奇怪，站在原地乖乖捧着行囊，一脸愤懑。

李宝瓶猛然站起身，高高举起那方印章，大声问道："姓崔的，我小师叔呢？你不说我拍你啊！我出手揍人从来没轻没重的，不小心拍死你我不负责的啊！"

崔东山看了眼小姑娘，脸色漠然，点头道："你拍死我算了。"

挑衅是吧？李宝瓶愣了愣，然后大怒，二话不说就一阵撒腿飞奔，绕过画卷后，一个身形敏捷的跳跃，手中印章啪一声重重砸在崔东山脑门上。

崔东山满脸匪夷所思，眼神痴痴，伸手摸了摸更加红肿的额头，突然就丢了行囊，蹲在地上，抱头喊道："这日子没法过了，谁都能欺负老子啊！"

李宝瓶没来由有些愧疚，握住印章的手绕到身后，将作案工具悄悄藏了起来，然后就开始去研究那画轴，希望能够把小师叔找出来。

陈平安环顾四周，有点类似当初被剑灵第一次扯入"水底"之时，四周皆是茫茫虚无，因此衬托得某些"实物"格外"实在"。比如眼前远方有一堵高墙，不管陈平安怎么伸长脖子，都看不到墙壁的尽头。

站在他身边的高大女子伸手握住那把被金色丝结缩在一起的青丝，笑道："这既是在山河卷里，也是在文圣的意识之中。说起来比较复杂麻烦，你只要知道在这里出剑，你我都可以没有后顾之忧就行了。这也是我为什么要答应老头子的一个原因，要不然当时就在河畔大崖上开打了。"她另外一只手突然按住陈平安的肩头，"现在这里太近了，所以你看不到真身面貌，我带你后退一些，先退个八百里好了。"

陈平安感觉整个人都在风驰电掣，倒退出去不知道多远。最终站定后，少年顾不得身体的不适和气府的沸腾，张大嘴巴，望向"那座山"。八百里之外遥遥远望的一座山，还能如此巨大？披云山跟它比起来，应该就像是一个小小的土堆？

高大女子脸色肃穆："还有一个更重要的原因，就是文圣答应在这里打架的话，可以给你一点额外的待遇。"

陈平安已经被震惊得无以复加，有些口干舌燥："啥？"

高大女子凝视着少年的那双眼眸："在这里，你出剑之时，会拥有类似十境练气士的修为。当然，这是假象，但却是极其真实的假象。我希望你置身其中后，能够仔细体会，这对你将来的修行……没什么用处。"她被自己逗乐了，忍俊不禁，"好吧，我只是想要让你知道一件事，就是别光顾着练拳，尤其老是觉得练拳就是为了活命，那也太没出息了，志向怎么可能只有这么点大？你想啊，你是谁？"

陈平安呆呆回答："陈平安？"

答非所问就算了，关键是，你不是陈平安还能是别人？

高大女子弯下腰，揉了揉少年的脑袋："除了是陈平安，还是我的主人啊。"

陈平安有些难为情。

大山之巅,老秀才愤愤道:"好嘛,之前着急得很,现在不急啦?"

高大女子深吸一口气,指了指那座山岳:"那是中土神洲最大的一座山。"

陈平安点点头。

高大女子望向远方山岳,眼神炙热:"那么如果山岳挡住你的大道,你该怎么做?"

陈平安轻声道:"爬过去。"

高大女子嘴角翘起,并不恼火,又问道:"但是当你手中有剑呢?"

陈平安想起自己手持柴刀开路的场景,问道:"开山而行?"

高大女子大笑道:"对!"她大踏步向前,站在陈平安面前,伸出并拢的手指,在身前由左到右缓缓抹过。

一点极小极小的光亮在最左边骤然爆开,如日当空,一直蔓延向右边。

刺眼至极的光亮每多绽放一寸,高大女子的身影就黯淡消逝一分。

最终,陈平安看到前方悬停着一把无鞘长剑,像是等人握剑已经等了千万年。

光线已经散去,陈平安缓缓前行,握住了长剑的剑柄。

一瞬间,他只觉得天翻地覆,所有气府窍穴都在震动,身体四周气流紊乱,吹拂得他几乎睁不开眼睛。

陈平安闭上眼睛,心有灵犀道:"同行!"

长剑疯狂颤鸣,如秋蝉在最高枝头对天地放声!

老秀才站在山顶一块巨石上,山风吹拂,双袖飘荡,猎猎作响。

此时迎风高立的白发老人,哪里还有半点寒酸气?

老秀才望向八百里开外骤然亮起的那一点光芒,哪怕隔着这么远的距离,仍是感到有些刺眼。老秀才微微点头道:"这么多年过去了,虽然剑锋比起传闻中要钝了许多,但是内里蕴含的锐气衰减得不算多。厉害,真是厉害,悠悠然万年时光,沧海桑田,还能够拥有如此分量的精气神。但是……"他很快就笑了,"我会凭借此山让你们知难而退的。打架这种事情,终究是能少打就少打,伤和气嘛。"

老秀才脚下的这座被他观想入画的山岳,名头大到不能再大。

九大洲里版图最广的中土神洲,有大岳名为穗山,山势磅礴,可谓拔地通天。山巅有至圣先师手书碑文"天下独尊",有礼圣崖刻"五岳之祖",有道祖座下首徒留下的"罡风徐来",有兵家圣人以手指刻就的"唯我武当"四字。仅是各大洲历朝历代的帝王来此封禅告天的祭文石刻就多达一百八十余块,草篆隶楷皆有,这些充满玄机的文字和崖壁一直从穗山之巅的登天台往下延伸到半山腰,名胜古迹几乎随处可见。

老秀才眺望那抹璀璨剑光,有些讶异。先前第一次出现在老井口,看到过陈平安的握剑手势,实在是不堪入目,连他这么对武学不讲究的人都看不下去。但是这一刻,看到少年横剑在身前的握剑姿态,他只有一个感觉——稳。

少年握剑的手很稳,心很静、很定,所以整个人的神魂意气更稳。

高大女子将所有剑意灌注入"老剑条"之后,下一刻,以更加虚无缥缈的身姿和玄之又玄的气象直接出现在了陈平安的心湖之上,金眸,赤足。

当她脚尖轻轻点在湖面上,泛起阵阵涟漪时,少年心头就响起了一阵心声:"不用着急出手,先适应十境练气士的感觉。

"所谓的剑术招式,不过是那么几种,变不出太多花样来。这就是后世江湖与山上仙家的区别所在。练气士练气,养炼合一,孕育出来的剑意有千千万,有深有浅,有高有低。若别人是水井溪涧,你是那湖泽江河,自然胜别人千倍百倍。

"剑气长短则取决于体魄气府的开拓境况。气府洞开越多,潜力挖掘得越深,别人只有一块下等福地,你却拥有了全部的洞天福地,两者之差,天壤之别!经脉如道路,别人是独木桥羊肠路,你坚韧宽阔是那通天大道,别人如何能够跟你争胜?"

高大女子环顾四周,看到少年那些心境景象后,满脸笑容,轻声道:"听懂了吗?"

陈平安正在艰难适应十境修为的感觉,加上身体四周气流紊乱至极,连眼睛都睁不开,更别提开口说话了,好在高大女子说只需要心中默念就行。

陈平安老老实实告诉她:"听得懂,但是不知道如何去做。"

她竟是半点也不意外,哈哈大笑起来。

陈平安不明就里,继续去竭力适应十境练气士的自己。

那种古怪感觉,说不清道不明。就像饥肠辘辘之人突然肚子里填满了大鱼大肉,半点缝隙都没有留下,所有气府都被撑开了。

那股原本仿佛是一条游走火龙的本元气机一下子从针线摇身一变,成长为体形夸张的泥鳅大小,在全身经脉迅猛游弋,横冲直撞,畅通无阻,中途不断裹挟各座气府窍穴的气机,滚雪球一般,那架势,感觉不变成一条名副其实的蛟龙就不罢休。

体内澄澈如琉璃,躯干经络伸展舒张如金枝玉叶。

真气无垢,返璞归真,长视久生。

一个个林守一曾经提及过的说法依次浮现在陈平安心头。

少年心湖之上,高大女子轻声道:"还差一点意思。剑修到底不是寻常的练气士。"

她仰起头望向远方,透过这座陈平安的丹室心境直接望向了那座山巅的巨石,笑问道:"你说呢?要不然你厚着脸皮搬出这座穗山来御敌,未免太过胜之不武。"

"要你们输得心服口服便是。"

老秀才心领神会,爽朗大笑,稍作犹豫,微微收敛视线,眼光在整座山岳上游移,最后视线凝聚在一座崖壁之上。上边有远古剑仙以充沛剑气写就的一幅奇怪"字帖",正是在中土神洲引来无数剑修观摩,甚至不惜在崖下筑庐感悟剑道的"飞剑帖"。

"拿去便是,能拿多少就看你的本事。左小子当初与你一般,尚未正式学剑,无意间登山看崖观字,这一看,便拿住了六个字。习剑的天赋资质如何,立竿见影。剑修之中,天才辈出,可天才也分大小,五字必成陆地剑仙。陈平安,且看你根骨如何!"

只见老秀才一挥袖,山崖石壁上的七个古朴大字飞出崖壁,掠向八百里外,转瞬即至陈平安身边。已经变成巴掌大小的古篆金光绚烂,熠熠生辉,一个个字围绕在陈平安四周飞快旋转。只是到最后,竟是没有一个字愿靠近陈平安,两者之间的距离越拉越远,终于干脆掉头飞掠返回。

老秀才看到这一幕后,既尴尬又愧疚,喃喃道:"弄巧成拙了。小平安,对不住啊,我哪里想到这些字如此不给面子……"

踩在陈平安心湖上的高大女子冷哼一声。老秀才讪笑道:"棘手,真棘手,这可如何是好?无妨无妨,我再换一个更省心省力的法子便是,难不倒我的。我与穗山山神那可是老交情了,他有什么家底,我最是清楚不过了。实在不行,我就……"

"那七个字看不上我,我不奇怪。"就在此时,陈平安眼眸睁开一条缝隙,不再以心声与高大女子对话,而是直接说出了口,"而且其实我也不想要它们,真的!"

高大女子心头一震。少年加重力道,握住手中长剑,缓缓道:"我练拳的时候一直有种感觉,就是练到最后,出拳会很快,甚至觉得是最快。现在有你在我身边,我觉得足够了,根本不需要什么字。接下来这一剑会很快! 相信我,一定会很快!"

高大女子点点头。

老秀才亦是愣了愣,啧啧道:"这口气,真像小齐少年时候。"

他眼中有笑意,却故意扯开嗓子冷哼道:"我倒要看看,这一剑能够让你小子的十境修为发挥出十一境还是十二境的实力! 陈平安,可别拖后腿啊,别到最后只展露出七八境的实力。来来来,这一剑再不递出来,黄花菜都要凉啦!"

老秀才调侃完后便盘腿而坐,呢喃道:"诗家有言:'十年磨一剑,霜刃未曾试。今日把示君,谁有不平事。'可天下有这么多不平事,剑却只有一把啊。"

他哂然一笑,不再有这些伤春悲秋的情绪,幸灾乐祸道:"再说了,别人是十年磨一剑,陈平安你手里那把剑啊,得有一万年喽。"

陈平安几乎和高大女子一起沉声道:"走!"

他开始向前狂奔,竟是拖剑而走。

将这一切收入眼底的老秀才只是笑着摇头。

少年高高跃起,一剑劈砍而下。

万籁俱寂。没有照耀天地的惊人剑光,没有气贯长虹的剑气。

但是这一瞬间,山巅巨石上,原本坐北朝南的老人侧过身而坐。

心湖水面上，高大女子突然就那么坠入湖底，闭上眼睛缓缓道："一万年了。"

与此同时，秋芦客栈水井边，一直在研究画轴的李宝瓶突然瞪大眼睛，惊讶喊道："画轴怎么突然多出一条裂缝啦？"

一直坐在地上发呆的崔东山斜瞥一眼小姑娘和画轴，没好气道："就算天塌下来，这幅画卷也不会有丝毫折损。知道什么叫天塌下来吗？中土神洲曾经有个无名氏，一剑就将天河捅穿了，直接将黄河洞天的无穷水流引下来，远远看去，就像天幕破开一个大洞，水哗哗往下掉，这才造就出了天下十景之二的'黄河之水天上来'，以及位于彩云间的白帝城。白帝城的城主那可了不得，是少数几个胆敢以魔教道统自居的枭雄，风流得很。我曾经有幸与之手谈，就在白帝城外的彩云河之中，被誉为彩云十局。我输多胜少，不过虽败犹荣，毕竟那杆写有'奉饶天下棋先'的旗帜已经在白帝城城头树立六百多年了，有资格跟城主对弈的棋手，屈指可数……"

李宝瓶不爱听这些有的没的，气恼道："你说这么多显摆什么呢，我说画轴破了就是破了！如果我赢了，让我用印章在你脑门上再盖个章。敢不敢赌？"

赌博？崔东山立即来了兴致，颓丧神色一扫而空，猛然站起身，拍了拍屁股，笑问道："我赢了如何？"

李宝瓶大方道："你要是赢了，如果小师叔从画卷里出来还是要坚持杀你，那我回头帮你收尸！你说吧，要葬在什么地方？我家小镇神仙坟那边如何？我经常去，那里路比较熟，能省去我许多麻烦……"

崔东山龇牙咧嘴，伸手道："打住打住。如果我赢了，你帮我说服陈平安，不但不可以杀我，还要收我做弟子。"

之前离开老井的瞬间，他被齐静春的"静心得意"印重重砸中额头，彻底打散了这副皮囊最后的"一点浩然气"，从五境修士真真正正跌落为凡夫俗子。果然如齐静春当初在小镇袁氏老宅所说，一旦不知悔改，自有手段让他崔瀺吃苦头。

但是东宝瓶洲大势如此，大骊南下，箭在弦上，不得不发，况且崔瀺自身所走的大道没有回头路，容不得退缩半步，因此哪怕当时就确定齐静春留有后手，崔瀺还是该如何做就如何做，至多就是行事说话更加小心一些。

但是不管如何，少年崔东山也好，身在京城的国师崔瀺也罢，不管如何性情奸诈、嗜血成性、城府厚黑，愿赌服输这点气量，他从来不缺。这一点，从拜师入门的求学生涯开始，到沦落为一个小小东宝瓶洲北方蛮夷的国师，他没有改变过。

李宝瓶摇头道："哪怕我是必赢的，也不会答应你这种事情。"

崔东山眨眨眼："这种买卖都不做，以后怎么成为山崖书院的小夫子、女先生？"

李宝瓶一脸鄙夷地看着这个昔年的"师伯"，扬起手臂，晃了晃手里那方莹白印章："怕不怕？"

崔东山呵呵笑道:"山野长大的小丫头片子,我不跟你一般见识。"

李宝瓶缓缓收回手臂,朝印章篆文轻轻呵了一口气。

崔东山咽了咽唾沫:"李宝瓶,别这样,有话好好说。大家都是儒家门生,君子动口不动手,我们可是有同门之谊的。再说了,你就不怕你小师叔看你这么骄横,半点没有大家闺秀的贤淑雅静,以后不喜欢你?"

李宝瓶开心笑道:"小师叔会不喜欢我?天底下小师叔最喜欢的人就是我了!"

崔东山叹了口气:"可是总有一天,你的小师叔会有最喜欢的姑娘的。"

李宝瓶毫不犹豫道:"那就第二喜欢我呗,还是很值得高兴的事情啊。"

崔东山一脸看神仙鬼怪的表情:"这也行?"

李宝瓶突然露出一模一样的表情,望向崔东山身后。崔东山转过头去,以为是出了什么意外,当下他这副身躯可经不起半点折腾了。但是一瞬间,崔东山就心知不妙——身后空无一物,并无异样。等他恼火地转过头,一方印章以迅雷不及掩耳之势拍在了他额头,打得他当场后仰倒去。

倒地过程中,崔东山悲愤欲绝——这是第三次了!他怒道:"李宝瓶,你再敢拿印章偷袭我,打一次,你就要从第二喜欢掉到第三,以此类推,你自己掂量着办!我崔瀺好歹当过儒家圣人,说话怎么都该剩下点分量,勿谓言之不预!"

这些当然是色厉内荏的骗人话,儒家圣人确实有口含天宪的神通,可对于所传承文脉文运的要求,以及自身浩然气的温养,极为苛刻。

如今崔东山除了那个方寸物里头储藏的身外物,以及一副金枝玉叶的皮囊,就两手空空了。雪上加霜的是,方寸物就像是天地间最狭小的洞天,对于练气士的境界是有要求的,哪怕是神意与方寸物相通的主人。崔东山身上的那个,就需要本人最低有五境修为,至于其他人要强行破开的话,则需要十境,比如兵家剑修之流。至于十一境修士,打开就容易了。道理很简单,方寸物是自己家,但是家门上了锁,一样需要开锁进门,五境修为就是主人手里的那把钥匙。

如果是盗匪毛贼想要破门而入,不是做不到,但是难度很大。

当下的崔东山体魄极为孱弱,神魂身躯都是如此,连寻常的文弱少年都不如,将来如果调理得当,才有可能恢复正常人的气力。至于修行一事,就真要听天由命了,得靠大机缘和大福运。但是崔东山觉得以自己这一路的遭遇来看,能活着当上陈平安的徒弟,就已经很是心满意足了。

十二境的儒家圣人跌到十境修士,再跌到五境,最后跌到不能再跌的凡夫俗子。

崔东山觉得自己的人生真是大起大落落落落。

还敢威胁我?这家伙不记打啊,连李槐都不如。李宝瓶气得飞奔过去,蹲下身后,对着崔东山的脑袋就是一顿迅猛盖章。

雷厉风行,疾风骤雨,让人措手不及啊。

就连崔东山这般心性坚韧的人物,在这一刻都觉得生无可恋。

毕竟对手只是一个小姑娘,而不是老头子、齐静春这些家伙啊。

山河画卷之中,抡起手臂一剑劈砍下去的少年,落地的时候就失去了意识,被恢复真身的高大女子抱在怀中。她小心扶着陈平安一起席地而坐,双手轻轻搂住身形消瘦的少年,因为金丝结绾住的青丝垂在胸前,遮挡住了少年的脸庞,她便伸手把青丝甩到背后,低头凝视着脸庞黝黑的陈平安。突然,她又抬起头,神色有些讶异。

属于一方圣人禁制境界的画卷内,出现了一道极其高大的金色身影,屹立于穗山之巅,像是在跟老秀才对话。便是见惯了天大地大的女子也觉得这名不速之客委实不容小觑。老秀才大概是不愿意对话泄露,隔绝了感应。她对此不以为意,重新低头,看着酣睡的少年,微笑道:"若是以后成了练气士,皮肤白回来,其实也是翩翩少年郎,虽算不得俊美,可一个'端正灵秀'是跑不掉的。"

大岳山顶。原本高达千丈法相的金色神人落在山顶后便缩为一丈高的魁梧男子,身披一副威严庄重的金色甲胄,金甲表面篆刻有不计其数的符箓,有些是早已失传的古老符文,散发出质朴荒凉的气息,不知道传承了几千几万年;有些虽历经千年依旧崭新如昨日,散发出神圣的光芒。一个个符箓镶嵌于甲胄之中,字里行间像是一条条金色的河流,那些文字则如同一座座金色的山岳。

老秀才有些理亏,缩着脖子,故意左右张望。

男子面部覆甲,嗓音沉闷道:"自我担任穗山正神以来,已经满六千年整,这是第一次有人胆敢仗剑挑衅我穗山。秀才,你就没有什么要解释的?"

老秀才一脸茫然:"说啥咧?"

对于老秀才的脾性,穗山山神知根知底,懒得多说什么,转头望向陈平安那边,皱了皱眉头:"她身上的气息很有渊源,是何方神圣? 就是她亲自出手劈砍穗山?"

老秀才小声道:"我劝你别惹她,这个老姑娘的脾气不太好。"

穗山山神淡然道:"我脾气就好?"

老秀才翻白眼道:"对对对,你们脾气都不好,就我脾气好,行了吧? 你们啊,一个个就喜欢跟讲道理的人不讲道理。气死老子了!"

穗山山神不知想起什么,原本剑拔弩张的气氛顿时烟消云散。

老秀才叹了口气:"这件事情的经过我就不说了,反正跟小齐有关系,你就高抬贵手一回?"

穗山山神默不作声。

老秀才笑哈哈道:"就当你默认了。唉,你这家伙啥都不错,就是脸皮子薄了点,喜欢端架子。你说咱俩什么交情？当年咱们可是一起去偷窥过那位山神娘娘的真容的。没想到她当时正在沐浴更衣，是我仗义，独力承担那位娘娘的滔天怒火，跟她讲了三天三夜的圣贤道理，最终以理服人，好不容易才让她既往不咎，要不然，你这张老脸往哪里搁哟……"

穗山山神闷闷道："闭嘴！"

老秀才知道事情成了，不再得寸进尺。穗山山神的规矩，说是金科玉律都不过分，能够让这傻大个睁一只眼闭一只眼，老秀才觉得自己还是很厉害的，人便有些飘，指向远处："对了，瞧见没，那个少年是小齐帮我收的关门弟子，你觉得如何？是不是很不错？哈哈，我反正是喜欢的，性子像极了我当年，喜欢跟人讲道理，实在讲不通再动手，动手的风范又像当年的小齐。啧啧，你身上有没有酒？"

穗山山神审视的视线在少年身上一扫而过："不是齐静春疯了，就是你瞎了。"

老秀才不生气，乐呵呵道："读书人的事情，你们大老粗懂个屁。"

穗山山神应该算是浩然天下地位最高、势力最大的五岳正神，只不过实力越强，并不意味着越能够顺心如意。因为越是他们这类战力卓绝、地位超然的神灵，在浩然天下遭受的规矩约束往往就越大。老秀才曾经有一段时间，在神像被摆入文庙之前，就负责盯着包括穗山在内的五座大山岳，这既可以说是清水衙门里的冷板凳，有些时候也可以说是了不得的壮举。

比如老秀才最著名的三次出手之一，就是以本命字将一整座中土神洲大型五岳镇压得大半陷入地下。那位靠山极大的五岳正神当场金身粉碎，道祖二徒为此大为震怒，差点就要破开天幕，从天外天硬闯浩然天下。

当时还不算太老的秀才非但没有躲回儒家学宫，反而单枪匹马直奔天上，在两天交界处跟气势汹汹的道祖二徒当面对峙，伸长脖子说："来来来，往这里砍。"

那一趟天上之行，他混不咎得很。

就这也能算好脾气？真要是好脾气的先生，能教出齐静春、姓左的、崔瀺这样的学生？一个有可能立教称祖，一个离经叛道，一个欺师灭祖。

穗山山神突然问道："为了一个必死无疑的齐静春，违背誓言离开功德林，连大道根本都不要了，图什么？"

贤人违规，君子悖理，各有各的惨淡结局。在儒家道统内，自会有圣人夫子按照规矩教训。但是圣人违心，下场最凄惨。

老秀才为了一个必死无疑的齐静春，也真是名副其实地拼去了一条老命。

几乎无人能够理解。明知大局已定，再去作意气之争，毫无意义。

所以这尊金甲神人哪怕见惯了山河变色，仍是觉得匪夷所思。

老秀才摸了摸脑袋，顺了顺头发，微笑道："我曾经有一问，让齐静春去答。既然齐静春给出他的答案了，我这个当老师的，当然不能连弟子都不如。"

穗山山神冷笑道："少跟我来这些云遮雾绕的。青出于蓝而胜于蓝，这句话不就是你说的吗？既然弟子不必不如师，你这套说辞讲不通。"

老秀才伸手点了点他："你啊，死读书。尽信书不如无书，晓得不？"

穗山山神气笑道："懒得跟你废话。走了，自己保重吧。"他犹豫了一下，"实在不行，就来穗山。"

老秀才摆手道："穗山那地儿，拉个屎都像是在亵渎圣贤，我才不去。再说了，如今我确实是失去了证道契机，没了先前的能耐，可要说谁想对付我，嘿嘿，只管放马过来。可惜喽，如果我当年就有这份际遇，遇上那个牛鼻子老二的时候，非要抱住他的大腿砍我脑袋，不砍我还不让他走了，哪里会事后吓得两腿打摆子。"

穗山山神摇摇头，是真的没了说话的兴致。他可不愿意跟这个读书人唠叨陈年旧事，反正自打认识老秀才，感觉次次遇见这家伙都必然扫兴，可次次扫兴过后，又难免期待下一次相逢。奇了怪哉。

老秀才突然喊道："先别走先别走，有事相求。芝麻绿豆大小的事儿，你别怕。"

穗山山神二话不说，一道金光拔地而起，就要离开这处地界。

但是下一刻，他就现出原形，悬停在空中。

原来老秀才死皮赖脸地伸手拽住了他的脚踝，跟着他一起悬挂在空中。他只得重新落地，看着站在一旁笑嘻嘻拍手的老秀才，恼火道："有辱斯文！有屁快放！"

老秀才搓了搓手："我这不是刚收了个关门弟子嘛，给人家的第一印象估计不太好，就想着弥补弥补，给个见面礼什么的，毕竟很快就要道别了，实在是没机会教他读书，我这心里愧疚啊。"

穗山山神嗤笑道："帮你准备一份见面礼？可以啊，这简单，我穗山有那把失去剑灵的镇嶽剑，要不要送给你弟子？够不够分量？"

老秀才一脸毫无诚意的羞赧神色："这怎么行？礼物太重了，我哪里好意思收……当然，话说回来，好歹是你这个当长辈的一份心意，你要是强塞给我的话，我可以让陈平安过个一百年再去取，说不定到时候就提得起来……"

穗山山神深吸一口气，熟悉他的人都知道，这是出手的前兆了。

老秀才立即一本正经道："拔苗助长怎么行，你这个人真是的，有心就好了，就不晓得欲速则不达的道理？我这个小弟子是要负笈仗剑游学的，你随便给一块无主的剑胚就行了，要求就一点，拿来就能用的那种，可别是什么十境修士才有资格碰的。咋样？你这个当长辈的，意思意思？"

穗山山神讥笑道："我要是不给，你是不是就不让我走了？"

老秀才默默挪动脚步靠近他，握住他的手臂，正气凛然道："怎么可能，我是那种人吗?"

穗山山神无奈摇头:"为了这些个弟子,你真是命也不要了,脸皮也不要了。行行行,我拿我拿!"他手腕一抖,一颗拳头大小、银块模样的东西就悬浮在了两人身前。

老秀才脸色凝重起来,没有急于接手,问道:"你这趟前来,是不是有所图谋?要不然这东西怎么可能随随便便就带在身上?虽然不是什么夸张的宝贝,可对你而言意义非凡,你要是不说清楚,我是不会收下的。"

穗山山神双臂环胸,望向南边:"你以为我是怎么循着蛛丝马迹追过来的?"

老秀才皱眉:"不是你道行高,又与穗山气运相连,我这边动静稍微大了点,露出了破绽,才让你有机可乘?"

穗山山神转过头,问道:"你是真不知道,还是装糊涂?"

老秀才疑惑道:"你这大老粗什么时候开始学会卖关子了?我这儿的假象穗山虽说被人一剑劈开了,可对你那边又不会有什么实质性影响。"

性情刚猛的穗山山神终于忍不住破口大骂道:"他娘的!那一剑直接劈砍到老子的穗山去了!你现在跟我装什么事情都没有发生?虽然在外人看来那一剑出现的时候已经是强弩之末,可是老子穗山的护山大阵何等森严,全天下有几人能够只凭一剑就闯入大阵之内?现在整个中土神洲都在议论纷纷,猜测是不是你所谓的牛鼻子老二那边在暗示什么,或是剑气长城那几个老不死的来讨要公道了。"

老秀才目瞪口呆:"这么猛?"

这句话,给穗山山神的伤口上又撒了一把盐。

"滚蛋!"他气得一臂横扫,直接将老秀才的"身躯"给砸飞出去数百里,狠狠跌落在穗山后山的江水之中。

他冷哼一声,一掌拍中那颗不起眼的银块,掠向老秀才落水的地方。之后,一道粗如山峰的金光轰然冲开山河画卷的天幕,返回位于中土神洲的穗山。

穗山后山的江河里,老秀才一路优哉游哉狗刨回岸上,肩膀一抖,原本浸透的儒衫瞬间干燥清爽。他摊开手心,看着那块银锭,愁眉苦脸道:"烫手啊。"

机缘一事,先生给学生也好,师父给徒弟也罢,讲究一个循序渐进,从来不是给得越人越好,而是刚好让人拿得住、扛得起、吃得下为佳。

要不然,那些个山上仙家的千年豪阀,积攒了那么多雄厚家底,代代相传,开枝散叶,今天这个儿子刚刚成为练气士就丢给他一件锋芒无匹的神兵利器,明天那个孙子根骨不错就送他一件动辄断山屠城的法器,如此一来,早就要嗷嗷造反了,凭什么浩然天下都要听你们这些学宫书院维护的规矩?

再者,因果纠缠最烦人。所以老秀才当时才会偷偷收走那根玉簪子。

事实上,阿良只是没有看出它的真正门道。老秀才将其交给齐静春,自然大有深意,为的就是应付最坏的结果,一旦齐静春真的有一天八面树敌了,好歹能有一个安身之地。只可惜齐静春到最后都选择不用它,除了不希望牵扯到功德林的恩师之外,恐怕亦是保护陈平安的后手之一了。

逼得老秀才必须亲自跑一趟东宝瓶洲,见一见齐静春帮他收取的小师弟。

而那个时候,他齐静春已经死了,哪怕自己先生千里迢迢赶来,对这个闭门弟子不满意,可看在他齐静春的面子上,以老秀才的性子,多半是捏着鼻子都会认下的,以后若是陈平安当真有跨不过的坎,老秀才即便自囚于功德林,捎一两句话出去还是可以的。

但是齐静春算错了一点,就是没有料到自家先生这么快就离开了功德林——

正是为了他。一如他为了陈平安。

恐怕这才是真正的同道中人和一脉相承。

老秀才一步跨出就来到了山顶,感慨道:"小齐啊,护短这件事,你可比先生强太了。嗯,陈平安这个关门弟子,先生我很满意。我也是在功德林才想通一件事,我正是欠缺这么一个学生啊……"他蓦然瞪大眼睛,"人呢?"

老秀才急得直跺脚,突然又安静下来,一脸坏笑道:"哎呀,真是的,我这个弟子岁数还小。哦哦,好像已经十四五岁了,不小了,外面好些地方的人这么大都已经结婚生子了……"

天空某处,有女子微笑道:"两次。"

老秀才装模作样地侧过脑袋竖起耳朵:"啥,说啥?我听不清楚啊,我这个人不但耳背,口齿还不清楚,说话总是让人误会……"

这人难怪能教出崔瀺这么个大徒弟。

只是在声音消失后,老秀才转头望向某块巨石,上头刻着"直达天庭"四个大字。他收回视线,望向山下:"我还是想要好好看着这大好河山,一千年太短,一万年不长。"

当陈平安醒过来的时候,发现自己再次坐在了那座金黄色拱桥的栏杆上。拱桥还是像上次那么长,看不到头,看不到尾,四周全是云海滔滔,让人茫然失措。

无法想象一旦失足跌落,会是怎样的下场。会不会粉身碎骨?会不会一直下坠到无尽深渊?会不会因为距离地面的路途太过遥远,自己摔死的时候已经十五岁了?

陈平安其实一直会想一些稀奇古怪的事情,只不过因为没有读过书,显得十分土气罢了。

高大女子跟陈平安并肩而坐,柔声道:"这里曾经是一处战场,大战落幕的时候,打得只剩下这座拱桥。你看,以前有一扇东天门矗立在那边的,挺大的,当时在那里负责守门的家伙是个色眯眯的汉子,身披一挂名为'大霜'的银色宝甲,人倒是不坏,就是嘴贱了点。我的第一任主人跟他的顶头上司打了一架,赢了,当时后者有几个帮手在远处观战,可是没有人敢露面帮忙。"

陈平安顺着她的手指,看到一处空荡荡的地方,偶尔有流光溢彩一闪而逝。

她轻声道:"如今什么都没啦。"

陈平安有些神往,感慨道:"这样啊。"

她轻轻晃动双脚,双手撑在栏杆上,笑道:"修道修行,辛苦修建长生桥,为的就是修得一个留住,不要变成光阴长河里的一粒尘埃,所以人人都喜欢自称逆流而上。"

陈平安"嗯"了一声,这句话还是听得懂的。好好活着嘛,谁不喜欢。

高大女子转头笑问道:"走了这么远的路,累不累?"

陈平安认真想了想:"累倒是不累,比起小时候进山采药烧炭其实还要轻松一些。就是遇到太过奇奇怪怪的人和事,总是睡不踏实。"

他又转头开心笑道:"不过刚才那一觉睡得就很踏实。以前在小镇,我虽然穷,但是每天倒头就能睡着,如今陪着宝瓶他们一起远游可不敢这样,就害怕出现什么意外。"

高大女子继续问道:"就没有怨言?"

陈平安想了想,学着身边的神仙姐姐,双手撑栏杆,晃动双脚,望向远方,轻声道:"有啊,比如一个叫朱鹿的女孩子,怎么可以那么不善良。一个身穿嫁衣的女鬼,只因为觉得自己心爱的男人不爱她了,就害死了很多过路的书生,如果当时不是宝瓶他们在身边,我早就使出一缕剑气杀掉她了。

"其他的事情,不好说是怨言吧,谈不上,可还是会有些心烦。比如李槐读书总是不用功,怎么劝也不听,真不知道当初齐先生怎么能忍着不揍他。还有吃过了好吃的山珍海味,这些家伙就一个个不爱吃我煮的饭菜了,我其实挺郁闷的,油盐很贵啊。还有,我去河边钓鱼,又不能挑时候,经常钓不着几条,每次回去看到他们满脸失望,我就会特别委屈。如果不是想着不耽误他们的游学路程,给我一两天时间去打下窝子,守着夜好好钓,多大的鱼我都能钓起来。

"最近的,就是林守一生气那次。其实我很心虚的,虽说主要是为了他好好修行,可我是有私心的,因为有人告诉我我的长生桥断了,这辈子可能都无法修行了,但是我不愿意就这么放弃。一来是答应过神仙姐姐你以后要成为飞来飞去的仙人,二来是我自己也很羡慕阿良他们。就像李槐说的那样,踩着一把剑,嗖嗖嗖飞来飞去,想去哪里就去哪里,多帅气多威风,我当然想啊。"

高大女子安静听完少年的心事,打趣道:"哟,你也会替自己考虑事情啊。"

陈平安眯起眼尽量望向远方,笑道:"当然。我爹娘去世后,我一直就在为自己考虑,想为别人考虑都很难。其实是遇到你们之后,我才变成这样的。跟人打架啊,买下山头和店铺啊,读书识字啊,做小书箱啊,走桩练拳啊,花钱买书啊,挑选路线啊,磨刀喂马啊,每天都忙得很,但是我可不后悔,我很开心!"

陈平安喃喃道:"就是有些想念他们,不知道他们过得好不好。"

高大女子同样感慨了少年说过的那句话:"这样啊。"

陈平安突然转头低声道:"神仙姐姐,我现在有钱,很有钱!"

高大女子哑然失笑。只是记起少年的成长岁月,便很快释然。

光是大年三十一定要张贴春联这么点大的事情,就能让少年碎碎念叨这么多年,那么有了钱,当然是顶开心的事情。

陈平安突然眼神坚定地道:"神仙姐姐,你放心,我答应过你的事情,一定会努力做到的。"

高大女子侧过身,伸手放在陈平安的脑袋上,温柔道:"能够遇见你,我就已经很开心了。"她似乎觉得意犹未尽,干脆弯腰俯身,用额头抵住少年的额头。

单纯的少年只是有些天然害羞,想挠头又不敢。

她笑着收起姿势。

最终,剑灵和少年一个光脚,一个穿草鞋,就这么一起望着远方,摇晃双腿。

时光流逝,浑然不觉。

假若以今日作为光阴长河的一处渡口,往上逆流而去两万年,若论剑灵杀力之大、杀气之盛,唯她独尊,高出天外!

老秀才脚尖一点,一步掠过八百里山河,飘然落在之前陈平安递剑的地方,开始漫步。他抬起手臂,手指弯曲,看似随意地敲敲打打,像是在叩响门扉,只是没有得到任何回应。老秀才收起手,无奈道:"不讲究啊,此等行径,无异于在别人家里搭帐篷。罢了罢了,我等着便是了。"

老秀才开始耐心等待剑灵现身。漫长的过程中,他站在原地,思考一个难题,并不显得焦躁。

空中浮现一阵细微涟漪,只见高大女子一手抓着陈平安的肩膀,从缥缈虚空之中一步跨出。

老秀才回过神,第一句话就是:"我认输,不打了,反正其余两剑出不出已经不重要了,对吧?"

高大女子似笑非笑:"那么你的两次挑衅呢,怎么算?"

老秀才哈哈笑道:"事不过三嘛。"

高大女子举目望向穗山方向:"是新一任穗山大神?担任这尊神位多久了?"

老秀才答道:"六千年整,之前三千多年你方唱罢我登场,乱成一团,威严尽失。穗山这座东岳换了三个主人,最乱的时候曾经被视为魔教道统的一脉势力鸠占鹊巢了,真正是礼崩乐坏的混乱局势。现任穗山大神能够坐稳六千年,虽说有运气成分,但更多还是凭借他个人的恐怖战力，拳头够硬，又是光脚的不怕穿鞋的，谁不忌惮几分。"

高大女子讥笑道："礼崩乐坏？是你们三教分赃不均，还是浩然天下内部出现了正邪对峙？那位礼圣呢，以他的脾气，怎么可能袖手旁观？"

老秀才叹息道："一言难尽，不提也罢。"

高大女子双手负后，鄙夷神色更甚："大局已定，自然就要内讧。哈哈，好一个大道之争，百家争鸣，热闹是热闹了，结果如何？世道果真变得更好了？"

老秀才瞥了眼她，极为硬气地直截了当道："儒家道统内部自然算不得清澈见底，并非皆是仁人君子，可我儒家先贤为此付出了无数心血，说是呕心沥血也不过分，故而始终本正源清，你绝不可一言否决。"

高大女子玩味道："这算不算第三次？"

先前颇为不正经的老秀才在这一刻竟是半点不退让，淡然道："在这件事上，你要是觉得不对，我可以跟你讲百年千年的道理，你用剑讲你的道理也无妨。"

高大女子仔细打量着身材并不高大的清瘦老人："你当真散尽了圣人气运，只余下魂魄，将浩然天下的人间当作寄生之所？"

老秀才沉默片刻："对。"

高大女子收起油然而生的那股杀心，眼神复杂："这么多年，就只有你们两个做到了。但是我很好奇，你是推崇那个家伙的选择，还是不得已而为之？前者可能性极小，涉及你们的大道了，我估计儒教道统内的老头子绝不会让你成功，哪怕这不是什么美差使。"

老秀才平静道："见贤思齐，天经地义。"

高大女子思量片刻，转头看了眼陈平安，笑道："不但初衷已经达成，还远远超乎预期，看在你做出这个选择的分上，当然最主要还是看在我家主人的分上，余下两剑就先余着？以后哪天我又突然看你不顺眼的话，新账旧账一起算。"

一直脸色紧绷的老秀才霎时间破功，一拍大腿，笑道："余着余着，余着好啊，老百姓大年三十的时候都兴这个，碗里剩下一点饭菜，故意余着留给明年，兆头好，寓意好。"

他怎么看都像是一副劫后余生的欢快模样。

高大女子对此不以为意，冷声道："开门。"

老秀才一拂袖，率先大步走去，朗声道："仰天大笑出门去。"

陈平安记起一事，小声问道："我当时那一剑是不是很差劲？那座大山好像动也没动。老前辈之前说练剑天资好坏就看能收到几个字，虽然我本来就不愿意接受它们，可它们也不乐意靠近我啊，这是不是说明我练剑的天赋跟练拳一样很普通？"

陈平安越说越难过："老前辈还说如果我拖后腿的话，当时哪怕拥有十境修为，那一剑劈砍出去，也只有七八境的效果。"

豪言壮语可以张口就说，可天底下的难事，难就难在需要一步一步走。

泥瓶巷的泥腿子陈平安，实在太理解这个道理了。

高大女子伸手捏了捏少年的脸颊，笑眯眯道："以后你就知道了。"

陈平安涨红着脸，欲言又止。

高大女子早已与陈平安心有灵犀，拉起他的手，缓缓走向那扇山河画卷的大门，柔声道："主人，知道啦，以后当着某位姑娘的面，我肯定不会这么放肆的，省得她冤枉了你，把你当作见异思迁的浪荡子。"

陈平安灿烂而笑，既有如释重负的轻松，也有跟她成为交心朋友的开心。

高大女子突然转头，有些幽怨："可你就不怕你的神仙姐姐感到委屈吗？"

陈平安想了想，认真道："我会跟你说对不起，但是有些事情，我觉得就该是那个样子的。"

高大女子愁容满面，竟有了几分泫然欲泣的模样。

陈平安虽然有些手足无措，但是眼神坚定，紧抿起嘴唇，不愿意因此就改变初衷。

高大女子蓦然开怀而笑，朝少年伸出大拇指，称赞道："帅气！"

陈平安怯生生问道："真不生气？"

高大女子牵着他的手，停下脚步，站在大门口，突然弯腰一把抱住他，满脸洋溢着暖洋洋的笑容，像是一个最喜欢睡懒觉的家伙在大冬天躲在温暖被窝里呼呼大睡，那种幸福的感觉真是无法言说。她才不管陈平安是什么感受，欢快道："呀呀呀，我家小平安真是可爱死了！"

陈平安瞬间如遭雷击，一动不动，脑子里一片空白，什么都没有想。

神仙姐姐……神仙只是第一感觉，其实姐姐才是陈平安心底的感觉。

高大女子总算放开了陈平安，站直身体后转头望去，有个神出鬼没的老家伙背对着两人，咳嗽道："非礼勿视。放心，我什么都没看到，什么都没听到，先前只是忘记了一样东西，不得不反身取回。"

心情大好的高大女子才懒得计较这些。

礼法，道德，因果？这些极广、极高、极远的东西，从来不曾束缚住她。

大道之上，曾经有人，身无别物，唯有仗剑直行。

但凡有物阻拦，一剑开道。

但凡有不平事，一剑而平。

她沉寂万年之后，终于找到了另外一个人。

两个人，天壤之别。但是她没觉得失望。

如果说一开始是因为相信齐静春而选择相信一线机会，赌一个可能性极小的"万一"，那么如今哪怕齐静春活过来，说他错了，她不该选择那个少年，任他说破天的大道理,她也不会听。

高大女子松开手,示意陈平安先行。

人皆有心境,练气士称呼为丹室,世俗人称作心扉。心湖只是其中之一。

当时她站在少年的心湖之上,环顾四周,白茫茫一片,干干净净。然后她看到了一处终于不那么单调的景象,找到了少年自己都不曾意识到的"心境本相"。

那是一个四五岁大的孤单孩子,蜷缩在地,双手抱膝,孤零零一个人,脚边放着一双小草鞋,就这么坐着发呆。

在这个孩子身旁,是一座没有墓碑的小坟头。

小坟头附近,又有两座更小的"小土堆",形势如同山峰。

每当孩子休息够了,就会穿上小草鞋,跑去很远的地方,将一座小山搬回坟旁。他搬得很吃力,每次只能搬动一小段距离。

跑去搬山的时候,孩子腰间系挂着一方小印章,戴起那顶小斗笠。

小印章会跟着孩子的脚步一起晃晃荡荡。

奇怪的是,没有那栋泥瓶巷祖宅的心境倒像。大概在孩子的内心深处,爹娘去世后,家就没有了吧,所以始终坚持守着那座小坟头。

孩子脸色倔强,习惯性皱着眉头,抿起嘴唇。但是偶尔也会笑一笑,应该是有真正值得开心的事情了。比如他悄悄告诉小坟头,嘴唇微动,并无嗓音响起于心境,但是与他心有灵犀的剑灵自然知晓无声言语的内容。

"娘亲,我认识了一位神仙姐姐。她笑起来的时候,跟你可像了。"

除了搬山"回家",孩子几乎不会离开小坟头附近,只是时不时会往南边走一段,像是牵着一个小姑娘的小手,每走一段距离,就会悄悄望向坟头,显得恋恋不舍。

可唯有一种情况,孩子会撒腿飞奔出去很远很远,一直高高扬起小脑袋,专注地望着高空,像是在追逐着空中离他远去的某个人。

山水画卷内,老秀才神色肃穆。

"青出于蓝而胜于蓝,未必没有这个机会。"

老秀才点头道:"大善。"

之后他沉默许久,发现整个天地开始微微颤抖,无奈道:"对那小子如此有耐心,就不能对我也有点耐心?哦,对了,如今竟然还会笑了。若是上古剑仙流传下来的传闻属实,你如今这副模样,当初那些被你砍得半死的大佬如果亲眼看到,还不得硬生生把眼珠子瞪出来?"

老秀才望向这座小天地的天空,仿佛视线穿过了重重天幕,突然自嘲道:"天行健,君子以自强不息。说得真是太好了,哪怕再过万万年都不会有错。难怪当初咱们儒家老祖宗要跟您老人家请教学问，看来道理一事，咱们读书人不但讲得晚了一些，也远远没有讲完讲透啊。"

　　老秀才再次走出山水画卷的时候，看到崔东山仍然躺在地上装死，冷哼道："成何体统。"

　　崔东山直愣愣望向天幕："活着没半点盼头，死了拉倒。"

　　老秀才走过去就是一脚："少在这里装可怜，就不想知道为何小齐只是要你跌境，而没有除之后快？"

　　崔东山眼神恍惚，喃喃道："当初你被赶出文庙，齐静春非但没有被你牵连，反而继续境界高涨，本就能说明很多问题了。他齐静春早就有资格自立门户，跟你文圣一脉早已貌合神离，所以他自觉没有资格杀我，希望将来由你来清理门户。"

　　老秀才怒其不争，又是一脚："以小人之心度君子之腹，说的就是你这种人！我数三声，如果还不起来，你就这么躺着等死算了，大道别再奢望！三！二！二！二……"

　　崔东山打定主意不起身，把老秀才给尴尬得一塌糊涂，只得转身朝陈平安使眼色，让他帮忙解围。

　　陈平安点点头，从李宝瓶手中接过槐木剑，大步前行，来到崔东山身边，面无表情地说了个"一"字后，对着白衣少年的脖子就是一剑刺下。

　　势大力沉，剑尖精准，可能陈平安自己都没有察觉到，在画卷内领略到心稳的意境之后，双手终于跟得上心思流转，所以这一剑刺得毫无烟火气，但反而越发凌厉狠辣，杀机重重，吓得崔东山连滚带爬赶忙起身。

　　陈平安收起剑，对老秀才点点头，意思是说：老先生，您的燃眉之急已经解决。

　　老秀才叹了口气，望向陈平安和不远处的高大女子："找个地方，说些事情。"

　　又转头对崔东山瞪眼道："跟上！涉及你的大道契机，你再装模作样，干脆让陈平安一剑砍死算数。"

　　一行人走向院子，老秀才环顾四周，瞥了眼由那枝雪白荷叶支撑起来的"小天幕"，手指掐诀，犹豫片刻："找间屋子进去聊。陈平安，有没有合适的地儿，能说话就行，有没有凳子椅子无所谓。"

　　陈平安瞥了眼林守一的正屋，里面已经熄灯。可能林守一在凉亭修行太久，筋疲力尽，已经休息了，只得放弃这间最大的屋子，对老人点头道："去我屋子那边好了，只有一个叫李槐的孩子在睡觉，吵醒他问题不大。林守一是修行中人，应该会有很多讲究，我们就不要打搅了。"

　　高大女子坐在院子石凳上，笑道："你们聊，我不爱听那些。"

　　最后，老秀才、陈平安、崔东山、李宝瓶四人围桌而坐。李槐躺在床上沉沉熟睡，就算睡相不好,脑袋垂在床沿外,依然能睡得很香。

陈平安熟门熟路地帮他把身体扳正、手脚都放入被褥,轻轻掖好被角,好让被褥里头的热气不易流失,最后李槐就像是被包了的粽子似的。

陈平安做完这些似乎天经地义的事情,坐回凳子上,李宝瓶小声问道:"小师叔,你是不是每晚也帮我掖被角啊?"

陈平安笑道:"你不用,你睡相比李槐好太多了,倒头就睡,然后一觉到天亮。"

李宝瓶唉声叹气,用拳头击打手心,遗憾道:"早知道从小就应该睡相不好,都怪我大哥,骗我睡相好就能做美梦。"

陈平安笑道:"以后回到家乡,我要好好感谢你大哥。"

一路行来,李宝瓶说起最多的家人,就是这个大哥,所以陈平安对这个喜欢躲在书斋里读书的读书人印象很好。

老秀才望向李宝瓶,笑问道:"你大哥是不是住在福禄街上的李希圣?"

李宝瓶点点头,疑惑道:"咋了?"

老秀才笑呵呵道:"这个名字取得有点大啊。"

崔东山听到这里忍不住翻了个白眼。

李宝瓶有些担忧:"名字太大,是不是不好?"

老秀才更乐了,摇头道:"取得大,只要压得住,就是好。"

李宝瓶是个最喜欢钻牛角尖的小姑娘:"老先生,怎么才算压得住呢?"

崔东山又翻白眼:完蛋喽,这下子正中下怀,好为人师的老头子肯定要开始传道授业解惑了。

果不其然,老秀才瞄了一下四周,没看到可以下酒的碎嘴吃食点心,有些遗憾,缓缓道:"本性纯善,学问很大,道德很高,行万里路,就都压得住。"

李宝瓶先将那方印章放在桌上,摇晃身体,踹掉小草鞋,盘腿坐在椅子上,双臂环胸,愁眉苦脸道:"可我大哥没老先生说的那么了不起啊,不然我寄信回家,让他改个名字?"

崔东山不得不出声提醒道:"老头子,咱们能不能聊正事?大道,大道!"

李宝瓶默默拿起印章,朝印章底面的四个篆字呵了口气。崔东山赶紧闭嘴。

哪怕老头子修为通天,到底是喜欢讲道理的,死皮赖脸那一套行得通。

可陈平安和李宝瓶这两个被齐静春相中的家伙,一个是根本没读过书的泥腿子,一个读书读歪了十万八千里,他崔瀺如今是龙游浅滩被鱼戏,对上这一大一小,再英雄豪杰都没用,除了挨打受辱不会有其他结果,越是硬骨头越遭罪。

老秀才变出一壶酒来,仰头小抿了一口,瞥了眼李宝瓶重新放回桌子的印章,有些伤感。

崔东山觉得今晚怪事颇多，老头子以前虽然也有真情流露的时候，可绝大多数时候都是一个古板迂腐的家伙，坐在哪里都像是端坐于神坛上的金身神像，尤其是在学问最受朝野推崇的那段岁月，老头子每逢开课讲授经义疑难，危坐下方、竖耳聆听的"学生"何止千人？帝王将相、山上神仙、君子贤人，浩浩荡荡，就连叛出师门的他都不会否认，那时候的老头子真是光彩夺目，如日月悬空，光辉不分昼夜，压得整条星河失色。

可老头子如今竟然还会踹他两脚？要说大道的时候，竟然还会喝酒？

崔东山看似漫不经心，实则心情沉重。

说到底，他对身边这个老头子的感情极其复杂，既崇拜又痛恨，既畏惧又缅怀。他崔瀺这个昔年的文圣首徒，对于自家先生，何尝不是哀其不幸怒其不争？

床铺上，李槐说着梦话："阿良阿良，我要吃肉！小气鬼阿良，就给我喝一口小葫芦里的酒呗……"

李宝瓶眼睛一亮，李槐这个糗事，能当好几天茶余饭后的谈资了。

崔东山听到"阿良"这个名字，悄悄斜瞥了一眼老秀才。

老秀才咳嗽一声，扫了眼在座三人："好了，说正题。陈平安、李宝瓶，你们应该已经知道我就是齐静春的先生了。而崔瀺呢，曾经是我的首徒，齐静春的大师兄。当时因为我忙着做学问，所以齐静春读书、下棋等，确实都是他帮我这个先生传授的。最后他叛出师门，做出欺师灭祖的种种勾当，以至于齐静春在骊珠洞天去世。要说他是杀害他师弟的凶手，半点不过分。作为我记名弟子之一的马瞻亦是如此，只不过马瞻并非下棋之人，但他是幕后元凶在先手棋局里很关键的一记无理手。在我到达你们家乡小镇之前，真正的崔瀺是你们大骊王朝的国师，是一个瞧着不比我年轻的老家伙了，现在崔瀺这副身躯只是他寄居借住的地方。"

李宝瓶满脸怒容，气得眼眶通红，死死盯住崔东山。

反观陈平安，更让崔东山心惊胆战。他眉眼看不清表情。

咬人的野狗不露齿。崔东山实在是太熟悉陈平安的性格了，毕竟他比杨老头更加关心泥瓶巷少年的成长经历。

他尽量保持镇定，但是心中默念：死定了死定了，老头子你害人不浅。

老秀才转换话题，望向陈平安："有件事先跟你打声招呼，你若是答应，我再做。我想在你身上截取一段光阴水来作为今夜聊天的开场。放心，不涉及太多隐私，你愿意不愿意？"

陈平安点头道："可以。"

老秀才伸出一只手掌，对着相对而坐的陈平安，抖腕卷袖。很快，陈平安四周就浮现出丝丝缕缕的水雾，缓缓流淌向老秀才的手心，最终变成一只晶莹剔透的幽绿水球。老秀才手掌一翻，手心朝下，在水球上轻柔一抹，那些水流便往低处流向桌面，一幅幅生动活泼的画面由此在桌上显现。

李宝瓶瞪大眼睛，满脸震惊，赶紧趴在桌上："哇，小师叔，这是咱们遇见嫁衣女鬼的那条山路，还有我呢！哈哈，还是我的小书箱最漂亮，果然比林守一和李槐的都要好看，他们背着书箱的样子蠢蠢的……"

从楚夫人撑着油纸伞出现在泥泞小路、盏盏灯笼依次亮起、山野之间出现一条壮观的火龙，到林守一祭出符箓仍是鬼打墙，非但没有离开女鬼地界，反而被拐骗到那座悬挂"秀水高风"的府邸之前。最后，风雪庙剑仙魏晋一剑破万法，潇洒而至，打破僵局，成功带着一行人离开。

老秀才往桌上一抓，那一段光阴溪流重新汇聚成团，往陈平安身上一推，再度涣散重归天地。这一手涉及到大道本源的无上神通，不依靠圣人小天地，不依靠玄妙法器，老秀才就这么信手拈来。

李宝瓶只觉得神奇有趣，崔东山却是识货的，心中愈发惊讶：老头子到底是怎么回事，一身圣人修为明明全没了，为何还能够如此神通广大？

老秀才轻声道："这女鬼可不可恨？ 滥杀无辜，罪行累累，当然可恨。可不可怜？也有几分可怜。身为鬼魅，原先本性向善，于朝廷有镇压气运之功，于地方也多有善行善举，更与读书人相亲相爱，本是一桩美谈才对，最后两两沦落得这般境地，神憎鬼厌，皆为大道排挤，一身因果纠缠，浑身拖泥带水，几辈子都偿还不了这笔糊涂债。"

老秀才叹了口气："所以说可恨之人必有可怜之处，是不是？"

崔东山如临大敌，不敢点头也不敢摇头。

李宝瓶很快进入"上山打死拦路虎"的模式，认真思考片刻，道："可恨更多。"

老秀才对她点头笑道："那么可恨可怜，可恨多出多少？ 可怜又占多少？"

李宝瓶又用心想了想："合情合理合法，倒退回去，仔细算一算？"

老秀才又笑眯眯问道："李宝瓶，合法合法，当然不坏，可问题又来了，你如何确定世间的律法是善法还是恶法？"

李宝瓶愕然，似乎从来没有想过这个问题，倒是不怯场，对老秀才说道："老先生，等我一会儿啊，这个问题跟上次小师叔那个一样，还是有点大，我得认真想想！"

老秀才笑容和蔼，点头称赞道："善。"

崔东山看着老人熟悉的笑容，看着聚精会神板着脸的小姑娘，冷哼一声：不愧是齐静春的先生和齐静春的得意弟子，薪火相传，一脉相承，就连授业的氛围都一个样！

老秀才难住了李宝瓶后，转头望向眼神清澈的陈平安："我以往做学问想难题，喜欢先往坏处设想，今天也不例外。可恨之人必有可怜之处，这句话本身没有太大问题，但是世间许多自作聪明之人喜欢摆出众人皆醉我独醒的姿态，只谈可怜之处，故意略过了可恨之处。有些人则纯粹是滥施慈悲心和恻隐之心，加上'可恨之处'并未施加于自身,故而没有那么多切肤之痛,反而喜欢指手画脚,袖手旁观,要人一味宽容。陈平安,你觉得问题的根源出在哪里? 要知道,我所说的这些人,很多读过书,学问不小,说不定还有人是清谈高手。陈平安,你有什么想法吗? 随便说,想到什么就说什么。"

陈平安欲言又止,最后说道:"没什么想说的。"

崔东山已经顾不上陈平安怎么回答,开始默默推演,思考为何老头子要说这些。

老秀才左右看了眼李宝瓶和崔东山,缓缓道:"是非功过有人心,善恶斤两问阎王。为何有此说? 因为每个人的道德修养、成长经历、眼界阅历都会不同,人心起伏不定,有几人敢自称自己的良心最为中正平和? 于是法家就取了一个捷径门路,将道德礼仪拉到最低的一条线,在这里,只有这么高,不能再低了。"

老秀才说到这里,伸出一只手,在桌面以下划出一条线来。

"当然这些律法,如我先前所说,存在着'恶法'的可能性。在这里,我不做衍生开展,否则三天三夜都很难讲完。所以归根结底,律法是死的,人心是活的,律法无人执行,更是死得不能再死,故而仍是要往上去求解。"

说到这里,老秀才又伸出手,往屋顶指了指,转头望向崔东山:"知道为什么当时你提出那个问题,我回答得那么快吗?"

哪壶不开提哪壶。崔东山愤愤道:"因为你更喜欢也更器重齐静春,觉得我崔瀺的学问都是垃圾篓里的废纸团,要你这位文圣大人揉开摊平了都嫌手脏!"

老秀才摇头道:"因为你那个问题,我在你问之前就已经思考了很多年。当时不管我如何推演,只有一个结论:千里之堤毁于蚁穴,洪水泛滥,到头来一发不可收拾。因为不但治标不治本,而且你在学问地基不够坚实的前提下,这门初衷极好的学问反而会有大问题。如一栋高楼大厦,你建造得越高大越华美,一旦地基不稳,大风一吹便坍塌,伤人害人更多。"

崔东山愣在当场,可仍然有些不服气。

老秀才叹了口气,无奈道:"你们要知道,我们儒家道统是有病症的,并非尽善尽美。那么多规矩,随着世间的推移,并非能够一劳永逸,万世不易。这也正常,若道理都是最早之人说得最对最好,后人怎么办? 求学为什么?

"至圣先师给出的法子,最笼统也最纯正,所以温和且神益,是百利而无一害的食补。但是食补的前提,是建立在所有人都吃'儒家'这份粮食上,对不对?

"但是有些时候,就像一个人,随着身体机能的衰减,或是风吹日晒的关系,就会有生病的时候,食补既无法立竿见影,又无法救命治人。这就需要药补。

"但是用药三分毒,需要慎之又慎。远古圣人尚且只敢在尝百草之后才说哪些草木是药,哪些是毒。

"你崔瀺这种急性子,当真愿意花这份心思? 你的师弟齐静春早就提醒过你很多次，你崔瀺太聪明了，心比天高，从来不喜欢在低处做功夫，这怎么行？你要是孩子打闹，只想做个书院山长、学宫大祭酒，那么你开凿出来的河道，哪怕堤坝千疮百孔，到最后洪水决堤，有人救得了。但是你的学问，一旦在儒家道统成为主流，出了问题，谁来救？是我，还是礼圣、至圣先师？就算这几位出手相救，可你崔瀺又如何确定，到时候释、道两教的圣人不添乱？不将浩然天下变成推广他们两教教义的天下？"

崔东山犹然不愿服输。

老秀才有些疲惫："你这门事功学问，虽是我更早想到的，但是你潜心其中，之后比我想得更远一些。最后我也有所意动，觉得是不是可以试一试，所以那场躲在台面下的真正'三四之争'，是中土神洲的两大王朝各自推广'礼乐'与'事功'，然后看六十年之后各自的胜负优劣。当然，结局如何，天下皆知，我输了，所以不得不自囚于功德林。"

崔东山满脸匪夷所思，突然站起身："你骗人！"

老秀才淡然道："又忘了？与人辩论，自己的心态要中正平和，不可意气用事。"

崔东山失魂落魄地坐回凳子，喃喃道："你怎么可能会赌这个，我怎么可能会输……"

老秀才转头望向院子那边："注意啊，千万千万别不当回事啊。"

高大女子慵懒回答："知道啦。"

老秀才这才喝了一大口酒，自嘲道："借酒浇愁也是，酒壮怂人胆更是啊。"

他放下酒壶，正了正衣襟，缓缓道："礼圣在我们这天下写满了两个字。崔瀺，作何解？"

崔东山根本就是下意识回答道："秩序！"脱口而出之后，又无比懊恼。

老秀才神情肃穆庄重，点头沉声道："对，礼仪规矩，即是秩序。我儒家道统之内的第二圣人，礼圣，他追求的是一个秩序，世间万物井然有序，规规矩矩。这些规矩都是礼圣千辛万苦从大道那一横一竖一条条'抢回来'的，这才搭建起一栋他老人家自嘲的'破茅庐'，为苍生百姓遮挡风雨。茅庐很大，大到几乎所有人穷其一生都撞不到墙壁，大到所有修行之人的修为再高都碰不到屋顶。所以这就是众生的自由和安稳。"

崔东山冷笑道："那齐静春呢？他的学问就碰到了屋顶。阿良呢？他的修为就撞到了墙壁。这个时候该如何是好？这些人该怎么办？这些人间的天之骄子凭什么不可以走出自己的道路，打开那扇礼圣老爷打造的屋门，去往别处另外建造一栋崭新的茅庐？"说到这里，他下意识伸手指向这间屋子的房门，满脸锋芒，气势逼人。

由此可见，崔东山已经不由自主地全身心投入其中，甚至有可能不单单是少年崔瀺的想法，同样带着神魂深处最完整的崔瀺的潜意识。

老秀才笑道："追求你们心中的绝对自由？可以啊，但是你有什么把握，可以确保你们最后走的是那扇门，而不是一拳打烂了墙壁，一头撞破了屋顶？使得原本帮你们遮蔽风雨，让你们成长到最后那个高度的这栋茅庐一下子变得风雨飘摇，四面漏风？"

崔东山大笑道："老头子你自己都说是绝对的自由了，还管这些作甚？你又凭什么认定我们打破旧茅屋后建造起来的新屋子不会比之前更广大更稳固？"

老秀才笑了笑："哦？岂不是回到了我的大道原点？你崔瀺连我的寒臼都不曾打破，还想打破礼圣的秩序？"

崔东山怒道："这如何就是人性本恶了？老头子你胡说八道！"

老秀才淡然道："这问题别问我，我对你网开一面，借此神魂完整、千载难逢的机会，问你自己本心去。"

崔东山呆若木鸡。

最后，仿佛天地之间只剩下老秀才和陈平安两个人，一老一小相对而坐。

老秀才微笑道："礼圣要秩序，希望所有人都懂规矩，所有人都讲规矩，之后游士散播学问，当游士成为世族，就有了帝王师学，后来又有了科举，广收寒庶，有教无类，提供了鲤鱼跳龙门的可能性，寒门不再无贵子。规矩啊，面面俱到，劳心劳力，而且越往后，人心浮动，越吃力不讨好。人性本恶嘛，吃饱肚子就放下筷子骂娘的人，人世间何其多哉。"他抬头望向少年，"所以我呢，如今在找两个字——顺序。

"我只想将世间万事万物捋清楚一个顺序。比如那可恨可怜的问题症结在何处？就在于礼圣已经教会世人足够多'可恨''可怜'的判定标准，但是世人却不够懂得一个'先后之分'。你连'可恨'都没有捋清楚，就跑去关心'可怜'了，怎么行？对吧？"

陈平安点了点头。

老秀才笑问道："单单听上去的话，'顺序'二字，是不是比'秩序'这个说法差远了？"

陈平安眉头紧皱。

老秀才哈哈大笑，也不管少年能想通多少，自得其乐，喝了口酒："如果这两个字放在礼圣的破茅屋之内，当然就只能算是缝缝补补，我撑死了就是个道德礼乐的缝补匠罢了。但是如果将这两个字放入更远大宽广的地方，那可就了不得喽。"

陈平安问道："哪里？"

老秀才将酒壶提起，放在桌子中央，然后摊开手掌，在桌上重重一抹："如此看来，酒壶这栋破茅屋，不过是光阴长河畔的一个歇脚地方而已。但是，"他略作停顿，微笑，"这条光阴长河是何等形势，关键得看河床。虽说两者相辅相成，但是同时又的的确确存在着'有为法'。世间有诸多说法，顺流而下，顺势而为，所以我想要试试看。"

陈平安问道："礼圣是要人在规矩之内安安稳稳而活，有些时候，不得不牺牲一小部分人的……绝对自由？而老先生您是希望所有人都按照您的顺序，在您画出的大道之上往前走？"

老秀才笑着补充道："别觉得我是在指手画脚，我的顺序，是不会过犹不及的，只是在大道源头之上付出功力，之后水流分岔，各自入海，或是在中途汇合，成为湖泊也好，继续流淌也罢，皆是各自的自由。"

老秀才身体前倾,拿出酒壶,喝了一口酒,笑问道:"陈平安,你觉得如何? 愿不愿意按照齐静春的安排,当我的弟子?"

陈平安第二次出现欲言又止的模样。

老秀才神色微笑,和蔼可亲,又一次重复道:"只需要说你想到的,不用管错对,这里没有外人。"

陈平安深吸一口气,挺直腰杆,双拳撑在膝盖上,一板一眼道:"因为我没真正读过书,礼圣老爷的'秩序'到底是什么,我不清楚;老先生您的'顺序',我更是领会不到其中的精髓。"

老秀才微笑道:"继续,大胆说便是。我生前见过天底下很坏的人,很糟糕的事情,脾气已经被磨砺得很好啦。"

陈平安眼神愈发明亮:"在小镇上,我为了自己杀蔡金简,我为了朋友刘羡阳去跟搬山猿拼命,后来答应齐先生,护送李宝瓶他们去求学,再后来,答应神仙姐姐要成为练气士。这些事情,我做得很安心,点头了,去做就行了,根本不需要多想什么。

"之前老先生您说了很多,我一直在认真听,有些想过之后,觉得很有道理。比如可恨可怜那个地方,我就觉得很对,顺序不能错,所以当时我就想说,那个嫁衣女鬼我当时就很想杀,现在更想杀,以后一定会杀。我想告诉她,就算有再大的委屈,也不是将痛苦转嫁给无辜之人的理由。我想亲口告诉她,她有她的可怜之处,但是她该死!"

这个一向给人感觉性情温和的泥瓶巷少年,此时此刻,锐气无匹。

陈平安语气愈发坚定,缓缓道:"可那些我想不明白的事情,甚至可能一辈子都想不到那么远的事情,我就不会答应去做。因为如果连我自己都觉得做不到,为什么还要答应别人? 就因为不好意思吗? 因为不答应让别人失望吗? 可问题的答案很简单啊,你答应了,却做不到,别人不是更加失望吗?"

老秀才收敛笑意,满脸正色,思量片刻后微微失神,习惯性伸出两根手指,像是从菜碟里捻起一粒花生米。

小院内,高大女子眯眼而笑。

先前她故意摆出幽怨伤心的姿态,少年不一样义正词严地拒绝自己?

若是换作马苦玄或是谢实、曹曦之流……为了一个已经远在天边、相识不过一月的少女,就去冒险惹恼一位存活万年、以后需要相依为命的剑灵?

这是小事吗?

是小事。但又绝对不是小事。

大道之争,岁月漫长,有些细微处的扪心而问太恐怖了,这才是最不可预测的险恶之地。每当一名练气士的修为越高,距离天幕越近,他心境之上的瑕疵就会被无限放大。打个比方,若是道祖的一点瑕疵,不过芥子大小,一旦转为实象,恐怕比黄河洞天被一剑戳破的缺口还要巨大。

比如在那段看似鸡毛蒜皮的光阴长河之中,若是那个泥瓶巷的孩子当初在摊贩的"善意"邀请下,选择了那串不要钱的糖葫芦,然后蹦蹦跳跳回到泥瓶巷祖宅,把糖葫芦吃得干干净净,把竹签随手一丢,看似什么都没有发生,但真的什么都没有发生吗?

少年陈平安还能有今天的际遇吗?

屋内,陈平安望着老秀才:"哪怕是齐先生想要我做的,但只要我觉得做不到,我还是不会答应。就像有些事情,我认真想过了,觉得还是错的,那么哪怕有人拿着刀子架在我脖子上,不管他是谁,我一样会告诉他,这就是错的。"

少年的语气很平稳。他最后道:"我根本就不是那种能够把一门学问做到很远的人。读书识字对我来说,很简单,就是为了能够自己写春联贴在家门口,还有以后可以给我爹娘写墓碑,最多就是读出一些做人的道理,除此之外,绝对没有太多的想法。所以,老先生,我不会做您的弟子。"

崔东山听得脸色苍白,汗流浃背。

就连李宝瓶都觉得事情不妙,偷偷摸摸从桌面拿起那方印章,准备拿它拍人了。至于是坏蛋崔东山,还是先生的先生,她才不管,天底下小师叔最大。

老秀才只是和颜悦色问道:"这是你现在的想法对不对? 如果以后你觉得以前是错的,会不会改变主意,反过来求我收你做弟子?"

陈平安毫不犹豫道:"当然! 但是如果到时候您不愿意收我做学生,我也不会强求的。后悔,大概会有,但肯定不多。"

老秀才一脸奇怪:"我堂堂文圣想要收你做关门弟子,这是你多大的福气。好东西大机缘突然砸在你头上,难道不是赶紧收起来,先落袋为安才对吗? 万一有问题,反正有自家先生顶在前边,你怕什么? 怎么看都是有百利而无一害的好事。"

陈平安突然说了一句话:"有些违心的事情,一步都不要走出去。"

老秀才喟然长叹:"既然时机未到,我就不强人所难了。"他转而一笑,"做不成师徒,我这个老家伙很失望,不过想必齐静春是一点也不失望。这样的陈平安,犟得很,像极了齐静春少年时,恐怕这才是他当初在小巷里愿意对你作揖还礼的原因吧。"

陈平安听得莫名其妙。

老秀才已经缓缓起身,看着三个孩子:"坐而论道,是很好的事情。但是别忘了,起而行之更重要,否则一切道德文章就没了立身之处。"

老秀才蓦然开始自得其乐,笑逐颜开,双手负后,摇头晃脑地走出屋子,啧啧道:"老先生坐而论道,少年郎起而行之。善,大善!"

李宝瓶怒道:"只有少年郎,我呢?"

老秀才打开屋门,爽朗笑道:"对对对,还有东宝瓶洲的小姑娘李宝瓶!"

陈平安心想："坐而论道,起而行之。这个道理说得好,我得记下来。"

　　崔东山呆呆坐在原地,突然打了个激灵,回过神后猛然起身作揖,对陈平安说道:"先生!"

　　陈平安无奈道:"你怎么还来?"

　　崔东山嬉皮笑脸打趣道:"先生之前想杀我,是不是存心不想还钱啊? 好几千两银子呢。"

　　陈平安心平气和道:"如果你今夜被我杀了,我陈平安以后只要有了银子,就肯定会帮你建造一座价值两千两银子的坟墓。"

　　崔东山脸色尴尬,最后只憋出一句话来:"我谢谢你啊。"

第二章
肩挑草长莺飞

李槐睡了一个大懒觉,大太阳晒到屁股了也不愿起床。实在是这床铺太舒服了,就像睡在棉花团里。他迷迷糊糊睁开眼,坐起身,环顾四周,一时间没有转过弯来,好不容易才记起这既不是家里的硬板床,也不是荒郊野岭的风餐露宿。于是他第一个感觉是有钱真好,第二个念头是难怪陈平安要当财迷。

李槐其实是还想睡一个回笼觉的,只是因为陈平安没有出现在自己视线当中,便有些慌张。他手脚利索地穿上衣服靴子,拎了彩绘木偶就冲出屋子,看到林守一正在和一个穷酸老人下棋,就连天生坐不定的李宝瓶都老老实实坐在石凳上,仔细关注棋局,于禄和谢谢都站在林守一身边,一起帮着出谋划策。

陈平安坐在李宝瓶对面,看到李槐后招招手,等到他跑到身边,就把位置让给他。

李槐刚要落座,就发现一直站在陈平安身后的崔东山正皮笑肉不笑地盯着自己。李槐想了想,默默地把彩绘木偶放在石凳上,他自己就不坐了,撅着屁股趴在桌边。

崔东山转头望向于禄和谢谢,晦暗眼神如溪水,在两人脸庞上流转不定。

谢谢敏锐察觉到他的视线,没有抬头,只是心中疑惑:往常这位大骊国师的阴沉视线一旦投注在自己身上,她的肌肤就会泛起一阵鸡皮疙瘩。但是今天不一样,就只是凡夫俗子的视线而已,不再具备先前的那种压迫感,是秋日阳光和煦的缘故?

于禄坦然抬起头,对这位"自家公子"微微一笑。

崔东山先伸出手勾了勾:"于禄,谢谢,你们两个过来。"

然后对陈平安笑道:"能不能去止步亭那边聊聊,有些事情需要开诚布公谈一谈。"

陈平安点点头，四个人一起去往凉亭。

离开之前，陈平安拍了拍李槐的脑袋，打趣道："这下可以放心坐着了。"

到了凉亭，崔东山瞥了眼檐下铁马风铃，对于禄、谢谢说道："你们自己介绍一下真实身份，不用藏藏掖掖。放心，没什么阴谋诡计，哪怕不相信我，总该相信陈平安吧？"

于禄和谢谢面面相觑，谁都没有急于开口出声。

出关以来，穿着朴素的高大少年于禄一路担任马夫，任劳任怨，是队伍之中帮陈平安最多的一个人，缝缝补补的针线活，他都做得格外精细。他有洁癖，热衷于清洗衣衫、洗刷草鞋一事。见到谁的衣物、草鞋沾了泥土，或是行走山路被刺出破洞，他就浑身不自在，甚至无意间看到李槐那只书箱里歪七倒八的摆放格局，他都会满脸揪心表情。只要在水源旁停下，马车就会被他清洗得一尘不染。

对此，哪怕是陈平安都自叹不如。天底下还有这么不消停的人？

至于面容黝黑古板、身材苗条的少女谢谢，李宝瓶破天荒有些孩子心性，对她深恶痛绝，视为仇寇；林守一对她印象平平，算不得多好多坏，最多就是闲暇时手谈几局的交情；李槐倒是跟她很热络，两人热衷于排兵布阵的游戏。

崔东山没好气道："你们敞开了聊，回头我来收尾。"

俊美少年大步走出凉亭，四处散步，弯腰捡取地上的小石子，不一会儿就捡了一大捧，百无聊赖地坐在老水井边，往井下砸石子听水声。

一想到自己竟然真的如此无聊，崔东山眼神迷离，有些恍若隔世。

他看了眼黑黝黝的水井，想到如今自己是货真价实的肉眼凡胎，再也无法看穿下边的景象，这一刻，他差点就想要一个歪身，投井自尽算了。

凉亭内，于禄率先开口："我是前卢氏王朝的太子，之前藏身于卢氏遗民的开山队伍当中。其实我还有另外的化名——余士禄。反过来念的话，寓意为我是卢氏的余孽，别人每称呼我一声，就能够帮我自省一次——过去的已经过去了。"

谢谢勃然大怒，猛然起身，指着于禄的鼻子怒斥道："过去了？太子殿下说得倒是轻巧，云淡风轻得很哪，真是比我们山上修士还要清心寡欲。可我师门上上下下数百条性命为卢氏抛头颅洒热血，殉国而死！怎么个过去法？"

谢谢泪流满面，颤声道："你自己摸着良心，天底下有几个证道长生的练气士愿意为一国国祚力战而亡？只有我们！东宝瓶洲自从有邦国、王朝以来，历史上就只有我们一门不退不降，拼着人人长生桥尽断，只为了证明你们卢氏的王朝正朔！"

于禄神色平静："那你要我如何？我是卢氏太子不假，可我父皇一向独断专行，不过是害怕那些空穴来风的谶语民谣，担心东宫坐大，就要把我赶去敌国大骊的书院求学。我既从未掌权执政，也从未跟庙堂江湖有任何牵连，一心只读圣贤书而已。谢谢，你说，你要我如何？"

谢谢被于禄的冷淡姿态刺激得更加失态，气得浑身颤抖，咬牙切齿道："我姓谢，但我不叫谢谢，我叫谢灵越，是你们卢氏王朝最早破开五境瓶颈的练气士！是风神谢氏子弟！我恨你们卢氏皇室的昏聩庸碌，但是我更恨你这个太子的随波逐流，给大骊国师这个大仇人当仆役，竟然还有脸皮甘之如饴！若是你们卢氏先祖泉下有知……"

于禄脸色如常，依然是平缓的语调，打断了谢谢的指责："你谢灵越若是有风神谢氏子弟的骨气，怎么不去死？如果觉得自杀不够英雄气概，可以光明正大刺杀国师崔瀺，死得轰轰烈烈，多好。"

于禄转头望向不远处冷眼旁观的草鞋少年，笑问道："陈平安，我可以跟你借一百两银子吗？我好给谢女侠谢仙子建一座大坟，以表我心中敬佩之情。"

陈平安看了眼高大少年，又看了眼修长少女："如果还想要好好活着，为什么不好好活着呢？"他想了想，继续道，"我随便说一点自己的感受啊，可能没有道理，你们听听就好。如果有些账暂时算不清楚，那就先放一放，只要别忘记就行了，将来总有一天能够说清楚、做明白的。"

看着两个身份尊贵的卢氏遗民，一个是差点坐上龙椅的太子殿下，一个是王朝内最天才的山上神仙，陈平安知道自己的劝架理由，他们可能半点也听不进去。这不奇怪，凭什么要听一个在泥瓶巷长大的土鳖家伙的？

但是此刻看着真情流露的两个人：谢谢不再那么冷漠疏离，会气得哭鼻子；于禄不再那么和和气气，会拿言语刺人。陈平安虽然不是幸灾乐祸，但确实才觉得站在自己身前的这两个家伙，有了些自己熟悉的人气。

所以觉得自己最不擅长讲道理的陈平安，使劲搜肠刮肚，勉为其难地说："你们比我学问大多了，我不知道你们是怎么想事情的。但是就拿我自己来说，最怕的事情，就是当我有一点本事，能够决定别人命运的时候，尤其怕自己觉得有道理的事情，其实没有道理。不到万不得已的时候，比如生死关头，什么都没得选择了，那是没法子，该出手就出手。但是在其他情况下，千万千万别只跟着当下的心思走，被'我觉得是如何如何'牵着鼻子走。阿良说过，什么事情都要多想一个'为什么'，我觉得很对。

"其实我知道，我跟李宝瓶、林守一讨教学问的时候，或是跟李槐一起在地上练字的时候，你们打心眼里看不起我。所以我要读书，要从书上学道理，我要看更多的人，去更多的地方，就像阿良那样，敢拍着胸脯说，我看过的大江大河比你们吃过的盐还多，只有这样，我以后……我只是说如果、万一啊，真有那么一天，我有了风雪庙魏晋这位陆地剑仙一般大小的本事，那我出剑杀人也好，救人也罢，一定快得很！或者我练剑没出息，练拳还凑合的话，那一拳挥出去……"

说到这里，陈平安满脸光彩，像是想到了自己的"那一天"。

酣畅淋漓出剑，痛痛快快出拳！

曾经有个戴斗笠的汉子总是打趣陈平安:你是翻翻少年郎啊,每天有点笑脸行不行?心思这么重不好。

陈平安其实次次都很郁闷,很想大声告诉那个家伙:我也想啊,可我现在做不到。

于禄始终坐在原地,谢谢气势汹汹坐回原位,不过没了先前要跟于禄拼命的架势。

于禄看着心平气和的陈平安,笑着好奇问道:"陈平安,你不是挺会说嘛,怎么跟李宝瓶、李槐他们从不讲这些?"

陈平安回答道:"我跟他们熟,不用讲什么道理。"

言下之意,自然是我陈平安跟你们不熟,所以才需要说这些有的没的。

于禄顿时吃瘪。

谢谢脸色冷漠,可是嘴角微微勾起,又被她强行压平那点弧度。

谢谢小心翼翼瞥了眼坐在井口发呆的崔东山,犹豫片刻,缓缓道:"我本来是中五境之中第七境观海境的练气士,只差半步就可以跻身第八境龙门境。只是沦为遗民之后,一个心肠歹毒的宫中娘娘派遣了你们大骊一个著名剑修,使用秘法,在我几处窍穴钉入了困龙钉,害我只要驱使真气就会痛不欲生,而且哪怕拼着后患无穷,也只能发挥出四五境的实力。"

谢谢说完这些事关命运的重大秘密后,死死盯住一旁装哑巴的于禄。后者问道:"干吗?"

谢谢冷笑道:"你少在这里装蒜,人家陈平安能钓上鱼,是靠日积月累的经验,靠笨鸟先飞……"说到这里,谢谢微微停顿,眼角余光发现被自己戳了一刀的少年非但没有生气,反而有些傻乐呵,这才松了口气,继续道,"可你于禄如果不是因为武道修为才钓起那些游鱼的话,我跟你姓!"

于禄微笑道:"哦,你是说这个啊,我以为这点伎俩,你们谁都看不上的。武夫江湖什么的,哪里值得拿出来说。我当年在东宫,因为太子身份,注定不得修行长生之法,所以就只好跑去翻看那些宫中秘藏的武学秘籍。我之前说过,我父皇忌惮的是那些歌谣,而不是一个吃饱了撑得去熟悉武道的儿子。"

于禄收起笑意,由衷自嘲道:"何况江湖和武夫的境况如何,别人不清楚,你谢灵越会不知道?山脚的一片池塘罢了,里头的鱼再大,能大到哪里去?不说别处,只说我们曾经的卢氏王朝,九境修士不多,可也不少吧?但是九境武夫呢?一个都没有。所以我当初习武,纯粹是闹着玩的。你们可能会觉得我是站着说话不腰疼,可我还是要说一句,在沉闷无趣的东宫里头,若是有位讲学先生不小心放了个屁,那都是值得说道说道的稀罕事。"

谢谢冷笑道:"哦?听你的语气,武道境界还不低嘛。"

于禄叹了口气,眼神真诚,摇头道:"不高,才第六境。"

谢谢眼神中露出一丝震惊,脸色微微僵硬。

武夫境界的攀登最讲究一步一个脚印,往往是厚积薄发,多是大器晚成之宗师,像大骊藩王宋长镜这样的怪胎,遍观整个东宝瓶洲的历史,将其形容为百年一遇,毫不夸张。所以年纪轻轻的高境界修士,旁人会羡慕其天赋、机缘等等,称之为天才,然后就觉得天经地义了,因为"天才"二字足够解释一切。

但是武道不一样。十四五岁的六境武夫,是货真价实的怪物!

别忘了,卢氏太子于禄,在东宫养尊处优,极有可能从未有过生死之战。

看书看出一个武道第六境?

于禄看到谢谢的眼神和脸色后,把到嘴边的一句话默默咽回肚子:

差不多就要跻身七境了,最多三五年吧。

一想到跟一个六境武夫距离这么近,谢谢就浑身不自在,总觉得会被于禄暴起行凶,然后一拳打烂自己的头颅。

六境的练气士水分可以很大,但是面对世间的纯粹武夫,最好不要有此念头。

陈平安站起身,先是望向黝黑少女,开心道:"谢谢姑娘,虽说你如今修为受限,但是眼界还在。林守一也是练气士,以后麻烦你多跟他聊聊修行上的事情。嗯,林守一性子有点冷,你多担待一点。对了,林守一是吃软不吃硬的,脸皮子薄,经不起好话劝说,谢谢姑娘多磨磨他,比如借着下棋闲聊修行之事,我看就很好。"

然后陈平安望向高大少年:"于禄,你既然是六境高手,以后洗衣服刷草鞋之类的琐碎事情,我就不用担心累着你了,只管开口,衣服管够!"

最后,陈平安跟远处崔东山喊了一句:"我跟他们两个聊完了,你可以回来了。嗯,用读书人的话说……就是相谈甚欢!"

陈平安笑着离开凉亭,脚步轻快,显然是真的高兴。

凉亭内,少年少女面面相觑,总觉得哪里不对劲,又想不出一个所以然来。

崔东山回到止步亭,在亭子外站着不动。由于秋芦客栈不希望有人擅自探究水井,所以亭子只有西边一条进出通道。站在东边的崔东山有些发愣,怔怔出神,最后咬咬牙,双手攀住凉亭栏杆,使出吃奶的劲头才爬上去,翻入亭内长椅,躺在上边大口喘气。

于禄和谢谢有些警惕,只当是大骊国师在耍诈找乐子,必须小心,以免掉入陷阱。

说句难听的,就算崔东山拿把刀交给这对少年少女,站着不动让他们往身上剁,两人都不敢动手,连刀都不会接。

在谢谢看来,陈平安之所以能够对崔东山不以为意,是无知使然,因为他根本就没有领略过真正的山上风光,不知道沙场厮杀、庙堂捭阖、证道长生这些说法的含义。

昔年文圣首徒、十二境巅峰的练气士、大骊国师,随便哪个身份单独拎出来都是一座巍峨山岳,能够压得人喘不过气来。

如今体魄脆弱不堪的崔东山躺在长椅上,累得像一条狗,伸手抹去额头汗水:"如你们所见,我这会儿不但惨遭横祸,害得修为尽失,变得手无缚鸡之力,还连累我连方寸物都用不上,成了手无寸铁的穷光蛋。所以你们两个若是对我心怀怨怼,现在动手,是千载难逢的好机会,过了这村没这店。"

说到这里,他转头朝着千山万水之外的大骊版图有气无力地骂娘道:"福你享,锅我背,你大爷的大骊国师,哦,还是我自己大爷……"

崔东山自顾自嘀嘀咕咕,骂骂咧咧。不管如何,一路行来,虽然未曾成功拜师学艺,但是跟李槐相处久了,骂起人来确实顺溜了许多,这不,连自己都骂上了。

于禄和谢谢习惯了他的神神道道,非但没有觉得他脑子坏了,反而愈发如履薄冰。

崔东山坐起身,背靠围栏,双手横放在栏杆上,于禄和谢谢刚好一左一右在他身旁。他叹了口气:"你们觉得陈平安不知山有多高、水有多深,所以对我一点都不害怕,这是……"他稍作停顿,哈哈笑道,"对的,无知者无畏嘛。但是呢,你们只想到了一半。不过你们比不上陈平安的地方,是身正不怕影子斜。你们两个,一个莫名其妙读书读出来的第六境武夫,山河破碎,忍辱负重;一个是惊才绝艳却身负血海深仇的练气士,总觉得未来还很长。所以陈平安敢说杀我就杀我,你们呢,犹犹豫豫,忐忑忑。我这么说有点站着说话不腰疼的嫌疑,毕竟我是崔瀺,你们能够活着都得谢我。"

崔东山揉了揉腰,愁眉苦脸道:"其实我腰疼得很。"

他看着于禄:"你们以后就死心塌地跟着我混吧,咋样?"

于禄微笑道:"从刑徒遗民队伍里走出来,我就跟着国师大人混了,而且感觉不错。这一路远游求学也很精彩,比起在东宫假装书呆子,每天听那些之乎者也有趣多了。如果国师大人有空的时候能够给我讲解一些经义难题,我会觉得人生很圆满。"

崔东山伸出手指点了点他:"人家陈平安谨小慎微和不苟言笑,是井底之蛙突然跳出了水井,看见什么都要担惊受怕;你于禄真是城府深沉,一脸奸人相貌,我有些时候真想一拳打扁你的这张笑脸。"

于禄无奈道:"我跟陈平安相比,好到哪里去了? 不一样是井底之蛙吗?"

崔东山随口道:"富贵烧身火,磨难清凉散。这句圣人的警世名言白送给你了,拿去好好琢磨。"

早早就熟读万卷书的于禄好奇道:"是文庙哪位圣贤的教诲?"

崔东山指了指自己:"我啊。"

于禄更加无奈。

崔东山从袖子里掏出一粒石子,轻轻砸向檐下铁马,一次不中,两次不中,三次仍是不中。他瞥了眼谢谢,扯了扯嘴角,道:"真想把你丢出去,铃铛肯定能响。"

谢谢像一尊泥菩萨杵在那边,面无表情。

崔东山笑道:"你呢,是真想杀我,但觉得机会只有一次,一定要有个万全之策,舍不得白白死掉。于禄呢,比你聪明,觉得杀不杀我,意义都不大。"

他叹了口气:"陈平安、李宝瓶、李槐、林守一,四个人。于禄你心中的好感程度,从好到坏,应该是林守一、李宝瓶、陈平安、李槐。

"至于谢谢姑娘啊,应该是李宝瓶、李槐、陈平安、林守一。"

崔东山最后伸出拇指指向自己:"我呢,则是李槐、李宝瓶、林守一、陈平安。我最喜欢傻人有傻福的李槐,因为对我最没有威胁。李宝瓶这样阳光灿烂的灵气小姑娘,尤其像我这种一肚子坏水的家伙,怎么可能讨厌她?看着她就暖洋洋的,心里头舒服。林守一不是不好,只是这类天才我实在见过太多,提不起兴致了。

"于禄最不喜欢李槐,是因为厌恶那种混吃等死的性格,觉得天底下怎么可以有这种得过且过的懒鬼。当然了,还有邋遢,不爱干净。最喜欢林守一,是因为你潜意识里还把自己当作卢氏王朝的太子殿下,一个国家的兴盛,就需要林守一这样积极向上的栋梁之材。而谢谢呢,看似与林守一很熟,经常下棋,但其实都快嫉妒得发狂了。同样是修道的天才,为何人家林守一顺风顺水,自己却要遭此劫难,极有可能就此大道阻绝,无望长生?"

于禄默不作声,谢谢脸色难堪至极。

崔东山大笑道,"那么,为什么我们都不喜欢陈平安呢?而李宝瓶他们三个初出茅庐的孩子,跟我们三只心智成熟的大小狐狸恰恰相反,最喜欢陈平安,这是为何?是不是很有嚼头?于禄、谢谢,你们谁给出我心目中的正确答案,我就给你们一件用得着的好东西。"

谢谢缓缓道:"因为他们三人觉得陈平安做事情最公道,而且愿意付出,所以每当遇到坎坷和抉择的时候,都会下意识看向他。而陈平安对我们三人来说,抛开国师大人您的私人谋求不说,这种看似容易相处、愿意与人为善的凡夫俗子,实在不值一提。"

于禄摇头道:"陈平安,没那么好相处。"

崔东山啧啧道:"你们两个半斤八两,真是愚蠢得可爱啊。不然我干脆让你们两个婚配算了,郎才女貌……哦,不对,暂时是郎貌女才,如何?"

于禄和谢谢都没有搭话,因为都知道这就是个笑话。

崔东山双指抚摸着腰间的一枚玉坠:"你们根本就不知道,陈平安是一面镜子,会让身边的人比平时更清楚看到自己的不好。所以跟他朝夕相处的话,只要本身心境有问题的人,就会出现问题。曾经就有一个叫朱鹿的蠢丫头给活活逼上了绝路。说她蠢,是因为她蠢而不自知,做了坏事,心里还迷糊,这就叫又蠢又坏了。同样是女子,比起我们大骊那位娘娘,差了太远。咱们那位娘娘啊,最聪明的地方就在于,'你以为我做了什么坏事,我自己心里没数吗',当年正是这句无心之语,让我决定跟她合作。"

崔东山指向自己:"按照道家某位大真人的隐蔽说法,人皆有两根心弦,一善一恶,就悬挂在我们心头。就像陈平安所认为的那样,有些事情,对的,它就是对的,而错的就是错的,任是谁来做,谁来帮忙辩解,都改变不了。有意思的是,世事之艰难,就在于为了做成一个大的好事,难免要做许多小的错事。儒家门生不愿违心,可能连官场都待不住,甚至连学宫书院都未必爬得高,到最后就只好躲在书斋里研究学问,闭门造车,对于外边一直在滚滚前行的世道是极少裨益的。有些家伙在书斋里待久了,一身迂腐气息,见不得别人有任何道德瑕疵,动辄指摘贬斥,对于那些坏得彻底的庙堂人物反而束手无策,到最后,就只能是世风日下、礼崩乐坏了。"

崔东山不去看那两个若有所思的家伙,伸出一只手掌在身前一抹,换了一只手掌在低处又一抹:"上为善下为恶,人心两根线。我崔瀺的善线极高,几乎等天,所以我眼中看不到几个好人;我崔瀺的恶线极低,所以对我而言,任何人皆可交往和利用,没有任何心理负担。你们两个,比不得我这么悬殊,但是两根线之间的距离,同样不会小。"

崔东山收起左手,右手拇指和食指之间留出一小段空隙,低头眯眼看着那两根手指:"陈平安的善线很低,所以做好事对他而言是自然而然的事情,这就是他被当作滥好人的根源。但是你们要知道,善线低,可不代表他就是真的好说话啊。因为陈平安的恶线距离善线很近,所以他认定了一件事情,决定要去做的时候,会极其果决,比如……杀我。其实你们两个很清楚,不管你们如何看不起陈平安,你们,当然还有我,这辈子都做不成陈平安的朋友。"

于禄突然说道:"我可以尝试一下。"

谢谢听到这话,嘴角泛起冷笑。而当她一想到自己在横山的大树枝头被崔东山胁迫,不得不去主动找到陈平安,为他粗浅讲解武道门路,就有些躁得慌。

紧接着,她就又想到那个屹立枝头的消瘦身影,山间清风徐徐。

她突然有些莫名的伤感——自己也曾是这般心境无垢的,视线永远望向远方。

"我说了这么多,浪费了一大缸口水,到底是想表达什么呢?"

崔东山开始盖棺论定了,站起身,笑呵呵道:"意思就是说啊,以后你们两个蠢货笨蛋,对我崔瀺的先生,发自肺腑地放尊重一点,知道吗?"

这是于禄和谢谢今天第二次面面相觑了。

"两个不知好歹、不知天高地厚的可怜杂碎!"

崔东山无缘无故就勃然大怒,脸色阴沉似水,大步向前,对着于禄的面门就是使劲一拳:"一个沦为刑徒,差点要在脸上刻字的破太子,知道我大骊宰掉的皇帝、皇子有多少吗?还尝试,你这个如今连姓氏都背叛祖宗的混账,有这个资格吗?"

于禄措手不及,硬生生挨了一拳,不敢有任何还手的动作,只是有些蒙。

崔东山转过身,走向谢谢,对着她就是一巴掌甩过去:"一个山门都给人砸烂的小娘儿们,知道我亲手做掉的陆地神仙有几个吗?"

生性骄傲的少女下意识伸出手,抓住白衣少年的手腕,不让他的耳光打在自己脸颊上,但是下一刻她就后悔了。果不其然,崔东山整个人都散发出恐怖的狰狞气息,死死盯住少女,吓得她立即松开手。崔东山低头看了眼通红微肿的手腕,狠狠一巴掌甩在少女脸上,厉色道:"你们两个也敢横竖看不起陈平安? 他是我崔瀺的先生!"

崔东山接连甩了四五个耳光在谢谢脸上,谢谢甚至不敢凭仗练气士的修为来卸去劲道,很快就被打得脸颊红肿,嘴角渗出血丝。

满身杀气的崔东山似乎打得犹不解气,就想要找点什么东西来当凶器。就在此时,他转头望见一个快步跑来的熟悉身影,顿时愣在当场。

那个不速之客刚喊出一个字:"吃……"就看到崔东山动手打人的一幕,赶紧咽下那个"饭"字,开始狂奔,杀向崔东山。

少年身上那股子气势恐怕更像杀气,吓得崔东山二话不说,连爬带滚翻过凉亭栏杆,跑向老水井,一边跑一边扭头喊道:"陈平安,你干吗? 我教训自家丫鬟仆役,关你屁事……唉,有话好好说,我认错还不行吗? 咱们都停下来,好好掰扯道理,行不行?"

陈平安跑入凉亭后,脚尖一点,高高跃出,身形如飞雀快速越过栏杆,落在凉亭外,继续奔向崔东山。崔东山心知难逃一劫,干脆破罐子破摔,站在老水井口上,悲怆颤声道:"陈平安,你要是今天真要打死我,我就投井自杀算了! 信不信由你!"

陈平安继续前冲,眼见崔东山就要跳入水井,皱了皱眉头,猛然停下身形。

崔东山一脚踏出,在千钧一发之际,好不容易才收回脚,身形摇摇晃晃,命悬一线。

以他如今的体魄,摔入水井底部后,因为下边还有剑气残余,哪怕不被冻死淹死,恐怕也要伤及根本,去掉大半条命。由此可见,他是真怕了陈平安。

陈平安仔细看着崔东山,良久之后,说道:"吃饭。"

崔东山小心翼翼跳下井口,仍然不敢上前,站在原地悲愤解释道:"我刚才是为你出口气! 他们两个打心眼里看不起你,我打抱不平,要他们以后对你客气一点,也有错? 你这叫好心当作驴肝肺!"

陈平安冷笑道:"你少拿我当幌子,你就是狗改不了吃屎!"

说完之后,陈平安转身离去,绕过凉亭的时候,语气和缓地对那对少年少女说:"林守一他们已经下完一盘棋,吃饭了。"

崔东山不怒反笑,远远跟在陈平安后头,跑得一摇一摆,两只大袖子飞来飞去,显得狗腿得很:"不愧是我家先生,比那两个蠢货真是聪明太多太多。"

过了凉亭,崔东山面对两人,立即换上一副嘴脸,训斥道:"愣着干什么? 吃饭!"

于禄微笑如常,走出凉亭。走下台阶后,转身问道:"你没事吧?"

谢谢眼眶湿润,摇摇头。

于禄指了指自己的嘴角,谢谢回过神后,转过头去,将嘴角血迹擦拭干净。

一行人吃过了秋芦客栈准备的丰盛早餐,李槐吃得肚子滚圆,这个没心没肺的小兔崽子完全没有意识到餐桌上的诡异氛围。

老秀才对陈平安笑道:"走,带你去逛逛这座郡城的书铺。咱们随便聊聊,如果可以的话,请我喝酒。"

老秀才望向跃跃欲试的李宝瓶,笑道:"一起?"

李宝瓶使劲点头:"我回去背小书箱!"

林守一留在客栈,继续以《云上琅琅书》记载的秘法修习吐纳。李槐是实在懒得动,没有逛街的欲望,只是叮嘱陈平安一定要给他带好吃的回来。崔东山说自己有点私事,要去找客栈老板,看能不能把房钱算便宜一点。于禄和谢谢各自回屋。

最后就是一老一大一小三人离开秋芦客栈,走过那条行云流水巷,在老秀才的带领下去寻找书铺。

李宝瓶一直跟老秀才显摆自己的书箱,在他身边绕圈跑。

陈平安酝酿很久,终于忍不住问道:"文圣老爷,您有没有生我的气?"

老秀才都快把李宝瓶的小书箱夸出一朵花来了,闻言后笑道:"你是说拒绝当我关门弟子的事情吗?没有没有,我不生气。失望是有一些的,但是回头想想,这样反而很好。齐静春的初衷,以及阿良之后的跟随,不是一定要给你陈平安什么。我上次偷偷取走你的玉簪,说到底……"说到这里,他做了一个手掌横抹的姿势,"是为了让你陈平安就只是陈平安而已,没有太多的牵扯。你就是骊珠洞天泥瓶巷里的少年,姓陈名平安,带着李宝瓶他们远游求学,就这么简单。

"阿良这个吊儿郎当的惫懒货难得正经了一回,是他让大骊王朝这些世俗存在不给你和孩子们带来额外的负担,之前齐静春已经做到了让上面的……家伙们不来指手画脚。因为我的到来,害得你那位好脾气的神仙姐姐露面了,于是又有一点小麻烦。但是不用怕,我这个老不死的,这点本事还是有的,绝不给你们添麻烦,跟读书人讲道理嘛,我擅长。"老秀才拍了拍少年的肩膀,"以后就安安心心求学吧。"

说着,他又自顾自笑起来:"少年的肩膀,就该这样才对嘛,什么家国仇恨、浩然正气的,都不要急,先挑起清风明月、杨柳依依和草长莺飞。少年郎的肩头,本就应当满是美好的事物啊。"

李宝瓶眼睛一亮,对老秀才竖起大拇指,称赞道:"文圣老爷,您这话说得漂亮。"

老秀才哈哈大笑,手掌轻拍肚子:"可不是,装着一肚子学问呢。"

陈平安看着相互逗乐的两人,深吸一口气。肩头有什么,他感觉不到,心里倒是已经暖洋洋的了。

黄庭国北方这座繁华郡城,在无忧无虑的李宝瓶看来,就是热闹,是好多好多个家乡小镇加在一起都比不上的。

但是看遍山海的老秀才当然会看得更远、更虚,可能早早就看到了以后铁骑南下、硝烟四起的惨淡光景,那些熙熙攘攘的欢声笑语就会成为以后撕心裂肺的根源;反而是那些衣衫褴褛的路边乞儿,将来遭受的痛苦磨难会更浅淡一些;至于那些个地痞流氓,更有可能在乱世中一跃而起,说不定还会成为黄庭国的官场新贵、行伍将领。

只不过老秀才历经沧桑,自然不会将这种情绪表现在脸上,以免坏了少年和小姑娘逛街的好兴致。他带着他们一路七拐八弯,找到一家老字号书铺,自己掏钱给两人买了几本书。店铺主人是个科举不如意的落第老书生,平日里见谁都不当回事,碰到口若悬河的穷酸老秀才,那算是英雄相惜了。加上被老秀才的学问道德所折服,小二十两银子的书钱,愣是十两银子就算数了。老秀才出门后,看着满脸钦佩的陈平安和李宝瓶,笑道:"怎么样,读书还是有用的吧? 今儿就帮我们省了八两多银子。所以说啊,书中自有黄金屋……"说到此处,老秀才放低嗓音,神秘兮兮道,"还真别说,南边有个地儿,当然不是你们东宝瓶洲的南边,而是醇儒陈氏家族,有个跟我最不对付的老古板,他年轻的时候,日日读书夜夜读书,大概几十年后,约莫是精诚所至,有一天还真给他从书里读出了一座黄金屋和一位颜如玉。"

陈平安瞪大眼睛,咽了咽唾沫:"那座黄金屋有多大?"

李宝瓶则好奇问道:"那位颜如玉有多漂亮?"

老秀才哈哈大笑,伸手指了指这俩孩子:"以后有机会自己亲眼去瞧瞧,我可不告诉你们。耳听为虚,眼见为实嘛。好山好水好风景,书上是有描写,可比不得自己收入眼底啊。"

李宝瓶突然问道:"文圣老爷,您为什么要给我小师叔买那几本书籍? 真的很粗浅啊,就连我和林守一都能教的,不是浪费钱吗?"

老秀才收敛笑意,一本正经道:"不一样,很不一样。天底下最有学问的书籍,一定是最深入浅出、最适合教化苍生的。知道这些书本为何反而卖得最便宜吗? 比如道祖他老人家的那部《五千文》,卖得多廉价啊,只要想看,谁都买得着;只要愿意读,谁都能从中学到东西。"

李宝瓶懵懵懂懂道:"印刷得多,加上买的人多呗,所以便宜。"

老秀才点头笑道:"对了一半。书如果太贵了,谁乐意掏钱买? 干吗不去买吃的,还能填饱肚子呢。剩下一半,则是那些高高在上的道德圣人如果想要更广泛地传授自己的学问,成为一州、一国甚至是一洲、整个天下的正统学问,自己亲自传授弟子,能出几个? 还不如来一个广撒网,把自己的学问道理都印刻在书上,门槛低了,走进去的人就多了。"

陈平安轻轻叹了口气。

老秀才忧心问道:"咋了,觉得很没意思? 这可不行,书还是要读的。"

陈平安摇头道:"我就是觉得这挺像老百姓开店铺抢生意。在我家乡骑龙巷那边,我有两间朋友帮忙照看的铺子,不知道如今是亏了还是赚了。"

老秀才似乎想起了一点陈芝麻旧事,有些唏嘘,大手一挥:"走,喝酒去! 陈平安,你如果实在嘴馋,可以喝一点。宝瓶年纪太小,还不可以喝酒。"

时辰还早,许多酒楼尚未开张,老秀才在一条街的拐角处找到一家油渍邋遢的酒肆,好在三人都不讲究这个。如果是崔东山、于禄、谢谢三人在场,恐怕就要皱眉头了:一个眼界高,一个有洁癖,一个自幼养尊处优,估计这辈子都不会在这种场合喝酒。

老秀才点了一斤散酒和一碟盐水花生。陈平安依然坚持习武之人不可喝酒的原则,李宝瓶其实有点想喝,但是有小师叔在身边,她哪里敢提这个要求,便只是有些眼馋地盯着老秀才喝酒。

跟陈平安相处这么久,从李宝瓶到林守一再到李槐,一路上耳濡目染,对于什么可以做,什么不可以做,大抵上都心知肚明。李宝瓶有些时候其实也会觉得小师叔太严肃了,但是看一看漂漂亮亮的小书箱和厚实柔软的小草鞋,就不再多说什么了。

林守一对于陈平安并非没有看法,因为成了山上神仙,志向高远,觉得眼皮子底下的这点鸡毛蒜皮不值得他分心,所以从来不说什么。

至于李槐,他是最愿意有什么说什么的,只可惜大多是无理取闹,不等陈平安说什么,就已经被李宝瓶打压了。

所以这一路求学,四人从未出现过不可调和的分歧,维持着一种微妙的平衡。之后朱河、朱鹿父女离开,在野夫关外,崔东山带着于禄和谢谢闯入队伍,让之前的四人愈发同仇敌忾,关系反而变得更加紧密。

老秀才喝着酒,才半斤就有些上头,大概是触景生情,又没有刻意运用神通,难得如此放松,就由着自己喝酒浇愁了。老秀才环顾四周,轻声道:"我有一个从小就认识的朋友,家里穷,中途退学,后来去开了一间酒肆,差不多就这么大的小铺子。他从十八岁娶妻生子,到六十五岁寿终正寝,开了将近四十年的酒肆,卖了将近四十年的酒。

"我只要兜里一有闲钱,只要想喝酒了,就喜欢去他那里买酒喝,不管隔着多远,一定会去。但是有一天,铺子关门了,找街坊邻居一打听,才知道我那个朋友死了。既然原先的铺子关了,我只好去别处买酒,才知道他卖我的那种酒,卖得比其他人都贵。"

李宝瓶气愤道:"文圣老爷,您把人家当朋友,可人家好像没有把您当朋友啊。"

陈平安没有说什么。

老秀才喝了口酒："可又过了很多年，我才知道，他卖给我的酒，是他亲自上山采药酿造出来的酒，不计成本，全都用了最好的东西，卖得亏了。"

李宝瓶张大嘴巴，心里头顿时愧疚满满。

老秀才拈起一粒花生米，放入嘴中慢慢嚼着："四十年里，我从一个寒酸书生，好不容易考上了秀才功名，之后……也有了些本事和名气。那个朋友每次见到我，就只会劝我喝酒这么一件事情，从来不提他子女求学的事情，不提他妻子家族的鸡飞狗跳，就是劝我喝酒。每次他都坐在我对面，就小宝瓶你现在坐的位置，离我最远的位置，但是一抬头就能看到我，每次都傻乎乎笑着。"

李宝瓶想了想，默默离开原位，坐在陈平安的对面，咧嘴一笑。

陈平安对她做了个鬼脸。

老秀才缓缓说道："又后来，我才知道他的子女要么当上了当地朝廷的黄紫公卿，祸国殃民；要么年纪轻轻当上了诰命夫人，动辄打杀妾婢。他媳妇的家族骤然富贵，成了郡望大族，一家上下坏得很，什么坏事都做得出来，害了很多无辜百姓。"

老秀才直愣愣望着对面那个空位："可你硬是在那个小酒肆里，守着个破烂铺子，年复一年酿着酒，直到老死为止。"

李宝瓶又张大嘴巴，满脸不可思议。

老秀才收回视线，就着劣酒吃着盐水花生，对陈平安说道："以后好好习武练剑，不要事事都讲道理，尤其不要都按照书上的道理去做，要懂得变通，要不然你会很累的，可能到最后身边就只有你一个人，半个朋友都没有了。自古圣贤，神位越高，因为要以身作则，不合情理的事情做得还少吗？"他伸出手指在桌上滑出一条线，最后拉直手臂，似乎想要在桌面以外都划出一条道路来，"你想啊，有些道路，你独自一人走上一年，可以。十年呢？百年千年呢？但是问题来了，有些人就是死脑筋，非要走下去，怎么办？那就一定要在适当的岁月做合适的事情，莫要太过老气横秋了。什么都经历过了，以后大道独行的时候，就不会觉得后悔，反而会觉得……"

老秀才是真的喝高了，伸出拇指，指向自己："我真他娘的牛啊！"

说完这句豪气纵横的话后，砰一声，老秀才脑袋往前一倒，重重磕在桌面上。

陈平安跟掌柜结过账，背着老秀才往外走。

李宝瓶偷着乐呵：原来文圣老爷也会醉酒啊，而且还醉话连篇。

"陈平安！人不风流枉少年，一定要喝酒哇，喝酒好！"

"小宝瓶，千万记住喽，一定要珍惜陈平安这个傻好人，不要因为他做得太好太对就觉得他不近人情，反而与他愈行愈远，不然迟早有一天你会后悔的，陈平安也会变成第二个小齐，最后出事的时候，要么根本没人知道，要么知道了都没胆子出手帮忙，那得有多惨……

"小平安,我们讲道理,不是为了让自己委屈,而是慢慢攒着,如果有哪天,突然觉得整个天下都不讲道理的时候,你有那份底气和心气去大声跟这个世界说:'你们都是错的!'"

老秀才酒气冲天地使劲拍打陈平安的脑袋。

背着老秀才的陈平安苦着脸,只得拼命点头。

老秀才打着酒嗝,直起脖子,似乎在寻找李宝瓶。

李宝瓶赶紧蹦跶了一下:"我在这儿呢!"

老秀才又是狠狠一巴掌拍在陈平安脑袋上:"小平安,我问你,你将来读书越多,觉得书上的道理越来越有道理,但是如果有一天,整个……或者说半个浩然天下的读书人都开始指责小宝瓶,骂她不知羞耻,竟然喜欢自己的小师叔,你咋办?"

李宝瓶根本没当回事,气呼呼道:"我喜欢小师叔还有错啊,这些人怎么读的书!"

陈平安自幼就在市井底层为了活下去而艰难活着,所以要想得更远更多,也知道更多的龌龊事。他毫不犹豫道:"如果真有那么一天,他们要骂宝瓶的话,得先问过我陈平安的拳头。"

他转头对李宝瓶笑道:"小师叔除了拳头,以后还有剑,所以如果真有那么一天,一定要告诉小师叔,小师叔就算远在天边,也会赶来护着你!"

老秀才醉醺醺道:"那如果小姑娘觉得你怎么都打不过那些人,怕你受伤,故意不喊你,你事后才知道可怜兮兮的结局,该怎么办? 事已至此,难不成你逮着那些读书人乱杀一通?"

陈平安停下脚步,望向李宝瓶:"宝瓶,你是想着小师叔事后为了你大开杀戒,被人骂死打死,还是事先就堂堂正正跟人对峙,我们一起面对那些坏蛋,就算死也死得理直气壮,而且一点都没留下遗憾?"

李宝瓶有些慌张:"小师叔,听上去好像还是后边的选择稍微好点?"

老秀才哈哈大笑:"没你们想的那么凄惨,读书人还是要点脸皮的,分生死还不至于,就是会有点坎坷罢了。"

老秀才最后啧啧道:"顺序一说,小子这么快就用上了,学以致用,厉害厉害。"

陈平安笑道:"老先生,您吓唬我们就算了,为了赖账装醉,是不是有点过分了?"

老秀才脑袋瞬间一歪,鼾声如雷。

李宝瓶还有些心有余悸,抓住陈平安的袖子。

陈平安开玩笑道:"怕什么,以后你好好读书,争取讲道理就赢过他们,如果这还不行的话,小师叔从今天起就会更加努力练拳练剑,到时候御剑飞行,咻一下从万里之外来到你身边,所有人都仰着头,瞪大眼睛看着你的小师叔,就像当时我们看到风雪庙魏晋差不多。你就跟人说,这是你的小师叔,问他们帅不帅气,厉不厉害。"

李宝瓶使劲点头，开怀大笑，蹦跳起来："哇，帅气帅气！"

她非但没有畏惧，反而充满了稚气的期待，等着小师叔踩着飞剑，咻一下从天涯海角那么远的地方落在她身边，告诉所有人，他是自己的小师叔。

至于那一天蕴藏的杀机和危险，李宝瓶想得不多，毕竟小姑娘再早慧也想不到那些书上不曾描绘的人心险恶，想不出那些暗流涌动及藏在高冠博带之后的冷酷杀机。

涉世未深的小姑娘，只是单纯地选择全心全意信赖一个人。

趴在陈平安后背上酣畅大睡的老秀才之所以选择泄露天机，恐怕正是珍惜这份殊为不易的娇憨。

李宝瓶轻声提醒道："小师叔，如果到时候你吵不过别人，又打不过别人，咱们可以跑路的。"

陈平安笑道："那当然，只要你别嫌弃丢人就行。"

之后陈平安带着李宝瓶逛了几家杂货铺子，给三个孩子都买了崭新的靴子。陈平安自己没买，倒不是抠门到这份上，实在是穿不习惯，试穿的时候浑身不自在，简直连走路都不会了。除此之外，他还给三人各自买了两套新衣服。

花钱如流水，陈平安说不心疼肯定是假，可钱该花总得花。

李宝瓶还是挑选大红色的衣裳，不单单是瞧着喜气的缘故，陈平安很早就听小姑娘抱怨过，好像是小时候有一位云游道人经过福禄街，给李家三兄妹测过命数，其中给李宝瓶算八字的时候，提到了她以后最好穿红色衣衫，可避邪祟。李家这些年不管如何宠溺这个小闺女，在这件事上没得商量。李宝瓶虽然越长大越郁闷，可还是照做。上次在红烛镇驿站收到家里人的三封书信，无一例外，从父亲到李希圣、李宝箴两个哥哥，全都提醒过小姑娘，千万别图新鲜就换了其他颜色的衣衫。

小姑娘经常私下跟陈平安说，以后见着了那个臭道士，一定要揍他一顿。

逛铺子的时候，老秀才还在酣酣大睡，陈平安就只能始终背着，好在不沉，估摸着还不到一百斤。真不知道这么个老先生，怎么肚子里就装得下那么多的学问？

回秋芦客栈的路上，李宝瓶的书箱装得满满当当。不过这一路数千里走下来，小姑娘看着愈发黝黑消瘦，可长得结结实实，气力和精气神都很好，陈平安倒是不担心这点重量会伤了李宝瓶的身子骨。

到了那条行云流水巷，依旧是云雾蒸腾的玄妙场景，陈平安看了多次，仍是觉得匪夷所思。玄谷子临别赠送的《搜山图》上头画的神神怪怪虽然也很让人惊奇怪异，可还是不如当下置身其中来得震撼人心。

到了刻有两尊高大彩绘门神的客栈门口，老秀才突然醒来，双脚落地的瞬间，背后就多出了那只行囊，手里握着一块银锭。老秀才看着两个满脸茫然的家伙，笑道："天下没有不散的筵席，我还要去很多地方，需要一直往西边去，不能再在这里耽搁下去了。

陈平安,那半个崔瀺呢,善恶已分,虽然不彻底,但是大致分明,以后就交给你了。言传身教,其中身教重于言传,这也是我把他放在你身边的原因。"

李宝瓶皱眉道:"那家伙是个大坏蛋,文圣老爷您怎么总护着他啊?"

"没有办法啊。"老秀才有些无奈,笑着耐心解释,"我已经撤去他身上的禁制,如果下一次你觉得他还是该杀,那就不用管我这个糟老头子怎么想的,该如何就如何。我之所以如此偏袒护短,一是他走错道路,大半在于我当年的教导有误,不该那么斩钉截铁全盘否定,给他造成一种我很武断下了结论的误会。"

老秀才神情疲惫,语气低沉:"何况我当时委实是分不开心,有一场架是必须要赢的,所以根本来不及跟他好好讲解缘由,帮他一点一点向后推演。所以后边的事情就是那样了,这小子一气之下,干脆就叛出师门,留下好大一个烂摊子,马瞻就是其中之一。再者,他挑选的那条新路,如果每一步都能够走得踏实,确实有望恩泽世道百年千年,说不定能够为我们儒家道统再添上一炷香火……这些既千秋大业又狗屁倒灶的糊涂账,当你们以后有机会登高望远,说不定也会碰上的。到时候别学我,要多想一想,不要急着做决定,要有耐心,尤其是对身边人,莫要灯下黑,要不然会很伤心的。"说到这里,老人摸了摸陈平安的脑袋,又揉了揉李宝瓶的脑袋,"你们啊,不要总想着快点长大。真要是长大了,身不由己的事情会越来越多,而朋友会越来越少。衣服靴子这些是越新越好,朋友却是越老越好,可老了老了,就会有老死的那天啊。"

李宝瓶问道:"林守一说练气士那样的山上神仙,若是修道有成,能活一百年甚至是一千年呢!"

老秀才笑问道:"那一百年后,一千年后呢?"

李宝瓶试探性问道:"那我先走?"

老秀才被小姑娘的童真童趣给逗乐了,哑然失笑道:"那么反过来说,小宝瓶你这样顶呱呱的好姑娘,若是有天不在人间了,那你的朋友得多伤心啊。反正我这个老头子会伤心得哇哇大哭,到时候一定连酒都喝不下了。"

李宝瓶恍然大悟,小鸡啄米点头道:"对对对,谁都不能死!"

老秀才伸手递出那块银锭,陈平安看着它,问道:"不会是虫银吧? 崔东山就有一块。"

老秀才摇头笑道:"那小坑意儿也就小时候的崔瀺会稀罕,觉得有趣,换成老崔瀺,懒得多看一眼。这块看着像银锭的东西,是一块没了主人的剑胚,比起崔瀺藏在方寸物里头的那一块,品秩要高出许多。关键是渊源很深,以后你要是有机会去往中土神洲,一定要带着它去趟穗山,说不定还能喝上某个家伙的一顿美酒。穗山的花果酿,世间一绝,神仙也要醉倒!"

陈平安接过银锭。

老秀才打趣道:"哟,之前不乐意做我的弟子,我磨破嘴皮子都不肯点头答应,现在怎么收下了?"

陈平安尴尬道:"觉得要是再拒绝好意,就伤感情了。"

李宝瓶小声道:"文圣老爷,是因为这东西像银子啊,小师叔能不喜欢?"

陈平安一记栗子敲过去,李宝瓶抱着脑袋,不敢再说什么。

老秀才哈哈笑道:"小宝瓶,下次见面,可别喊我什么文圣老爷了。你是齐静春的弟子,我是齐静春的先生,你该喊我什么?"

李宝瓶愣了愣:"师祖? 师公?"

老秀才笑眯眯点头道:"这才对嘛,两个称呼都行,随你喜欢。"

李宝瓶连忙作揖行礼,弯了一个大腰,只是忘了自己还背着一只略显沉重的书箱,身体重心不稳,差点摔了个狗吃屎,陈平安赶紧帮忙提了提小书箱。

老秀才挺直腰杆,一动不动,坦然接受这份拜礼。他颠了颠身后的行囊,叹了口气:"剑胚名为'小鄹都',只管放心收下。它上头的因果缘分早已被切断得一干二净,至于怎么驾驭使用,很简单,只要用心,船到桥头自然直,它就会自动认主;如果不用心,你就算捧着它一万年,它都不会醒过来,比一块破铜烂铁还不如。"

陈平安将它小心收起。

老秀才点头,转身离去:"走喽。"

李宝瓶疑惑出声道:"师公?"

老秀才转头笑问道:"咋了?"

李宝瓶指了指天上:"师公,您不是要走远路吗? 怎么不嗖一下,然后就消失啦?"

老秀才忍俊不禁,点头笑了笑,果真嗖一下就不见了身影。

陈平安和李宝瓶不约而同地抬起脑袋,望向天空。但其实在靠近街道的行云流水巷口,有个老秀才,转头望了望秋芦客栈门口,而后缓缓离去。

回到院子,高大女子坐在石凳上,正在仰头望向天幕,嘴角噙着柔和笑意。

同一个院子,近在咫尺,于禄和谢谢却从头到尾都不知道这位剑灵的存在,因为每当出现的时候,她就会在双方之间隔绝气机,使得少年少女完全无法感知到她。

李宝瓶打过招呼就去屋内放东西,陈平安过来坐在高大女子身边。

高大女子伸手横抹,手中多出那根悬挂桥底无数年的老剑条,开门见山道:"事情既然有了变化,我也就适当做出改变好了。原本我们订了一个百年之约,现在仍是不变,但是我接下来会加快磨砺剑条的步伐,争取在一甲子之内将其打磨得恢复最初相貌的七七八八,这就意味着你那块斩龙台会不够,很不够。"

陈平安一头雾水。那块突然出现在自家院子里的小斩龙台,被自己背去铁匠铺子那边了才对。

高大女子微笑道:"还记不记得你有一次坐在桥上做梦,连人带背篓一起跌入溪水?那一次,其实我就拿走了那块斩龙台,之后你以为是斩龙台的石头,不过是我用了障眼法的普通石头。嗯,说是普通也不太准确,应该是一块质地最好的蛇胆石,足够让一条小爬虫变成一条……大爬虫。为了从一百年变成六十年,付出的代价,就是我至少需要用掉深山里头的那座大型斩龙台,也许用不掉整片石崖,但是一大半肯定跑不掉。不过你不用担心,我自有法子来瞒天过海,实在不行,丢给风雪庙、真武山的兵家修士们几本秘籍就是了,他们非但不会觉得这笔买卖不划算,说不定还会喜极而泣。"

陈平安听天书一般,怔怔无言。

高大女子向天空伸出手,手心多出那枝亭亭玉立的雪白荷叶:"因为酸秀才的缘故,加上你那一剑有些不同寻常,所以荷叶支撑不了太多时间了,这也是我着急赶回去的原因之一。再就是秀才答应我,不会因为崔瀺的事情牵连到你,他会先去一趟颍阴陈氏,跟人说完道理再去西边。所以接下来,如他所说,你安安心心带着那帮孩子求学便是,有崔瀺这么个坏蛋,还有那个武道第六境的于禄在一旁护驾,我相信哪怕你没了剑气,便是有些坎坷,也一样能够逢凶化吉。"她眉宇之间有些愁绪,"但是到了大隋书院之后,接下来的这六十年内,我需要画地为牢,不可轻易离开,否则就有可能功亏一篑。你既要保证自己别死,又要保证境界持续增长,会有点麻烦啊。"

陈平安说道:"阿良曾经无意间说过,不管是武夫还是练气士,到了三境修为,就可以试着独自游历一国,只要自己不找死,多半没有太大问题;五六境的话,就可以把半洲版图走下来,前提是不要胡乱凑热闹,不要往那些出了名的湖泽险地走,再就是别热血上头,遇上什么事情都觉得可以行侠仗义,或是斩妖除魔,那么就可以大体上安然无恙了。如果说遇上飞来横祸,因此死翘翘,那就只能怪命不好。这么糟糕的命数,待在家里一样不安稳,所以出门不出门,结果大致是一样的。"

高大女子点头欣慰道:"你能这么想最好,是该如此。要是畏手畏脚,缩头缩脑,一辈子都别想修行出结果。"

她突然眯眼玩味问道:"为什么到现在,我快要离开了,你还是不问我怎么帮你续命,解决后患?既然我们休戚与共,你就不好奇我为何不帮你修复长生桥,让你顺利走上修行之路?于情于理,这都不是什么非分请求吧?"

陈平安坦诚道:"昨晚睡觉前我就想起床问这些问题,但是后来忍住了。"

高大女子问道:"为何?"

陈平安满脸认真道:"不是我不好意思开口,为了活命这么大的事情,我脸皮再薄也不会难为情。而是我一直很信姚老头,也就是我当时烧瓷的半个师父,相信他说过的一句话……"

高大女子打断陈平安的言语,点头道:"我知道,在那捧光阴水展现出来的景象之中，我看到也听到了。很有意思的一句话。"她随即有些恼火，撑着荷叶伞站起身，"知道为何你们人间有个'破相'的说法吗？确实是真事，但是凡夫俗子的破相一事本就是在命理之中，哪怕是改名字，都在大的规矩之内，所以不碍事。但如果涉及长生桥，体内诸多气府窍穴的改变就是一桩大事了。

"修行本就是逆流而上的举动，说难听点，就是悖逆天道。练气士所谓的证道，实则是证明自己的大道能够让天道低头，老天要我生老病死，我偏要修成无垢金身、福寿绵延、永享自由，要老天爷捏着鼻子承认自己的长生久视。你想想看，这何其艰难。

"若是能够轻而易举搭建长生桥，那些山上的仙家门阀，只要老祖宗动动手，岂不是轻轻松松就满门子孙皆神仙了？因为人之经脉、气府和血统本就是天底下最玄之又玄的存在。要知道，道家推崇的'内外大小两天地'，这小天地说的就是人之身躯体魄，寓意自身是天然的洞天福地。而长生桥就是勾连两方天地的桥梁，故而搭建长生桥当真是难如登天。不是没有人能做到，但是付出的代价会很大，对于修路建桥之人的境界要求极高，而且仅限于阴阳家、医家这些流派的大练气士，这也是这些学说流派不擅杀伐，却依然屹立不倒的缘由之一。"

看到陈平安虽然眼底有些失落，可并不沮丧，高大女子便放下心来，促狭笑道："现在不管如何，你先淬炼体魄，打好基础，肯定是好事。要不然以后，等我磨砺好了剑条，你要是连剑都提不起来，那就太丢人了。可别以为提剑一事很简单，在酸秀才的山河画卷里头你能提起来，那是他给了你十境修士的'假象'。寻常九境修士的体魄可能比不得五六境纯粹武夫，可是志在打破门槛的十境修士，就没有一个敢小觑淬体一事的蠢货，绝大多数都会在这一层境界里靠着实打实的水磨功夫，变得比纯粹武夫还勤恳，一点一滴打磨身躯和神魂，容不得有半点瑕疵漏洞，所以才造就了世间十境练气士全是水底老王八的有趣格局。"

陈平安把这些话全部牢牢记在心头。

高大女子站在院子里，笑道："小平安，一定要等我六十年啊。还有，到时候可别变成一个白发苍苍的老头子了，实在是大煞风景，小心我不认你这个主人。"

陈平安站起身，刚要说话，她已经向他走来，伸出手掌，似乎要击掌为誓。

陈平安连忙高高抬起手。

只是两人的手掌，最终在空中交错而过。

原来高大女子已经消散不见，就此离去。

陈平安坐回原位，突然一拍脑袋想起忘了询问她和文圣老先生躲在那把槐木剑中的金衣女童到底是什么了！

崔东山在秋芦客栈的一间密室喝着茶，客栈的二当家刘嘉卉——在郡城高层大名鼎鼎的刘夫人，就像一名卑微婢女，小心翼翼察言观色，谨慎打量着这名表露身份的大骊国师。

她所在的紫阳府本就是被大骊拉拢过去的黄庭国棋子，这桩盟约，是极少露面的开山祖师亲自点头许可的，紫阳府上上下下自然不敢有丝毫掉以轻心。尤其像刘嘉卉这种自认大道无望的外门子弟，对于朝廷、官府这类世俗权势的象征会格外上心。

虽说黄庭国洪氏皇帝历来奉行祖制优待仙家，只可惜一个小小的黄庭国，能够让牵连极深的灵韵派死心塌地，却没办法让紫阳府这类门派势力效忠，因为池塘太小了，水底下的蛟龙希望拥有更加宽广的地盘。

紫阳府比起那个只想要一个"宫"字的伏龙观，野心更大。

当眉心有痣的俊秀少年自报家门，刘嘉卉选择相信的理由只有一个，就是站在少年身边的那个青袍男子表现得比她更像一个下人。

她想不出黄庭国有谁能够让这位心狠手辣的寒食江神心甘情愿地担任奴仆。

崔东山随口问过了紫阳府内部的情况后，突然笑问道："魏礼这个郡守大人是刘夫人的情郎吧？他以后多半会成为大骊的拦路石，如果我要你今天亲手杀了他，夫人舍不舍得动手啊？"

刘嘉卉头脑一片空白，身体紧绷。

崔东山乐呵呵道："瞧把你吓得，我是那种棒打鸳鸯的人吗？"

刘嘉卉微微抬头，只见那个白衣少年自顾自点头笑道："对啊，我就是这种人。"

刘嘉卉欲哭无泪，脸色惨白。

崔东山摆摆手，"善解人意"道："但是要你亲手杀人，太残忍了。况且紫阳府如今跟大骊结盟，我不会让兢兢业业操持这份家业的刘夫人你为难。我身后这位水神老爷，本就跟那魏大人关系一般，由他来杀好了。"

刘嘉卉竭力忍住即将夺眶而出的泪水，低下头，颤声道："国师大人，魏礼如果真的要死，我来杀便是！无须水神老爷动手。"

崔东山好似悲天悯人般叹息一声，自言自语道："这样的话，刘夫人一定对我和大骊怀恨在心。不如这样，你杀了情郎之后，我再让水神老爷宰掉你，你跟魏礼至少可以做一对亡命鸳鸯……"

风情万种的妇人抬起头，那双勾人心魄的桃花眸子充满了想要玉石俱焚的浓重杀机。寒食江神向前踏出一步，轻轻发出一声嗤笑。

刘嘉卉之流，在他眼中无异于自不量力的蝼蚁。

妇人猛然惊醒，后退数步。

盘腿坐在椅子上的崔东山拈住杯盖，轻轻扇动茶水雾气，清香扑鼻，有些陶醉地闭上眼睛嗅了嗅，然后缓缓睁开眼睛，盯着正在心中天人交战的刘嘉卉，展颜一笑，啧啧道:"众生皆苦,有情为最。看在这杯好茶的分上,我就放过魏礼好了。真的,不骗你。"

刘嘉卉身子一软,差点摔倒,鼓起最后仅剩的胆气,怯生生哽咽问道:"国师大人,真的不骗奴婢?"

崔东山忍俊不禁道:"骗你有多大意思啊?"

刘嘉卉当然不敢信以为真,原本极为精明的一个妇人,顿时失魂落魄。

崔东山没好气道:"行了,出去吧,以后记得盯紧魏礼,别让他做出什么不可救药的蠢事。将来你能不能当大骊的诰命夫人,魏礼能不能在大骊官场飞黄腾达,全看你刘嘉卉的本事了。"

这么说,刘嘉卉就听得明白了,要不然大骊国师那种天马行空的想法,她是真的追不上,畏惧的感觉已经渗透到了她的骨子里。她不单单是怕一个心思难测、貌似孱弱的少年,而是怕那所向披靡的大骊大军,怕一人之下万人之上的大骊国师。

一想到和和睦睦的初次见面,妇人只觉得是一个天大的笑话,还心安理得地收了他两千两银子,那恐怕是天底下最烫手的银子了。

崔东山见她还愣在当场,冷声道:"滚出去。"

刘嘉卉连忙告辞离去。

等到她离开密室,寒食江神问道:"国师大人,当真不杀魏礼?"

崔东山一脸坏笑:"你猜?"

寒食江神有些头大,苦笑:"实在猜不出国师大人的想法,反正我只管听命行事。"

崔东山喝了一大口茶水,然后盖上茶杯,放在桌上,缓缓给出真相:"不杀。魏礼跟你手底下的隋彬是我大骊以后愿意大用的人才。"

寒食江神这次是真的有点措手不及。重用魏礼? 这是为何? 一个没有家世的黄庭国四品地方官,能入得了大骊国师的法眼?

崔东山不理会他的疑惑,一根手指轻轻敲击桌面,说道:"接下来不是快要秋收了嘛,你们大水府熟能生巧,让这个郡冒出一些民不聊生的惨事来,在快要民怨沸腾的时候,给刘嘉卉一个机会,捎话给魏礼,就说你这位水神老爷答应帮他摆平那些状况。嗯,魏礼肯定会生出疑心,没关系,你就假装跟他要钱嘛,要他去跟礼部讨要匾额。这么一来,他哪怕依旧心存疑虑,为了辖境内的老百姓,一样会战战兢兢地点头答应。之后一直到大骊大军快要南下,你就始终这么逗弄魏礼。等到大骊兵临城下,在魏礼心存死志,要死守郡城的关键时刻,你就可以放出风声,说魏礼为了名望口碑故意勾结你们大水府,才一步步走到今天这个高位。到时候我倒要看看一座郡城小二十万百姓,有几个不大骂他魏礼猪狗不如,身边有几个亲近人还敢相信他。"

寒食江神小心问道:"这是?"

崔东山翻白眼道:"这还看不出来? 我是要让魏礼生不如死啊。不是我说你啊,你比刘嘉卉真聪明不到哪里去。"

堂堂寒食江正神,如同蒙学稚童,虚心求教道:"恳请国师大人指点。"

崔东山懒洋洋缩在椅子里:"真正的读书人,知道他们最受不了什么吗?不是当了官却碰到一个王八蛋昏君,不得不为社稷苍生仗义执言,不惜死谏君王,然后被咔嚓一下砍了头,因为这样是无愧良知的,说不得还会留名青史。甚至不是山河破碎,却没办法力挽狂澜,眼睁睁看着家国皆无,因为哪怕这样,也可以逃禅出世,或者可以国家不幸诗家幸,写点悲愤诗来着。真正无法接受的事情,是魏礼这些个真正的读书人,身为儒家门生,为了一个所谓的天下太平毅然入世,在官场摸爬滚打,满身伤痕,对这个世界付出了最大的心血、最多的善意,可是到最后,得到的却不是同等的善意,甚至反而会是扑面而来的恶意。他真正想要的,一丁点儿都没有得到,看似他辜负了国家百姓不说,事实上所有人也都辜负了他。嗯,我就是想要让魏礼尝一尝这个滋味。"

寒食江神感慨道:"设身处地想一想,确实生不如死。"

他很快记起那个用情颇深的妇人,唏嘘道:"假使魏礼知道有今天密室的内幕,他一定希望刘嘉卉今天答应亲手杀了他。"

崔东山伸手覆盖住茶杯,面无表情道:"魏礼彻底绝望之后,在一个适当的时机,我会让他知道的。因为那个时候,刘嘉卉会选择'自杀',写下一封遗书,原原本本告诉他所有的真相,说她其实是大水府的座上宾,是大骊的谍子,说她很愧疚,说她对不起他,最后……大概还会说她很爱他。"

寒食江神在这一刻,身为山水正神,竟然几乎汗毛倒竖,心头寒气直冒。

"魏礼是棵好苗子,说不定将来就是我的得意门生之一,所以你可别光顾着看笑话,到时候他如果真铁了心自杀,你一定要拦下来。"崔东山笑着站起身,转头望向脸色僵硬的寒食江神,打趣,"你怕个什么,你有个好多。"

听到这句话后,寒食江神心情复杂至极。

崔东山踮起脚尖,伸手拍了拍他的肩膀,微笑"安慰"道:"你内心深处是有杀机的,你可能自己都不晓得。不过没关系,你和你爹对我崔瀺而言,就是大一些的蝼蚁,你们的悲欢离合、仇恨敬意,我心情好的时候,会帮着安抚一下;心情不好的时候……要知道上古蜀国有一种罕见蛟龙,生性喜好同类相食,我就……"

俊美少年的眼眸毫无征兆地出现一抹诡谲金色,他用极其轻微低沉的嗓音,满脸天真无邪地补充:"吃掉你们。"

寒食江神呆若木鸡,但是喉结微动,这次是真的汗流浃背了。

崔东山踮起的脚重新落回地面,笑道:"看把你吓得。回你的大水府,以后你跟魏礼一样,都是我们大骊的座上宾,头等新贵,别怕啊。"

寒食江神打死都不敢挪步,也不说话,就是打定主意站在原地。

先前刘嘉卉被这个家伙打赏了一句"瞧把你吓得"，看似有惊无险的结果，其实呢？

那自己现在听到这么一句"看把你吓得"，不过是一字之差而已，有什么不同？

崔东山故作恍然，歉意道："你这次是真的想多了。"

寒食江神只是抬起手臂，擦去额头的冷汗。

崔东山想了想，转身去拿起茶杯，喝完最后一点茶水，思索片刻，放下茶杯，轻声道："你以后要是在我和你爹的帮助下成功吃掉'那半个'，与大骊国祚紧紧捆绑在一起，你就可以彻底放宽心了，到时候你才有资格真正跟我平起平坐。你应该也清楚，在这件几乎比大道还要大的事情上，你爹反而不如你有天然优势，我也一样。"

寒食江神愣在当场，之后低头抱拳，眼神炙热，一言不发，因为一切尽在不言中。

崔东山挥手赶人："滚吧。"

寒食江神如获大赦，还有些喜出望外，整个人化身一团淡青色水雾呼啸离去。

崔东山双手负后，闭上眼睛，在宽敞豪奢的密室内一圈圈重复踱步，最后抬起头，直勾勾望向一堵墙壁，仿佛要看到很远的地方："老家伙，总算走了啊。"

他眯眼笑了起来，大步走出密室。

当他蹑手蹑脚走回院子的时候，眉宇之间还有些志得意满。

没了修为又如何，不一样将那些蠢货玩弄于股掌之中？

院内，陈平安正在向李宝瓶请教富贵人家的坟墓建造有哪些讲究。

因为陈平安一直就想着以后自己有钱了，要将连块墓碑都没有的小坟头修建得尽可能好一些。既然如今距离大隋不远了，这就意味着很快就能踏上归程。他打算回到家乡之后，第一件事就是做这个。

虽说陈平安每次进山出山都会携带一抔土壤，做那为爹娘坟头添土的"厚土"之事，可这个老一辈烧瓷人传下来的老规矩，终究不如修建一座好一些的坟墓来得更加让人安心。这趟出门远游，陈平安知道了许多以前不知道的事情，比如"事死如生"，这个说法愈发让陈平安愧疚。

李宝瓶知道的不多，大略说了些，然后就说回头寄信给她大哥问问看。

陈平安也就点到为止，反正只要兜里有了钱，以前的天大问题就都不算什么了。

陈平安无意间记起一事，就问李宝瓶崔瀺的那个"瀺"字到底怎么写来着。

李宝瓶知道啊，就在石桌上用手指一笔一画写了出来。

陈平安就随便感叹了一句："这么难写的字啊。"

他身后不远处，这次轮到崔东山汗如雨下了，只觉得自己才刚刚做了点小坏事，报应是不是来得太快了点？

老秀才不是才刚刚滚蛋吗？陈平安这个比自己更心狠手辣的王八蛋就要着手准备给自己花钱造坟写墓碑啦？

陈平安转过头,看到呆若木鸡的白衣少年杵在那里。

崔东山吓得转身就跑,火急火燎地找到了胆战心惊的刘嘉卉,拉着她到了一个僻静地方,尽量和颜悦色道:"刘夫人啊,我刚才想明白了一个道理,要与人为善啊。只要你对我大骊忠心耿耿,我以后保证你和魏礼和和美美,子孙满堂!"

崔东山这才心满意足地转身离去,伸出手挥了挥,不去看那个吓得扑通跪下的妇人,骂骂咧咧道:"信不信由己!他娘的,假话听得欢天喜地,真话反而不信了?反正你和魏礼这次算是撞了大运,以后可劲儿恩爱缠绵去吧!老子祝你们俩白头偕老啊!"

崔东山鬼鬼祟祟回到院子,看到陈平安这个心肠歹毒的家伙独自坐在石凳上,正在用斩龙台磨砺那柄祥符的刀锋。

他脸色发白,怔怔道:"怎么,还要我饶过大水府才罢休?不至于吧。不行,随手为之的事情可以看心情,涉及大骊霸业的事情,怎么可能改变初衷和布局……"

陈平安转头皱眉问道:"你已经两次在外边偷偷摸摸了,做什么?"

崔东山指了指陈平安手里的狭刀:"这是做什么啊?磨刀霍霍的,多瘆人。"

陈平安没好气道:"接下来你只要安分守己,我们井水不犯河水。"

这种话,若是像自己这种人说出口,崔东山打死不信;可要是从陈平安嘴里说出来,他就深信不疑。他赶紧向陈平安奔去,只是起先脚步还有些飘忽,不过越走越快,越走越轻松,最后小跑到石桌旁,趴在桌面上,压低嗓音道:"先生,我刚才做了件成人之美的好事,千真万确!您信不信?"

陈平安抬起头,认真看着这家伙的眼睛,最后点了点头。

崔东山在这一刻,竟然差点感动得热泪盈眶。

可想而知,这趟出关之行,对于少年崔瀺而言,是如何多灾多难。

崔东山谄媚笑道:"先生,不然我帮您磨刀?做弟子的,总是这么游手好闲不务正业,寝食难安啊。"

陈平安瞥了他一眼:"滚。"

崔东山装模作样地重重叹了口气,直腰起身,毕恭毕敬作揖行礼后,这才转身,大摇大摆走回自己屋子,吹着口哨,心情大好。

陈平安看着那家伙的潇洒背影,有些莫名其妙。是不是之前在水井底下待久了,脑子也进水了?

第三章
少年已知愁滋味

在秋芦客栈住了三天，最后是林守一说再住下去意义不大，已经吸收不到太多灵气，尤其是不知为何，每次在亭子里吐纳久了，会感受到一股好像是利器散发出来的锐气，体魄神魂竟然有些受不住。林守一难得开玩笑，让陈平安去井底看看有没有宝贝。

陈平安大致猜出真相，一定是自己跟崔东山那次交手，那两缕离开气府的剑气伤到了这处老城隍遗址的山水气运。由于涉及剑灵，陈平安不能多说什么，只好在离开客栈的时候多瞧了崔东山几眼。后者本来这两天心情大佳，走路带风，被陈平安看了两眼后，立即就老实了许多，开始反省自己到底是哪件坏事遭了报应。

一行人离开客栈的时候，刚好有人准备下榻秋芦客栈。崔东山目不斜视，但是李宝瓶三个孩子都倍感惊奇。原来是之前那位黄庭国老侍郎带着家眷仆役一路游玩来到了郡城，客栈外边的巷子里停着三辆马车。

他乡遇故知，老侍郎开怀大笑。尤其是看到李宝瓶、李槐几个孩子都将草鞋换成了靴子，穿了崭新衣裳，朝气勃勃，老人愈发欣慰，一定要送他们出城。

老侍郎的家眷里头，一名衣着素雅、气态雍容的女子和一名器宇轩昂的青袍男子最是引人注目。老人介绍说是他的长女和幼子，读书都没出息，自己想要靠子女光耀门楣是奢望了。听着父亲当着外人的面抱怨，青袍男子一直面无表情，那雍容女子笑望向那些少年少女，最后定睛望向于禄，笑意更浓了，像是无意间找到了一道最美味的山珍野味，连忙侧身低头，抬起袖子遮住猩红嘴唇，干咳两声。

宽大袖口内，真实的景象，是女子偷偷咽了咽唾沫，伸出舌头舔了舔嘴角。

陈平安皱了皱眉头。

于禄微笑如常，转头望向崔东山："公子，我们何时动身？"

崔东山漠然道："现在。"

老侍郎哈哈笑道："我这副老身子骨，之前偶染风寒，实在是经不起风吹日晒喽，与崔公子同坐一车好了，刚好向崔公子讨教崖刻一事。"

又转对他的长女和幼子道："你们两个在后边跟着，若是不愿步行出城，乘不乘坐马车随你们自己。"

两辆马车驶出行云流水巷，前面的车厢内，崔东山和老侍郎相对而坐，气氛沉重。

老蛟化身的老侍郎抱拳道："这趟老朽不请自来，希望国师大人恕罪。"

崔东山双指摩挲着腰间玉佩，很不客气地凝视着他，言语更是冒犯："是你家那个小杂种唆使你来一探究竟的？想要看看我到底有没有能耐打杀你们父子？"

老蛟并不动怒，神色和蔼道："国师大人，我那幼子本事不大，小心思却不少，这次委实是又怕又喜，没了定力，才通知我，希望我帮着他出谋划策，应该如何配合国师和大骊。这如何能算试探？国师大人误会了，也高看了我那幼子。"

崔东山摇头道："我行事从不管你们怎么想，只管你们如何做，以及最后的结果。所以既然那个小杂种坏了我的规矩在先，我自有教训他的手段在后，你这个当爹的老爬虫若是不服气，打算撕毁盟约，不去当那个披云山新书院的山长，那我们不妨慢慢算计，只看谁道高一尺谁魔高一丈了。"

老蛟脸色阴沉："国师大人何必如此咄咄逼人，我家幼子如此行事，便是有些许过界，可对手握大权的国师大人而言，难道不是要以大局为重吗？难道我这点面子都没有，不值得国师大人网开一面，通融通融？"

"你们这些将尔虞我诈当作家常便饭的家伙，可能会觉得这种试探才是正常的，我以前也是如此，但是现在情况不太一样。"崔东山眯起眼睛，"我家先生刚刚教会我一个道理：有些时候，你一步都不能走出去，否则是要挨打的。"他身体前倾，望向那张阴晴不定的沧桑脸庞，讥讽冷笑，"你真以为自己有资格跟我同乘一辆马车？那你知不知道，你的真身，伏龙观那方砚台上的老瘦小蛟，如今已经落在我手上了？"

老蛟苦笑道："国师人人，何至于此？盟友之间，便是有些小争执，也不需要动大道根本吧？"他收敛表情，眼眸透出残酷本性的冰冷意味，"本来一桩天大好事，国师大人就不怕鱼死网破，双方皆是竹篮打水一场空？"

崔东山死死盯着老人那双尚未撤去障眼法的眼眸，措辞气势愈发凌人，但是语气反而极其平缓，如同世间最宽广浩瀚的江水，功力全在水面之下："你不配跟我讲你们那套道理，你得用心揣摩我崔瀺的道理，懂吗？接下来，我会用上古雷霆之法击打那方砚台上的酣睡老龙，也就是你的真身，直到差不多打散你三百年道行为止。所以你看看，我根本不用亲自理会你家小杂种,到最后你自然而然就会迁怒于他。"

老蛟视线之中杀机重重,低喝道:"崔瀺!你不要欺人太甚!"

崔东山大笑道:"欺人太甚?你这条老爬虫是人吗?你们一家都不是人啊。看看你这副德行,再看看你那个杂种幼子,还光耀门楣?尤其是外边那位紫阳府的开山鼻祖,见着了身负浓郁龙气的于禄,连路都走不动了吧?就你这么一家子,我就算敢把你们扶持到很高的地方,可你们坐得稳站得住吗?"

他伸出手,并拢双指,在自己身前晃了晃:"你们不行的。"

不等老蛟说话,崔东山又将双指指向窗外:"出去,看着你脏我眼睛。三天之内,如果没有收到一个满意的答案,我就不会给你任何回复了,到时候你尽管来杀我。"

老蛟沉默许久,终于弯腰作揖,倒退出去。

从头到尾,崔东山的心湖之间几乎没有泛起任何涟漪,色厉内荏更是谈不上。

当马车略作停歇后继续向前时,崔东山闭上眼睛,意气风发。

他嘴角翘起,喃喃道:"三。"

车厢内,毫无征兆地清风拂动,少年身上一袭大袖白衣,表面如溪水缓缓流淌。

道路旁,老蛟下了马车后,与孩子们言笑几句,便独自留下,目送一行人离开。

后面马车走下青袍男子和雍容女子,有些疑惑不解。

老蛟一直望着那辆马车,到最后,颓然收回视线,非但没有找出任何破绽,反而看到了匪夷所思的恐怖一幕——跳境界!

他转头望向一儿一女,笑眯眯道:"只少了一个,算是一家小团圆,为父很开心。"

身为紫阳府开山祖师的雍容女子显然要更加直觉敏锐——蛟龙之属,对于其他种类的心湖动静,大概是沾了"湖"这个字眼的光,本就天生拥有一种窥探神通——她已经意识到老蛟的心境不太对劲,毫不犹豫拔地而起,化作一道虹光就要逃离郡城。但是她忘记了,自己与这位父亲的差距,不止辈分而已。

老蛟显然已经怒火滔天,根本不管郡城方面是否会被波及。再者,别说是一座小小郡城,就是整个黄庭国,又有什么资格谈卧虎藏龙?小猫小蛇倒是真有一些,可哪里能够让老蛟刮目相看。如今大骊铁骑南下已成定势,他原本就已经无须太过隐匿身形,但这是建立在他跟大骊稳固盟约的基础之上。

这次之所以多此一举,惹恼了国师崔瀺,使得节外生枝,其实说到底,的确是他太过惊悚,心境起伏过大,失了分寸,比起身为寒食江神的幼子好不到哪里去。这完全是因为他和观湖书院的崔明皇在崖刻之巅亲眼见识过那座雷池,和那位一挥袖就让他们离开雷池的老秀才,事后掌心更是多出了一串金色文字。

寒食江神寄出的那封大水府密信之中,跟父亲说到了少年相貌的大骊国师,详细讲述了崔东山的种种所作所为,还说他如今境界全无,修为半点不剩。寒食江神的言语之中其实并无半点歹意,只是希望父亲来帮着试探一二,看能否帮着大水府捞取更多利益。毕竟,一座大水府哪敢跟大骊的国师掰手腕?便是打杀了崔东山,有何好处?大骊南下之际,岂不是大水府覆灭之时?

寒食江神颤声问道:"父亲,这是为何?可是大姐做了错事?"

老蛟伸出一只干枯手掌,五指成钩,一点一点向下划拉,脸色冷漠道:"跟你姐关系不大,主要是因为你的画蛇添足,害我白白少去三百年修为,害得接下来多出诸多波折,为父心情不太好,这个理由够不够?"

老蛟五指之间绽放出一朵朵猩红血花,看着小巧可爱,可事实上绝不温情可人。因为高空之中如出一辙,女子身上被划出五条巨大血槽,简直比砧板上的猪肉还凄惨。

不但如此,本来已经转瞬逃出百丈距离的女子被迅速拉回郡城。

不过由于惨况发生在无声无息的高空,郡城百姓并无察觉,除了寥寥无几恰好抬头望天的人一个个瞪口呆之外,其余并未掀起太大波澜。

最终,女子砰然摔回地面,一袭原本品相极好的符箓法衣破败不堪,衣不遮体。她蜷缩在地上,浑身血肉模糊,痛苦哀号,向老蛟苦苦哀求。

堂堂紫阳府府主,黄庭国屈指可数的练气士,有望跻身十境修为的大神仙,就这么痛得满地打滚。

老蛟随手一挥,女子整个身躯横着摔向道路旁的铺子,撞断了一根梁柱后,烂泥似的瘫软在墙脚。

寒食江神脸色发白:"是那国师生气了?这点微不足道的试探,便是儿子确实错了,可值得他这般兴师动众吗?难道就不怕我们干脆倒向大隋?"

老蛟盯着这个满脸惶恐的幼子,叹了口气,拂袖离去,竟是没有出手教训,只撂下两个字:"废物。"

寒食江神抱起奄奄一息的姐姐,返回马车,车夫正是大水府军师隋彬。寒食江神掀起帘子的时候,背对着他,有些悔恨道:"隋彬,你是对的,我不该如此莽撞。"

隋彬挥动马鞭,缓缓驾动马车,返回秋芦客栈,轻声道:"福祸相依,也不全是坏事,知道了那位国师的底线,以后打交道就会容易一些。现在吃些小亏,总好过以后老爷你得意忘形,给人宰了都不知缘由。"

寒食江神将姐姐放在车厢内,坐在隋彬身后,恼羞成怒道:"小亏?我多少了三百年修为,就他那臭脾气,接下来我有罪受了!别人不知道,你隋彬还不知道我那七八个兄弟姐妹是怎么死的吗?"

隋彬淡然笑道:"死了好,死得只剩下三个,活着的就不用死了。换成以往,我就需要帮老爷你收尸了。嗯,说不定还需要拼凑尸体,东捡一块,西拾一块,有些麻烦。"

如果隋彬这个幕后军师一个劲出言安慰,寒食江神可能会越来越惴惴不安,连郡城都待不住,说不定连大水府都不敢逗留,要先跑出去几千里避避风头。可如今听着隋彬的刺耳风凉话,寒食江神反倒是心安几分,瞥了眼隋彬的背影,心想,难怪会和郡守魏礼一样,被那少年国师器重。

"你别一口一个老爷的,我不习惯。这么多年,我对你青眼相加,你对我也从不卑躬屈膝,挺好的,可别共患难而不能同富贵。"

寒食江神最后愤然感慨道:"隋彬,你说我爹读了那么多年书,不比儒家圣人少了,私家书楼藏书之丰更是冠绝黄庭国,怎么脾气还是这么差啊。"

隋彬笑道:"你爹对那些小小年纪的读书人不就好得很嘛,而且还是真的好。"

寒食江神对此无可奈何。

隋彬犹豫了一下:"其实你爹之所以如此火大,恐怕还是涉及大道契机的关系。虽然你刻意隐瞒了这个,可那位大骊国师料定你爹是知情的。他看得到那么远的事情,未必没有以此离间你们父子关系的想法。"

寒食江神心中悚然。

车厢内,传出一个意料之外的沧桑嗓音:"隋彬,你这么聪明,未必是好事啊。"

隋彬哈哈笑道:"老先生,我也曾是读书人,嗯,如今沦为读书鬼了。既然我不畏死,奈何以死惧之?"

神出鬼没的老蛟微笑道:"这个草包有你的辅佐,我就放心了。"

寒食江神微微窒息。良禽择木而栖啊,如果说以前是爹看不起隋彬这种小小河伯,或者说小心蛰伏,根本不需要外人,那么从今以后就要开始"打江山"了,手底下的"文臣武将"岂不是多多益善?

隋彬似乎看穿了寒食江神的心思,微微一笑,打趣道:"放心,我可不会变节,哪怕当了鬼,这点骨气还是有的。"

坐在车厢内的老蛟冷冷瞥了眼蜷缩在角落里的女儿,转头望向车帘子那边,便换上了发自肺腑的和煦笑容:"你那个女儿的事情我听说过,要不要我出点力,帮她成为横山的山神?"

隋彬摇头道:"那个猪狗不如的孽障,由着她自生自灭就好了。"

老蛟爽朗大笑:"这份脾气像我。"

外面的青袍男子和车厢内的重伤女子同时满心凄凉。

家家有本难念的经。寒食江神也好,紫阳府开山鼻祖也罢,距离十境修为只有一步之遥,在各自地界高高在上,生杀予夺,比世俗君王还要逍遥自在。

可是这又如何?

出了郡城,队伍和马车一路向西。

崔东山走下马车,来到陈平安身边,先对李槐笑道:"想不想去坐坐我那马车? 宽敞舒服,躺着睡觉都行。"

李槐跃跃欲试,但是不敢擅作主张。陈平安会心笑道:"去吧。"

崔东山低声道:"先生,学习您的为人处世果然对我有用,我受益匪浅。需要我怎么感谢吗?"

陈平安点点头。

崔东山大喜:"先生怎么说? 我如今虽然打不开方寸物里头的宝库,暂时取不出任何东西了,可是上次入城,跟那个败家子买下了他的家当,其实是有两件好物件的,比如那琉璃小人儿,其实暗藏玄机,只要向它灌输灵气真气,就会翩翩起舞,栩栩如生,它还能够唱歌呢……"

陈平安对他说道:"消失。"

崔东山大悲,默默离开,跑去纠缠林守一和李宝瓶,结果都吃了闭门羹,最后只好悻悻然返回车厢。看到车厢里欢快打滚的李槐,崔东山蹲在一旁,打开一个包裹,掏出那个色泽晦暗的琉璃小人儿,对李槐晃了晃:"想不想要?"

李槐死死盯住那精美绝伦的琉璃女子,说着言不由衷的话:"一点都不想。"

崔东山微微加重力道,琉璃从内而外一点点散发出柔和光彩。崔东山又将它放在车厢地板上,很快,琉璃美人就发出了吱吱呀呀的响声,片刻沉静之后,蓦然活了过来,竟然还舞动了起来,身姿婀娜,同时哼唱着一支不知名的古老歌谣,歌词并非大骊或大隋的官话,也不是东宝瓶洲的正统雅言,所以李槐听不懂她在唱什么,但是这一幕实在赏心悦目,他忍不住趴在地上,痴痴望着琉璃美人的曼妙舞姿。

等到流溢在琉璃体内的光芒褪尽,琉璃美人重归平静,恢复成僵硬不动的死物姿态,崔东山便循循善诱:"白送给你都不要? 你怕什么,你跟陈平安是朋友,我是陈平安的学生,关系这么近,我图你什么? 再说了,你身上有什么值得我贪图的,对不对?"

李槐收回视线,看着崔东山,气愤道:"放你的屁,我身上宝贝多得很! 你有虫银吗? 会变成蚂蚱蜻蜓哦!"

崔东山哭笑不得:"那是我送给你的吧?"

李槐点头道:"对啊,现在是我的了,所以你没有啊。"

崔东山靠着车壁坐下,捧腹大笑:"果然骊珠洞天的小兔崽子,尤其是你们这些个靠自己的运气和福缘,最后成为齐静春仅剩的一拨亲传弟子的家伙,就没一个是省油的灯。石春嘉和董水井两个就差了一些,比于禄、谢谢好不到哪里去。"

崔东山仰起头,望向自己头顶上方,啧啧道:"好一个冥冥之中自有天意啊。"

他收回视线,看着躺在地板上发呆的孩子,好奇问道:"真不要?"

李槐"嗯"了一声:"不要了,昨晚睡觉前陈平安跟我说了,以后到了大隋书院,不可以随便接受别人的好处。"

崔东山打趣道:"可这距离大隋边境还有好几百里路呢。哪怕进入大隋版图,到达新山崖书院,一样还有七八百里路程,加在一起就是至少千里路途。李槐,你急什么?"

李槐望着天花板:"陈平安说他不会留在书院求学读书,送我们到了之后,他就会回家了。"

崔东山笑道:"这不是你们一开始就知道的事情吗?"

李槐双手叠放当作枕头,轻声道:"走着走着,我就忘了啊。"

崔东山愣了愣,幸灾乐祸地笑道:"没事,我不待在书院,到时候陪陈平安一起回小镇。李槐,羡慕不羡慕?"

李槐愕然转头,崔东山满脸得意。

李槐猛然起身,掀开车帘子,满脸委屈,扯开嗓子吼道:"陈平安,崔东山这家伙想骗我钱!"

崔东山赶紧手忙脚乱地抱住他,不让他继续血口喷人,同时哀号:"冤枉啊!"

片刻之后,杀向车厢的陈平安带着李槐一起离开马车。

李槐小心翼翼道:"陈平安,我骗你的。"

陈平安低声道:"我知道,就是看那家伙不顺眼。"

车厢内,鼻青脸肿的白衣少年横躺着,非但没有颓丧神色,反而有些笑意。

黄庭国西北边境一条江边,在参观过了规模远远逊色于寒食江的水神庙后,一行人又走出二十余里,开始整顿休憩,准备午饭。

如今生火做饭有于禄,谢谢也不再那么万事不做,有他们搭手帮忙,陈平安就安心去江边钓鱼。"春钓埂,夏钓深,秋钓荫,冬钓阳",这是小镇流传下来的谚语。深秋时节,陈平安一路小跑,专程找了个不大的江水回风湾,这才开始垂钓。

一刻钟后,陈平安成功钓上一尾一尺多长的青色江鱼,但光是将鱼拖上岸,由于怕钓竿折断或是大鱼脱钩,就又花了将近一刻钟。崔东山一直蹲在旁边目不转睛地看着,回去的时候,一定要帮忙提着鱼。结果这顿晚餐多了一锅丰盛美味的炖鱼,自认功劳卓著的崔东山下筷如飞,跟李槐争抢得面红耳赤。

吃过饭,和于禄一起收拾残局,空闲下来后,陈平安就开始沿着江水练习走桩。于禄则借了钓竿,自己去找地方钓鱼。林守一和谢谢下棋,李宝瓶看书看得入神,李槐的书箱里多出了一个琉璃美人,是他跟崔东山打赌赢来的。这还真不是崔东山放水,李槐是靠猜围棋黑白子的多寡赢的。公平起见,由背对着两人的于禄来抓棋子。结果崔东山两胜三负,输掉了琉璃美人,李槐不但保住了那颗虫银,麾下又多出"一员猛将"。

陈平安一路走桩,走出去很远,最后独自坐在江畔石崖上,迎着江风,配合十八停的呼吸法门,尝试着以最慢的速度练习走桩。

动静之间,气定神闲。

离开水路后没多久,在一座远离人烟的山头,他们碰到了一伙不堪一击的山贼。林守一显露了一手刚刚入门的雷法,歹人就吓得屁滚尿流。

陈平安一次夜钓,钓起了一条半人长的大青鱼,下了水才成功抓获那尾稀罕大鱼。他高兴地回到篝火旁后,看到守夜的于禄就咧嘴大笑。

于禄望向这个满身湿漉漉的家伙,伸出大拇指。

之后途经一处布满戾气的乱葬岗,鬼魂围攻,雷法渐成的林守一大显威风,每次出手,隐约之间有雷声,尤其是满脸熠熠生辉,依稀有浅淡的紫气缭绕全身,宛如一尊雷部神将。阴魂鬼魅被雷法镇杀数十之后,乱葬岗深处有灯火亮起,伴随着瘆人的呼喝声,一抬四角悬挂灯笼的极大轿子阴气森森地飘然而来。

在陈平安和谢谢共同护在身边的形势下,林守一以并不娴熟的雷法独力支撑片刻,仍是敌不过轿子里那个乱葬岗的地头蛇,一个修行百年凝聚出真灵的鬼物。

从未出手的于禄蓦然向前掠去,轻轻松松一拳就打散了鬼物的全部灵气,打得它烟消云散。在那之后,林守一便愈发频繁地翻阅起了《云上琅琅书》。

就这样,众人终于来到了大隋关内,顺利过了那座并不雄伟高大的关隘城门。

李槐念叨着这地儿真心不如大骊的野夫关,差太远了。

但是下一刻,关隘内的街道上马蹄阵阵,从远及近,越来越震撼人心。

陈平安让所有人都待在路旁别动,让出道路。

只见二十余精骑风驰电掣而至,以银甲持枪的魁梧武将为首,除此之外,还有一个仙风道骨的老道人,背负着一把桃木剑;一个肌肤白皙的无须老人,双手拢袖安然坐在马背上。这两个世外高人模样的老神仙一左一右护着一个面如冠玉的少年郎。

陈平安看到那个少年后,心头一震。怕什么来什么。

那个曾经出现在小镇的锦衣少年瞧见陈平安一行人后,大笑着一马当先冲出队伍,在距离陈平安他们还有十数步的时候就早早勒缰而停,动作娴熟地翻身下马,大步前行,扫视了一圈,最后对陈平安笑道:"咱们又见面了!"

少年手握马鞭,敲打手心,自顾自说道:"你知不知道因为那条金色鲤鱼,还有那个我事后才知道叫'龙王篓'的宝贝,害我差点死在大骊边境?"他猛然大笑起来,"但是我还是很感谢你!哪怕我当时给了你一袋子金精铜钱,现在看来,仍是我占了你天大便宜。我发过誓,下次见面,一定要给你更多的报酬……"

少年一拍脑袋,有些不好意思,自我介绍道:"我是大隋弋阳郡高氏子弟,你可以直接喊我高煊。"

那名同样见过陈平安的无须老人正要说话,名为高煊的少年摆摆手:"无妨,名字而已,本来就是让人喊的。"

高煊望向他们,笑道:"我是亲自来接你们去往我大隋山崖书院的。"

从这一天起,高煊带来的三十余骑御林军,又加上两百多骑边军精锐,最后发展为一千多人的护驾队伍,浩浩荡荡穿过两州七郡的版图,快速赶往大隋京城。

这支游学队伍终于不用再一步步跋山涉水,哪怕是李槐,都堂而皇之地坐上了马车。马车两侧和前后皆是兵强马壮的大隋精骑,四周偶尔有一些投向马车的视线,都充满了李槐看不懂的敬畏和羡慕。

接下来一路,直到可以看到大隋京城的城墙轮廓,李槐都觉得自己像是被当成了菩萨供奉起来。

一开始他觉得很新鲜很好玩,可是越来越临近目的地,他就越来越不自在。

李宝瓶越发沉默,每天都粘在陈平安身边。

林守一对什么都置若罔闻,每天独自一人躲在车厢内安心修行。

依旧给崔东山驾车的于禄看不出心情变化,崔东山百无聊赖,每天不是睡懒觉就是打哈欠,无精打采,只好把谢谢喊到车厢一起手谈。

最后,只有百余骑军得以驶入京城。李槐骇然发现那条宽阔至极的御道之上站满了大隋百姓,这座京城仿佛已经万人空巷,吃饱了撑的全来看他们的热闹了。

林守一睁开眼睛,不再潜心修行,掀起帘子一角,望着窗外人头攒动的景象,叹息一声。原来作为齐先生的亲传弟子,是这么不同寻常。

搬迁到大隋的新山崖书院,建立在大隋京城最风光秀丽的东华山。书院沿山而建,渐次增高,规模远胜当年大骊书院时代。

据说高氏皇帝不但请来了大隋最有学问的大儒,还向所有与大隋交好的王朝邦国派遣出以左侍郎为首的半个礼部衙门,亲自去向各地大名鼎鼎的文人发出一份份隆重邀请,最终请来了三十余位文坛宗主、夫子硕儒来到东华山担任新书院的授业先生。

但是,从大隋皇帝到平民百姓,都知道没了齐静春,山崖书院也就不是之前的那座山崖书院了。那么,有无齐静春的嫡传弟子"坐镇"书院就成了重中之重,否则就会名不正言不顺,完全难以服众。

现在,他们来了,雪中送炭一般,所以大隋皇帝觉得礼仪如何隆重都不过分。

虽然只有林守一、李槐、李宝瓶三个孩子,但是足够了!除此之外,于禄和谢谢这两个并非亲传的学生,分量自然要远远不如前三人,不过也算是锦上添花。

通往东华山的街道早已清空,不准许任何人擅自行走,所以哪怕是豪阀子弟都只敢在两侧高楼之上远远看着那支意义非凡的车队。

大隋高氏皇帝身穿最正式的正黄色坐龙朝服,站在山脚的书院门外,笑容和善地望着那五个分别从两辆马车上走下的孩子。

他的身后，是大隋最有权势的一小撮人。

整座东华山气象森严，光是原本早已与世无争的十境练气士，东华山附近就有六位之多，全部隐藏在暗处，以防不测。

李宝瓶问道："小师叔呢？"

连同于禄在内，所有人都面面相觑。

于是这些孩子，就这么把大隋皇帝晾在了一边。

大隋京城的某条街上，一个丰神俊朗的白衣少年倒退而行，望着那个背着背篓的同龄人，好奇地问道："你都换上衣服、穿上靴子、别上簪子了，为什么不跟他们一起进书院呢？"

终于不再穿草鞋的少年默不作声，只是回头望去。

对于那些孩子的失礼，大隋从皇帝陛下到身后的将相公卿没有谁觉得不妥，反而一个个面带笑意，觉得颇为有趣。大隋的文风鼎盛，可见一斑。

只见那拨远道而来的孩子围在一起窃窃私语，三只绿竹小书箱显得格外扎眼。有个红棉袄小姑娘最是引人注目，一副很着急的模样；个头最小的那个孩子，不知是人生地不熟，还是害怕大隋皇帝摆出的这个阵仗，当场呜咽哭泣起来。

大隋皇帝非但没有流露出丝毫烦躁，还转过头去，跟白发苍苍的礼部尚书闲聊起来。而千里迢迢赶来大隋京城的远游学子，同时转身望向街道尽头，迟迟不愿觐见皇帝陛下。

虽说大隋皇帝不催促不着急，可总这么拖着终究不是个事，新山崖书院三位副山长之一的一名大儒——大隋王朝的文坛名宿，不得不跟陛下告罪一声，独自走出队伍，去提醒那些孩子应该进入书院。

好在之后没有任何波折意外，孩子们虽然不知朝廷礼仪，但是胜在单纯可爱，儒家门生的作揖行礼有模有样，这就已经很让大隋皇帝龙颜大悦了。皇帝亲手赏赐五个孩子人手一块"正气"玉佩和一盒金龙墨锭，进入书院之后，除去必须要祭拜至圣先师的挂图之外，其余本该折腾半天的繁文缛节一切从简，这让如临大敌的李宝瓶三人如释重负。至于谢谢和于禄则相习以为常，没有任何紧张。

最后，副山长亲自领着他们去往各自的学舍，交代以后的授课事宜。五人被分在了不同的学舍，由于书院占地极大，除去依山而建、鳞次栉比的建筑之外，其实整座东华山都被大隋划归山崖书院所有，所以许多学舍之间相隔并不算太近。

这座被大隋寄予厚望的书院只有不到两百个学生，却拥有三十位德高望重、学问艰深的夫子先生。大隋礼部尚书亲自兼任山长，但是属于遥领，挂个名而已。执掌具体学务的首席副山长,是原山崖书院的教书先生、昔年文圣的记名弟子之一,名为茅小冬,有个酒糟鼻子,九十高龄,不过气色好,看着只有五六十岁。

他这次并未露面迎接,理由是要在学堂授业,不可耽误学生的正常功课,大隋皇帝自然没有异议。

相传,这位副山长腰间别着一支红木戒尺,刻着"规矩"二字。听说有人亲眼看到过,戒尺上那个"矩"字之前,不知是谁刻上了"不逾"两个小篆。

这次大隋成功接纳山崖书院的残留香火,出乎意料。首先,大骊皇帝愿意放行,这至关重要,否则一切都免谈,不管那位雄才伟略的皇帝对齐静春心怀愧疚,还是另有谋划;其次,大隋朝野上下都认为接手书院是一桩美事。不过山崖书院的先生、学生最初总计四十余人,最终能够顺顺利利离开大骊版图,茅小冬厥功至伟。

如果说之前的新山崖书院在大隋投入那么多人力物力财力之后,仍然因为书院创始人齐静春的缺失,以及没有足够"正统"的人物存在,显得万事俱备只欠东风。

那么,从今天起,随着五个远游学生的到来,可谓东风已入东华山。

东华山半山腰有一座文正堂,正中悬挂着儒家至圣先师图像,左边是一个故意隐去名讳的肃穆老人,右边则是齐静春挂像。堂内,茅小冬毕恭毕敬地向三位圣贤敬了三炷香,持香时,老人低头默默道:"文以载道,薪火相传。"

齐静春坐镇的旧山崖书院,有条规矩是管住不管饭。因此,许多得以跻身书院求学的北地寒门子弟就会帮着书院抄写经书,以此赚取伙食费。

如今的新山崖书院,这条规矩没有废除,但是多出了许多回旋余地。一来,由于如今书院人数最多的大隋本地学子是第一拨,大隋朝廷选择就近取才,所以几乎清一色全是大隋世族子弟,这些人不缺钱;二来,新书院优待学子,书籍笔墨、儒衫衣物在内的必需品皆由书院赠送,这就是一笔惊人的支出。

李槐在队伍里年纪最小,到了学舍住处后,由于舍友还在上课,尚未返回,才在山脚哭过一次的他,一个人站在空荡荡的屋子里,又蹲在地上抽泣起来,只觉得自己没了爹娘又没了朋友,怎么这么可怜?更可怜的是身上新衣裳被一把鼻涕一把泪糊了又糊。最后,李槐哭着打开书箱,换上那双草鞋才安心一些,可是又害怕穿草鞋会让人瞧不起,又换回新靴子,如此反复。孤苦无依的孩子哭了又哭,把那个自己打定主意却最终来不及喊出一声"小师叔"的同乡少年陈平安所有的好想了一遍又一遍。

林守一放好书箱后就独自出门散步,脸色冷漠的清秀少年脚步坚定,最后找到了一座高耸的藏书楼。由于是新建而成,藏书楼还散发着淡淡的木香。

一路行来,总能听到熟悉的琅琅读书声,比起当初在小镇学塾,读书声要多很多。

林守一深吸一口气,走向书楼。听说在这里,看一万卷书都不用花一枚铜钱。

他突然有些伤感：如果那个财迷跟他们一起留下来的话，一定会拼命看书吧，毕竟那就等于挣钱啊。

李宝瓶坐在冷清的学舍里，打开书箱后，找到了那封小师叔写给她的信。信上说了很多，说他要回家了，会帮她跟家里报个平安，一定跟她大哥说她这一路很听话很吃苦；说那枚金精铜钱被他打了个孔用红线穿起来了，让她以后一定要挂在脖子上，别丢了，万一着急需要用大钱的时候，可以拿它去换银子；还说他给她还有林守一、李槐每人都准备了一支玉簪子，算是离别赠礼，分别刻有"宝瓶""守一""槐荫"。这一路上，他就没怎么帮过大忙，这就算一点心意，别嫌弃，如果觉得不好看，藏起来就是了。

"李槐胆子小，以后多找他玩，别让他在书院被人欺负；林守一性子冷，也要多找他聊聊，关系也别就这么远了；于禄拳法很厉害，谢谢其实也是山上神仙，真有了冲突，宝瓶你千万别急匆匆一个人冲到最前头，可以找他们两个帮忙，不用难为情，哪怕欠了他们人情，以后小师叔帮你还就是了。

"那块名叫斩龙台的磨刀石，小师叔给你留在书箱里头了，但是记住，以后磨刀的时候，找个人少的地方，别吓到同窗们。还有就是，记得收好那只银白色小葫芦……

"小师叔不告而别，没有跟你们一起进书院，要跟你们说一声对不起。走了这么远的路，却没能善始善终，是小师叔没当好。以后你们都要好好的，好好读书，等有了出息，小师叔好跟人吹牛，说自己认识李宝瓶，认识李槐，认识林守一，都认识。"

信上写了那么多零零碎碎的内容，但是每一个字都写得一丝不苟，一板一眼，既不灵动，也不飘逸，就像那个泥瓶巷少年的为人和心性。

对的就是对的，错的就是错的。好的就要珍惜，怎么珍惜都不为过。

读着读着，李宝瓶的眼泪就啪嗒啪嗒往下掉在信纸上，像是下了一场离愁的秋雨。不大不小，可就是伤心。

倔强的小姑娘还不断告诉自己："不哭不哭，小师叔如果看到，要伤心死了。"

大隋京城的宽阔大街上，崔东山喋喋不休地笑问道："既然这么不舍得，怎么就这么偷偷走了？"明摆着是在伤口上撒盐。

陈平安在那次长久回望之后就不再继续，板着脸一直往回走。

崔东山问道："你这个当小师叔的，就不怕他们在书院给人欺负啊？到时候可没谁帮他们撑腰了。"

陈平安始终不说话。

大隋京城实在太大，两人好不容易才赶在夜禁之前走出城门。崔东山手里多了一壶酒，边走边喝，每次只抿一小口，出了城都尚未见底。

一队精骑势如奔雷地冲出城门，追上官道上的两人，为首之人正是大隋皇子高煊。

这一次他身边没有宗师、神仙护驾,下马后,来到陈平安身边,气笑道:"连报酬也不要了,你这不是陷我于不仁不义吗?"

陈平安笑道:"如果可以的话,帮我照顾一下他们,就当是你的报酬了。"

高煊摇头道:"两回事。书院那边,我就不跟你打肿脸充胖子了,因为哪怕是我都没办法掺和,所以我不会答应你。你只管放心,父皇肯定会在百忙之中抽出时间,时不时关注书院的动静。所以我答应给你的报酬必须要给,你要是不收,也得接过去再扔。"

他故意凶神恶煞道:"陈平安,我可是正儿八经的大隋皇子,总得有些颜面吧?"

陈平安点头,伸出手道:"拿来。"

高煊哈哈大笑,伸出一拳,突然松开,在陈平安手掌上重重一拍:"从现在起,你就是我高煊的朋友了! 以后再来大隋京城,直接找我。"

陈平安有些发愣,收回手后,还是点了点头:"好的。"

高煊不再拖泥带水,重新翻身上马,由于居高临下,他弯下腰,笑容灿烂道:"路途遥远,我帮你们准备了一辆马车,很快就会赶到。如果实在喜欢步行,卖了换钱也无妨。但可别贱卖,七八百两银子肯定值得。"

高煊来也匆匆去也匆匆,带着那队精骑迅速回城,引来官道上许多过客的侧目。

陈平安和崔东山继续前行。

崔东山问道:"是不是想不通一个皇子为什么对你陈平安如此客气热情?"

陈平安答道:"是想不明白,就不多想了。"

崔东山不愿就此罢休,自顾自帮着解释道:"其实不复杂,因为高煊的身份特殊,近水楼台,黄庭国又是大隋的藩属,加上大骊境内肯定也有他们的谍子,不难知晓你们这趟游学的大致经历。再者,宝瓶他们的身份比你们自己想象的更重要,所以他乐得对你付出一点友善。放长线钓大鱼嘛,哪怕到头来钓不着,反正也不亏。

"如果大骊皇帝换成任何一个其他王朝的君主,或者山崖书院山长换成齐静春之外的任何一个人,书院都会如同一根被雷劈过的朽木,老老实实烂死在原地。当然了,大隋有胆量接下山崖书院,确实值得佩服,大骊皇帝对此亦是心情复杂。说出来你可能不信,于禄、谢谢所在的卢氏王朝虽然在覆灭之前是公认的东宝瓶洲北方第一强国,可是大骊皇帝心目中的敌人只有三个,卢氏皇帝并不在此列,反而国力略逊一筹的大隋高氏皇帝占据一席之地。"

在崔东山泄露这些天机的时刻,陈平安正忙着换上草鞋,这让媚眼抛给瞎子看的崔东山有些挫败。

他试探性问道:"先生,回头也给我编织一双草鞋呗,小书箱也可以有的。"

陈平安小心收起靴子,重新背起大竹篓上路,没好气道:"穿草鞋不是为了好玩。"

崔东山笑眯眯道:"我觉得挺好玩的。"

陈平安沿着官道一侧向前走去,直视前方,问道:"读书好玩吗?"

崔东山破天荒犹豫起来,最后将酒壶系挂在腰间,跟那枚玉佩捆绑在一起,双手抱住后脑勺:"读书啊,从小就觉得不好玩。"

走出去很远,黄昏里,借着最后一点光线,陈平安回望大隋京城的巍峨城墙。

沉默一路的崔东山骤然大笑起来:"哈哈,我就知道你会忍不住!"

陈平安没有理睬他的挖苦,认真问道:"我是不是应该在书院留几天,好歹亲眼看过宝瓶他们读书再走?"

崔东山被这个突如其来的问题问得有点措手不及,想了想:"早走晚走都一样。"

他说完,发现陈平安瞥了自己一眼,一脸"我问了白问,你说了白说"的嫌弃表情,着实有些郁闷,满脸委屈道:"我好心好意替先生排忧解难,先生这样不好吧?"

陈平安看了眼崔东山腰间系挂的酒壶,快速收回视线,叹了口气,然后加快步子前行,埋头赶路。

崔东山脸色不变,只是一肚子震惊:怎么,陈平安也有想喝酒的时候?

哦,原来少年已知愁滋味。

高煊赠送的那辆马车姗姗来迟,在很晚的暮色中才赶到陈平安这边。马夫是那个面白无须的老者,曾经跟随高煊一起去往骊珠洞天,与陈平安有过两面之缘。只是比起高煊的热络殷勤,老人神色冷淡,交过马车后,便徒步返回京城。

临走前,老人回头多看了眼崔东山。崔东山忙着打量那匹骏马的丰姿,啧啧称奇,浑然不觉老人的审视目光。他跳上马车,主动担负起车夫的职责,对陈平安招手道:"先生,马车没动手脚,咱俩安心上路。"

他又给了自己一耳光:"什么上路,太晦气了,赶路赶路。"

陈平安环顾四周,天色昏暗,因为京城夜禁的缘故,白天川流不息的官道显得十分冷清。他摇头道:"我刚好练习走桩,你驾车就是了,只要别太快,我都跟得上。"

崔瀺知道陈平安的执拗性格,便不再浪费口水,缓缓驾车前行,喝了口酒,悠悠然高声道:"百事忙千事忧,到头来万事休,天凉好个秋呀好个秋!"

陈平安默默跟在马车后头,不断重复《撼山谱》的六步走桩。

走桩立桩两事,他早已烂熟于心。

大半夜的,崔东山一直胡言乱语,儒家经典也读,诗词歌赋也念,五花八门,嘴巴就没有闲着,最后连"我有一头老毛驴,从来也不骑"也给念叨上了。听到这里,坚持了将近一个时辰的陈平安吐出一口浊气,停下走桩,出声道:"我上车休息会儿。"

上了车,将背篓放在车厢,陈平安这才发现角落放着堆积成小山的瓶瓶罐罐,只是光线昏暗,看不清为何物。驾车的崔东山笑道:"有几坛子好酒,有道家炼气、疗伤的丹药,连胭脂水粉都有,这个高煊也是够好玩的。说实话,不谈敌我阵营,同样是皇子,高煊比你朋友宋集薪的亲弟弟,也就是我曾经的弟子,要更……礼贤下士。"

陈平安侧身坐在崔东山身后,双腿挂在外边,摇头道:"宋集薪从来就不是我的朋友。"

崔东山拆台道:"那他可就要伤心喽。在离开泥瓶巷之前,齐静春送给他六本书,其中有三本杂书,分别是术算《精微》、棋谱《桃李》、散文集《山海策》。另外三本是齐静春挑选出来的蒙学书籍《礼乐》《观止》《小学》。宋集薪大概为了求一个心安,走的时候在屋子里的桌上留下了后面三本书,本意是送给你,但人心复杂就在于,他其实心知肚明,哪怕你拿到了丢在你家院子里的房门钥匙,也绝对不会私自拿走书籍,但这却不耽误他宋集薪良心上过去一个小坎。先生,这个家伙是不是很聪明?"

崔东山说了一大通不为人知的秘密,但是有一件事他没说出口:他的猜测,其实是齐静春早早料定的——宋集薪会瞧不上那三本蒙学书籍,会选择留下来送给陈平安。

下棋、布局、算心这类事,崔东山以前自认远胜齐静春,如今回头再看,当然是大错特错。

陈平安低声道:"宋集薪一直很聪明。"

崔东山好奇问道:"你跟他关系那么僵,是因为他骗你违背誓言?"

陈平安不说话。

崔东山笑道:"别怪我多嘴,也不是故意要为宋集薪开脱,我只跟你说个事实,不论对错,宋集薪在这件事上,是有其根源的。其实道理很简单,宋集薪吃得好穿得好住得好,样样都比你强,后来还有了个婢女伺候起居,读书、下棋、书法样样精通。但是越是这样,他的某个心结就会越大。"

陈平安终于开口:"当时他被误会成是窑务督造官的私生子,从小就被街坊邻居戳脊梁骨,很多人背后骂得很难听。"

崔东山点头道:"所以啊,宋集薪每天看着你这么个家伙,就会想:'凭什么你陈平安这么个差点饿死的穷酸泥腿子都能有爹娘,而我宋集薪却没有?甚至连娘亲的姓氏名字都不知道?'"崔东山晃了晃脑袋,"最让宋集薪受不了的一件事,是你身世如此凄惨,却活得比他还要快活,吃饱了倒头大睡,睡饱了起床做事,这简直让他抓心挠肝,浑身不痛快。所以啊,他不痛快,就想着要你也不痛快。他知道你最在乎什么,就要你失去什么。"

陈平安记起那个泥瓶巷的大雨夜,那是他第一次想杀人,当时宋集薪差点就被他掐死。跟着他一起从窑厂偷跑出来的刘羡阳可能躲在远处不小心看到了那一幕场景,所以之后一个月,刘羡阳都没怎么敢跟他说话,让陈平安郁闷了很久。

崔东山自顾自感慨道:"有些孩子的心性牵扯出来的事情,既可怕可笑,又可恨可怜。因为不是只有孩子才有孩子心性,许多位高权重的大人物一样会在某些大事情上幼稚得不可理喻。"

陈平安双手摆出剑炉桩,并未练习,纯粹是自然而然为之,脸色平静道:"这件事情,我当然恨死了宋集薪,但是真正让我不喜欢他的事情,不是这个。"

崔东山大奇,忍不住转头问道:"怎么说?"

陈平安缓缓道:"刘羡阳差点被打死那次,宋集薪竟然会蹲在墙头上煽风点火,恨不得刘羡阳被人活活打死,这样的人,很……可怕。"

崔东山默然。

陈平安抬起头望向远方:"我们老家有句方言,叫'看挑担的不累',我觉得这没什么。但如果仅因为觉得好玩就坏到往别人的担子上加石头,这种人,怎么做朋友?"

崔东山打趣道:"宋集薪又没往你肩膀的担子上加石头,事实上,可能宋集薪内心深处很希望跟你成为朋友的,因为他足够聪明,无比清楚应该跟什么人做朋友。比如他打心眼里瞧不起不如自己聪明的赵繇,可一样会拉关系套近乎。"

陈平安摇头道:"我不喜欢这样的人。"

崔东山没来由地说了一句真心话:"你这样的人,以后也会有很多人不喜欢。"

陈平安笑道:"我要那么多人喜欢我干什么,一人吃饱全家不饿的,我又不图别人什么。"

崔东山转身朝陈平安伸出大拇指:"先生您这叫壁立千仞,无欲则刚! 学生我佩服,佩服!"

陈平安轻声道:"我知道你套我话,是想探究一些我不知道的东西。不过没关系,说了这些,我心里好受多了。"

崔东山嘿嘿笑道:"先生您是大智若愚,学生我是大愚若智,咱俩相互切磋学问,以后联手,一定无敌于天下。"

陈平安突然问道:"你认识阿良吧? 老毛驴那段,阿良以前就哼唱过。"

崔东山脸色微变,"嗯"了一声:"很早就认识了,比齐静春认识得还要早一些,比马瞻、茅小冬之流就更早了。我陪老头子喝闷酒的时候,他们指不定还在哪儿玩泥巴呢。"

月明星稀,清风拂面。眉心有痣的白衣少年那张俊美无瑕的脸庞上泛起淡淡的愁绪,苦笑道:"我离开家乡后,也是像你们这般远游求学,只是比你走得要远太多了。由于心高气傲,终于狠狠丢了次脸,最后一气之下,拜在了老头子门下。当时老头子名声不显,学问也有被视为异端的苗头,所以我是他的第一个弟子。

"后来,姓左的、齐静春,这些人陆陆续续进入老头子门下。他的入室弟子其实不多,因为他是个事无巨细都想要说清楚的人。简简单单一个道理,三言两语能够讲解清楚的,他能说上一整天,实在没有精力收取太多贴身跟随的弟子。记名弟子相对多一些,至于不惜自称文圣门下走狗的那些,可就浩浩荡荡如过江之鲫了。

"而阿良呢,又比我更早认识老头子。一开始阿良是上门要打老头子的。老头子是谁啊,那张嘴皮子厉害得很。每一甲子一届的儒释道三教辩论知道吧?天底下最凶险的事情,没有之一!有多少佛子道胎因此堕入旁门左道,沦为各自道统内的可怜异端,之前之风光,之后之凄惨,惨绝人寰。我叛出师门之前,信心满满地提出自己的那个见解,何尝不是想要帮着……不说这个,好汉不提当年勇。事实上,也就老头子一个人在历史上接连参加了两次辩论,关键是都还给他吵赢了。算了算了,你暂时不需要知道这个。反正那会儿的老头子,啧啧,说是天底下独一份都不为过,那种被誉为'一家之学,明月当空'的绝世风采,不是读书人是绝对无法领略的。要不然,你以为老头子凭那可怜兮兮的秀才功名就能够给人请进文庙供着,还一个劲往前往上挪位置?老头子所在的那个小国后来都快恨不得把他封为'状元祖宗'了,他偏不要,可劲憋着坏呢。你以为?总之,老头子一来二去,就把阿良给说迷糊了,两个仇家反而成了最好的酒友。老头子的地位越来越高,阿良的修为也越来越高,两人相得益彰,关系一直很好。阿良跟我、齐静春,还有姓左的关系最好,他为了我们三个没少折腾,尤其为了齐静春和姓左的,打得那叫一个天翻地覆,荡气回肠!"

说到这里,崔东山会心笑道:"每次阿良回到我们跟前就要开始吹嘘了,什么'给你们三个兔崽子擦屁股都这么猛,我阿良是真猛啊',什么'你们是不知道,我今儿去大杀四方的宗门里头,那些个仙子一个个只恨修为不够高,否则一定要生吞活剥了我阿良。唉,最难消受美人恩,你们年纪小,不会懂'。"

他喝了口酒:"阿良有一点很好,说话从不吹牛,不像我们读书人。"

崔东山一口气说了这么多,最后背对着陈平安笑道:"好了,跟你一样,我心里也痛快多了。"

陈平安早已闭上眼睛,默默练习剑炉立桩,但是显而易见,所有话语,少年都仔细听着,一字不漏。

崔东山脸色平淡:"敞开了聊过,不耽误之后我还是坏人,你还是好人。"

陈平安睁开眼:"我下去继续练习走桩。"

崔东山大笑道:"好嘞。"

陈平安跳下马车后,崔东山一点点收敛笑意,腾出手来喝完酒壶里最后一口酒,破天荒有些失神,喃喃道:"陈平安,你以为你这种人就不可怕吗?"

马车后边有个嗓音响起:"我听到了。"

崔东山哈哈大笑:"先生好耳力,不愧是千载难逢百年难遇的习武奇才,以后一统江湖,天下无敌,指日可待!"

陈平安没好气地还给他一句话:"我谢谢你啊。"

返乡的路上，依然是走过山又走过水。

那辆马车已经连车带马一起卖出去了，崔东山卖出了一千五百两的高价，然后给自己添置了一个精美书箱，把原本车厢里的值钱东西都给装了进去。

相较之前的求学远游，陈平安可以有更多的闲暇时间来练习撼山拳，以及用水磨功夫去砥砺十八停的运气法门。只要不是大雨天气，每天早晚都会来两次。他的走桩很慢，就像是仍然带着李宝瓶、李槐他们一起练拳。每到这时，他的身边就会站着一名白衣少年跟着他一起打拳，打得比他更加行云流水，更加有神仙丰姿。

每逢高山和大水，崔东山就会大声朗诵圣贤典籍，陈平安虽然不出声，但是会下意识跟着在心中默念。两人不再像那夜在大隋京城外的官道那样说着真正的心里话，更多时候，是一天到晚两两无言。崔东山偶尔会悄然离开陈平安的视野，回来的时候心情有好有坏，陈平安也从不追究。

就这样，名义上的师徒二人，平淡无奇地从秋天走到了冬天。路线跟来时大不相同，是崔东山挑选的，陈平安没有异议。

两人也凑巧见识过一些光怪陆离的趣闻轶事，或远远旁观或身临其境，这让曾经从大骊走到大隋的陈平安依然会感到匪夷所思。

在大隋东边的一片大湖，两人夜行赶路，月色下，远远看到一伙御风凌空的飘逸仙人，分别手持一根巨大铁链，从湖底提起了一块巨石，大如山峰，湖水大震，掀起阵阵滔天巨浪。他们就这么硬生生从湖中拔起巨石，悬空搬去了自家门派。

崔东山解释说，山水之间皆有灵秀之气的荟聚之物，山上的仙家势力一旦发现，素来喜欢运用神通将其攫取，搬回宗门帮派，用以帮助镇压山水气运。崔东山还笑说那股仙家势力还算有点良心的了，选择夜间行事，而且舍得下本钱，高价购置了精铁锁链，若是一般仙家，哪里管这些，随便购买大量的便宜铁链便是，至于山峰是否中途坠地让凡人遭殃，当地官府哪敢计较，除非是砸在大城之中实在无法隐瞒，最后多半也是仙家势力象征性赔钱了事。

在大隋和黄庭国交界处的崇山峻岭之间，陈平安又看到一大群鲫鱼模样的鱼类，竟然沿着山路浩浩荡荡迁徙，浑身泥泞也不碍事。

崔东山说那些是过山鲫，能够出水半月而不死。它们对于湖泽水质要求极高，一旦旧有的栖息地水质变坏便无法活，会立即主动搬家。灵气越是充沛的水源，过山鲫的繁衍生息越好，而且每万尾之中会诞生一条通体金黄的灵物，故而一般山上势力都愿意豢养此物，用以见微知著，精准判定宗门府邸的灵气流散情况。

还有，在黄庭国一座繁华州城的闹市之中，有两名年轻剑修竟然驾驭飞剑，离地不过半丈，在人群之间飞快穿梭，好像是在比拼谁的御剑水准更高，全然不顾街上行人的鸡飞狗跳。一些避之不及的老百姓直接被锋芒凌厉的飞剑刺伤,倒地呻吟不已。

剑修经过陈平安附近的时候,一名老妪吓得踉跄摔倒,左右躲避了两次,刚好与那改变路线的剑修撞了个正着。年纪轻轻的剑修不愿输给身后那个近在咫尺的同伴,眼见着若是急停就会被赶超,满脸怒气,干脆就加速前掠。

若非陈平安将这名老妪扯过,恐怕她就会当场被一剑刺死。

那剑修非但没有感激,反而转头狠狠瞪了陈平安一眼。

高高在上的两名剑修,一前一后,就这么一闪而逝。

州城之内的老百姓对此虽然惶恐不已,但是没有任何人有想要追究的意思,就连骂骂咧咧也都只敢压低嗓音。

袖手旁观的崔东山轻描淡写地说了一句,如果是其他还没跻身中五境的练气士,是不太敢在一国州城内如此横行跋扈的,因为世间练气士以剑修最为金贵稀罕嘛。

陈平安在那名感恩戴德的老妪慌乱离去后,转身望向两名剑修离去的方向,久久没有收回视线。

崔东山淡然道:"管不过来的。再说了,又能如何管?追上去,打杀了那两个剑修?人家可是从头到尾都没杀人。还是跟人家讲道理,苦口婆心地告诫他们以后千万别这么胡闹?退一万步说,你拳头够硬,逼得人家嘴上答应你,等你离开,事后照旧,你又能如何?糟心不糟心?我看很糟心。"

陈平安摇头道:"我本事就这么点,不会追上去的。"

"我倒是希望先生凑这个热闹,我这个当学生的,一路混吃混喝,愧疚难当,好歹让我为先生排忧解难嘛。"

崔东山说着不中听的风凉话,见自家先生不搭话,刨根问底地笑问道:"等到以后本事足够呢?"

陈平安背着大竹篓继续赶路:"那就等到那天再说。"

崔东山快步跟上,笑眯眯追问道:"先生,那天是哪天?"

陈平安回了一句:"反正不是明天。"

崔东山屁颠屁颠跟在后头:"若是后天就好啦,学生我跟着脸面有光。"

陈平安抬头看了眼天色,突然记起等到自己回到家乡,也该差不多过年了,就想着是不是趁早买几副春联,他们大骊红烛镇那边,好像这些东西不多。

就在此时,崔东山也一样抬头,不过是望向一处高楼,"咦"了一声,嘴角翘起:"哟呵,有点意思。"

顺着崔东山的视线,陈平安看到了一座在城内宛如一枝独秀的高耸楼阁,附近风云晦暗,更高处的乌云中,隐约亮起一道道电光,与别处晴朗风景大不相同,像是要只在这一小块地方下雨的样子。

崔东山转头笑道:"先生,这个热闹咱们一定要凑!事先说好,先生若是不愿意去,我自己去,先生在城门口等我便是。"

陈平安二话不说就往城门行去,撂下一句:"如果夜禁之前你还没有出来,我就自己赶路了。"

崔东山脸色悲苦道:"先生真绝情啊。"又赶忙作揖,"先生慢行!"

陈平安走出城门外,在行人络绎不绝的官道旁站着休息。不远处就是一个茶水摊,陈平安犹豫了一下,去买了一碗茶水,坐着喝茶。

几乎从未后悔什么的少年,开始有些后悔自己太快离开大隋京城了。

就像崔东山所说,万一宝瓶他们被人欺负了,他又不在身边,怎么办?

陈平安可能眼界不宽,可是对于人心的好坏并不是没有认知。因为自幼就活得不算轻松,曾经真的单纯只是为了活下去,小小年纪就使出了浑身解数,所以陈平安反而比李宝瓶、李槐和林守一三个要更了解人生的不如意,以及人心丑陋的那一面。

尤其是与崔东山同行这一路,通过这个便宜学生的闲聊胡扯,陈平安越发明白一件事:不是官帽子大,人就聪明;也不是学问大,人就好人。

陈平安喝着茶,望向城头,默默下定决心。

东华山,山崖书院,一间悬挂"松涛"匾额的大堂,世俗喜欢称之为夫子院或是先生宅。当下名义上的山长,大隋礼部尚书大人正在喝茶,难得偷闲,神色轻松。在座七八人俱是书院教书先生,年纪大多都不小了。三位副山长也都在场,其中一位国字脸的儒衫老者忍了忍,终于还是忍不住开口抱怨道:"这几个孩子也太胡闹了!"

"胡闹"二字评语出口后,老夫子犹不解气,再加上一句:"顽劣不堪!"

要知道这位副山长不但是新书院专职负责大型讲会的大儒,还是正儿八经的"君子",名字早就在儒家一座学宫记录在档,所以他说出来的话,比起寻常所谓的文坛名宿、士林宗主要更有分量。

礼部尚书是个身材矮小的和蔼老人,貌不惊人,若非那一身来不及脱去的官服,实在无法想象这是一个位列中枢的正二品高官。而且大隋崇文,大骊的天官头衔划给了吏部尚书,大隋则划给了礼部。此时,这位礼部尚书不觉得副山长的言语坏了心情,笑呵呵道:"说说看,到底是怎么个顽劣法?"

副山长气呼呼道:"林守一天资极好,经义底子也打得不错,可就是那性格……唉,经常逃课,去书楼翻看杂书。看就看了,可看的都不是儒家经典,反而是诸多旁门左道的道家秘籍,这么点时日就借阅了二三十本,这成何体统?并非儒家门生便看不得道家书了,只是小小年纪,哪里有资格谈什么触类旁通,若是误入歧途,如何跟……原山长交代?"

礼部尚书微微点头,喝茶速度明显放慢。

副山长越说越气:"还有那小丫头李宝瓶更是无法无天,上课的时候经常神游万里,完全不知道尊师重道,不是看那本翻烂了的山水游记,就是在书上画小人儿。嘿,好嘛,还是那武夫蛮子的技击架势!"

礼部尚书忍住笑,不置可否,低下头喝了口茶水。

副山长继续道:"年纪最小的李槐……倒是老实本分,不逃课,不捣蛋,先生交代下去的课业,次次都做,可这悟性实在是……怎么感觉像是个不开窍的榆木疙瘩?上课的时候就在那儿打瞌睡,迷迷糊糊,满桌子口水,哪里有半点像是原山长的亲传弟子?唉,愁煞老夫了。"

一名年纪相对年轻的副山长打趣道:"尚书大人,咱们刘山长的胡须可都揪断好多根了。"

刘副山长一本正经纠正道:"只是副山长!"

礼部尚书爽朗大笑,侧身放下茶杯后,问道:"就没有点好消息?再这样,下次我可不敢来了。"

刘副山长心情略微好转,点头道:"有!奇了怪了,倒是于禄和谢谢这两人出类拔萃,更像是咱们儒家纯粹的读书种子,待人接物都很正常,平时还算尊师重道。尤其是于禄,温良恭俭,简直就是咱们大隋顶尖豪阀里的俊彦子弟,似乎更值得重点栽培。"

礼部尚书依然不急着下定论,笑眯眯望向某个一直偷偷打盹的高大老人:"茅老,怎么说?"

茅小冬被点名后,打了个激灵,睁眼迷糊道:"啥?尚书大人这就要走啦?不多待会儿?"

礼部尚书仍是笑眯眯:"既然茅老盛情挽留,要求我多待会儿,那我就多待会儿?"

夫子院内顿时充满笑声。

礼部尚书耐着性子将刚才刘副山长的抱怨又简明扼要地说了一通,茅小冬听完之后,一脸恍然:"原来如此,那我倒是真有几句话要说。"

礼部尚书玩笑道:"我等洗耳恭听。"

茅小冬坐直身体,问道:"是齐静春学问大,还是在座各位学问大?"

鸦雀无声。这不是废话吗?

茅小冬又问:"那么是齐静春眼光好,还是诸位先生眼光好?"

得嘞,还是废话。

刘副山长思量片刻,没有直接反驳什么,而是微微放低嗓音,问道:"茅老,那骊珠洞天,如今大骊的龙泉县据说总共才五六千人,适合蒙学的孩子肯定不多,齐先生会不会是在那里实在没有选择的机会?"

当初大骊的山崖书院是茅小冬帮着齐静春一点一点办起来的,无论是修为、资历辈分还是道德学问,他都是当之无愧的书院第一人,所以连同礼部尚书在内,任何人都愿意尊称他一声"茅老"。

茅小冬听到刘副山长的询问后,笑道:"当然有可能,而且这不是什么'可能',就是千真万确的事实!"

一群人全部傻眼。茅小冬环顾四周:"是你们大隋需要这些个孩子最好个个是天才,大放异彩,还会争取让他们长大后主动选择留在大隋庙堂,好为你们长脸,顺便帮你们打一打大骊的脸。我又没这些无聊想法……"

礼部尚书赶紧轻轻咳嗽两声,然后水到渠成地去拿起茶杯,低头喝茶。

茅小冬可不在乎这些,依旧言谈无忌:"换成是我啊,我就随他们。该吃吃该喝喝,他们要是愿意学就学,愿意偷懒就偷懒,至于以后有没有出息,我才懒得计较。我身为书院具体管事的副山长,手底下这么多学生,以后每年只会更多,哪里有时间和精力来听你们牢骚这些个孩子爬树、逃课、画小人儿?"

堂下诸位面面相觑。

坐在主位上的礼部尚书继续安稳喝茶,其实茶杯里已经没茶水了。

茅小冬笑着起身:"我去看看崇文坊的刻书事宜,这事儿顶天大,得好生盯着才行,就不陪尚书大人喝茶啦。"

礼部尚书顺势起身,和颜悦色道:"那我也就不耽误各位先生传道授业了。"

茅小冬埋怨道:"尚书大人,茶喝完再走不迟嘛……"他微微踮起脚,瞥了眼茶杯,"哎呀,已经喝完了啊。大人您真是的,再喝一杯再喝一杯,给咱们书院一点面子,中不中? 传出去还以为我们不待见大人呢,那多不好,万一户部为了天官大人打抱不平,故意克扣书院崇文坊刻书所需的银两,我跟谁喊冤去?"

几乎要比茅小冬矮一个脑袋的礼部尚书苦着脸拱手道:"茅老,就饶过我吧,就当您是山长,我是副山长,行不行?"

"不行!"茅小冬大笑着转身离去。

礼部尚书一脸无可奈何,气哼哼道:"原本是躲清静来着,好嘛,到头来还要挨训。咱们可还是自家人,以后可不敢再来喽。"

夫子院内响起一阵大笑,就连那刘副山长亦是忍俊不禁。

气氛融洽。

东华山相比那些五岳,其实半点不算巍峨,只是矮个子里拔高个,才显得格外挺拔秀气。山顶有一株千年银杏树,有个红棉袄小姑娘发完呆后,熟门熟路地抱着树干,一下子就滑了下来。结果她看到一个守株待兔的老学究，身材真是高大，正眯眼贼笑着，看着不像是个好人。

茅小冬问道："这个点，是又逃课啦？"

李宝瓶倒是个实诚的："嗯。我知道书院有规矩，我认罚。"

茅小冬笑问道："怎么，齐静春以前教你们的时候，翘课就要打板子？"

李宝瓶摇头道："翘课可不打，先生从不管这些，但是如果先生在学塾课堂教过的东西，我们记错了，第一次会提醒，第二次就会打。"

茅小冬"哦"了一声，好奇问道："在上面看什么呢？"

李宝瓶愣了愣，看在老人年纪大的分上，回答道："风景啊。"

茅小冬愈发感兴趣："什么风景这么好看，我怎么不知道？"

李宝瓶眨了眨眼睛："老先生您自己爬上去看呗。"

"读书人爬树，有辱斯文。"茅小冬先是连忙摆手，随即很快恍然，"哟，是想着咱们一起不守规矩，好让我不告发你吧？ 小丫头，挺机灵啊。"

李宝瓶呵呵笑了笑，然后又摇头。

茅小冬看懂了小姑娘的心思，问道："咋了，我说有辱斯文，难道不对吗？"

李宝瓶拍了拍衣服，解释道："以前我把风筝挂到树枝上，还是先生爬树帮我拿下来的呢。还有一次，我把李槐的裤衩丢了上去，然后自己跑回家，后来听说还是先生帮着拿下来的。你们书院这儿的读书人，怎么总是在这种事情上瞎讲究……"

茅小冬帮忙纠正："不是'你们书院'，是'我们书院'。"

他弯着腰，双手负后，笑望向李宝瓶："是不是觉得你的先生，那个叫齐静春的家伙，比我们这儿的教书匠都要好啊？"

李宝瓶叹了口气，心想：这老先生个子是高，可怎么总问一些不高明的问题呢？

茅小冬苦口婆心道："小姑娘，我跟你说啊，我们规矩多，除了学问没有你先生那么多之外，也不是一无是处，是有苦衷的。'从心所欲，不逾矩'，这句话听说过吧？ 前边是什么，知道吗？"

李宝瓶点头道："是'而十七'，更前边是'顺耳而十六'。"

茅小冬硬是愣了半天，说不出话。老人学问之高，超乎想象，倒不是没听明白意思，只是想不通，小姑娘那颗小脑袋里，怎么就会蹦出这么个古怪答案。

李宝瓶挥挥手，准备闪人："老先生，我叫李宝瓶，是刚入学没多久的学生。我可不会逃避惩罚，我已经先把所有规矩都了解一遍啦，知道三日之内要抄录一篇文章，今晚我就去写完，回头自己交给洪先生。您要是不信，可以自己去问洪先生。"她拍拍胸脯，"放心，我写字比跑步还快！"

茅小冬哭笑不得，赶紧喊住一身英雄气概的小姑娘："道理还没讲完呢，你别急，听过了我的道理，就当你已经受罚了。"

李宝瓶双手已经开始做出奔跑冲刺姿态，闻言后只得停下身形，瞪大眼睛道："老先生您说，但是如果道理讲得不好，我还是回去抄书算了。"

茅小冬被这丫头的话语噎得不行："你想啊，至圣先师到了这个岁数才敢这么做，如果一般人光顾着自己开心，什么都不讲规矩，是不是不太好？"

李宝瓶点头道："当然不好。"

茅小冬开怀大笑："行吧，我道理讲完了，你也不用抄书了。"

这次轮到李宝瓶愣住了："这就完啦？"她重重叹了口气，看了眼这位老先生，欲言又止，最后作揖，开始准备飞奔下山。

茅小冬给气笑了："小姑娘，你刚才那眼神是啥意思，是觉得我年纪比你家先生齐静春更大，反而懂的道理还不如他多，对不对？"

李宝瓶缓缓点头，坚决不骗人。既然老先生看穿了，她当然不会否认。

茅小冬笑道："那你知不知道，我只是显老，齐静春是显年轻，其实他年纪比我还大！所以他学问比我更大一点点，不稀奇。"

李宝瓶满脸怀疑。

茅小冬像是有些恼羞成怒："骗你一个小姑娘干什么！"

李宝瓶不急着下山了，双臂环胸，向左走了几步，再向右移动几步，扬起脑袋看着茅小冬，问了一个莫名其妙的问题："就算你年纪比我先生小，所以学问小，那为什么我的小师叔年纪比你更小，学问还是比你大呢？"

茅小冬啧啧道："学问比我大？那我可真不信。"

李宝瓶有些急，认真想了想，小心翼翼环顾四周后，伸出一只小手掌放在嘴边，低声道："我跟您讲，您别告诉别人。"然后她伸手在自己脑袋上比画了一下，"如果我先生的学问有这么高的话，那我小师叔的学问至少有这么高。"她再伸手在自己肩头比画了一下，最后移到自己耳边，"等到小师叔在回家的路上多认识一些字，学问很快就有这么高了！"

茅小冬目瞪口呆，最后只能附和道："那你小师叔可了不得，了不得！"

李宝瓶使劲点头："可不是！我的小师叔厉害得不得了！"

茅小冬突然感慨道："厉害好，厉害好啊，厉害了，将来就能保护好我们的小宝瓶。"

李宝瓶有些神色黯然，挤出笑脸，咻一下就冲出去老远，一边跑一边转头挥手告别："我走了啊，我觉得老先生您学问其实也不错，有这么高……"

小姑娘想要伸手比画一下，可跑得太急，一个不稳，就那么结结实实摔在地上，然后以迅雷不及掩耳之势飞快起身，以更快的速度跑下山去。

茅小冬拍了拍腰间，"规矩"戒尺随之现出原形。遥望着越来越小的那抹红色身影，他叹了口气："静春，早知道应该见一见那少年的。"

东华山有一片小湖，湖水清澈见底，其内种有满满的荷花，只是入冬时节，此处皆已是枯叶，显得尤为萧索。有个高大少年手持一竿绿竹钓竿，坐在岸边垂钓，不时有人指指点点，但就是没人靠近搭讪。

终于，一个其貌不扬的黝黑少女来到少年身边站定："钓鱼有意思？"

于禄点头笑道："有意思啊。"

谢谢问道："有趣在什么地方？"

于禄笑着给出答案："鱼上钩了会开心，哪怕最后鱼跑了，还是会开心。"

谢谢隐约有些怒气。

于禄凝视着湖面，忍住笑，一语道破天机："好好好，我说实话，我是在习武呢。且不说持竿，只说我这坐姿就是有讲究的，要静如山岳、动如江河。之后鱼儿真正咬钩的那一刻，我整个人的动静转换只在一瞬间，契合道家阴阳颠倒一线间的玄机。有本武学秘籍上说，'一静则无有不静，一动百骸皆相随'，所以我这么钓鱼，能够濡筋骨，充元气。"

谢谢将信将疑。

于禄从头到尾都没有去看她："你要说我从不曾练武，没有错，我从来没有练习过拳桩架势；但你要说我一直在习武，也没有错，我吃饭的时候、睡觉的时候、走路的时候，还有现在钓鱼的时候，都在想那些武术秘籍里的东西。出身好有个好处，家里的秘籍哪怕品秩不会太高，可错误的地方绝对不多。而且拳法剑经里，许多看似自相矛盾的地方，其实学问最大，格外让人痴迷。"

谢谢坐在地上，望向那根纤细修长的钓竿："你不去山上修行，太可惜了。"

于禄委屈道："喂喂喂，谢姑娘，没你这么揭人伤疤的啊。"

谢谢沉默片刻，说道："终于过上了太平日子，心里头反而不安稳了。你呢？"

少女自问自答："你于禄肯定在哪里都无所谓，这一点，我的确远不如你。"

于禄毫无征兆地转过头，摇头道："我喜欢一个人对着火堆守夜的时候。"

谢谢疑惑道："为什么？"

于禄重新转回头，盯着湖面："不知道啊，就是喜欢。"

谢谢笑道："那你喜不喜欢她，那个差点成为太子妃的女子？"

于禄先是面无表情，很快展颜一笑，答非所问："谢姑娘，在这里，我们要谨言慎行。"

谢谢皮笑肉不笑道："李槐之前找过我，显摆他的那支玉簪子，你竟然没有？"

于禄微笑道："你不也没有？我没有不奇怪啊，可你没有就不对了，这么漂亮的一个大姑娘。"

谢谢黑着脸道："请慎言！"

于禄猛然一抖手腕，钓竿弯出一个漂亮至极的弧度。他哈哈笑道："上钩！"

谢谢起身离去："男人就没一个好东西！"

于禄一边小心翼翼遛鱼，一边望向少女背影："我是不是个好东西不好说，可某人是真的很好，嗯，就是稍稍有点偏心，书箱没有，簪子没有，就只有谁都有的草鞋。唉，着实让人有些失落。"

谢谢转过身，大踏步走向于禄。于禄赶紧亡羊补牢："我没别的意思，咱们都一样，不患寡而患不均而已，你别误会……"

谢谢没有停步的意思，于禄丢了钓竿，连上钩的鱼都顾不上了，撒腿就跑。

谢谢拿起岸边那根尚未被鱼拖远的钓竿，使劲丢向湖中央，这才拍拍手离去。

于禄目瞪口呆，这次是真的有些火冒三丈，低声愤愤道："换成是陈平安的钓竿，你试试看。你要是还敢这么泼辣，我跟你姓！"

第四章
近朱者赤

　　林守一发髻上别着一支质地平平的黄玉簪子，肤色微黑，但是难掩俊朗面容。虽然在山崖书院给人印象是性情冷峻、不苟言笑，可仍然很受女子欢迎。大隋女子虽然无法考取功名，但这不耽误她们求学，嫁人之前，都可以待在各大书院。

　　林守一像往常那样，遇到不喜欢的课程，就去藏书楼看书。

　　一路行去，极为醒目。

　　新山崖书院的第一拨学生中，土生土长的大隋学子非富即贵。林守一的出现，仿佛一股来自山涧的泉水清流，让很多女子痴迷不已。而他的拒人于千里之外，愈发激起了她们的斗志，看他做什么都觉得特立独行。比如少年穿着朴素，衣食起居简单至极，与身边的权贵王孙有天壤之别，那么这就是林守一的醇儒风采。

　　如果说女子们因为这些缘由而亲近林守一只是肤浅的认知，那么有些看似无人注意的细节，则是夯实这种好感的巨大动力。

　　例如，林守一深受大儒董静的器重。董静这位享誉大隋朝野的老者，公认兼通儒道两门学问，经常把林守一叫去他的简陋茅舍，单独传授学问。

　　每逢雷雨天气，董静就会亲自带着林守一去往大隋京城内最高的铁树山，至于其中缘由，书院外人除了看热闹，也试图看到门道。天底下没有不漏风的墙，董静的一位至交好友是出了名的酒疯子，几顿好酒下去，就吐露出一些蛛丝马迹——那林守一是百年难遇的修行天才，一旦养育出浩然气，辅以五雷正法，必然是中五境起步的神仙人物，而且有望在二十五岁之前跻身第六境。

说简单一点,这意味着林守一这个修道天才有资格冲刺一下第十境,这已经大大超出了寻常天才的范畴。

突然,一个气喘吁吁的孩子一路跑到林守一面前,是李槐。看到林守一后,他立即哭得伤心欲绝,哽咽道:"林守一,我的彩绘木偶不见了,有人偷走它了!"

林守一问道:"不是丢了?"

李槐死命摇头:"不可能!"

"你学舍那边住着几个人?"

"加我一起四个。"

"有没有怀疑对象?"

李槐还是摇头。

林守一皱紧眉头,带着李槐返回自己学舍,从书箱底下拿出几张银票递给他。这些钱,是林守一的家族当初寄到红烛镇枕头驿的,那天林守一收到家书后的脸色可谓难看至极。

李槐慌张道:"干啥?我只要彩绘木偶,我又不要钱!"

林守一说道:"你回到学舍后,就跟舍友说,你把彩绘木偶丢在了……总之你随便说个地方,谁能帮你捡回来,你就给他这些钱。"

李槐茫然道:"这都能行?"

林守一无奈道:"先这么试试看。"

第二天,李槐欢天喜地找到了林守一:"那法子还真行!"

林守一没好气道:"以后锁好箱子,别总显摆你的那些小破烂儿。"

李槐怒道:"感谢归感谢,以后我肯定会还你钱,但是不许你这么说它们!"

林守一伸手一巴掌拍在这兔崽子的脑袋上:"少烦我,我要去书楼。"

"小心变成书呆子!"李槐朝林守一做了个鬼脸,一溜烟跑了。

过不了几天,李槐又哭丧着脸找到林守一,耷拉着脑袋,怯生生不敢开口说话。

被堵在书楼门口的林守一叹了口气:"怎么回事?彩绘木偶又被偷了?"

李槐病恹恹道:"没,这次是那套小泥人儿……"

"箱子锁好了?"

"锁好了,我保证!两把锁呢!钥匙我随时随地揣在怀里的。"

林守一有些头疼,伸手揉了揉眉心:"我去找董先生,看他有没有办法。总这样也不是个事。"

李槐突然抬起头,牵强笑道:"算了,我再找找看,说不定它们自己就跑回来啦。"

不等林守一挽留,李槐已经跑出去了,喊他也不回头。

这天李槐跟李宝瓶刚好一起上课,下课后,李宝瓶找到故意躲着自己的李槐,发现他嘴角红肿,忍不住问道:"咋了?"

李槐缩了缩脖子:"摔了一跤。"

李宝瓶瞪眼:"说!"

李槐噘起嘴,就要哭出声,竭力忍住,愈发可怜:"跟人吵架,打不过人家。"

"谁!"

"是我舍友……不过我是一个人打三个,没给你们丢人!"

"走!"小姑娘那叫一个干脆利落,一句话最多两个字。

她对李槐发号施令:"你去自己学舍等着我,赶紧的! 我随后就到!"

李槐忐忑不安地回到学舍,那三个年龄只比他稍大的舍友正在抱团聊天,完全不理睬他,只是瞥向他的视线之中充满了讥讽鄙夷。这个来自大骊的小土鳖,读书不行,谈吐粗俗,浑身上下都透着股土气,破书箱还当个宝。关键是,书箱里头竟然还藏着草鞋,还不止一双!

李槐默默走到学舍门槛外头,蹲在那里画圈圈,没过多久,就看见气势汹汹赶来的李宝瓶,手里拎着那把名叫祥符的狭刀……李槐吓得差点没能站起身,好不容易站起,有些腿软,咽了口唾沫,低声道:"宝瓶,咱们打架需要带刀吗?"

李宝瓶怒目相向,一把推开李槐,独自大步闯入学舍:"打架不需要,难道挨揍需要? 让开!"

李槐虽然吓得直冒汗,仍是一咬牙,快步跟上她,喊道:"李宝瓶,你等等我啊!"

李宝瓶看着那三个家伙,举起在鞘的狭刀,冷声道:"谁偷了李槐的泥人,拿出来!"

三人起先有些傻眼,然后哄然大笑。

李宝瓶怒气更盛:"谁打了李槐,站出来!"

三人相视一笑,然后猛翻白眼。

李宝瓶拎着狭刀,对那三个小王八蛋就是一顿饱揍。

别看李宝瓶个子不算高,可力气那是从小实打实熬出来的,加上好歹跟着陈平安一路练拳,一起跋山涉水,对付几个绣花枕头都不如的同龄人,手到擒来。

李宝瓶第一招就足够惊世骇俗,出手极快,刀鞘横扫,狠狠拍中一个约莫十岁大男孩的脸颊,直接把他扇得原地打转;然后一刀鞘当头劈下,砸得第二个可怜虫哇哇大哭;第三个哪里敢还手,赶紧跑,被李宝瓶追上,飞起身来,一脚踹在后心,整个人撞向床铺,又痛又怕,干脆趴在那里装死了。

李宝瓶视线扫去,用刀鞘尾端指向他们:"今天就乖乖地把那套泥人拿回来,交给李槐! 以后谁还敢欺负李槐,我打得他爹娘都不认识! 我李宝瓶说到做到!"

一个家伙悄悄抬头望向李宝瓶,她扬起手臂就要一刀鞘砸过去,吓得那家伙赶紧后退。

李宝瓶冷笑连连,愤而转身,结果看到站在门槛内的李槐,气不打一处来:"李槐!就你这尿样,以后别跟我一起喊小师叔,敢喊一次我打一次!"

好似被戳中了伤心处,李槐蹲在地上,抱着脑袋呜咽起来。

斜瞥一眼李槐,李宝瓶像是比来的时候更加生气,手持狭刀,就这么气呼呼离去。

屋内,一个脑袋肿起一个大包的男孩气急败坏道:"这事情没完!我要你这个小泼妇知道你打了谁!"

两天后,夫子院内,刘副山长一拍椅把手:"无法无天!岂有此理!大庭广众之下,从小的,到大的,竟敢公然斗殴!一个都没落下!这件事情谁都不要插手,我倒要看看,我们堂堂山崖书院,这些个大隋希望所在的读书种子,到底能够糟糕到何种地步!"

其余人都望向破天荒没眯眼打盹的茅小冬,他想了想,点头道:"那就这样。"

有人壮起胆子小声问道:"茅老,是哪样啊?"

茅小冬脸色淡漠,仿佛在打哑谜:"就是这样啊。"

他如此表态,便是那位拥有"君子"身份的刘副山长脖子里都有些冒寒气。

白衣飘飘的崔东山一路穿街过巷,终于找到了那栋楼阁所在的宅子,果然是大户,两尊石狮坐镇,门槛极高,仪门紧闭。不过奇怪的地方是,这栋宅子悬挂着"芝兰"二字,不是什么"张府""钱府"之类。

之前崔东山看到异象的那栋楼阁,应该是这户人家的私家藏书楼,高度几乎不输城内的文庙魁星阁,必然不是寻常富贵人家。

越是临近这座"芝兰"府邸,崔东山就越发清晰地感受到风雨欲来的气势,这种感觉就像暴雨之前的大阴天,让人气闷。

天地之间,除了儒家推崇的浩然正气,还有诸多无形之气,大抵上有清浊之分,前者灵秀,神益修行;后者污秽浑浊,损伤魂魄。乱葬岗、古代京观、战场遗址之类的地方,各有玄机,未必全是污浊之气。

世间有助于修行的洞天福地,就像是一座芝兰之室,沁人心脾。

崔东山双手负后,施施然走上台阶。一个中年门房由侧门走出,眼见着白衣少年气度不凡,不敢怠慢,恭恭敬敬询问身份。

崔东山说他是依靠斩妖除魔积攒阴德的散仙,在城外就见到宅子不对劲,可能会有血光之灾,故而特来相助。

要说世间精魅鬼怪到底有没有,门房知道是有的,因为自家府上就豢养着许多无伤大雅的精魅。但要说有邪祟鬼魅胆敢在城内作乱,尤其是在他们"芝兰"府捣乱,那真是天大的笑话。谁不知道府上父子四人皆是公认的神仙中人,尤其是幼子曹溪山,听说去年刚刚成了一座山上仙家的掌门嫡传,精通飞剑和雷法两术。

被当作骗子的崔东山也不恼,继续耐着性子解释道:"你们家宅子藏风聚水做得不错,书楼格局又是最好的,是阵眼所在,加上藏书里头有很多圣贤君子亲手盖过藏书章的孤本善本,所以时间一久就容易汇聚灵气,寻常妖物鬼魅不敢来此自投罗网,倒是一些生性怯懦温善、喜好向人而居的小玩意儿成长得很顺利。"

门房神色有些不耐烦,让崔东山赶紧走,说他没有工夫听个少年郎胡说八道。

崔东山伸手轻轻拨开门房推搡的手掌,微笑道:"但是这栋府邸的书楼确实有些古怪,里头盘踞了一条大蟒,可能是一开始就有,来历不明,也有可能是后来让人请神请进去的。如果我没有猜错的话,应该是条火蟒,最近这段时间,就是它倒数第二次蜕皮,下一次蜕皮,就该走水而成,一旦成功,会成为一条大蛟。"

崔东山伸手指向城外:"但是,江水之中有条水蛇,境界相较火蟒更高,正在水底下伺机而动,绝不会轻易让你们家这条近亲死敌成功蜕皮。世间蛟龙蛇蟒之属,一旦开窍出现灵智,不管之前性情如何,开窍后皆不喜同类靠近,所以你们府邸若是不早做准备,火蟒在蜕皮虚弱之际,水蛇必然离开江面直扑此处,试图一击致命,顺势抢夺火蟒体内的那颗半道火丹,转化为自身修为,水火交融,大道近矣!"

那门房眼神复杂,蓦然大怒,又伸手去推他:"滚滚滚,小小年纪,信口雌黄!"

崔东山叹了口气,自言自语道:"先生,你看看,道理讲不通嘛,好麻烦的,还是按照我自己的法子来吧。"

他一挥袖,中年门房整个人被一股清风横扫出去数丈,当场晕厥过去。

侧门那边很快拥出五六个彪形大汉,崔东山大步前行,那些个初境、二境武夫的下场比门房还不如,还没见着少年如何挥袖就自行倒飞出去,横七竖八,倒地呻吟。

崔东山一路行去,又有众多护院蜂拥而至,都没能让他停步些许。

当崔东山来到那座书楼外的广场,打着哈欠的他终于有了点兴致,望向并肩而立的父子模样的三人。此处除了他们并无外人,估计是不愿暴露出书楼真相,或者是不希望伤及无辜。

崔东山视线很快越过三人,望向书楼。书楼占地极大,高达六层,楼顶天空乌云密布,雷声轰隆隆作响,沉闷至极,电光交织闪烁。矗立在天地之间的这栋高楼有一条长达十数丈的巨大蟒蛇,身躯从楼阁底楼向外伸出,蜿蜒而上。大如水缸的头颅正对着天空雷云吐露蛇芯,充满了天生的敬畏,又蕴藏着旺盛的斗志。世间妖物出身,对于雷鸣,几乎少有不怕的,这是铭刻在骨子里的烙印,代代相传,千万年不绝。

相传远古时代,主掌雷霆的某位天神曾经携带一众雷部神灵和诸多雨师巡狩游历各大天下,妖魔因此不知丧命了多少。

崔东山继续前行,披挂一副古铜色甲胄的中年男子伸出手,拦下两个想要教训那个不速之客的儿子,用眼神示意他们少安毋躁,不可轻举妄动。他抱拳道:"在下曹虎山,不知贵客登门,有何指教?"

崔东山脚步不停,懒洋洋道:"我的好脾气都在大门口用完了,现在我要登楼,如果你们铁了心拦阻,别怪我丑话没说在前头。灭你们满门……这种事情我现在是不会做了,但是宰掉你们父子三人,毁尸灭迹,还是会的。大不了回头跟我家先生解释,就说你们是死于蛇蟒之战,我还是毫无心理负担的,说不定到时候我在先生面前还要为你们掬一把同情泪。唉,谁让我有这么个古板的先生呢。"

曹虎山手握腰间长刀刀柄,身上甲胄流淌着一层土黄色的厚重光晕,厉色道:"真当我芝兰曹氏是任人宰割的软蛋?"

崔东山"咦"了一声:"还敢自称'芝兰'?家里分明珍藏有这么多好书,不让子孙好好学习圣人教诲,偏偏一个个舞枪弄棒。更可恶的是还敢与妖物勾结,不惜让它窃据书楼,汲取'书香之气'。这也就罢了,明知道火蟒蜕皮之日就是江中水蛇拼死一搏之时,你们不提醒城内百姓赶紧离城躲避,反而故意使了障眼法,遮蔽了雷云下降、火蟒攀楼的景象。你们知不知道,这场突如其来的水火之争,少说会害死城内千余人?"他说到这里,有些委屈,碎碎念着,"先生,这都怪你,我好好说话的习惯都有些上瘾了。"

一名高大青年手持银枪狞笑道:"爹,少跟这家伙废话,由我杀了便是。胆敢坏我曹氏称霸一州的百年大业,死有余辜!"

崔东山哈哈大笑,伸手指向那高大青年:"你这暴脾气,我喜欢……"

话音尚未落定,青年眉心处就出现一滴不易察觉的血珠子。他正要运用神通加持手中的法器银枪,就只觉得眉心微微刺痛,刚要伸手去擦拭就瘫软在地,没有什么奄奄一息,没有什么痛苦哀号,直接死绝了。

曹虎山甲胄光芒更甚,整个人都像是笼罩在黄色云雾之中。

他另外一个有些书卷气的儿子口诵咒语,手指掐诀,脚踏罡步,忙得很。很快,年轻人身边出现一串熠熠生辉的文字,白色雪亮,首尾衔接,串联成一轮满月,将他护在其中。不但如此,空中还浮现出一条通体缠绕火焰的小火蟒,绕着年轻人飞快旋转,他头上那顶古朴高冠也绽放出一股五彩光芒,然后如泉水喷洒,笼罩住年轻人四周。

里里外外,上上下下,层层防御,手段迭出。

崔东山给那年轻人的保命手段逗乐了:"你小子倒是怕死得很。怕死好啊。"

依旧不见任何动静,怕死的年轻人眉心同样出现一粒"朱砂",瞬间气绝身亡。

崔东山笑眯眯道:"做了鬼,以后自然就不用怕死了,别谢我。"

曹虎山飞奔而逃,崔东山根本不屑追杀。

现在的他愈懒得很,以至于连赶尽杀绝都觉得麻烦。

他没有着急走入书楼,而是在门外站定。腰间的酒壶挺沉,其内装满了酒水。

他摘下酒壶痛饮了一大口,才向前走去,跨过门槛。

那条感知到威胁的火蟒已经缩回书楼，天空中闪电雷云的气势便弱了几分。

崔东山走向一楼的楼梯，叹气道："少年不识愁滋味，爱上层楼，再上层楼，又上层楼，更上层楼。"

当他走到第五楼时就不再往上走，坐在楼梯上，神色郁郁。

四楼五楼之间缓缓探出一颗猩红色的硕大头颅，双眼漆黑如墨，小心翼翼地望向那个神通广大却心狠手辣的白衣少年。

崔东山转头望向那条火蟒，惋惜道："当年我们家里如果有你这样的存在，能够陪我说说话解解闷，那么我今天可能就不会是这个样子了。"

火蟒把下颏轻轻搭在地板上，做出竖耳聆听的谦卑姿态，很通人性，而且比起志向是"争霸一州之地"的曹氏父子，显然更加有眼力见。

崔东山笑问："打断了你的长生路，害你错过了这次的天时地利人和，你不生气？"

火蟒微微摇晃头颅，整个五楼随之震动，灰尘四起。

崔东山点头道："你是有慧根的，如果你执意蜕皮，江中水蛇成功的机会比你大很多，到时候你数百年苦苦修行，就要沦为为他人作嫁衣的下场喽。"

在崔东山所坐位置更高的楼梯上，有一个六七岁的青衣小童，瞳孔竖立，蹲在楼梯扶手上，望向崔东山的背影啧啧道："哇，你这外乡小子，不但出手狠辣、心肠歹毒，而且眼光还很不错呀，还晓得本尊的厉害。"

火蟒大为惊骇，好不容易才忍住躲回楼下的冲动，整条身躯都在微微颤抖。

没了曹氏父子保驾护航不说，如今不得不强行断去蜕皮过程，正是最为孱弱的阶段，而那家伙竟然还潜入了曹家，自己如何是他的对手？

崔东山转头笑道："调皮。"

青衣小童一脸茫然，伸出指甲锋利如小锥子的手指指向自己："你小子说我？"

下一刻，青衣小童双手捂住额头，不断有鲜血渗出指缝间，从楼梯栏杆上跌落到五楼，满地打滚，整栋书楼都开始晃动起来。

崔东山从袖中掏出一物，没好气道："行啦，别装了，再这么调皮，我就真让你去见阎王爷了。"

那青衣小童骤然间停下滚动身形，起身后拍了拍衣袖，问道："你到底想要如何？我可是与城外的那位江水正神关系莫逆，与他称兄道弟两百多年了，比这个连城隍爷都不敢见一面的小丫头片子要强太多太多。你小子修为不错，有资格当我府上的座上宾，如果今天帮我，让我吃掉她，以后这州城内外千里，你想杀谁就杀谁……"

突然，青衣小童像是喉咙被人掐住，半个字都说不出口，死死盯住白衣少年手中之物，吓得失魂落魄，两条腿开始打摆子。那条火蟒更是变成一个粉裙女童的模样，蜷缩在楼梯口瑟瑟发抖。

崔东山手中拿着一方古老砚台,其上盘踞一条长不过寸余的苍老瘦蛟,若是仔细聆听,竟然能够听到货真价实的轻微酣睡声。

对于青衣小童和粉裙女童而言,那一声声凡夫俗子不觉得异样的酣睡声,落在他们耳中,简直比天雷还可怕。

崔东山低着头,双指拈住一枚金光焕发的"绣花针"在古砚边沿摩擦,带起一连串电光石火,像是在用砚台砥砺锋芒。

他伸出砚台,道:"乖乖进来吧。"

火蟒化身的粉裙女童背靠墙壁,艰难起身后,不敢挪步。

青衣小童问道:"有没有好处?"

崔东山点头笑道:"有啊,比如活下去。"

青衣小童沉声说了一个"好"字,然后……就撞破五楼窗户,飞掠出去。

之后则是一缕两三尺长的金光紧紧尾随其后,透过窗户一起向城东掠去。

片刻之后,城外东边的大江之中掀起惊涛骇浪,时不时有血水四溅。

正在城门口喝茶的陈平安立即付钱结账,飞奔赶往城内,结果发现"芝兰"府邸连看门的人都没有,陈平安一路畅通无阻,最后来到那栋高耸阁楼,刚好看到崔东山亲手牵着一个粉裙女童走出来。大概是贪图享受,崔东山将书箱转给了她,自己两手空空,只有腰间的酒壶。

崔东山一拍脑袋,让背着书箱的女童去拿几本灵气最足的古书,然后坐在书楼门槛上,喝着酒,抬头笑道:"先生,说吧,我听着呢。"

陈平安问道:"知道为什么让你跟我一起回去吗?"

崔东山用手背擦拭了一下嘴巴:"知道啊,怕我不长记性,还心怀叵测,会在大隋的新山崖书院闹出幺蛾子。你不放心李宝瓶他们三个,所以宁可自己的觉都睡不安生,也不愿意那些孩子出现意外。"

陈平安看着他,他无奈道:"喂喂喂,猜出这种答案很难吗?先生别用这种眼神看我好不好,哪怕只有一丁点的惊讶,都是对我崔瀺的侮辱啊。"

陈平安犹豫了一下,最后说道:"如果你愿意诚心诚意保护他们,从今天起,我就答应你当我的学生。"

崔东山高高扬起酒壶:"一言为定!"

陈平安皱眉道:"还是算了。"

"就因为我答应得太快?"崔东山冷笑,"别急着反悔,我在跟你偷偷离开马车的那一刻就已经猜到这一步了,我这根本不叫喜出望外,而是深思熟虑的结果,所以你别觉得我在敷衍你。说出来你可能不信,我留在大隋京城,本来就是我自个儿预定的一步棋,你以为我一路上,自己跟自己下棋,好玩啊?说出来我怕吓死你,那可是大骊在跟大隋下棋！这一局棋,关系着两大王朝的国运走势!"

崔东山叹了口气:"不过话说回来,以身涉险,在龙潭虎穴里头逞英雄本来不是我的风格,但是没法子,说到底,娄子是我自己捅出来的,交由别人收拾烂摊子,我未必放心。"他苦着脸道,"先生,如果我真的在大隋京城死翘翘了……"

陈平安认真道:"我会争取帮你建一座衣冠冢的。"

崔东山愕然,小声嘀咕道:"他娘的,衣冠冢都知道了……这一路跟着李宝瓶、林守一,书真没白读! 哈哈,不愧是我的先生,学得快。"

陈平安问道:"对了,墓碑上是写崔瀺,还是写崔东山?"

崔东山先是满脸惶恐:"呸呸呸!"然后笑了,"知道先生会走出这一步,所以学生我连离别赠礼都准备好了。方才那女娃儿是火蟒出身,自幼就汲取书香气长大,性子很温顺,以后给先生当个小书童是最合适不过的了。另外那个,差不多的出身,性格暴戾一些。这一路返回龙泉,身边就需要这么个能打的嘛,能够帮着先生逢山开路、遇水搭桥。骊珠洞天对他们而言,诱惑力还是很大的,将来等他们进了先生的地盘,就容不得他们不听话了。不过需要先生稍等片刻,那条江中水蛇,很快就会自己跑到这里来磕头认错的。"

陈平安心情有些复杂:"你是坏人,而且比我聪明太多,所以比我更知道应付坏人,我希望你回到书院后,真的能够护住宝瓶他们。"他眼神诚恳,深吸一口气,以江湖气十足的抱拳姿态道,"如果你能做到,那我在这里先谢你!"

"先生愿意做此决定,就是真的认可了学生,哪怕只有一点点而已。先生要学生做什么,是天经地义的事情,何须言谢?"崔东山起先有些嬉皮笑脸,但是看到满脸正经的陈平安后,立即收敛笑意,抖了抖袖子,郑重其事地作揖,大袖垂下,如鹤垂翼,潇洒绝伦,"学生拜别先生! 先生一路保重!"

粉裙女童抱着一大摞古书跑出阁楼,看到这一幕后,望向陈平安的眼神就有些惧意。与此同时,从天空摔落一个青衣小童,衣衫褴褛,狼狈不堪。在他身边有一抹金光流转不定,像是押解犯人的凶狠兵丁。

青衣小童躺在地上气喘吁吁,抹去脸上的血水,转头望向那条根脚不明的过江龙,眼眸之中戾气难消。这也不奇怪,在城外大江中作威作福数百年,突然给人揍成一只丧家犬,心胸之间自然愤恨难平。

崔东山打了个响指,那抹金光如燕归巢,飞回他袖中。

看到陈平安有些疑惑,崔东山笑道:"先生可曾记得野夫关外,我跟先生吹嘘拜师礼有多丰厚,就说到过这柄暂时无主的本命飞剑,名为'金秋',品相不俗,无须太高境界就能驾驭,运转如意。"他咧咧嘴,颇为得意,"飞剑的上任主人曾是一位中土神洲当之无愧的剑仙,是个棋痴,兴许是脑子给门板夹到了,竟然想着改弦易辙,由剑修转入棋道,奈何棋艺不精,与我赌命输了一场,便输给了我这把飞剑。不过说到底,他亦是想要破釜沉舟,不愿与这飞剑有任何藕断丝连。"

陈平安好奇问道:"那么这把'金秋',林守一能不能用?"

崔东山一阵牙疼的模样:"先生,可没你这般偏心的。林守一当然能用,可由他来炼化驱使,肯定是暴殄天物啊。学生我舍得给先生,不代表舍得给林守一这个外人。"

粉裙女童和青衣小童心有灵犀地对视一眼,都从对方眼中看出了震惊。

中土,剑仙,棋道,赌命。这些词汇串在一起,足够惊世骇俗了。

陈平安环顾四周,看不出异样,准备离开,继续赶路。

"先生稍等片刻,容我先把道理讲透,也好让先生接下来的返乡之路不会因此横生枝节。"

崔东山思量片刻,又拿出那方原本是伏龙观镇山之宝的砚台,对黄庭国这对火蟒水蛇下令道:"速速将真身放入其中,我的耐心不太好,我的规矩是事不过二,如果再敢拖延,可别怪我……"这还没说几个字,崔东山就杀心四起,只想着干脆一巴掌拍死那青衣小童算了,来个眼不见心不烦。毕竟按照龙泉的谋划,能够与那条老蛟搭上关系就已经足够。眼前这两个道行都不高,化蛟都未完成,远远比不得大水府的寒食江神。说到底,捕获他们,不过是锦上添花而已,一开始是想着如今方寸物里的宝库打不开,就给自家先生降伏两个小家伙,哪怕没大用,以后养在身边,帮忙看护山头,加上骊珠洞天的特殊出身,勉强可行。

如今先生已经是先生,学生已经是学生,所以他还真不在乎他们的死活。崔东山无比清楚陈平安的性格,那是茅坑里的石头,又臭又硬。他不认可自己,就是给他一万条火蟒水蛇都没用;如今认可了自己,没了两个无足轻重的小家伙,根本不碍事。

想到这里,崔东山有些百感交集。跟陈平安打交道,说累那是真的心累,感觉比搬动五岳还吃力,但是当自己跨过某道无形的门槛后,就又一种很奇怪的感觉,竟然会让大骊国师如此老谋深算的人生出一丝……心安。

眼见着金光流泻出白衣少年的袖口,那青衣小童赶忙起身,跪地磕头:"恳请仙师饶命,小的愿意给仙师赴汤蹈火,肝脑涂地,虽死不悔!"

一旁的粉裙女童有些耻与为伍的心思。她不是那种信口开河的妖怪,嗫嗫嚅嚅,有些不知所措。

崔东山懒得跟那水蛇小崽子废话,抬起砚台:"我数三声。"

粉裙女童略作犹豫,从眉心处蹿出一条细如丝线的火焰小蟒掠入砚台,然后脸色雪白,身形摇摇欲坠。

青衣小童见状,只得老气横秋地叹了口气,唠叨着"罢了罢了,识时务者为俊杰"。只见他七窍生烟,最终凝聚为一条比火蟒略粗的乌青小蛇,飞入砚台。

一蟒一蛇在砚台内蜷缩起来,丝毫不敢动弹。毕竟砚台边沿,有条老蛟盘踞酣睡,那可是他们这一类妖物的老祖宗,说不定还是隔着十八代那么远的。

崔东山收起大骊死士半路送来的砚台,冷笑道:"别不知好歹。不过是受了点约束,就能够借此砥砺境界,换成是别洲蛟龙之属的妖物,若是有你们俩这份机缘摆在面前,早就苦苦哀求得把头都磕破了。"

自幼就在书楼这方寸之地长大的粉裙女童作揖感谢。

从来就逍遥散漫、生性野惯了的青衣小童撇撇嘴,不以为然。

崔东山对此视而不见,玩味笑道:"大骊龙泉知道吧?骊珠洞天破碎下坠后的那个地方。我家先生是那里的土财主,拥有五座山头,还收藏了不少灵气饱满的蛇胆石。这玩意儿是世间最后一条真龙的灵血凝聚而成,它的价值,你们自己掂量掂量。所以这一路,好生伺候着我家先生。"

粉裙女孩眼前一亮,对着陈平安弯腰拜了一拜,满脸喜气:"奴婢愿意追随先生。"

青衣小童更加干脆利落,扑通一声跪下磕头,砰砰作响:"老爷,缺不缺暖被窝的美妇丫鬟啊?我认识好些,便是修行中人都有的。只要老爷点个头,我这就给老爷搂……哦不,是给老爷用八抬大轿请过来。"

陈平安揉了揉额头,瞥了眼崔东山。难道是物以类聚?这家伙怎么净招惹这些个混不吝的怪胎。反观自己身边,宝瓶、李槐和林守一很正经。

被老秀才斩断神魂联系之后,崔瀺如今虽然是少年皮囊,而且少年心性居多,但是眼界、眼光、城府都还在,对于陈平安的心思,通过这一瞥,便猜了个七七八八,有些无奈。李宝瓶这些孩子哪里就正常了?退一万步说,你陈平安就正常?一个破拳谱的破把式,天底下有几个人一心想着先打它个一百万次再来谈其他?

青衣小童抬起头:"老爷,芝兰府曹虎山还有个幼子,先前在城外江畔负责盯我的梢,境界不高,道行还是不差的,天赋蛮好,还有个仙家府邸做靠山,这会儿估摸着已经跟他爹会合,若是听之任之,以后少不了麻烦,要不要我……"

他做了个张大嘴巴一口吃掉的动作。

崔东山笑道:"解决掉你们,我的道理才讲一半,接下来你们陪着先生只管出城,我留下来收尾。"

陈平安点了点头,叮嘱道:"别滥杀。"

崔东山哈哈笑道:"先生发话,学生岂敢不听。"

竹篓微动,陈平安转头望去,那把槐木剑一阵微微摇晃,那个袖珍可爱的金衣女童一路顺着木剑和背篓来到陈平安肩头,朝他招手。陈平安心领神会,侧过脑袋,这个一直寄居于槐木剑之中的古怪精魅在他耳边窃窃私语。陈平安认真听完之后,对崔东山说道:"它告诉我,你如果到了大隋书院,就跟茅小冬说两句话,一句是'天人相分,化性起伪',一句是'礼定伦,法至霸'。"

崔东山轻轻叹息一声,神色复杂。显而易见,一句是老秀才给自己的临别赠言,一句应该是齐静春原本希望借陈平安之口转赠给茅小冬的临终遗言。

崔东山有些灰心丧气,指了指陈平安肩头的小人:"这是骊珠洞天硕果仅存的香火小人,已塑金身大半,很难得。先生的落魄山上有座山神庙,那尊山神还算值得信赖,将来可以把这香火小人放在那祠庙饲养,以香炉为庐、香火为食。"

站在陈平安肩头的金衣女童犹豫不决,最后深吸一口气,望向崔东山:"齐先生还留了句话,但是当时先生说你未必有机会。现在既然你认了陈平安做先生,虽然人还是坏人,但我觉得可以说给你听听看。"

崔东山愣在当场,心中有些激荡,缓缓正色道:"洗耳恭听。"

金衣女童稚声稚气道:"学生问,'蟹六跪而二螯'作何解?可是笔误?先生答曰,穷秀才囊中羞涩也。"

崔东山捧腹大笑,笑得眼泪都流出来了,所有人都觉得莫名其妙。

他独自走向藏书楼,笑得停不下来,一边走一边擦拭眼角的眼泪,转过头笑道:"先生,我就不送啦。"

崔东山在藏书楼二楼窗口望向陈平安的背影,高声喊道:"先生,若是遇到天大难事,可以折路去找那个户部老侍郎,就说你是我的先生即可。若是能够违心说你与老秀才是半个师生关系,就更好了!"

陈平安转头说道:"知道了,你自己小心。"

崔东山挥手,喃喃道:"起而行之,你我共勉。"

他一路登顶,来到六楼,登高远眺。

之前之所以不愿登上这一层,不是这里有什么玄机,而是少年心性又在作祟,想起了一些不愉快的往事。文圣首徒也好,大骊国师也罢,一样是从年少岁月走来的。

崔东山向后倒去,随手将那方古砚放在一旁,全然不顾灰尘沾染白衣。

他转过头,看着砚台:"既然已经开始做了,不如一鼓作气,将这上古蜀国的蛟龙孽种一网打尽,全部豢养其中?"

他望向楼顶的五彩藻井,那里雕刻有威严团龙。

这儿跟记忆里的自家书楼不太一样,那边光线昏暗,可没这么漂亮好看的风景。

崔东山闭上眼睛,有些犯困。

还记得他在年幼时分,天资卓绝,只是心性不定,便被寄予厚望的爷爷狠心地"关押"在书楼顶层的小阁楼上,搬走楼梯,三餐用绳索送去食盒,吃喝拉撒都在那么点大的地方解决。马桶自然还是有的,每天都会换。孩子为了反抗,表达自己的愤懑不满,经常撕下书页当厕纸,或是将纸折成小小的纸鸢飞鸟,从一扇小窗丢出楼外,乘风而飞,然后每次就会听到爷爷拄着拐杖在阁楼下边破口大骂。

那个时候，他做得最多的一件事，就是将阁楼所有书本垒起来，站在高高的书堆上头，趴在窗口眺望城外的江水，经常一看就是几个时辰。

当年他还不叫崔瀺，更不叫崔东山，而叫崔瀺巉。瀺字解作水声，巉字则解作崇山峻岭。为他取名的爷爷那会儿当然是希望这个孙子长大之后道德品行、学问修养兼具名山大川之美，智仁两全，山水皆灵秀，能够成为读书种子，跻身君子贤人之列。可是孩子不领情，好不容易走下阁楼后，很快就离开家乡去远游，走出家国，走出一洲，最后一直走到了中土神洲，只恨走得还不够远，离那个倔老头越远越好，而且还故意把"巉"字给去掉了，只留下相对喜欢的"瀺"字，在以后漫长的岁月里，始终对外自称"崔瀺"。

哪怕后来重返东宝瓶洲，成为大骊国师，依旧没有回过一次家乡。

不想回去。

崔东山睁开眼睛，用袖子抹了把脸："看什么看，没看过大老爷们伤心啊？"

顶楼出现了一个阴神出窍远游的儒衫老人，正是那条老蛟。老蛟盯着那方砚台，脸色阴沉。

崔东山没有起身，一挥袖子，将砚台拂向老蛟："你的三百年修为已经打掉，上次的事情就算两清了。接下来你不用着急去往龙泉，而是帮着抓捕蛟龙之属的残余孽种，不论老幼大小，一并关在砚台内。我家先生留了许多品相最佳的蛇胆石，并没带出家乡。也亏得他没带出来，不然以他的性子，天晓得会不会当散财童子，早早挥霍殆尽。现在正好，将来可以物尽其用。"

崔东山坐起身，漫不经心地抖了抖肩头。

老蛟收起砚台，清楚感知到少年的气象变化，心中怒意瞬间烟消云散，转为无奈和钦佩："国师不愧是国师。"

崔东山叹了口气："从无到三，从三到五，不值得大惊小怪，在这小小东宝瓶洲算是罕见，可要是换成中土神洲，你在那边都不用待一千年，短短一百年内，你就会发现无数惊才绝艳的天才迅猛崛起，然后瞬间陨落，甚至会让你目不暇接。到最后，就会发现，唯有老而不死并且老而不朽，才是真正的厉害。"

老蛟摇头笑道："那里就不是我们能待的地方，一经发现，十有八九会被那几个大王朝抓去剥皮抽筋吧。"

崔东山依然坐在地上，脸色木然说道："事情又有变化，大骊京城有人觉得你担任披云山新书院的山长不能服众，虽然我反对，但是皇帝陛下已经决定，只让你出任副山长，还未必能坐稳第二把交椅。这是我崔瀺失策在先，所以如果你反悔，我没有意见。"

老蛟坦然笑道："座位靠后的副山长？我看挺好，不用做出头鸟。"

崔东山转头皱眉道："现在跟我客气，以后再反悔，我可就没这么好说话了。"

老蛟摇头道："并非客套话。"

崔东山的古怪性情又显露出来,非但没有如释重负,反而讥讽道："难怪你能活这么久。"

老蛟对此不以为意,感慨道："现在只希望可以活得更久一些。"

崔东山站起身,无须任何动作,所有灰尘便从白衣上抖落飘远："接下来,劳驾你送我去往大隋。之后你再回来这里,把芝兰府的事情做个了断,可以顺便策反城外那位水神。"

老蛟脸色古怪,崔东山走到他身前,笑道："咋了,给人骑在脖子上不习惯啊?这有啥不好意思的,远古时代,神人乘龙,就跟今儿有钱人骑马差不多,多正常的事情。"

老蛟泛起苦笑,认命道："那我在楼外等你?"

崔东山点点头,老蛟身影一闪而逝。

这座州城的城头上空骤然之间风起云涌,大云下垂,几乎要触及书楼顶部。

城外那位江水正神化作人身,站在水畔,仰头望去,充满敬畏。

城隍阁和文武两庙的三位神祇亦是如此。

崔东山脚尖一点,飘向顶楼窗外,穿过云海,落在一条老蛟的头顶,盘膝而坐。老蛟尾巴一摇,御风前行。

一名眉心有痣的白衣少年,如传说中的神灵骑乘天龙。

崔东山会心一笑,闭上眼睛,双手掐诀,竟是百无聊赖地练习起了那剑炉立桩。

近朱者赤。

城门口,陈平安转头望去,天空云海翻滚。

他身边一左一右跟着书童模样的两个孩子。

那青衣小童一走出城门,就觉得个儿是猛虎归山蛟龙入海了,大摇大摆道："老爷,那家伙可真是够凶残的。"

粉裙女童瞥了眼口无遮拦的死敌,抿紧嘴唇,打死不说话。

陈平安伸出一只手掌,轻轻按在青衣小童的脑袋上:"他是我的学生。"

青衣小童吓得赶紧跑开。

陈平安继续前行。这算不算近墨者黑?

一路上很热闹,热闹得耐心如陈平安这么好的人,都觉得耳根没个清净。

这一切归功于那个比崔东山还话痨的青衣小童。

一大两小,初冬时分,已经结伴同行半旬时光。三人缓缓行走在萧索寒冷的官道旁,青衣小童又开始纠缠陈平安:"到了老爷家,能不能不要让我做那扫地铺床的杂役伙计啊?有些丢面子,若是不小心传回州城这边,能给那帮妖怪水鬼笑话几百年,还怎么给他们当大哥？老爷您是不知道，我在这儿要风得风要雨得雨，提起我的大名，谁都要伸出大拇指，顶呱呱！"

陈平安假装听不见，因为他知道只要接话，那就是一场灾难了。

青衣小童自顾自说道："老爷若是不信，可以问那傻妞儿。便是州城内的达官显贵，一样对我奉若神明，也就那位藩邸在城里的王爷架子大一些，对我只能算是客客气气，不够热络。不过他跟我兄弟关系还不错，经常一起快活。老爷您也真是的，为何不顺道去我家坐坐？甚至还要我一声招呼都不许打。要不然，不是我吹牛，定然给老爷您一个锣鼓喧天、江水沸腾的隆重欢送仪式！"

通过私底下跟粉裙女童的闲聊，陈平安大致了解了这条江水大蛇的脾性。

做事情很冲动，经常被水神推出来挡灾，好些个轰动黄庭国朝野的祸事，明明跟他不沾边，水神用言语激将几句，便都是他傻乎乎扛下来了，还自觉有英雄气概。有一次被灵韵派的一位太上长老追杀，逃了两千多里路。当时，腼腆的小丫头聊到这里，难得吐露心声，说如果就这么不回来，倒也好了。

陈平安见青衣小童又要吹嘘当年的丰功伟绩，实在忍不住开口插话："你是真不知道那水神把你当作挡箭牌，还是知道了却不在乎？"

粉裙女童深以为然，偷偷点头。

青衣小童不敢跟陈平安说什么，可是眼尖地发现那小蟒的动作，冷笑道："你一个小娘儿们，懂什么兄弟义气？"

说到这里，他使劲张大嘴巴，露出洁白森森的牙齿，对女童张牙舞爪道："再叽叽歪歪，在老爷面前坏我形象，我就找个机会吃掉你！然后把你当屎拉出来……"

粉裙女童眼神幽怨，心想：我分明什么都没有说啊，你就知道拣软柿子捏！

陈平安颠了颠背篓。虽然崔东山返回了大隋山崖书院，可他还是有些不放心，只不过除了担心，自己也做不了什么。

陈平安抬起双手，呵了口气，抬头看了眼天色。

是冬天了。就是不知道今年什么时候会下雪，争取过年前回到小镇。如果实在赶不及，就先放一放走桩，多练习剑炉立桩便是，可以让那青衣小童变出水蛇真身，路线尽量拣选人迹罕至的荒郊野岭。

那一小块不知齐先生从何处切割下来的斩龙台，陈平安留给了李宝瓶，又将玄谷子赠送的《搜山图》送给了林守一。饶是如此，陈平安的家当仍是不少，只不过不占地方而已。如今不需要照顾那些孩子，背篓里显得有些空空荡荡，反而让他不太适应。

阿良当时在棋墩山，将土地爷魏檗给打劫了一番，最后陈平安拿到一颗干瘪枯萎的金色莲花种子，是所有人挑剩下的，至今不知有什么用处。

槐木剑里住着一个香火小人，在那座州城现身后，又躲起来不见人了。

给三人做过了绿竹书箱，还剩下一些零零碎碎的竹片，陈平安有事没事就练习刻字，记录下自己觉得有学问的那些个名言警句。

有几本书，是文圣老先生当时亲自挑选的。

一支自己雕琢文字的白玉簪子，陈平安在大隋京城曾经别上发髻，如今又摘掉了，小心翼翼珍藏起来。崔东山说过，真正值钱的其实是那个木盒，不过陈平安当时连同三支簪子一起留给李宝瓶了，对此，陈平安当然不会觉得心疼。

一对山水印，还有那枚意义重大的"静心得意"印。

陆道长写有药方的那几张纸，为了练字，陈平安依然会时不时拿出来翻看。

至于那块长得像是银锭的小剑胚，据说跟中土神洲的穗山有关，异常雪亮，夜间光可照人。

不过，如今背篓里，有些东西是陈平安没有想到的。

除了崔东山不知何时写好放入背篓的一封信外，还有两副春联和一个福字。崔东山在信上说这是他的一点心意，还望陈平安笑纳。并让他放心，字就只是字，没有算计。由此可见，崔东山不但早就想好了要返回大隋京城，甚至连陈平安会下定决心收他为徒都已经算准。对此，陈平安是有些后怕的，只是一样没办法说什么。

除此之外，背篓里还有两幅字帖。一幅叫《青山绿水帖》，内容文绉绉的，写得比较正儿八经。还有一幅就很符合崔东山的荒诞性格了，叫《先生请多放点油盐帖》，全是在埋怨陈平安的抠门吝啬。

帖上的字写得……陈平安说不上门道，就是觉得确实好，赏心悦目，光是看着字帖，就像站在那条行云流水巷中。

一路上，青衣小童继续絮絮叨叨，完全不知疲倦。

粉裙女童就乖巧地跟在陈平安身后，还背着崔东山的那个书箱，不管陈平安怎么劝说，小丫头就是死活不敢将任何一样东西放入他的背篓里。

陈平安回头一想，记起她是不知活了几百年的火蟒，又不是李宝瓶，不会累的。

一想到这个，少年就恨不得转头走上一步就能直接走到新山崖书院的学塾，看着李宝瓶他们高高兴兴听先生讲课，没有受人欺负，让他知道哪怕自己不在他们身边了，他们也能过得很好，甚至更好。

陈平安深吸一口气，开始默默走桩。

新山崖书院如今成了大隋京城茶余饭后的重要谈资，几乎所有世族豪阀都在议论此事，隔岸观火，极有意思。当然，身处风波之中的那几个家族绝对不会觉得有趣。比如楠溪楚家、京城上柱国韩氏，还有怀远侯府，这些个家族的老人都心情不太好，每天上朝的时候，一个个脸上乌云密布。

大隋重文不抑武,可武人在朝野上下,到底还是不如文人雅士吃香。

大隋的朝堂上最近很热闹,御史台和六科给事中们各抒己见,纷纷就书院学子打架一事各自站队,言语措辞那是一点不客气,既有为韩老上柱国、怀远侯爷那几位打抱不平的,说那些个外乡学子出手狠辣,没有半点文人风雅;也有抨击这些黄紫公卿管教无方,那些从大骊龙泉远道而来的孩子并无过错,总不能让人欺负了还不还手吧。然后前者又反驳说那不能叫欺负,读书人之间的言语争论再平常不过,如何上纲上线到"欺负"二字?为此引经据典,侃侃而谈,举例历史上那些个著名辩论,少不得要顺带推崇几句南涧国的清谈之风。后者亦是不愿服输,针锋相对,一一驳斥。

这桩引来无数人注目的京城风波起始于书院一间学舍内四个孩子间的争执,后来,一个名叫李宝瓶的外乡小姑娘手持利器伤了人,其中被揍的一个孩子刚好是怀远侯爷的宝贝儿子,而怀远侯与楠溪楚家是亲家,楚家的嫡长孙是这一届书院的翘楚,十六岁,素有神童美誉,是大隋公认的君子之器。

这个长大后不负众望的楚氏长孙听说此事后并未第一时间露面,但是他的两个书院同窗好友,韩老上柱国的幼孙以及大隋地方膏腴华族的一名年轻人去找了那个小姑娘的麻烦,虽然没有动手,但出言不逊是确有其事,凑巧被小姑娘的同乡林守一撞见,一来二去,就卷起袖子大打了一架。

两人哪里是大儒董静得意弟子的对手,被打得屁滚尿流,凄惨无比。这下子,同样被视为"修道美玉"的楚氏长孙没办法坐视不理,找到林守一,又打了一架。这场架打得十分精彩,楚氏长孙拿上了祖传法器云雷琴,以大练气士搜集而来并用秘法炼制的闪电为琴弦,每当抚琴便雷声滚滚,气势非凡;而已经在大隋京城声名鹊起的外乡少年林守一同样表现不俗,一手浩然正大的五雷正法打得颇有章法,一鸣惊人。

据说这场意气之争的斗法甚至惊动了大儒董静和一帮闻讯赶去的老夫子,他们远远观战,既是凑热闹,又是防止出现意外。

最后的结果,是楚氏长孙崩断了一根雷电琴弦,林守一受了满身轻伤,虽不重,却皮开肉绽,吃足了苦头。

其实书院内部亦有阵营之分,皇帝陛下亲临书院的时候,虽然并未亲见那么大的阵仗,但是知道御赐了重物给那些外乡人。之后书院夫子先生们明显极为关注那些人的功课,这自然会让大隋本土学子心中憋闷。而当初追随副山长茅小冬从大骊旧书院迁徙而来的学生,估计是在异国他乡的求学生涯中同样受了不少气,所以除去屈指可数的几人,绝大多数义无反顾地站在了林守一、李宝瓶这边。

如此一来,山崖书院便分成了两大阵营,各自同仇敌忾,充满了剑拔弩张的紧张氛围。但是很奇怪,夫子先生们对此视而不见听而不闻,很大程度又助长了这种气氛的蔓延。

在这个关键时刻，又有人站了出来，火上浇油。

已故大将军潘茂贞之子，原本一个跟谁都不打交道的孤僻少年，找到痊愈后的林守一，拼得被林守一一手雷法砸中，一拳打得林守一倒飞出去。这次是真的受了重伤的林守一呕血不止，好不容易挣扎着起身，又被那潘姓少年一拳击中头颅，身体像断线风筝似的摔落地面。末了，那少年还不忘朝林守一身上吐了口唾沫。

山崖书院的教书先生们这才开始出手介入，不许任何人私下斗殴。

但是名字古怪的少女谢谢，那个貌不惊人、不苟言笑的黝黑姑娘甚至没有去探望林守一，当天就直接找到了潘姓少年，打得他七窍流血，只能撒腿逃命。若非一位夫子匆忙出手，阻止了少女的追击，恐怕原本精通武道的潘姓少年就要变成一秆病秧子。

终于，这场愈演愈烈的闹剧在一名书院学生的出现后，总算有了收官的迹象。

这名书院学生是一个传奇人物，寒族出身，尚未及冠，就公认拥有了担任书院助教的学识。他先前离开大隋，正是去往观湖书院，通过九位享誉一洲的君子共同考核，获得正式的儒家贤人头衔，这次返回大隋，可谓满载而归，衣锦还乡。

大隋朝廷专门派遣礼部右侍郎出城十里亲自迎回这位年纪轻轻的儒家贤人，可更让人艳羡不已的还在后头：皇帝陛下让宫内一位大貂寺给这位大隋未来的庙堂栋梁送去了一套价值连城的文房四宝，以示嘉勉。所以，这个名叫李长英的书院学子，是带着贤人身份和大隋皇帝的御赐之物步入东华山的。他登山入院的第一件事，就是找到李槐道歉。然后去探望卧病在床的林守一，最后站在少女谢谢面前，说双方都不要再意气用事，山崖书院终究是求学之地。谢谢从头到尾，一言不发。

大隋皇帝并不以勤政名动一洲，大抵说来，他名声不显，不如大骊皇帝那么雄才伟略，不如南涧国君王那么文采风流，甚至不如已经亡了国的卢氏皇帝那么著名。不过东宝瓶洲一向是南方富饶、北方荒凉，大隋在北方算是独树一帜，就连南涧国权贵都愿意与之往来，大隋高氏子弟也是观湖书院的常客。

大隋皇帝几乎很少在早朝之后喊上六部高官在内的大隋砥柱在养心斋召开小朝会，但今天是例外。不过包括礼部尚书在内的众多将相公卿都心里有数，看来是书院的那场风波，到了皇帝陛下必须亲自过问的地步。

所以，兼任书院山长的礼部尚书便成了目光焦点。这位六部衙门第一人的天官大人与庙堂好友联袂而行，脸上不见任何慌张神色。可是包括韩老上柱国在内的几位"当事人"就没什么好脸色了。

小朝会开得不温不火，甚至还不如屋内那对小火盆的炭火旺盛，不过是皇帝陛下拿出一些大朝会的未定事宜炒了炒冷饭而已。在座各位在官场修行大半辈子了，对于这类寻常朝政事务早已熟稔在心，很快就依次通过决议，相信不用多久就会迅速从京城中枢传达到地方。

等到大事落定，大隋皇帝喝了口尚且温热的莲子羹，所有人都精神一振，知道重头戏总算要来了。

大隋皇帝放下杯盏，环顾四周，笑道："怎么，诸位爱卿，都在等着看寡人的笑话？"

韩老上柱国虽然已达古稀高龄，不过老当益壮，依旧精神矍铄，端坐椅子上，不怒自威，但是此时也有些难堪。而立之年的怀远侯爷更是坐立难安，像他这种世袭公侯爵位的功勋之后，一般都会淡出庙堂，除非有重大事项，否则极少主动参加早朝，这是约定俗成的官场规矩。但是今天，包括韩老上柱国在内的数位大佬都给他好心递了个消息，要他最好参加今日早朝，省得到时候出了状况却没机会辩解。

大隋皇帝看到几个同时想要起身请罪的大臣，笑着伸手向下虚按数下："不用起身，坐着说话便是。寡人今天不是兴师问罪来的，只是想知道一些不那么以讹传讹的事情。你们是不知道，包括煊儿在内，所有人最近每天都在劝学房聊这个，课业一塌糊涂，害得他们的总师傅抱怨不已，气得要他们干脆去山崖书院读书算了。"

礼部尚书缓缓起身，将大致经过讲了一遍，说得不偏不倚。

大隋皇帝笑问道："是茅老亲自开口，说不去管孩子们的打闹的？"

礼部尚书点头道："确实如此。"

大隋皇帝"嗯"了一声："寡人知道了。"然后就陷入沉思。

在座的大隋重臣，没有人幼稚到以为皇帝陛下当真什么都不清楚，真当大隋谍报是吃素的？光是为了应付大骊死士、谍子的渗透，大隋户部每年的秘密开销如流水一般，就是没个声响罢了。

事实上，若是卢氏皇帝当时听从大隋的劝告，不那么自负，相信大隋谍报提供的消息，早做准备，即便卢氏江山的覆灭结局无法改变，也绝对不会那么快，快到整个大隋的儒雅文官都忍不住破口大骂卢氏朝堂之上全他娘的是酒囊饭袋。

文官尚且如此，更别提大隋的武将了。

大隋皇帝缓缓回过神，笑着对包括韩老上柱国在内的几人说道："那就这样吧，到此为止。小孩子之间的打打闹闹，哪怕没有什么坏心，可也要有个分寸。"

大隋皇帝的前半句话，其实与当初夫子院茅小冬的言语如出一辙。

然后小朝会就这么散了，大隋皇帝单独留下了礼部尚书。

礼部尚书看到这位君主站起身，到火盆边蹲下，亲自拿起铁钳拨动炭火，守在门外的宦官并没有代劳。

大隋皇帝放下小铁钳，伸手放在炭火上方，轻声道："遍观史书，压力除了来自不死不休的邻国强敌，也有内部打着忠君爱民旗号的自己人啊。"

礼部尚书喉结微动，额头有汗水渗出。

大隋皇帝自嘲一笑，转过身朝老人招了招手。礼部尚书连忙小步跑去，有些尴尬地陪着皇帝一起蹲着。

大隋皇帝笑问："大骊为何如此仓促南下？原本观湖书院态度模糊，不愿给句明白话，如今反而比我们还着急。那个叫李长英的年轻人，他的贤人头衔之前一直故意拖着不给，听说后来观湖书院内连直接给李长英'君子'身份的声音都有了。你说好不好笑？"

这个问题，是打死都不能随便回答的。礼部尚书愈发局促。

大隋皇帝问道："如果换成马尚书他们，随便哪一个，都不会像你这么战战兢兢，他们的腰杆都硬得很。那你知道为什么最后是你，而不是他们遥领山崖书院的山长吗？"

礼部尚书轻声道："因为臣最没有文人气，担任新书院的山长，陛下不用担心与茅小冬起了龃龉。"

大隋皇帝提醒道："喊茅老。"

礼部尚书惶恐道："对对对，是茅老。"

大隋皇帝点头，自言自语道："大骊能够给予齐先生多少尊重，寡人甚至能够给予茅老同等的敬重。这就是寡人和大骊那个宋氏蛮子的最大不同。"

礼部尚书正要说什么，大隋皇帝已经笑着摇头："可是用处不大。"

这位礼部尚书已经完全慌了心神。

事实上，皇帝陛下一向很少跟臣子如此说话。

除去礼部尚书在十年前，出人意料地担任大隋天官那一次，今天这是第二次。

大隋皇帝感慨道："文人气书生气，你们读书人当然都得有，可光是有文人风骨，只以道德治理朝政，未必对江山社稷有益啊。"

礼部尚书不敢继续沉默下去，只得硬着头皮，干瘪瘪地回答道："陛下英明。"

大隋皇帝转头笑道："你啊，什么都挺好，就是太谨小慎微了。以后别再做自污名声的事情了，你那几个子女什么品行，寡人会不知道？哪里敢做出侵吞百姓良田的勾当。尤其是你那个幼子，多好的读书种子，不说一甲三名是囊中之物，进士及第的科举制艺肯定不缺，你为何一定要压着他？"

礼部尚书嘴唇颤抖，最后一咬牙，站起身又跪下去，哽咽道："臣只能以此拙劣手段为陛下分忧了！"

大隋皇帝将老人搀扶起身，温声道："庙堂之上，很多人都说你只是个捣糨糊的好好先生，但是寡人觉得你这样的臣子，才是大隋真正不可或缺的栋梁！"

礼部尚书顿时老泪纵横，只觉得十数年来的委屈一扫而空，愣是再次跪倒下去："臣何德何能，愧对陛下信任！"

大隋皇帝轻轻踹了老人一脚，气笑道："堂堂礼部尚书，还要赖上了？赶紧起来，不像话!"

礼部尚书这才起身,赶紧胡乱抹了把脸:"让陛下见笑了。"

大隋皇帝坐回原位,挥挥手:"回吧。"

礼部尚书躬身告退。

大隋皇帝从一座小书堆里抽出本儒家经典,一页页翻过,头也不抬,随口问道:"听说世间有许多古怪的风,其中有一种名为翻书风?"

他的嗓音很低,但是门外的高大宦官依然回答道:"回禀陛下,确实如此。这股清风,起于何处,无据可查,只知道它喜好翻阅书籍,书籍的新旧不定。此风幽微至极,寻常修士也不可探查。被人导引、吸纳体内之后,此风就会在五脏六腑之间缓缓流荡,若是经常翻书读书,便能够延年益寿。"

大隋皇帝抬起头,惊奇道:"这么好?那咱们大隋有没有?"

眉发皆白的老宦官摇头道:"翻书风一向为儒家学宫书院所独有,别处并无,哪怕是道教宗门,或是风雪庙、真武山这类圣地,同样找不到一丝一缕。"

大隋皇帝感叹道:"天地造化,如此玄妙。只可惜寡人是个皇帝啊。"

老宦官微笑道:"这是陛下一人之不幸,却是大隋百姓之万幸。"

身穿龙袍的男人开怀大笑,龙颜大悦。他放下书本,突然问门外的宦官道:"需不需要让高煊去山崖书院求学?"

老宦官并无半点犹豫,摇头道:"上次骊珠洞天之行,虽然凶险,可收获极丰,殿下几乎算是一人独占两份天大机缘,求学一事,已无必要。更何况殿下既然胆敢答应此事,跟随老奴一起前往敌国大骊腹地,这本就是一份莫大的大道机缘。"

大隋皇帝点点头,唏嘘道:"如此说来,煊儿比寡人幸运啊。"他随即又揉了揉太阳穴,头疼道:"但是稹儿就是白白遭受一场无妄之灾了。他母后好不容易劝说他去就藩,挺喜庆的一件好事,结果高煊这家伙在骊珠洞天自称高稹,害得那凑巧路过的仇家少女带着数位别洲剑仙直接从天而降找到了稹儿。虽说她事后发现认错了人,便迅速道歉离去了,可是稹儿自幼就性情懦弱,给吓得不轻。"

"这是老奴的过错。早知如此,当时在骊珠洞天的小巷内,不该那么冲动。"老宦官微微躬身,满脸愧疚。

大隋皇帝摆摆手道:"与你无关,不用多想。对了,那少女的真实身份,可曾查出?"

老宦官摇头道:"还未。只知道是倒悬山那边的人物,说不定跟剑气长城有关系,着实棘手。"

大隋皇帝叹气道:"查不出来也实属正常,毕竟跟那拨北地剑修不是一个大洲,一旦牵涉到倒悬山和剑气长城,就更讳莫如深了。那两个地方,一向是我们浩然天下的大忌。"他有些无奈,"天下何其大,关键还不止一个。"

林守一如今单独住一间学舍,其余大隋出身的舍友都已经搬往别处。

今天,原本冷冷清清的学舍变得有些热闹。

林守一靠在枕头上闭目养神。

李宝瓶抱着狭刀祥符,黑着脸坐在床头。

李槐站在稍远的地方,一脸想哭又不敢哭的可怜模样。他鼓起勇气,向前走出几步,说道:"要不我去跟那三个人道歉? 书院都说那个李长英是儒家的贤人了,连大隋皇帝都很器重,而且还说他是中五境的神仙,我们打不过他的。"

李宝瓶像是被踩中尾巴的炸毛小野猫,转头死死盯住李槐,愤怒道:"道什么歉? 李槐你怎么读的书! 如果先生和小师叔在这里,要被你气死!"

李槐吓了一大跳,可这次没有躲起来自己哭,而是梗着脖子呜咽道:"一切都是因为我,才害得林守一受伤。我知道这件事情没完,我不怕被人打死,可是李宝瓶你怎么办? 如果陈平安知道你因为我受了伤,一定会恨死我的,肯定这辈子都不会理我了……"

李槐终于放声大哭起来,不管怎么伸手擦拭,都止不住眼泪。

当李宝瓶看到李槐的伤心样子,一些到了嘴边的气话被她咽回肚子,闷闷不乐道:"李槐,这事情你没错,就不要道歉。你放心,就算我吃了亏,小师叔也不会怪你的。"说到这里,李宝瓶眼神坚毅地望向李槐,"因为如果小师叔在这里,他一样会跟你说:'李槐,你是对的!'"

一想到陈平安,李槐就更加伤心了,蹲在地上号啕大哭,泣不成声道:"书院都是坏人,陈平安在的话,一定不会让林守一受伤的,也不让李宝瓶你被人骂……"

浑身草药味的林守一轻轻叹了口气,没有睁眼,只是露出苦笑。他知道,这件事情背后肯定有人在推波助澜,他想不明白那些庙堂上的阳谋、家族幕后阴谋,但是如果陈平安真的留在书院,可能事情会闹得更大……但是哪怕是那样,至少屋子里三个人绝不会这么茫然,像是少了主心骨,做什么好像都不对,因为做什么都会觉得心里没底。

他们习惯了陈平安在身边的日子。

这几天,林守一躺在病床上,想了许多事情。直到现在,才明白那么多个惊心动魄的抉择,比如棋墩山,比如嫁衣女鬼,比如面对朱鹿的刺杀,陈平安肩膀上挑着什么分量的担子;也明白了那些个看似不痛不痒的决定,比如今天谁来生火做饭、谁来守夜、该怎么挑选路线、哪些风景名胜必须要去瞧一瞧,等等等等,是何等烦琐磨人。

一个调侃的嗓音在门口响起:"哟,咱们李槐李大将军哭得这么伤心啊。"

林守一睁眼望去,笑道:"你来了啊。"

李宝瓶看到那个熟悉身影后,满脸纠结。

李槐转过头,怔怔看着身材苗条的黝黑少女,抽了抽鼻子,继续低下头抽泣。

谢谢斜靠房门："打不过就忍着呗，多大点事。"

李宝瓶欲言又止。谢谢叹了口气："没办法，就算你把祥符刀借给我，我也打不过那个叫李长英的伪君子。"

说到这里，她有些无奈。若非那些阴险毒辣的困龙钉禁锢住了她的大部分修为，她谢灵越也不会如此束手束脚。

突然，谢谢转过头去，有些惊讶。

一个不速之客缓缓走来，双手拢袖，笑眯眯站在门口，把身边站着的谢谢、蹲着的李槐、坐着的李宝瓶、躺着的林守一都看了一遍，这才柔声笑道："别怪我姗姗来迟啊，之前我觉得你们能够应付的。"

林守一重新闭上眼睛，显然不太待见这个心思深沉的卢氏遗民。

于禄对此没有恼火，不过收敛了笑意："我这趟来，就是想问一个问题：如果陈平安在这里，他会怎么做？"

李槐没来由想起绣花江渡船上的风波，低声道："陈平安会先好好讲道理。"

李宝瓶神采飞扬："讲完了道理，如果对方还是看似讲理其实根本不讲理，小师叔就会再用拳头讲道理！"

林守一嘴角翘起，不露声色。

于禄"哦"了一声："那我就懂了。"他就这么转身离去，云淡风轻。

谢谢皱眉问道："你要做什么？"

于禄背对着她，摆摆手，潇洒离去："来的路上，都是陈平安守前半夜，我负责守后半夜。以前是这样，以后也该是这样。"

李槐有些蒙。

李宝瓶瞪大眼睛，望向林守一："于禄不会是要去找那伪君子的麻烦吧？"

林守一半信半疑道："不至于吧？"

谢谢纳闷道："可我觉着挺像是找碴去的啊。"

李长英喜欢读书，也擅长读书，不但过目不忘，而且能够举一反三，是真正的读书种子。所以山崖书院的崭新藏书楼，是他最喜欢待的地方。

书楼并无夜禁，这天深夜，李长英独自秉烛夜读，突然抬起头，笑道："你是于禄吧？找我有事吗？"

于禄双手笼在袖中，习惯性微微弯腰，笑眯眯点头："有啊。"

一袭儒衫、玉树临风的李长英站起身，满脸笑意："请讲。"

于禄从袖中伸出一只手，高高抛给李长英一只袋子，其内装满了银子。

李长英疑惑道："这是？"他骤然间身体紧绷，如临大敌。

只见那个给人印象一直是彬彬有礼、人畜无害的高大少年缓缓前行,笑容灿烂:"你买药的钱。如果不够,容我先欠着啊。"

李长英内心充满警惕,体内一股浩然气油然而生,充沛双袖,微微鼓荡。这位大隋最年轻的儒家贤人仍是和颜悦色道:"我知道你与李槐他们是一起远游的同乡学子,你如果是为他们打抱不平,可以,但是能否说完道理再打?你若是说赢了我,我便是不还手,任你打上两拳,也心甘情愿。"

但是于禄依旧脚步不停,笑脸不变,不过说了一些让李长英莫名其妙的话:"负笈游学时的守夜,向来是我守后半夜,所以说道理这件事先放着,以后你若是有机会,遇见了李宝瓶的小师叔,自己问他。我今夜不跟你讲这些。"

两人之间仅有五步之隔。

于禄一步踩出,步伐稍大,同时笑道:"开打了,小心点,别给我轻轻松松一拳打得半死,到时候害我赊账太多。跟某个家伙借钱,想要不还,得是他很要好的朋友才行,我还不够格。"

跋扈至极的话音刚落,随着于禄第二步重重踏出,李长英感觉到地面传来一声沉闷声响。由于劲道只往地底渗透,全然不在地面流散,所以显得台面上的气势并不惊人。但越是如此,李长英越是感到震撼。这一步,就看得出眼前高大少年的斤两了,绝对是一名最低四境的纯粹武夫,不容小觑。

虽然心思流转,不耽误李长英体内气机如洪水决堤,迅猛倾泻。练气士养气、炼气两者合一,天生拥有武道内家拳的优势,兼具修身养气,故而远比武夫长寿。尤其李长英自幼便有一桩大福缘,崭露峥嵘后,很快得到一位大隋练气士宗师的青睐,授以长生秘术,境界攀升一日千里,如今尚未及冠,已是第六境洞府境的卓然修为。如果说山崖学院内的林守一只是一块尚待验证、仍需雕琢的上好璞玉,那么李长英就是一块已经成形的玉璧,内外晶莹。

练气士的五六、九十之差,武夫的三四、六七之别,皆是巨大的鸿沟。

眼见着于禄杀至眼前,李长英先做了个隐蔽手势,然后潇洒后退数步,双指并拢立于胸前,如剑修摆出立剑式,简简单单一个手势,隐约之间已经有了几分宗师风范,给人感觉正大光明。不但如此,书楼之内,丝丝缕缕的淡青之气突然之间活了过来,如鱼得水,疯狂涌向李长英。

第六境洞府境,即是府门洞开,即开窍纳气,开始从天地间汲取灵气。人体三百六十五个窍穴,就像三百六十五个天然而生的洞天福地,这也是为何说人是万灵之长的原因。为何世间精魅妖怪个个削尖了脑袋先变幻人形,才继续修行?根源在此。

除去人诞生之际就自然而然开启的"七窍",男子只需要再开九个窍穴就可以跻身下一个境界,女子却需要开窍十二才能进阶。很多女修士境界不会太高,中五境靠后的数量相对稀少，就因为很多人被挡在这里。不过福祸相依，女子一旦在此境界开窍越多，在之后中五境的收益就越丰。

李长英轻声道："起阵。"

话毕，他的四周出现了一把把晶莹剔透的无鞘长剑，环绕一圈，高低不同，十数道剑气缓缓旋转。这些"三尺青峰"由李长英的灵气凝聚而成，虽然尚未凝为实质，但已是枪戟森然，令人望而生畏。

于禄的应对既简单又霸道，拳走直线，如铁骑凿阵。

李长英一笑置之，双指指向于禄。身前三道剑气随之倾斜，想要以剑尖抗衡。

于禄骤然加速，一步踩得地面砖块崩碎，一拳破空，剑气也瞬间崩碎。

三道剑气还没来得及列阵示威，就在"变化阵形"的途中给于禄三拳打烂。

李长英心中微动，横向移去数步，依然不急不缓，挪步之间充满了儒家书生的写意风流，与此同时，剩余剑气列阵于身侧。

于禄一记鞭腿横扫而至，所有剑气在李长英左侧同时炸开，空气中涟漪流荡，使得李长英视线有些模糊，如同对着市井百姓家常所用的劣质铜镜。

李长英有些恼火。这于禄何至于如此痛下杀手，咄咄逼人？

他冷哼一声，在方寸之间脚踏罡步，在那记迅猛凶狠的鞭腿扫中肩头之前就已经移形换位，来到了先前于禄起步的地方，两人位置交换。

于禄气海下沉，瞬间落地，脚尖一点，蜻蜓点水似的向前飞掠，悄无声息。

他的速度快到超乎想象，以至于李长英想要向天地借取气机都成了奢望，只得暂时以体内自身孕育的灵气，不再避其锋芒，双拳轰向那个不依不饶的高大少年。虽是练气士，可此刻的李长英气势如虹，无论是杀伐气势还是体魄雄厚，完全不逊色四五境纯粹武夫的倾力一击。

李长英先是以剑修手段防御，又以道家缩地神通转移，当下干脆再以兵家技击正面迎敌，让人大开眼界。走的路数，仿佛是集百家之长，熔铸于一炉。

野心很大，志向很高。

朴实无华的两拳对撞，拳头硬撞拳头。空中只有一声巨响。

于禄岿然不动，李长英倒退数步，双臂下垂，脸色微白，满脸匪夷所思。

于禄继续欺身而近，根本没有见好就收的迹象。

书楼内响起一声苍老叹息，距离两人交手的地方足足有二十余丈距离，隔着许多书架，起始于一堵墙壁下。

之后，一道雪白剑光亮起。三尺白光急速前行，绕过一排书架，在走道自飞之后，又绕过书架，风驰电掣地越过李长英身侧，直扑于禄。

于禄脚步不停，在千钧一发之际整个人侧身躲过那把白虹飞剑，以一种诡谲姿势继续前奔。

那个苍老嗓音透出一丝怒意："还不收手?"

与于禄擦肩而过的三尺虹光微微停滞,并不掉转剑尖,就那么以剑柄为剑尖,倒退而飞。

显而易见,那名身形隐匿于暗处的年迈剑修知道哪怕是他娴熟如意的御剑神通,一旦掉转飞剑,这些许时光的耽搁,依然极有可能会贻误战机,害得那个大隋的读书种子真正受伤,所以顾不得讲究什么剑术风范,飞剑以更快速度掠向于禄后背。

于禄身形跃起,一脚踩在右手边的书架上。

这一层书楼内,许多书架同时微微震动,零零散散,四面八方,所有记载有那句圣人教诲的古书之内全部飞出一串白色文字,或大或小,或楷或篆或行书,刹那之间,全部来到李长英身前,最终变成一条文字溪流缓缓流淌,熠熠生辉。溪水虽小,却散发出神圣浩大的气息。

身形在空中迅猛坠落的于禄脸色如常,借势向前,不但躲过了后方笔直而至的凌厉飞剑,对着李长英的脑袋就是一拳砸下。

打得溪水拦腰截断,打得所有文字粉碎!

于禄一脚踹中李长英的腹部,李长英就这么被踹飞出去数丈,摔在两排书架间的过道上,落地后仍然倒滑出去一丈多,足可见这一脚的力道之大。

一名灰衣老者出现在李长英身侧,那柄无功而返的飞剑在老者肩头附近悬停,剑尖指向过道对面的凶手。老者蹲下身,脸色慌张,赶紧为李长英把脉,发现并无性命之忧,这才松了一口气。这倒地不起的年轻贤人可是大隋中枢重臣都要以礼相待的后起之秀,将来更是毋庸置疑的大隋栋梁。

他忍不住怒目望向于禄:"年纪轻轻,怎的如此心肠歹毒! 你知不知道……"

但他很快就停下训斥,因为那个高大少年依旧缓缓前行,哪怕伤了人,哪怕他已经现身,依旧没有停手的意思。

于禄抖了抖手腕,袖子微微晃动,这才继续双手拢袖,就这么闲庭信步于过道之中,微笑道:"道理啊,在于李槐尚未找到的泥人儿,在于李宝瓶听入耳朵的那些辱骂,在于该道歉的人一个屁都没有放。"于禄略微停顿,看似步伐缓慢,实则距离以极快速度拉近,"而不在于洞府境李长英一句轻描淡写的'莫要做意气之争',当然更不在于观海境老前辈您这把……总是姗姗来迟、慢上一步的飞剑。"

老者给于禄这些混账话挑衅话气得须发倒竖,赶紧给李长英喂下一颗丹药,这才站起身,气极反笑:"好好好,老夫倒要看看等下你小子躺在地上了还有没有道理要讲。"

于禄笑眯眯摇头道:"我输了,当然不会有任何废话,到时候自然别的家伙来帮我讲道理。嗯,可能就是会稍晚一点,谁让他暂时不在这儿呢。"

随着老者站起身，那把飞剑亦是缓缓攀高，继续悬停在他的肩侧。

不过他似乎还是不太放心李长英，低头看了眼，充满忧郁。

少年拳法极其古怪，起先李长英看似没有伤及筋骨元气，就算是他都觉得不算重伤。可是当喂下那颗品相极高的丹药后，才真正见到了玄机：李长英的气海竟是依然没有放缓速度，反而有愈发汹涌不可控制的迹象。

海水倒灌，凶险至极！

练气士的洞府境界，修成艰难，巩固起来更难，因为一旦决定开窍，就意味着人体窍穴在接纳体外灵气的同时，也会形成一种"海水倒灌"的险峻局面——因为体外灵气的攫取，必须从天地无数芜杂气机之中汲取，开窍就像是世俗世界的沙场，守城一方放弃仅有优势，主动开门迎敌，很容易被强大敌人一击而溃。一旦出现海水倒灌，人体窍穴和经脉就像城镇和道路深陷水灾，土地荒芜，从此一蹶不振。所以洞府境界是修行路上真正意义上的第一道门槛，甚至比下五境破境跻身第六境还要来得不易，许多修士，尤其是野路子修士以及没有靠山背景的小宗门练气士，因为害怕洞府失败后彻底丧失成仙的根骨，就一直滞留在下五境的最后一个境界里。

修行一事，悖逆天道，逆流而上。尤其是"逆流"二字，当真是道尽了坎坷和辛酸。

老者作为大隋朝廷派遣给李长英的秘密贴身扈从，如果李长英境界受损，坏了大道前程，他第一个难辞其咎！

于禄笑问道："老前辈是不是很为难？是先救李长英，还是先打趴我？"

老者气得牙痒痒。于禄这个问题，如打蛇七寸，让见惯风雨的他愈发恼羞成怒。

他是第七境观海境的练气士，并且是一名剑修。"观海"二字，取自"我登楼观百川，入海即入我怀"之意，天地灵气开始扩大人体经脉，如同最终入海的江河，又如同人间扩充驿路官道，灵气渐渐凝聚、升华，开始反哺肉身，从而使得修士延年益寿。

观海境的剑修，在东宝瓶洲一洲之内，已经当得起"剑道宗师"的美誉。

在大隋，哪怕六部侍郎这个品秩的庙堂高官有事离开京城，都未必会有这个境界的剑修保驾护航。

老者深吸一口气，下定决心，务必速战速决，三招之内分胜负。

"既然老前辈不知道如何选择，我来帮前辈选择就是了。"而那个高大少年更加嚣张蛮横，依然是欠揍的微笑嗓音，蓄势的三步踏出，一次比一次声势惊人，砖石被踩得发出崩开龟裂声响。

你不知道该不该打，我于禄逼着你不得不打，就这么直截了当。

老者瞳孔微缩，心湖大动。只见于禄本就不弱的气势，百尺竿头更进一步，神魂之雄壮，仿佛有古代战场杀神英灵坐镇其中。

饶是老者脸上都露出一抹惊骇："六境武夫？"

练气士十五境,武道九境,练气士与纯粹武夫的"同境"之争,除去剑修和兵家修士这两种练气士里的怪胎变态,若是再摒除练气士一些逆天的法宝,那么胜负几乎毫无悬念,甚至低一层武夫重伤甚至活活打死高一层练气士的事也是有的。

但是老者震惊归震惊,畏惧倒也谈不上。

因为他是积攒多年底蕴的老资历剑修,是练气士境界第七层的观海境!

如果不留退路,执意杀人,即便面对一位六境武夫,也当真是一招而已。

所以他冷笑道:"你要找死,我碍于书院规矩,不会真的让你死了,但是让你只剩下半条命,无妨!"

前冲的于禄看似殊死一搏,实则眼神玩味,在心中默念:我求你厉害一些。

第五章
弟子服其劳

舍了官道驿路，陈平安带着俩孩子一起翻山越岭。准确说来，是那青衣小童现出十数丈的庞大真身，驮着陈平安过山过水。意外之喜是陈平安发现在水蛇背脊之上一样可以练习《撼山谱》走桩，一开始经常脚底打滑，走得不伦不类，久而久之，陈平安已经可以在水蛇故意晃动身躯的前提下依然如履平地。

粉裙女童可没资格骑乘水蛇，只能背着书箱在一旁飞奔，为自家老爷拍手叫好。

这一天，陈平安寻了个山顶休憩，三人一起凑在篝火旁。青衣小童又开始叨叨："老爷，您年纪也不小了，想不想收几房小妾美婢、通房丫鬟啊？"

陈平安双手靠近火堆，摇头道："不想。"

青衣小童伸手探入火堆，抓取一缕火焰，然后一点一点掐灭，发出黄豆崩碎的清脆声音："为啥？老爷您放心，人家不但不收聘礼，还愿意自己带着丰厚嫁妆过来！这种买卖，老爷都不动心？"

陈平安笑道："不动心。"

青衣小童一头雾水，掐灭了一团火焰，又抓来一把："到底为啥啊？"

陈平安笑着不说话。

青衣小童啧啧道："原来老爷有心爱的姑娘了啊。"

陈平安瞪了他一眼。

青衣小童小声嘀咕道："老爷您喜欢姑娘又不丢人，喜欢爷们儿才让人瘆得慌……"他突然满脸异彩，矫揉做作，扭扭捏捏道，"老爷，您看我其实眉清目秀的……"

陈平安头皮发麻，伸手一挥，发号施令道："消失。"

青衣小童一边跑向远处一边对粉裙女童凶神恶煞道："傻妞儿，有没有偷偷带着胭脂水粉，借我用一用！"

陈平安伸手抚额，这日子有点难熬。

之后陈平安像往常一般，找到青衣小童切磋武道，用以砥砺体魄。

别看青衣小童言行举止不着调，但是对付一个武道二境的陈平安绰绰有余，哪怕陈平安的境界远胜寻常武夫，可对于天生体魄坚韧的蛟龙之属而言，陈平安打在青衣小童身上的雨点拳头不痛不痒，倒是他的拳头一旦打中陈平安，那就是山崩地裂的效果。起先青衣小童没拿捏好力道，害得陈平安被一拳打飞出去老远，直接撞断了一棵大腿粗细的树木，吓得青衣小童以为自己必死无疑了。可是等到陈平安痊愈之后，依旧要青衣小童继续喂拳。

今天，陈平安刚刚起了一个拳势，尚未真正出拳，青衣小童就已经满地打滚，一口气滚出去几十圈。

青衣小童站起身，拍打满身灰尘，赞美道："老爷好刚猛的拳罡，太吓人了。"

粉裙女童蹲在远处，看得目瞪口呆。只听说这条御江地头蛇性情暴戾，想法简单，修为高深，没听说是这么个臭不要脸的家伙啊。

陈平安习以为常，叹了口气，认真道："别闹了。"

青衣小童立即做了个金鸡独立的姿势，双手乱挥，口里发出咿咿呀呀的怪声。

陈平安黑着脸，转身坐回火堆。

青衣小童手忙脚乱地飞奔回他身边，赔笑道："老爷别生气，等下我一定认真。"

陈平安摆摆手道："跟你没关系，我就是想到一些事情，心静不下来。"

青衣小童"哦"了一声："那就等老爷心静下来再说。"

深夜时分，东华山山脚，山崖书院，有一名白衣少年开始缓缓登山，不断唉声叹气。

有个嗓音在他心头悄然响起："你来做什么？"

崔东山没好气道："我家先生有事，弟子服其劳。"

一个腰间别着红木戒尺的高大老人站在半山腰的文正堂，眯眼打盹。

东华山在皇帝陛下那次御驾亲临之后，就已经撤去所有谍子密探，就连一位十境练气士都只是在东华山近处隐藏，不可轻易踏足书院，这是大隋对山崖书院给予的尊重，或者说是大隋皇帝对老夫子茅小冬的信任。

崔东山在山脚书院门口递交了通关文牒，一路走到文正堂，往大堂内探头探脑一番，便打死不往里走了，站在门槛外头气呼呼道："茅小冬，你是成心恶心我还是想坑害我？你今儿撂下一句明白话，如果我不满意，这就拍拍屁股走人，以后再也不来这山头碍你的眼!"

茅小冬犹然闭着眼睛,满脸淡漠,开口道:"你要么进去敬香,要么把事情掰扯清楚,否则我只要看你一眼,我就是孙子。"

崔东山一屁股坐在门槛上:"你就算愿意给我当孙子,那也得看我收不收啊。啧啧,也不知道当年是谁挂着两条鼻涕虫跟我学下棋,然后打了一万年的谱,到最后还是就算我让了两子也依旧被我杀得脸色铁青、双手颤抖,恨不得举棋不定,拖延个一百年。"

茅小冬淡然道:"围棋只是小道。"

崔东山讥笑道:"'弈之为数,小数也'?哟呵,谁不知道你茅小冬在不成才的那拨记名弟子当中,学问做得稀拉,可最是尊师重道,侍奉老头子比亲爹还亲爹,怎么开始推崇别家圣人的道理了?尤其这位圣人还是老头子的死对头。怎么,你围棋学我,做人也要学我?"

始终闭目养神的茅小冬冷笑道:"我再跟你歪理半句,就是你儿子。"

崔东山眼珠子一转:"我这趟来东华山就是无家可归,暂住而已,你茅小冬如今贵为书院副山长,睁一只眼闭一只眼就过去了。不想看我就别看嘛,你眼不见心不烦,我也逍遥自在,皆大欢喜。"

茅小冬嗤笑道:"就你那无利不起早的性子,我怕过不了几天,书院就要被你害得给大隋拆掉了。你要跟大隋较劲,我不拦着,但是你别想着在东华山这里折腾。书院就是书院,是做道德学问的地方,不是你崔瀺可以随便拉屎撒尿还不擦屁股的地儿!"

崔东山皱眉道:"你没有收到我的那封密信?就是里头有一颗棋子的那封。"

茅小冬点头道:"收是收到了,但是没拆开,赶紧丢火炉里,然后跑去洗手了,要不然我都不敢拿起筷子吃饭。"

这话说得足够难听,只是崔东山半点不恼,站起身来到茅小冬身边,嬉皮笑脸道:"小冬啊,我这次来真不是为了啥谋划来的,就是好好读书,没事晒晒太阳,陪你下下棋,顺便照顾那帮骊珠洞天来的孩子。"

茅小冬呵呵笑道:"信你?那我就是你祖宗。"

崔东山这下子有些纳闷,指了指自己鼻子:"做我祖宗咋了?坏事吗?你占了多大便宜啊。"

茅小冬扯了扯嘴角:"是你祖宗的话,还不得气得棺材板都盖不住?我自然不愿意当啊。"

崔东山怒道:"茅小冬!你差不多就可以了啊!"

茅小冬闭着眼睛摇头道:"不可以。"

崔东山用手指点了点他:"想打架?"

茅小冬蓦然睁开眼睛,气势惊人,如寺庙里的一尊怒目金刚:"打架好啊,以前在大骊是打不过你,现在嘛,我让你一只手!"

崔东山眨了眨眼睛:"你现在是我孙子了,孙子打爷爷不合适吧?"

茅小冬伸手按住腰间戒尺:"打死你之后,给你烧香便是。"

崔东山赶紧伸出一只手:"打住打住,老头子和齐静春都要我捎句话给你,你听过再说。"

茅小冬眯起眼,一身杀气比起睁眼瞬间有增无减:"小心是你的遗言。"

崔东山嘴唇微动,茅小冬听过心声之后,紧紧盯住一身修为不过第五境的白衣少年,尤其是他的那双眼眸。人之双眼,之所以被誉为灵气所钟,就在于若说心境如湖,那么眼眸就如深井的泉眼,身正则清,心邪则浊。

如果茅小冬是在大骊的旧山崖书院遇上大骊国师崔瀺,那么根本不会多此一举,因为两人的境界差距摆在那里,让他看再久,也看不出名堂。可如今形势颠倒,换成了他茅小冬在修为上居高临下,当然就不同了。关键是他们曾经位于同一条圣人文脉,相对会看得更加清晰。

茅小冬收起视线,大踏步离去。

崔东山笑问道:"你干啥去? 不再聊聊?"

茅小冬冷哼道:"赶紧洗眼睛,要不然得瞎!"

崔东山伸手掸了掸衣襟,沾沾自喜道:"我这副少年皮囊,确实是倾国倾城。"

茅小冬停下脚步,就要转身动手打人,毕竟他想打死这个欺师灭祖的王八蛋已经不是十年二十年了。

崔东山袖中掠出一抹细微金光,蓄势待发。他震惊道:"你真要动手打人啊? 咱们儒家圣人以德化人,君子以理服人,虽说你茅小冬被师门牵累,到如今还只是个贤人身份,可贤人也没有卷起袖子干架的说法啊。"

茅小冬大步离去。崔东山快步跟上,双手负后,飘逸非凡,纠缠不休道:"李宝瓶他们在这边求学如何了? 有没有让书院鸡飞狗跳?"

茅小冬没好气道:"有。"

崔东山脸色阴沉:"该不会是有人想要杀鸡儆猴吧?"

茅小冬冷笑道:"我还以为是国师你暗中作祟,试图离间书院和大隋的关系,让大隋皇帝下不来台,好彻底断了山崖书院的文脉香火。"

崔东山有些尴尬,抬起手臂挠挠头,干笑道:"京城的老家伙做得出来这种勾当,我可不会。我如今时时将心比心,事事与人为善,改正归邪……哦不对,是改邪归正很久了。"

茅小冬叹了口气,仰头望向东华山之巅的凉亭,嗓音不重,但是语气坚定道:"崔瀺,你如果胆敢做出有害书院的事情,只要一次,我就出手杀你。"

崔东山浑然不放在心上:"随你随你,你开心就好。你先说说看到底怎么回事。如今我比你惨，真不骗你，天底下谁敢跟我比惨？小冬你啥时候心情不好了，我可以给你说道说道，保管你心情大好。不过记得带上几壶酒，大隋皇帝不是个小气的，肯定赏赐下来不少好酒。"

茅小冬眼神古怪地斜瞥了眼白衣少年，摇摇头，继续前行，然后将大致情况说了一遍。尤其是最后一场书楼之战，于禄一人对阵两人，结果双方两败俱伤，三人竖着进去，到最后全部横着出来了，这下就算是副山长茅小冬都压不住这个天大消息。

当晚，身穿公服的大隋礼部尚书和一个身穿鲜红蟒衣的宫中貂寺，加上那位潜伏在东华山附近的十境修士联袂登山。

只不过茅小冬面对三人，只说这件事情他自会给大隋皇帝一个交代，其余人等，任你是藩王还是尚书，都没资格对书院指手画脚。三人上山其实并没有半点兴师问罪的意思，可茅小冬依旧不近人情，态度强硬至极，让三人碰了一个天大的钉子。那个十境练气士当场就要动手，所幸被礼部尚书给拦住了，一同火速下山，进宫面圣，顺便还带上了老剑修和李长英两人。他们当时已经能走，但是气色糟糕，如大病未愈。

茅小冬最后问道："你以什么身份待在这里？"

崔东山毫不犹豫道："如果你看过我的密信，就会知道于禄和谢谢两人的身份。可以泄露其中一人的，比如来自卢氏王朝山上第一大门派的谢灵越，我就以她的师门长辈身份现身好了；如果是于禄，那我就是卢氏皇宫的隐蔽看门人之一。放心，两个身份我都做好准备了，滴水不漏。"

茅小冬仍是不太放心，忧心忡忡道："大隋的谍报可不比大骊差。何况大隋与卢氏王朝世代交好……"

崔东山一句话就让他不再说话："我是谁？"

两人分别之际，积怨已久的茅小冬忍不住骂道："你是谁？你是我儿子！"

崔东山"哎"了一声，乐呵呵喊道："爹！"

茅小冬愣了愣，气恼得咬紧牙关，身形直接一闪而逝。

崔东山喊道："那帮孩子住哪儿呢，爹您告诉我一声啊！"

夜深人静，无人回应。

崔东山翻了个白眼："我自己挨家挨户敲门找过去，谁怕谁啊。"

文正堂内，茅小冬去而复返，站在堂下，敬完三炷香后，伤感道："先生、师兄，为何要如此，我如何都想不明白！我知道无论什么都比不上你们二位，你们既然如此做，自然有你们的考虑，可……"他说到这里，沧桑脸庞上隐约有些泪痕，"可我就是心里有些不痛快。"

崔东山当然不会当真傻乎乎一扇门一扇门敲过去，他脚尖一点，掠到一间学舍屋顶,环顾四周,看到有几处犹有灯火光亮,便向最近一处掠去,踮起脚尖趴在窗口,便听到了哗哗水声。他不急不缓戳破窗户纸,果然看到了一幅"美人沐浴图",只可惜那女子的身材实在是不堪入目,在他觉得瞎了自己狗眼后,站在水桶内的少女尖声大叫起来。

崔东山还不走,站在原地抱怨道:"干啥干啥,是我吃亏好不好!"

砰然一声,窗户上水花四溅,原来是水瓢砸了过来。

崔东山已经揉着眼睛飘然离去,念叨着:"眼睛疼。"

身后是愈发尖锐的喊叫声,附近学舍不断有灯火亮起。

崔东山凭借记忆,一间间学舍找过去,最后总算找到了要找的人。很凑巧,李槐、李宝瓶、林守一、于禄四个人都在。

于禄侧身躺在床上,虽然脸色雪白,可是精神不错。

李槐坐在床头,低头看着自己脚上那双草鞋,心事重重。

李宝瓶和林守一相对坐在桌旁,各自看书。

崔东山推门而入,大笑道:"开不开心,意不意外?"

李宝瓶先是愣了一下,然后喜出望外道:"小师叔呢?"

崔东山跨过门槛,用脚关门,坐在李宝瓶和林守一之间的凳子上,翻白眼道:"先生没来,就我孤苦伶仃一人。"

李宝瓶起身跑去门口,打开门张望了半天,没瞧见小师叔的身影,这才有气无力地坐回原位,趴在桌上,无精打采。

林守一放下《云上琅琅书》,小心翼翼用那根金色丝线捆好,收入怀中后,欲言又止。

崔东山自顾自倒了一杯茶水,一口喝光,摆手道:"事情我都知道了。"

他对林守一笑道:"去把谢谢喊过来,就说他家公子需要人端茶送水。"

林守一犹豫了一下,崔东山急眼道:"干吗,你偷偷喜欢谢谢,怕我要她今夜暖被窝?是你眼瞎还是我眼瞎啊?"

林守一无奈起身,离开学舍去喊谢谢。

崔东山望向病恹恹的李槐,微笑道:"李槐啊,别伤心啦,陈平安听说此事后夸你呢,说你胆子大,有担当,是条响当当的好汉了。"

李槐蓦然抬起脑袋:"真的吗?"

李宝瓶冷笑道:"你傻啊,小师叔离开大隋京城这么久了,怎么知晓书院近期的事情?而且小师叔会这么夸奖一个人吗?他至多笑一笑,至多至多就是朝你伸出大拇指。"小姑娘突然直起腰,双手环胸,"小师叔的称赞褒奖,都留着给我呢!"

李槐有些黯然。他犹豫了半天,低着头,像是在对那双草鞋说话:"我要不搬过来跟林守一住吧?"

李宝瓶转过头:"李槐你怎么还是这么尿? 凭什么是你搬,要搬也是那三个家伙搬!"她突然也低下头,重新趴在桌上,"算了,我没资格说这些。"

于禄艰难起身,李槐赶紧帮着搀扶。

于禄背靠墙壁,盘腿而坐,歉意道:"没办法迎接公子。"

崔东山理也不理他,打量着学舍内的简朴装饰,沉默片刻后,对李宝瓶说道:"李槐搬来这里是对的,这跟胆小胆大没关系。继续留在那边是下策,搬来这里是中策,搬去李长英学舍才是上策。"

这个时候,林守一带着谢谢回到这里。黝黑少女看到崔东山后,显然充满了畏惧,只敢站在门口。

李宝瓶疑惑道:"为何是上策,我晓得。下策怎么说?"

崔东山手指旋转白瓷茶杯,缓缓道:"偷窃东西、欺辱李槐,这是不懂事的孩子能干出的事,不稀奇。而且少年血性,最不讲理。你们没接触过真正的江湖,那些个愣头青游侠儿,一言不合就能杀人全家,事后被官府抓起来砍脑袋,猜猜他们会怎样? 在刑场上,刽子手哪怕已经盯着他们的脖子,想着如何下刀,可那些家伙仍然一个个得意扬扬,毫无悔意。你以为他们怕死吗? 杀人不手软,被杀不低头,人家就是这么厉害。"

李槐听得入神,只觉得那些人脑子是不是坏掉了,世上真有这么不可理喻的人?

崔东山笑道:"所以那些孩子哪怕认了错,回头再给父辈们揍得屁股开花,也始终憋着口恶气。若是再给旁人不怀好意地激上几句话,说他们可是国公、侯爷之子,这般憋屈,对得起列祖列宗的在天之灵吗? 还有那个大隋开国元勋之后,就会被说他们家那幅祖宗画像如今还挂在大隋的紫霄阁里头呢。"

于禄微微点头。身为卢氏王朝曾经的太子殿下,他对此并不陌生,可能是屋内所有人里最能理解崔东山说法的一个。

崔东山呵呵笑了两声,继续道:"然后他们就会觉得别人说得对了。他们在自家地盘还这么尿,以后怎么混? 岂不是连累家族一同沦为整个京城的笑话? 于是就在某天大半夜,直接拿刀抹开李槐的脖子了。可能那三个钟鸣鼎食的世家子弟做不到游侠儿死到临头还能像个英雄好汉那一步,可若真到了那时,李槐都死翘翘了,他们反悔与否、是不是吓得尿裤子,还有意义吗?"

李槐听得面无人色,于禄伸手拍了拍他的肩膀以示安慰。他转过头,只可惜脸上的笑容比哭还难看。

崔东山放下茶杯,轻轻一磕桌面:"除了那些真正的意气用事之外,注定有很多盘根错节的利益之争。有人投石问路,有人煽风点火,有人浑水摸鱼。但是没关系,我来了嘛,接下来你们就安安心心求学,其余事情都不用管了。"

学舍内所有人都心情复杂。崔东山哈哈笑道:"怎么,不信啊? 是不信我有这个本事呢，还是不信我有这份好心？如果是前者，你们大可以拭目以待；如果是后者……好吧，我先生陈平安因为担心你们会被欺负，这一路走得就没真正静下心来，所以跟我做了一笔划算买卖，要我来看着你们。现在总该相信我了吧？"

他望向李宝瓶："真正的江湖侠气，从来不在于逞一时之快。"

又望向林守一："山高水远，来日方长。这辈子跟人结仇，真要觉得不舒坦，那就先对付了仇家，然后接着欺负人家的儿子、孙子、曾孙子嘛。君子报仇，十年不晚。"

最后望向李槐："记住喽，修行之人，报仇也好，报恩也罢，一百年都不算长。"

崔东山自顾自拍了拍手掌："好了，正事我已经说完了。"

他又一拍脑袋："对了，小宝瓶，我和先生路过一处山岭的时候，运气好，遇到了一大群搬家的过山鲫。然后我那位先生听说万条过山鲫之中就有可能出现一条通体金黄的老祖宗，愣是拉着我傻乎乎蹲在树上苦等了一个多时辰，才找着了一条故意滚满泥土的金黄过山鲫。"

李宝瓶瞪大眼睛站在了凳子上，然后蹲下，好像这么一来，就可以距离小师叔和那条过山鲫更近一些。

崔东山摇头晃脑道："他下了树后，一路摸爬滚打，好不容易抓住那尾珍稀鲫鱼，本来是想着赶紧送给你的，可是过山鲫离水最多半个月，便是手中那一尾，撑死了也不过月余。若是跟驿站那边的人实话实说，求着他们隔三岔五放入水中饲养一段时日，陈平安实在不放心，怕他们见财起意，担心送着送着就连人都跑了，让你白欢喜一场。所以他说到了家乡后，去拜访你大哥、帮你报平安的时候，先放在你大哥那边养着。"

李宝瓶两眼放光，哪里还有先前半点颓丧神色，一下子又变成了那个初出茅庐、负笈游学的小姑娘。

崔东山叹气道："小宝瓶啊，我家先生对你那是真好，什么好东西都念着你。嘿，我就不明白了，就先生那炖肉煮鱼连油盐都不肯多放的吝啬脾气，到了你们这边，咋就这么不把真正的宝贝当宝贝了？他也不傻啊。"

好嘛，这话一出，红棉袄小姑娘使劲皱着小脸，嘴角用力往下，这是要哭。

崔东山赶紧解释道："别哭别哭，过山鲫是不能通过驿站送来书院，书信还是可以的。在大隋边境的驿站，陈平安给你们都写了信，估摸着十天半个月就能到这儿，到时候是哭是笑，你们这些小祖宗自个儿看心情。"

他最后无可奈何道："陈平安还说啦：'我的学生崔东山呢，还是个大坏蛋，千万别信任他，但是遇上事情，找他帮忙是可以的。'"

他这番话说出口后，李宝瓶三人信了大半，便是于禄和谢谢都信了四五分。

李槐跟着林守一去学舍休息。李宝瓶回自己的学舍，半路跟两人分道扬镳。

崔东山在三人离去后，稍等片刻，又喝了一杯茶水，这才带着谢谢离开于禄住处。

少女紧绷心弦，小心翼翼跟在白衣少年身后。

没了李宝瓶三个孩子在场，崔东山面无表情，头也不转，冷声问道："为什么面对李长英没有出手？是不敢还是不舍？"

谢谢老老实实回答："回禀公子，两样都有。"

崔东山停下脚步，对着少女就是狠狠一耳光："一路白吃白喝，到最后就出手揍了个大隋死了爹的将种子弟？你有出息啊！你这么出息，怎么不上天啊？"

脸颊红肿的少女鼓起勇气与崔东山对视："明知不可为而为之，我为什么要做？公子，你告诉我！"

崔东山又是一耳光甩过去："因为你的命不值钱，还比不上李槐的一根手指头值钱！在我眼中，你更是一文不值！"

谢谢满心凄凉，咬紧嘴唇，渗出血丝。

崔东山又抬起手臂作势要打，谢谢对他畏惧至极，不敢挪步，但是转过了头。

崔东山笑了笑，竟是收回手，最后缓缓伸出去，动作轻柔地拍了拍谢谢的脸颊："这么怕我啊，好事情。我还以为一段时间不见，你这个不要脸的小娘儿们翅膀就硬了几分，公子我是既失望又欣慰啊。"

谢谢神色麻木。

崔东山继续转身前行，突然说道："你体内那些牢牢钉入魂魄的困龙钉，我可以帮你取出一半，那么你很快就可以恢复到洞府境。"

谢谢低声问道："为什么？"

崔东山并未转身，毫无征兆地一脚向后踹去，踢中少女腹部。

措手不及的谢谢差点后仰倒去，一时间绞痛难忍。

崔东山神色自若道："刚想通一个道理，跟陈平安学的。他呢，手里攥着一枚铜钱，恨不得当一两银子去开销。既然你是一两银子，我为何要当作一枚铜钱花掉呢？"

谢谢眼眶泛起一些晶莹泪花。

直白俗气的说法，而且还是全部的身家性命，仅仅与一枚铜钱、一两银子挂钩。

哪一个能够享誉王朝的修行天才，为了境界攀升，花销掉的金银不是按"座""山"二字来计算的？

崔东山边走边揉着下巴，陷入沉思。回过神后，转头灿烂笑道："想不想撕掉那张面皮，以真面目示人？公子今儿心情好，难得大发慈悲，以后你的名字就改回谢灵越好了。怎么样，是不是要对你家公子感激涕零？"

一直打不还手骂不还口的少女不知哪里来的胆气，尖声道："不要！"

崔东山停下脚步，转过身，看着那个失魂落魄的少女，发出一连串的啧啧声："还会难为情啊。"

谢谢满脸泪水地跪在地上，断断续续呜咽道："恳请公子不要这么做……我愿意继续做普普通通的谢谢……不要撕掉这张面皮，求你了，公子……"

崔东山伸出两根手指："二选一，撕掉脸皮，或者公开谢灵越的身份，你自己选，赶紧，小心我连选择都不留给你。"

谢谢缓缓抬起头，这一刻的凄厉眼神，如一头濒死的年幼麋鹿，她颤声道："我选择改名字。"

崔东山摇头道："什么家国师门，原来都比不过自己的脸面啊。行了，很快你就是卢氏王朝第一仙家府邸的谢灵越了。谢谢，快点谢谢你家公子啊。"

谢谢凄苦道："谢谢公子。"

崔东山快步向前，一脚踹得谢谢歪斜倒地，怒道："应该说谢谢谢公子！"

谢谢趴在地上，肩头微颤："谢谢谢谢公子。"

崔东山翻了个白眼："没劲，自己回去。"

他原路返回，独自走向于禄学舍，把泣不成声的少女一个人晾在那边。

但是离去之前，崔东山撂下了一句古怪言语，只可惜少女已经听不进去了："改了名字，就等于改了命数，接下来谢灵越会一路走狗屎运的，不信的话，就走着瞧。哈哈，摊上我这么个散财公子，真是你十辈子修来的福分啊。"

谢谢痴痴坐在原地，甚至忘了去擦拭泪水。

冬天的夜风十分冰冷。

风起于青蘋之末，只是不管如何，在谢谢这边，吹来吹去，都是死灰。

等崔东山回到学舍，于禄已经坐在桌旁，脸色红润，精神焕发。见到崔东山进来，他笑着起身："公子恕罪。"

崔东山说道："坐吧，看在你比谢谢聪明许多的分上，嗯，天赋也好一些，就不跟你计较了。"

于禄乖乖坐下，还给崔东山倒了一杯茶，动作自如，根本就没有半点重伤卧床的样子。

崔东山接过茶杯，笑问道："说说看，为什么会出手收尾。"

于禄坐在那里，双手拢袖，像是在取暖。又因为自己身材高大，而对面的白衣少年比他矮许多，所以便有些耷拉着肩头，显得缩成一团。他缓缓说道："头一个原因，当然是原本觉得活着没盼头，但是这一路求学，突然又觉得有件事情还是很有意思的，所以一冲动，就做了。第二，是他山之石可以攻玉。一路行来，我有些不甘心，总想着学以致用。可是陈平安境界太低，公子架子太大，那些魑魅魍魉都给林守一收拾掉了，其实他道行也不够看，怎么办？刚好借这个机会，把那个大隋剑修当作自己在武道上向前走一步的磨刀石。反正活着无聊,看一看更高处的风光,又不少一块肉。"

崔东山笑道:"垫脚石更确切一点。"

于禄笑着点头:"公子说得对。"

崔东山道:"继续。"

于禄想了想,崔东山笑问:"不然我来帮你说?"

于禄苦笑道:"我只要不死,以后陈平安就会觉得欠我一个人情。"

他有些紧张,但不敢奢望自己可以蒙混过关,只得硬着头皮说道:"公子之前说我和谢谢的性情跟陈平安差了十万八千里,所以这辈子都当不了陈平安的朋友。我知道多半是对的,可心底还是有些不信,哪怕公子现在站在我跟前,我还是那句大不敬的话,要试试看。如果能够证明公子是错的,就最好了。"

于禄站起身,认命道:"实在没有想到公子会去而复还,请公子责罚。"

崔东山伸手往下按了按:"一举三得,做得很漂亮啊,我有你这样的仆役,高兴还来不及呢,责罚什么?"

于禄大大方方坐下。估计这就是他跟谢谢最大的不同。

那个少女一样聪明,只是她想要很多可能一辈子都争取不来的东西。反观这个高大少年,什么都放得下,想要拿起来的东西又不会太重,而且从来无关崔瀺的大局,所以过得更加轻松。

大骊国师崔瀺,公认棋术极高。

于禄和谢谢,与白衣少年朝夕相处,实则无时无刻不是在与之手谈。谢谢下棋下得太用力了,反而会让崔瀺觉得愚不可及,眼皮子都懒得搭一下。

于禄就像是只在无关痛痒的小地方抖搂一下他的聪明机智,玩几手崔瀺早就玩腻了的小定式,这样就会让崔瀺点点头,觉得还凑合。

谢谢心里的负担太重,看得太远,其实极为坚韧可敬。但是才逃过大骊娘娘的掌控,又沦为崔瀺的牵线木偶,则是她的大不幸。

于禄却看得清最近处的细微人心,所求不多,反而活得一身轻松。

崔东山袖中飞出那柄形状如麦穗的"金秋",围绕着灯火飞速旋转。

于禄面不改色,笑问道:"公子这么走入书院,不怕身份泄露?"

崔东山仔细盯着那柄飞剑,轻声道:"以杀止杀,以恶制恶,知道吧?"

于禄点点头。

崔东山始终凝视着飞剑带出的金色轨迹,由于飞掠太快,剑气消散的速度远远低于生成的速度,丝丝缕缕缠绕在一起,最后像是一个金色圆球,最中央是那点灯火。

崔东山说道:"一样的道理,给大隋一个看似荒诞的理由。一个不够就两个,只要事不过三,两个应该恰到好处。"

于禄犹豫了一下，苦笑道："第一个，不然换成我？"

崔东山斜瞥他一眼："怜香惜玉？"

于禄叹息一声，不再说话。

崔东山笑道："你看得清楚，是因为太近。但是你要记住，一叶障目，只看清楚一片叶子的所有脉络……"

他不再说话，闭上眼睛，换了一句让于禄出乎意料的话："如果真能看透彻细微的最深处，也很好，好得不能再好了。要知道，这其实就是我的大道……之一！"

于禄似乎全然无法理解，就不去多想。

崔东山站起身，默然离开学舍。

在他离开很久后，于禄伸出袖中的一只手，低头望去，手心都是汗水。

那位大骊国师曾经笑言，天底下已经立教称祖的三大势力，各自的宗旨根本，无非是道法极高、规矩极广、佛法极远。那么这个极小是？

世人所谓的一叶障目，若是有人真真正正、彻彻底底看清楚了这一叶，当真还会障目？

于禄猛然抬起一只手臂，手背死死抵住额头，满脸痛苦，呢喃道："不要想，先不要想这些。"

崔东山来到之前打死不走入的文正堂外，直接一步跨过门槛，拿起一炷香，只是一炷香，而不是按照规矩的三炷。

一手持香，另外一只手捻动香头，瞬间将其燃烧点亮。

崔东山不去看至圣先师，先看了眼齐静春的画像，最后转移视线，望向老秀才的图像，双手捧香在额头，在心中默念。而后睁开眼睛，没有半点烧香人的虔诚肃穆，将手中那炷香插入神坛上的香炉，扬起脑袋，对着那副画像嬉皮笑脸道："老头子，跟你借一下而已，可别太小气啊。不多，就三境，三境而已，而且只在东华山用，这总行了吧？我如今已经有五境修为，由此可见，跟在你安排给我的先生身边，我崔瀺是学有所成的，对吧？如今你最得意弟子的最得意弟子遇上了麻烦，我又被自己先生托付重任，你不表示表示，说不过去吧？"

崔东山耐心等着，没有动静，香炉那炷香点燃之后，竟是半点不曾往下烧去。

他破口大骂："老头子，你当真半点不管我了？就连报上齐静春的名号都不管用？你他娘的怎么当的先生！老王八蛋，喂喂喂，听见了吗？我骂你呢，你大爷的，真是无情无义啊……"

毫无用处。崔东山急得团团转，最后再度闭上眼睛，试探性重复了一遍，只不过这次加上了"陈平安"和"李宝瓶"两个名字。

片刻之后,香炉之内的那炷香以极快速度燃烧殆尽。

崔东山反而默不作声,沉着脸转身离去。

出门之时,从崔东山跨过门槛的那一刻起,就已经是练气士第九境了——

足足高了四个境界,不是崔东山原先讨要的第八境龙门境,而是"结成金丹客,方是我辈人"的第九境金丹境!

崔东山站在门槛外停下脚步,仰头望向高空,怔怔出神。

很快,他就恢复玩世不恭的表情,做了个自戳双目的动作,继续前行:"先前认你做先生,算我崔瀺瞎了眼。今儿起,老子叫崔东山,只是陈平安的学生!"

手心突然传来一阵痛彻心扉、直达神魂的剧痛,把崔东山给疼得当场跳起来,然后就这么一路蹦跶着跑远,等到他跑到山顶后,才终于消停下来。

崔东山倒抽着冷气,浑身直哆嗦,在原地使劲甩动手臂,把一个晚上睡不着觉跑来山巅赏景的书院学生给看得呆若木鸡,心想这哥们儿是羊痫风啊?

崔东山刚要一巴掌扇死这小王八蛋,茅小冬出现在山顶,那个书院学生连忙对老人作揖,飞快下山。

茅小冬打量着崔东山,观其气象,看出深浅后,板着脸走下山去,与崔东山擦肩而过的时候冷声道:"既然如此,你就老实一点在书院待着,我茅小冬就当捏鼻子忍着粪臭了。别忘了这里是大隋京城,做事情三思而后行!"

崔东山一步飞掠到那棵千年银杏树枝头,四处眺望一番后,定睛望去,最终对着东华山附近一栋幽静宅子破口大骂:"那个叫蔡京神的老乌龟王八蛋!对,就是喊你呢,快来认祖归宗!你十八代祖宗我今儿要跟你讲讲家法祖训,快点沐浴更衣,磕头听训!"

茅小冬深吸一口气,加快步伐下山。

崔东山犹自骂骂咧咧:"孙子蔡京神,别当缩头乌龟,快点回家喊上你儿子、孙子一起来给你祖宗磕头。赶紧的,祖宗在这儿等着呢!"

东华山附近那栋宅子,一道虹光平地暴起,升至与东华山山巅齐平的高空。

蔡京神怒吼道:"找死!"

崔东山以更大的嗓门答复道:"老祖宗在这里找龟孙子,不找死!"

蔡京神继续吼:"滚出来!"

当他升空之后,以东华山为中心,四周不断有灯光亮起,由近及远,越来越多。

崔东山在众目睽睽之下,嘿嘿笑道:"乖孙儿,你快点滚进来!"

蔡京神似乎被他的言语给震惊到了,竟是一时半会儿有些发愣。

崔东山乘胜追击道:"他娘的,谁借给你的狗胆,敢欺负老子的门下弟子?蔡京神,手脚利索点,快点拿刀砍死自己。记得砍得诚心一些,砍出十境修士该有的风采!那么祖宗我就当你认错了,说不定还能既往不咎……"

蔡京神愤怒的咆哮声几乎响彻方圆十里："茅小冬！你们书院不管这混账疯子，我来帮你管！你只管收尸便是，陛下那边，我后果自负！"

他御风而立，面朝山崖书院，一脚重重踏出，抢起手臂，最终做出一个投掷姿势。

一根雷电交织的雪白长矛呼啸而去，直刺东华山之巅的那棵银杏树。

崔东山哈哈大笑："来得好，乖孙儿总算还知道孝敬你家祖宗！来而不往非礼也，老祖宗打赏，孙儿蔡京神好好接着！"

电矛扑向山巅大树，很快闯入书院地界的上空。

这座历经坎坷的新山崖书院虽然已经不是儒家七十二书院之一，但毕竟还有茅小冬坐镇其中，很大程度上拥有一方圣人小天地的地利优势。不过不知是书院自觉理亏，还是茅小冬不愿与蔡京神敌对，竟是毫不犹豫地撤去了地界防御，任由山上山外两人展开一场公平公正的捉对厮杀。

银杏树这边，亦是有一抹细微金光当空炸起，相对长达两丈、气势威严的巨大电矛，那点金光实在是小到可以忽略不计。

但是外行看热闹，内行看门道。随着那抹金光飞出山顶，迎向那根电矛，许多原本心存轻视的行家就开始真正小心凝神了。

那柄破空而去的袖珍飞剑割裂出一条轨迹，四周竟然出现昏暗到极致的缝隙，这是传说中世间实物与光阴长河的激荡碰撞，飞剑的掠空速度、本身材质的坚韧度、其中蕴藏剑意的雄厚，三者缺一不可。

到了这个层次的本命飞剑，号称剑光一闪，万物可斩！

果不其然，那根试探意味多过一击毙命的电矛被金光瞬间击碎。

空中电光四溅，如一场绚烂火雨。

蔡京神狞笑道："还有点道行，再来！"

这次他终于放开手脚，一根根电矛迅猛掠向东华山。

金色剑光随之大放光彩，在山巅之外划出一抹抹璀璨流萤。

崔东山盘腿坐在银杏树高处枝头，优哉游哉，手心托着个方方正正的玉玺。

他没有半点大战正酣的兴奋，反而略显怠懒无聊，心中冷笑不已：我先生不多，如今就一个。帅兄弟看得上眼的不多，一生知己朋友不多，入眼的美人不多……可我法宝多啊！

那一夜真是精彩纷呈、跌宕起伏，最后小半座大隋京城人家都被惊醒，披衣出门，要么在院子里远望东华山，要么干脆爬上树枝、墙头甚至是屋顶。一场漫长的神仙打架看得十分过瘾，尤其是孩子们，一个个欢天喜地，只恨家里瓜子糕点不够吃。

两位神仙一直从大半夜打到拂晓时分，害得一宿没睡的大小官员们几乎人人都神情萎靡地去参加朝会。

事后有高人粗略统计,东华山那位来历不明的白衣仙人除了最开始的金色飞剑,之后光是露面的法宝就多达二十六件,无一不是流光溢彩、品相惊人,真是次次出手都不带重样的!有京城好事者已经偷偷将其尊称为"蔡家老祖宗"。

蔡京神所在的那个京城豪门,从上到下,像是真的刚刚认了一位自家老祖宗,第二天就没谁好意思出门。

当天,李槐就收到了那套失踪已久的小泥人儿,以及原先三名舍友姗姗来迟的道歉。那一刻,李槐既没有喜极而泣,也没有嗫嗫嚅嚅,他就是有些想念爹娘和姐姐了。

李宝瓶、林守一、于禄、谢谢,以及崔东山,他一个一个谢了过去。

林守一又去了书楼,学舍里只剩下李槐一个人。这是他第一次翘课,虽然读书不行,可之前不管受了什么委屈,哪怕给人打得鼻青脸肿,他都没有缺过夫子们的课业。但是今天,李槐蹲在学舍外,没去上课,而是晒着冬天的和煦太阳,轻轻用树枝写着一家人的名字。他这次没哭。

大隋京城,穿着寒碜的一行三人问着路,缓缓向山崖书院走去。

身材丰满却眉眼泼辣的妇人在女儿用蹩脚的大隋官话再一次跟人问过路后,气得一巴掌拍在自家男人脑袋上:"没用的玩意儿,到了书院,你就在山脚待着吧,省得给儿子丢脸!"

那个五短身材的窝囊男人背着一只大行囊,难得稍稍硬气地跟媳妇反驳一回:"还是见见吧,咱们给儿子带着好些吃食呢,你们背着上山,很累的。"

妇人气不打一处来,叉腰怒骂道:"李二,你也就这点能耐了!好嘛,我们娘儿俩都狠得下心说走就走了,你倒好,一个大老爷们儿,临了说要见一见儿子?"

妇人伸出手狠狠拧着男人的腰肉,拧了半天没动静,只得悻悻然作罢:"一身腱子肉,力气只会在晚上欺负老娘!"

李二嘿嘿笑着,妇人一脚踢过去,妩媚道:"死样!"

男女身旁,一个身材抽条如柳枝婀娜的少女没理睬爹娘的打情骂俏,只是柔柔笑着。想到马上就能看到自己的淘气弟弟,她便有些开心。

妇人突然一下子红了眼睛:"不知道槐儿是胖了还是瘦了,可千万别给人欺负了,我这个当娘的可不敢在这里骂人啊。"

李二习惯性默不作声,最后望向书院,咧嘴笑了笑。

欺负我儿子?哦,如果真有,那我李二就去会一会那位英雄好汉。多大点事?

阿良曾经调侃李槐小兔崽子是窝里横、外边尿。这一点,李槐十有八九是跟他娘学的。这还没到东华山,刚瞧见山崖书院的牌楼,妇人就开始怕了,在家乡小镇骂街巷战无敌的气焰半点没剩下。倒是她男人依然走得脚步坚定,跟上山下水没两样。女儿李柳也不差,该问路问路,该道谢道谢,便是大隋京城的百姓,在东宝瓶洲北方是出了名的眼高于顶,遇上这样漂亮温柔的少女,仍是给予了最大善意。

山崖书院虽然搬离大骊,被摘掉了儒家七十二书院之一的头衔,元气大伤,可瘦死的骆驼比马大,在大隋仍然是无数士子学生心目中的圣地。

而且书院在待人接物方面挑不出任何毛病,便是三人穿着寒酸,浑身冒着泥土气,一听说是书院学子的家长,就十分客气周到。有人亲自领着他们去书院专门用来安顿远方客人的住处,然后又带着他们去塾堂找李槐。得知李槐今日缺课,就又辗转到了林守一的学舍,果然看到那个在地上拨弄树枝的孩子。

李家三口之所以能够直奔此地,在于李槐这三个孩子毕竟是原山长齐圣人的嫡传弟子,近期又折腾出那么大风波,李槐这拨人在书院的动静,例如各自性格如何、品行如何、学问大小、住在何处,几乎人人皆知。

对于大多数不掌权的书院夫子们而言,在这件事上,依然看得比较淡,并无明显的好恶情绪,更多还是两耳不闻窗外事,一心只教圣贤书。

当李槐听到喊声,抬起头后,看到再熟悉不过的三个身影,有些蒙,只当是自己做梦,狠狠揉了揉眼睛,这才丢了树枝站起身,一路飞奔,先与那位言笑晏晏的书院先生作揖致谢,这才仰着脑袋看着爹娘姐姐,红着眼睛,说不出话来。

亲人不在身边,有些委屈,会觉得就那样了;可当亲人真的出现后,反而就会觉得那个委屈比天还大了。

只不过李槐到底是走了好几千里路的远游之人,哪怕年纪小,跟着陈平安见过无数大山大水,从暮春走到了初冬,懂得了收敛情绪,没像在小镇那么咋咋呼呼,一下子就又开心起来,用手臂抹了抹眼睛,问道:"爹、娘、李柳,你们怎么来啦?"

领路的先生笑着告辞离去,不耽误一家人团聚。

妇人顿时如释重负,一把抱住李槐,哽咽道:"我家槐儿怎么这么黑瘦了?哎哟,娘亲的心肝都要碎了。都怪你爹,恁大个人了,都走到了老远的地方,突然说不放心你,怕你没钱吃饭,怕你生病没人照顾。我们仨一合计,就想着还是来书院看看你……"

身材矮小结实的李二就像一块黑黝黝的硬铁,此时还背着一座小山似的行囊,挠挠头,脸色尴尬道:"我只说了一句,说不知道槐儿在大隋书院吃不吃得上鸡腿,你娘和你姐就都哭了起来,怎么劝都没用,后来他们娘儿俩就……"

被揭穿真相的妇人蹲在地上,转头狠狠瞪了一眼自己男人:"滚滚滚,就你话多,你要是不想槐儿就自个儿去山脚待着。"

李二傻笑着,当然没挪步。

妇人蹲在地上,摸摸自己宝贝儿子的脑袋,揉揉他的小细胳膊,心疼道:"怎么这么瘦啊,是不是吃不饱睡不好?"

李槐立即满身豪气，咧嘴笑道："吃得好睡得好，好得很呢。娘亲，我告诉你，这趟来大隋求学，我可是跟在陈平安他们后头，自己一路走过来的！走了好远，几千里呢，从咱们老家先走到棋墩山、红烛镇、绣花江、野夫关，再穿过黄庭国……瞧见没？"他后退一步，抬起一脚，"草鞋！陈平安给我编的，又结实又舒服。后来我想自己学来着，陈平安没让。娘亲，你猜我换了多少双草鞋？"

这个问题一抛出来，完全让妇人招架不住，哭得稀里哗啦。李柳赶紧蹲下身，轻轻握住娘亲的手。

李槐也有些慌了神，不知道这怎么就让娘亲伤心了，赶忙收起草鞋，眼珠子滴溜溜转动起来，灵机一动，大声道："娘亲，去屋里，我给你们看一样好东西！"

到了林守一学舍，李槐啪一下将那只绿竹小书箱放在桌上，学着李宝瓶双臂环胸，斜瞥一眼姐姐李柳，再学着崔东山说话的方式，得意扬扬道："咋样，我的小书箱哦，好不好看？羡不羡慕？"

李槐犹不罢休，熟稔地背起小书箱，绕着桌子走了一圈，把李柳给看得又心疼又笑，赶忙帮着摘下书箱放回桌上。泪花儿在她眼眶子里轻轻打转，那张粉扑扑的鹅蛋脸上则笑意柔柔。灵秀少女独有的笑意，好似春江水暖。

李二突然问道："这一路，没被人欺负吧？"

李槐摇头笑道："没呢。"

妇人一听到这个就来气："儿子给人欺负了又如何，就你那窝囊样，在老家哪次儿子受了委屈不是我这个当娘的骂回去的，你能做啥？"

李二缩着脖子小声道："那不是在家乡嘛，街坊邻居的，大多心不坏，总不能伤了和气，到最后还是媳妇你难做人。"

妇人一拍桌子："还敢还嘴！李二你是想造反啊？还是觉着出了趟远门，长见识了，想要抛家弃子、换个年轻漂亮的媳妇了？"

李二无奈道："怎么会。"

妇人大怒："那是你有贼心没贼胆，知道别的女子根本瞧不上你。上回咱们遇上那个大长腿的妖精，穿得花里胡哨的，一看就不是个正经人家，你就没偷瞧？真是丢人现眼，臭娘儿们胸口连二两肉都没有，也敢跟老娘比姿色？"

李二欲言又止，蹲在地上唉声叹气。愁啊。

那山上老妖婆看着是挺年轻，其实有七八百岁了，好歹也算称霸一方的九境得道妖修，我要不瞧她一眼，让她晓得轻重厉害，她可就要杀人吃肉了。如果你们娘儿俩不在身边，我早早一拳打杀了。

可这些乌烟瘴气的玩意儿，他哪里敢跟自家媳妇说啊。

蹲在地上的汉子一直忘了拿下行囊，所以就像靠着一座小山峰。

妇人怒吼："东西还不快拿出来,怎么,不舍得给儿子,留着给外边的狐狸精啊!"

李二赶忙起身,打开行囊,把一堆吃食、衣物、书本堆放在桌上。

李槐好奇问道："咱家这么有钱?"

妇人笑着解释道："你爹傻人有傻福,咱们这趟出远门,路上你爹找着了一些草药,拿去一卖,值不少钱。娘亲还是第一次见着金子哩,金灿灿的,瞧着就让人心生欢喜。如今娘亲攒下一些家底了,不过你小子先别惦记,那可是将来帮你娶媳妇用的。"

李槐看了眼一直坐在旁边不说话的姐姐："先给我姐当嫁妆呗,我又不急。"

妇人气呼呼道："嫁出去的闺女泼出去的水,生下来就是赔钱的,给她作甚?"

李柳习以为常,半点不生气。她打小就是逆来顺受的好脾气,这一点随她爹,完全不像李槐。一家四口人相依为命,儿子像娘女儿像爹,倒也有趣。

李槐摇头道："娘,你这样的话,以后我姐就算嫁了个好人家,也非得受气。你就是运气好,找到我爹这么老实的人,啥都顺着你,要不然就舅舅那些人,如果你真被我爹欺负了,娘家人靠得住? 那就是气上加气,能给人气出病来。娘,我说得对吧?"

妇人给噎得说不出半个字来。李柳嘴唇抿起,偷偷笑着。

妇人伸出手指轻轻戳了一下儿子额头,悻悻然道："哟,长大了,就不帮着娘说话啦?"

李槐嘿嘿笑着,转头望向身边的姐姐,坏笑道："李柳,我这趟出门,帮你找了好几个相公……"

李柳眨眨那双秋水长眸,似乎有些茫然。

妇人一巴掌拍在儿子脑袋上,气笑道："怎么说话呢! 你姐只能嫁一个! 当然,如果真没嫁好,受不了委屈,那么可以离了再换,但是没有一女嫁多夫的道理。"

李槐坏笑道："李柳,我现在跟林守一住一起哦。"

妇人疑惑道："就是那个爹在督造衙署当官的林守一?"

李槐点头道："就是他,跟董水井抢我姐的那个,如今可厉害了,对我也很好。以前在家乡学塾吧,我还挺讨厌他的,如今才发现他其实人很好,就是脾气冷了点,耐心不太好,比不得我的未来小师叔陈平安。"

李柳默不作声。

妇人"哦"了一声,笑问道："你一口一个陈平安的,又是谁? 是不是家里更有钱? 不会是你帮你姐挑选的相公吧?"

李槐摇头道："陈平安啊,我最要好的朋友之一,跟阿良一样。不过他不是我姐夫,年纪其实刚刚好,但是李柳配不上他。"

妇人又是一巴掌打赏过去："什么叫李柳配不上他,有你这么说你姐的吗? 你姐哪里不好了,要模样有模样,脾气也不差,一看就是个相夫教子的好媳妇,明摆着嫁给谁谁都不亏。"

李二坐在对面,脸色古怪。

李槐一本正经地说着混账话:"我说实话啊,你看我姐啊,长得……还凑合吧,家世的话,唉,提这个伤感情。"

说到这里,孩子笑道:"不过爹娘是谁,由不得我们。再说了,我们家穷是穷了点,可爹娘你们很好啊。陈平安有一次跟我一起在山上拉屎,我们俩就随便聊。陈平安说他爹娘都走得早,就让我多念着你们的好。一开始我可没多想,只当他是拉不出屎来,跟我在那儿没话找话呢,后来跟陈平安走了一路,才晓得他说的是真心话。跟你们说啊,我跟陈平安关系可好了。你们也知道我最怕鬼了,晚上憋不住,一定要拉着陈平安一起的,他从没说我烦,真的,就连心里头都不觉得我烦。这样的人,我姐配不上。"

妇人冷哼道:"陪你拉屎撒尿就是大好人啦?"

李槐开始掰手指:"除了这个,陈平安还给我做小书箱、编草鞋、做饭、洗衣服,还帮我养毛驴。我得风寒了,他大半夜跑几十里山路给我采药煮药。他还花钱给我买书、送我玉簪子、教我打拳,跟我说以后要孝顺爹娘。出了事他不骂我,反而帮着我,挡在我身前,狠狠揍那些坏蛋……根本数不过来啊。我倒是想他当我姐夫来着,做梦都想。"

妇人愕然。

李二看着那个神采飞扬到有些陌生的儿子,有些唏嘘,更多还是高兴。

妇人笑着拿出一双千层底布鞋:"这是你姐给你缝的,肯定比穿草鞋舒服。"

李槐叹了口气。妇人疑惑道:"咋了?"

李槐眼神忧伤地望着娘亲:"你们怎么不多生一个姐姐,生得更好看一些,我好送给陈平安,那我以后想喊他姐夫,或者喊小师叔,就都可以啦。"

妇人拧着儿子的耳朵:"哪有你这样埋汰自己姐姐的,气死老娘了!"

李柳笑得眼睛眯起月牙儿。她对这个自幼就无法无天的弟弟,是真的打心眼里喜欢。而且她知道,这个顽劣弟弟不管嘴上如何说她的坏话,对她终究是很好很好的,只不过外人不知道而已。

"你家俩孩子,女儿有天资,儿子有洪福。"

这是他爹在杨家铺子做事时,杨老头亲口说的。当然,其实还有半句话,李柳听过就忘了:"还有个骂天骂地骂阎王的泼妇,是你李二家门不幸。"

房门口,传来脚步声,一个容貌俊秀的冷峻少年随后出现,呆了呆,破天荒地有些脸红。

李槐唯恐天下不乱,望着林守一,指了指自己姐姐,哈哈大笑:"我姐李柳哦,她自己登门给你做媳妇来啦。"

妇人看林守一是挺顺眼的,知书达理,不光是有钱人家的孩子那么简单,偶尔几次登门,虽然话不多,对她都很尊敬,也不会嫌弃他们家穷。而且妇人对于读书人一向有好感,总觉得以后嫁女儿一定要嫁到书香门第,哪怕女婿家里没什么钱也没关系。

李槐站在长凳上,玩笑道:"林守一,你坐我姐身边呗,反正以后就是一家人啦。"

妇人拧了他一把:"不许胡说八道。"

林守一深吸一口气,当然不敢坐在李柳身边,跟李槐爹娘客客气气地问好之后,怀里捧着书坐在了李柳对面。

相比林守一,同样是喜欢自己女儿的学塾孩子,李二其实反而更喜欢董水井一些。不过对林守一,他倒也觉得不错,只是没董水井那么合自己脾气罢了。在这个家里,将来李柳嫁人,他说话最不管用。媳妇点头,李槐认可,李柳喜欢,最后才是他李二。

之后聊到书院和东华山,知道李槐爹娘三人要在这边住几天,林守一便提议带着他们出门逛逛。

李槐偷着乐:"哟,这就当上女婿啦。"

这句话一出口,他就被他姐姐轻轻拧了一把胳膊,并且吃了他娘亲一记结结实实的栗子。

东华山风景极好,这一逛就足足逛了将近一个时辰,而且还只逛到半山腰。吃过午饭,书院两位先生主动登门来到林守一学舍,依旧是和和气气的,让妇人一颗悬着的心总算放下。在她看来,齐静春毕竟只是小地方的穷酸教书匠,人好是好,可如今到了大隋京城,真正有身份的读书人怎么可能没点脾气?自己儿子什么性子,她这个当娘的最清楚不过,她是真怕李槐被先生们视为读书没出息的眼中钉,每天除了呵斥就是打板子,李槐怎么受得了?

在一家四口陪着两位先生闲聊的时候,外人林守一安安静静坐在旁边。

李槐经历过那桩比天还大的风波后,性子变了许多,沉稳懂事多了。

至于李柳,好像是再过一千年一万年都不会变的娴静性子。她有一双特别好看的眼睛,林守一百看不厌。当然,是偷偷看。

李槐的娘亲没那么大大咧咧了,说话细声细气,跟在小镇的时候截然不同,还显得局促不安,这一点,甚至不如她女儿来得大气。李柳没有上过学塾,但是会经常去学塾接李槐放学,哪怕是遇上先生齐静春,李柳依然会不卑不亢,待人接物透着一股天然的慧根灵秀。李柳对谁都会客气而礼貌,给林守一她离你很近却又很远的奇怪感觉,同时哪怕她离你很远,在看不见的远方,却又仿佛就俏生生站在自己心头。

所以林守一很喜欢她,哪怕只是这样偷偷看看,他的心情也会尤其平静祥和。

看过了一重重的秀美山水,可只要她不在那儿,就都不是最好的山水。

至于李二,对那两位先生是客气到了极点,恨不得端茶送水,说话的时候就一直弯着腰,本就个子不高,这样一来就愈发显得矮小敦厚了。他只会劝说李槐的先生们吃东西,问题是两位先生虽然在书院地位平平,可能够在书院教书的夫子,哪一个会差了?

圣人教诲，食不厌精，脍不厌细，桌上那些吃食，人家真的未必愿意多吃的，略微吃一些是礼数不假，可哪有当真把自己吃撑的道理。

如果换成是以前，李槐看到自己爹这样会觉得丢脸，但是这一次，李槐没有。

他爹是没本事，但是他爹这辈子把能给他李槐的都已经给了。

如今李槐觉得他爹不管做什么都不丢人。

不太愿意跟他和林守一说什么闲话的陈平安教过李槐类似的道理，然后一路上发生那么多的事情，让李槐不当回事地听过之后，又在心里大致懂了一些。阿良也曾经私下无意间跟李槐说过，有钱人随手送他一千两银子跟陈平安送他十两银子，谁更好心好意，让李槐自己掂量掂量。如果对前者轻易感恩戴德，可以，是因为他还没长大，见识不多，问题不大；但如果对后者视而不见，那就是他根本没良心，是傻。

看着忙前忙后傻笑着的男人，李槐突然有点心酸，就开口让他休息一会儿。

李二起先是觉得自己做得不讲究了，可看到儿子的眼神后，发现不是那么回事儿，就笑着站到一边，想要蹲下，但似乎觉得这样很是粗鄙不堪，蹲了一半又连忙站起身。看到自己儿子背对着两位夫子朝他做了个鬼脸，他便憨憨笑了起来，搓了搓手。跟自己孩子的先生相处，他原本确实有些紧张，这会儿就好多了。

聊完之后，两位先生就离去了，毕竟下午还要授课。一家四口加上林守一，一起将他们送到门外。

李槐下午有课，但是孩子说今天就想陪陪爹娘，保证明天开始读书会更努力更用心。书本总归没长脚，先生们肚子里的学问也跑不掉，只要好好念书，肯定是能读回来的，但是爹娘在书院待不了几天，得多陪陪。

这番乖巧懂事的言语把妇人给说得怔怔出神，看着那个满脸认真的孩子，当场就哭了起来，然后对着李二就是一顿拳打脚踢，埋怨他非要去那么远的地方，把儿子一个人留在这里吃苦。

李二对于这些飞来横祸，当然是一声不吭地受着。

林守一壮起胆子，小声询问李柳想不想去书楼看看，说书院的藏书是大隋王朝最丰富的。李柳笑着摇了摇头，说要陪弟弟。

接下来整个下午，李槐就在爹娘住处玩闹，没忘记背上那只小书箱，神秘兮兮地掏出那只彩绘木偶，说这可是他珍藏已久的宝贝，然后故意一脸心疼地送给姐姐。李柳当然不肯要，只是拿在手里把玩了一会儿就还给了李槐。李槐有些郁闷，说她是头发长见识短，不识货。李柳摸了摸弟弟的脑袋。

林守一没好意思厚着脸皮待下去，就去书楼看书，只是怎么都看不进去，最后干脆放下书，站在窗口苦等，眼巴巴等着日头西斜。

临近黄昏，李槐突然说要跟他爹说点事情。妇人就说："什么事情不能当着我的面讲,总不会是给李柳找了相公,还要顺便给你爹找新媳妇吧?"

李槐笑着说:"我爹掉坑里这辈子都爬不出来了。"

妇人笑着作势要打,看到一大一小走向房门口的身影,又叹了口气,默默流泪。

李柳虽然长得柔弱,却不是多愁善感的性子,只是看到娘亲这样,她也有些难过。

她们都不傻,都明白不是因为真正吃过苦头,李槐不会好像一夜之间长大了,只是已经懂事的孩子,不愿意说那些不开心的事情而已。

李槐带着李二走出门口,门外没多远就是一片小湖,两人沿着湖边小路缓缓而行。李槐问道:"爹,这座东华山,有您去过的老家那些山大吗?"

李二笑道:"比有些山大,比有些山小。"

答案跟他的人一样无趣乏味。李槐翻了个白眼,蹲在湖边,捡起一粒石子丢入湖中:"爹,就冲您对我娘这么好,就很好了。"

李二不善言辞,一时间不知该如何回答。

李槐突然低声道:"爹对我也很好。以前,对不起啊。"

李二蹲下身,轻声道:"哪有当儿子的跟爹说什么对不起的,用不着。"

他很快苦着脸道:"你这么说,爹心里慌,不踏实。"

李槐咧咧嘴,转头看着这个曾经害自己在学塾被同窗瞧不起的男人,轻声道:"爹,我胆子小,是随您还是随娘亲啊? 照理说您还敢自己去山里呢,我就不敢。以前在家里待惯了,就觉得谁对我好不是天经地义的事情吗? 现在才知道根本不是这么回事,外边的坏蛋多着呢。后来这一路跟陈平安待在一起久了,发现他不爱说话,就只会埋头做事,但对谁好吧,那是真的恨不得把身上所有好东西都拿出来,跟爹您是差不多的性子……"

李二伸出粗糙宽厚的大手,轻轻放在孩子脑袋上:"长大啦。"

李槐伸手拍掉汉子的手掌,没好气道:"没呢,离开家的时候是七岁,这还没过年呀,所以还是七岁。"

李二双手叠放在腹部,蹲着望向湖水开始发呆,最后愧疚道:"爹这辈子没啥本事,没让你们仨过上半天好日子,尤其还让你给人瞧不起,读书读得不开心,爹心里头……"

李槐摆摆手,打断他的话,老气横秋道:"爹,不是我说您啊,多大的人了,还说这些有的没的。"

他沉默片刻,耷拉着脑袋:"爹,其实看到您在先生面前那个样子,我挺难受的。"

铁打的汉子也让自己儿子这句心里话给说得狠狠揉了揉脸颊,总觉得自己是真对不住这么懂事的孩子。

李槐最后站起身,笑道:"爹,这两天好好带着娘亲和姐姐一起逛逛大隋京城,哪怕买不起好东西,看看也好。以后等我读书有些出息了,回头我给你们买! 走啦走啦,娘亲胆子小,没我们在身边,肯定要担心的。"他说得很认真,"爹,以后对娘一定要好啊,她就那脾气,说话是不中听,但您是男人,多担待着点呗?"

李二使劲点点头,站起身后,却说他想一个人待一会儿,看看风景。

李槐一路小跑回去,蹦蹦跳跳,无忧无虑,明显还走着稀里糊涂的拳桩架势。

李二突然喊住自己儿子。

李槐在远处转过身,纳闷道:"爹,咋了?要找茅厕?"

李二朝他伸出大拇指:"好样的!"

"还用您说?"李槐翻了个大大的白眼,跑了。

在他走后,李二抖了抖手腕,环顾四周后,沉声道:"姓崔的,出来!"

一个玉树临风的白衣少年从一棵大树后缓缓走出,赔笑道:"李二大爷来了啊,幸会幸会。事先声明,如今我可不是啥大骊国师,已经是崔东山啦,跟你家宝贝儿子李槐算是半个同门师兄弟吧,你可不能胡乱打人。"

李二面无表情道:"你就说怎么回事!一、事情过程,别偷工减料;二、我不保证不会打死你。"

崔东山仔细打量着这位差点活活打死藩王宋长镜的纯粹武夫,心情极为复杂,还有些感慨,叹了口气道:"那就容我娓娓道来。"

当时在骊珠洞天内,那一场惊天地泣鬼神的九境巅峰之战,事后宋长镜成功破境,跻身传说中的武夫十境,成为东宝瓶洲第二位货真价实的止境大宗师,关键是宋长镜如此年轻,用"如日中天"来形容也不为过。但是为何宋长镜能够在不惑之年就成功破开瓶颈,外界根本无从知晓。

武人七境之后的破境,每一次都是说死则死的巨大生死关,几乎全是在生死绝境中逆势破开,这已经是天下武道的常识,而这意味着那块磨刀石,那个对手,最差也是旗鼓相当的巅峰强者。

为何宋长镜能升入第十境,而明明可以的李二没有?为何杨老头一开始就打定主意能够跟宋长镜做买卖?要知道,两位九境巅峰的纯粹武夫一旦交手,必然是天翻地覆的场面,打到最后,不是谁想收手就能够收手的。以杨老头不见兔子不撒鹰的性格,为何要冒着李二打死宋长镜与整个大骊王朝成为死敌的风险,也要让宋长镜接受这个不得不接手的破境机缘?对此,崔东山一直很奇怪。

直到现在近距离看到气势外露的李二本人,崔东山才有些明悟。

因为李二的九境底子打得比宋长镜更加坚实,更加雄厚!所以他跻身第十境就需要更多的磨砺,一旦成功,同样是第十境,不管宋长镜如何天赋异禀,下一场生死之战,十之八九,仍是会输给这个在东宝瓶洲几乎毫无存在感的李二!

崔东山将近期的波折一一说过,从头到尾,李二的脸色看不出丝毫变化。

崔东山笑道:"大隋底蕴深厚,不容小觑,可别胡来。再说了,我已经替所有孩子出过气,教训了那个十境练气士蔡京神,接下来他们的求学之路会一帆风顺。而且有我照顾,不会有任何麻烦。"但他又居心叵测地火上浇油,"不过呢,李槐的那三个兔崽子舍友虽说道歉了,东西也还给李槐了,可是他们家的长辈如今还一声不吭呢,这样是不太好,你要是真气不过,倒是可以找他们几家说道说道。"

李二看了他一眼,他赶紧举起双手,无比幽怨道:"这一切跟我崔东山没有一枚铜钱的关系。就算有,也是跟京城那位国师有关。就比如你这次来大隋京城,我不否认,极有可能是他和杨老头的意思。所以我比谁都更加委屈啊,如今神魂分离,说不得以后还要自己跟自己下棋作对,你说我惨不惨?你李二忍心对我出手?"

李二不耐烦道:"少跟我来这一套,你们怎么谋划是你们的事情,只要别惹我,别惹我家,我管你们在想什么!但是现在,我儿子给人欺负成这样,给人欺负得……都他娘的不敢跟自己爹娘说半个字!"

他吐出一口唾沫,这么个天大的闷葫芦窝囊废冷笑道:"去你娘的大隋!"

崔东山感到如芒在背。

九境之巅的纯粹武夫,尤其是李二这种在骊珠洞天活蹦乱跳的怪物,哪怕站着不动让寻常十境修士狂砸法宝也要砍上大半天啊。说不定李二没如何,练气士自己已经累得够呛了。

李二大踏步往山顶走去,崔东山赶紧跟在他身后,好奇问道:"这是要做啥?"

李二撂下一句:"去山顶看一圈,找到大隋皇宫,先去一趟,回来后顺便收拾那个蔡京神。"

这话说得……就像是我先去趟茅厕,回来再洗个手?

一前一后到了山顶,茅小冬神情凝重地站在凉亭外。

整个东宝瓶洲,九境武夫比十境练气士少得多,这也是为何大骊出现一个宋长镜,就能够震慑群山。

九境武夫几乎已经将体魄淬炼到人间极致,号称万法不侵。茅小冬虽然知道没有外界传闻这般夸张,毕竟还有那些上五境修士,神通广大,力可搬山,气能倒海。可是单看跻身八境之后的藩王宋长镜那几场与顶尖修士的生死厮杀,确实当得起这个评价。毕竟,如神龙隐于云雾的上五境修士何其罕见。

崔东山笑呵呵介绍道:"这位老夫子名叫茅小冬,以前是齐静春的师弟,如今是山崖书院真正管事的副山长。"

原本李二瞧也没瞧那个腰间悬戒尺的高大老人,闻言后立即主动笑道:"茅夫子,我是李槐他爹。"

茅小冬惊讶,崔东山也一样感觉奇怪。以李二那种直愣愣一根筋的臭脾气,对山崖书院哪怕没怨言,肚子里应该还算有些怨气的,毕竟书院在这次风波里什么都没做,看似中立公正,其实是有些不近人情的。别说李宝瓶这伙当事人,就连当时追随茅小冬一起离开大骊的书院学生都觉得不理解,为何老先生没有仗义执言,跟大隋朝廷讨要一个说法?

就像当初坐镇骊珠洞天的齐静春,深陷死局,绝无活着离开的可能了,大骊宋氏皇帝虽说没有对齐静春本人落井下石,可也没敢对那些势力提出任何异议,事后让许多老山崖书院走出去的读书人都感到失望不已。

李二洒然笑道:"在小镇,齐先生有一次找我喝酒,就提到过茅老先生。齐先生认可的读书人,我李二就觉得肯定是真正的读书人,所以这次的事情,我相信老先生管着这么大一座书院,肯定有自己的难处。我李二没读过书,但是这点道理还是懂的。"

看来不在家里,这个粗朴汉子不是真的闷葫芦。估摸着,只是能够让他开口说话的外人不多而已。而茅小冬,显然是沾了师兄齐静春的光。

茅小冬喟叹一声,无奈道:"愧不敢当。"

李二客套话说完之后,便开始环顾四周,凌厉视线如潮水一般涌去,偶有几点浪花激荡而起,如江水之中的砥柱石头,但是很快就纷纷心存惊骇地迅速沉寂下去,避其锋芒。距离东华山最近处那个名为蔡京神的十境练气士亦在此列。

李二找到了那栋占地广袤的宏伟建筑,红墙绿瓦,龙气浓郁,典型的皇家气派。

茅小冬问道:"你是想要找人理论?"

李二原本已经准备离开这座山头,听闻老人开口后便停下体内气机运转,点头道:"直接找大隋皇帝,如果他好说话,就让他把什么楠溪楚家、上柱国韩家、怀远侯府请出来。我不欺负人,可以答应让他们各自家族最能打的人出面,是一个一个上,还是一起上,随他们高兴。"他说这话时脸色沉静,语气平淡无奇。

崔东山啧啧称奇,他这个看热闹的,不怕老天被捅出个窟窿。

茅小冬一阵头大,刚要劝说什么,李二咧了咧嘴,露出雪白森森的牙齿:"如果大隋皇帝不好说话,那就更简单了。讲道理有讲道理的打法,不讲道理有不讲道理的打法。我李二今天不拆掉半座大隋皇宫,以后就跟高氏皇帝姓。"

崔东山一肚子坏水荡漾,在旁边居心叵测地"善意提醒"道:"大隋京城的那个护城阵法虽然强在防御攻城外敌,对内平平,威力更远远比不得大骊那座攻守兼备的白玉京飞剑楼,可这里毕竟是大隋版图的中枢重地,皇宫更是重中之重,哪怕你是九境之巅的纯粹武夫,一旦陷入围攻,也未必能够全身而退啊。"

李二扯了扯嘴角,眼神阴沉地盯着他:"那是我该担心的事情,你不用在我李二耳边吹这邪风。你又不是我媳妇,她可以吹枕头风,你算个什么东西。丑话说在前头,我是不在乎你们那些狗屁倒灶的谋划,但这不意味着你可以当我是傻子。"

崔东山笑眯眯道:"得嘞,好心当成驴肝肺,李二大爷您怎么心情好怎么做,我是不管了。"

李二笑道:"不过还是要劳烦你跟李槐说一声,就说他爹多出去给他们娘仨买点东西,晚点回书院。"

茅小冬忧心忡忡道:"慢行一步。实不相瞒,这次风波,我确实别有用心,希望借此机会,真正给孩子们一个安心求学的环境,不愿意大骊和大隋之间的争斗波及山崖书院。我本打算近期就会亲自走一趟皇宫,跟高氏皇帝来个一锤定音……"

李二摆手道:"老先生,那是你们书院的事情,我管不着。我这次去皇宫,是我李二家的家事。反正我答应绝不会给书院带来麻烦,这一点,老先生您可以放心。"

茅小冬苦笑道:"说句难听的,你在皇宫闹得越大,其实对书院反而越好。但是单枪匹马杀入一座王朝的皇宫,实在太过凶险,如无必要,完全不用这么强硬蛮干。如果可以的话,还是让我这个当书院副山长的亲自去跟大隋皇帝说清楚,让他给那些家族施压。如果到时候你李二还不满意,再出手不迟,如何?"

李二摇头道:"老先生的好意,我李二心领了。但是我方才说了,这是我家的家事,作为一家之主……作为家里的男人,李槐他爹,我靠拳头能够解决的事情就自己解决掉,不去想那么多。"

茅小冬不得不对崔东山使眼色,希望这个巧舌如簧的家伙能够周旋一二,别让局势走到死局的尴尬境地,只可惜那家伙打定主意坐在山头看大水。茅小冬叹了口气,只得转移话题,问了一个他一直好奇的问题:"齐静春在小镇教书,成天对着一群蒙学孩子,过得如何?"

李二愣了一下,大概是没想到老人会问这个,略作思量,答道:"还行吧。齐先生去过我家一趟,聊的不算太多。但是齐先生我是很佩服的,便是我家婆娘那么泼辣……那么不太好说话的人,对齐先生也是赞不绝口,开玩笑说她要是再年轻个二十岁,保管改嫁,后头又可惜我家闺女年纪太小来着。"说到这种糗事,汉子竟然还笑得挺开心,补充了一句,"我觉得李槐有齐先生这样的先生,才是最大的福气。"

由此可见,对于读书人齐静春,李二是发自肺腑的推崇。

那次媳妇给人挠得满脸是血,而那个家族恰好又是有山上神仙做老祖宗的,李二一怒之下,背着家人偷偷离开骊珠洞天,去了一趟山里,从山脚一路拆上去,连祖师堂都给拆得稀巴烂,从头到尾一个字都没说,连名字都没报,拆完扬长而去。

那一场架,打得半个东宝瓶洲都侧目咋舌。

在李二返回骊珠洞天的小镇后,齐静春登门了。

齐静春作为李槐的先生,李二对他本来就尊重,所以事先打过招呼。事后齐静春登门拜访，李二其实有点不知所措，就怕这位学塾先生从此对李槐的印象不好。当时家里有点散酒，差劲得很，李二都没好意思拿出来丢人现眼，

结果齐静春主动要酒喝，两人就在院子里一人一碗，各自坐在小板凳上。所谓的"桌子"，其实还是一张椅子将就的，上面搁着一碟自家腌制的酱菜和一碟盐水花生。齐静春聊过了李槐的课业情况，笑道："强者拔刀向更强者，你跟我一个兄长朋友很像。"

李二是个不会聊天的，闷闷道："我没刀。"

齐静春喝了口酒，道："那就是强者出拳向更强者？"

李二当时那是真的紧张，不光因为对方是什么坐镇此地的儒家圣人和自己儿子的先生，而是自己师父六个字的评价："有望立教称祖"。

他的那种紧张并非畏惧，而是诚心诚意的佩服。天大地大，武道越高，修为越高，就会发现更高处的某些人行走得何等了不起。对于这些形单影只的伟岸背影，李二哪怕不怕天不怕地，一样愿意拿出足够分量的敬重。

所以李二那个时候只得有什么说什么："这个勉强沾点边……孩子打架，我总不能出手，可是找一找他们身后的老祖宗掰扯掰扯，不难。"

齐静春拿碗跟他碰了一下，笑问道："这次出门，感觉如何？"

李二摇头道："名头蛮大，听上去咋咋呼呼的，结果就没一个能打的。"

说到这里，李二讪讪笑道："酒不好，齐先生，对不住了啊。"

齐静春却是一口喝光了碗里劣酒，望向远方的夜色，神色恍惚，眯眼笑道："好喝。我年轻那会儿经常喝这样的酒水，而且脾气比你可差多了。"

最后李二知道，哪怕齐先生是真的想喝酒的，仍是故意给他留下了半壶，执意起身，对他说道："我不敢说能把李槐教得多有学问，但是一定会让他做个好人，心性不比他爹差，这点李二你可以放心。"

李二跟着起身："齐先生，这就足够了！"

李二将齐静春送到家门口，看他独自行走在巷弄，背影落寞，孤孤单单的。

最后一次见到齐先生，是李二偷偷躲在杨家铺子侧房。那天下着雨，小街上齐先生撑着伞，伞本来就不大，还倾斜给了那个叫陈平安的泥瓶巷少年。两人聊着天，先生侧身低下头，满脸笑意；少年侧身仰起头，笑着说"好"。

李二从来没有见过那么不……孤单的齐先生。

此时此刻，在异国他乡的东华山之巅，李二看了看身边少年和那位老先生，笑了笑，说道："天底下的读书人，就没一个比得过齐先生。"

李二想到了齐静春，想到了陈平安，最后想到了自己儿子李槐。

这个男人心胸之间激荡不已，只觉得有些话不吐不快，可又说不出个所以然来。

既然如此，那就打！他自己也不知为何，就是觉得当年欠齐先生半壶酒，得痛痛快

快跟人打一架,再喝!

　　李二并不高大的身形在东华山这一边暴起,轰然掠空而去,划出一道巨大的弧度,横跨半座京城,落在大隋皇宫之中!

第六章
喝好酒的大宗师

大隋皇宫，素雅简朴的养心斋，大隋皇帝再次召见了礼部尚书，皱眉问道："书院那边还是没有动静？"

礼部尚书摇头道："茅老只说会给陛下一个交代，不曾说何时入宫。"

大隋皇帝无奈道："是我大隋给他们书院一个交代才对吧。可是茅老不来，寡人总不能催着书院来讨要公道啊。"

礼部尚书小心措辞，打好腹稿后，字斟句酌道："若说李槐与学舍孩子之间的冲突源头是孩子之间的矛盾，可以理解，是咱们大隋这边有错在先；之后一路的大小风波，则是对错五五分；最后那个名叫于禄的少年出手就确实有些没分寸了。关键是，这个少年不但出手狠辣，而且心机深沉。按照那位剑修的说法，于禄数次出手，分别是四境、五境和六境武夫的实力，之后始终压在六境修为上，最后一次才以七境修为悍然出手，重创了剑修。"

大隋皇帝点了点头。其实门外那个蟒服貂寺早已解释过，少年于禄应该是武道六境巅峰修为，但是在那场书楼大战之中，将观海境剑修当作了磨刀石，借此一举成功破境，根骨、天赋、心志，无疑皆是上上之选。

这个坐龙椅的男人，他眼中所看到无论是人的好坏，还是事情的发展态势，和这个战战兢兢的礼部天官都是不一样的。

礼部尚书突然眼前一花，就看到一袭大红蟒服挡在了大隋皇帝身前，门外老宦官突然来到大隋皇帝身边，全然不顾什么君臣礼仪。

大隋皇帝只是有些好奇，并不生气，更无惊惧。

随后，整座皇宫就传来一阵宛如地牛翻身的剧烈震动。

只听有人朗声问道："大隋皇帝何在？"

大隋皇帝站起身，笑问道："这家伙胆子真大，到底有多强？"

年迈貂寺沉声答道："九境武夫，甚至有可能不是寻常的武道九境，可以说是厉害至极。"

大隋皇帝点点头："就像我们棋待诏之中，九段国手也分强弱，强九与弱九看似段位相同，其实差距很大。"

大隋皇帝在大貂寺的护送下走出养心斋，缓缓道："本该有十段一说，只因为传说中土神洲白帝城内的那个大魔头自称十段，城头上还树立起一杆'奉饶天下棋先'旗帜，于是没有哪个王朝有胆子为国内棋士赐下十段称号了。说实话，大隋天才棋士辈出，冠绝东宝瓶洲，可大隋亦是不敢破此例。寡人是真想去那白帝城亲眼看看啊。"

大貂寺说道："先让宫内高手试试看深浅，陛下再现身不迟。"

二人刚刚走出廊道，就有一名白发苍苍的练气士过来禀报战况。

武英殿外的广场上，一名身为御林军副统领的七境武夫，已经被那人一拳打晕了过去，暂时没人敢过去察看伤情。

三人走出百余步，又有一名身披金甲的魁梧武将过来禀报。

一位常年守护在宫外附近的十境练气士宗师火速入宫后，才刚刚祭出法宝，就被那人一拳硬生生把法宝打得直接飞出了皇宫，又是一拳将那宗师打得撞入城墙，这次没晕死过去，但已经无力再战。

大隋皇帝"嗯"了一声，问道："宫中阵法已经开启了吧？"

金甲武将点头道："已经开启，随时可以动用。京城内外的武道宗师和大练气士如今都已经赶往皇宫。"

大隋皇帝问道："那人可曾主动出手？"

武将摇头道："不曾，只说是来见陛下，若非我们主动出手，他就站在原地不动。"

大隋皇帝自言自语道："事不过三。"

大貂寺笑道："陛下这个时候就莫要讲究这些了，容我去会一会他，若是依旧输了，陛下再露面不迟。"

大隋皇帝打趣道："你们同样是走武道路数的人，可别输得太难看。"

大貂寺笑道："不到万不得已，咱家是不会借用京城龙气的。"他脚尖一点，瞬间掠过了一座宫殿的屋脊，在空中蜻蜓点水，御风而行，如仙人逍遥游。

世间武夫境界，第八境羽化境就能够虚空悬停，御风远游，故而又有远游境的说法。而世俗江湖眼中的止境——第九境山巅境，就已经是止境大宗师，意思是脚下武道已到尽头,肉身之强横犹胜佛家罗汉金身。中五境练气士中,除去十境修士,一旦被其靠近,十丈之内,一旦没有极高品秩的法宝护身,几乎是必死的下场。

一袭大红蟒服的老宦官飘然落在武英殿外的广场上,跟那个其貌不扬的汉子隔着二十余丈距离。在他出现之前,整个皇宫的地面、屋脊、墙壁都出现了一层金光,如同金色流水滚滚而动。遮覆大地的薄薄一层金水之中,隐约之间有蛟龙模样的虚幻画面出现,张牙舞爪,气势惊人。

大隋皇宫这个阵法,名为"龙壁"。

大隋王朝承平已久,龙壁已经百余年不曾动用。

当这个阵法开启之后,整个皇宫焕发出金色的光彩,亲身经历过那次惨烈大战的大貂寺百感交集。

"没想到咱们又见面了。"他一手负后,一手握拳放在腹部,"互换三拳,你如果赢了,就可以见到我们陛下。"

当初在骊珠洞天,正是这个汉子一手提着龙王篓,想要将里头的金色鲤鱼卖给一个陋巷少年,然后被大貂寺和皇子高煊给半路截获了两份大机缘。

那个时候,汉子隐藏极深,加上骊珠洞天的术法压制,所以大貂寺都看不出对方是个武道大宗师。

李二面无表情,根本不跟他套近乎,用略显蹩脚的东宝瓶洲正统雅言说道:"我先让你打上两拳便是。"

大貂寺一挑眉头:"好!"

李二不再说话,气沉丹田,如一座山岳巍峨屹立于大隋皇宫。他并无任何动作,武英殿外的广场就开始传出崩裂声响,以他为圆心的十丈之内,地面上的金光瞬间黯淡下去。

大貂寺深吸一口气,开始以寸步向前,之后每一步都越来越大,最后一步掠出两丈,气势如虹,来到李二身前,一拳砸向他的胸膛。

一声轰然巨响,如洪钟大吕响彻皇宫。

一条原本游弋在武英殿广场地面上的金色蛟龙被这股磅礴汹涌的气机一撞,在那层金色流水中瞬间向后翻滚而退,蜷缩在远处高墙的墙角,死寂不动。

李二倒退出去三四步,淡然道:"还有一拳。"

大貂寺一言不发,一袭鲜红蟒服猎猎作响,一步踏出,怒喝一声,又是一拳递出,砸在了李二的额头上。

这一拳无声无息,但是大隋皇宫内,无数御林军和宫女宦官都遭受了巨大的冲击。前者有修为底子,只觉得耳膜剧震,气血难平;但是后者当中,许多人当场倒飞出去,倒地后,双耳都渗出了触目惊心的猩红血丝。

李二被这一拳砸飞出去，撞入高墙之中，但是很快就双手撑在边缘，将自己从墙内拔出，轻轻落地，走向那个出过两拳的年迈貂寺，面不改色道："你还有一拳，只管出手，但是我也要出手了。"

从之前的七境武夫，到之后的十境练气士，再到这位大貂寺，他都只出了一拳，就一拳——他还真是老实憨厚，不愿意欺负人。

大貂寺深吸一口气："请赐教！"

李二开始冲刺，质朴简单的笔直一拳砸在大貂寺的胸口。

武英殿广场上便没了这位大貂寺的身影，只是高墙那边多出一个大窟窿。

李二等了片刻，不见有人走出来，这才说道："大隋皇帝，你要么继续躲着，要么就再派个能打的，实在不行，让所有人一起上！"

皇宫边缘，有七八道身影或悬停空中，或屹立墙头，蠢蠢欲动，只等皇帝陛下一声令下，就要联手杀敌。这些老神仙和武道宗师各自之间知根知底，配合默契。要说一对一，他们自认谁都不是那个外乡汉子的一合之敌，但是天底下的神仙打架，其实并不推崇捉对厮杀。

武英殿广场的高墙之外，大貂寺身上一袭鲜红蟒服已经破败不堪，站起身后，嘴唇微动。大隋皇帝点头道："小心些。"

与此同时，大隋京城皇城和外城之间的广袤区域内大有玄机，其中钦天监有十二尊金光灿灿的金甲力士从四面八方破土而出，身高三四丈，身负铭文，各自持有一件护国神兵；一处寺庙有钟声响起，梵音袅袅；一座道观香炉内有紫雾升腾，香火凝聚成一张巨大符箓；一座石拱桥下，有白蛟攀缘桥壁，在栏杆处探首而出……

皇宫内有龙壁阵法庇护大隋高氏的龙子龙孙，皇宫之外，则有一座气象万千的大阵，经过大隋数百年的经营和累加，用以保护整座京城的安危。

一旦这座护城大阵开启，能够迫使京城境内所有练气士和纯粹武夫受到高氏龙气的压制，跌落一到两个境界。假设一个上五境的练气士试图在大隋京城大肆破坏，哪怕最终被合力斩杀，对京城造成的冲击一样是大隋高氏不可承受之重。

但是，如果面对一个被压制到十境实力的上五境修士，显而易见，大隋京城方方面面就会游刃有余。哪怕所有人都跌境了，可这叫蚂蚁多咬死象，一个十境修士的破坏力，任你拼了性命不留退路地打天打地，底蕴深厚的大隋京城照样不怕。

阵法压境一事，就像是在长生桥上设置关卡，使得练气士和武夫的气机流转受阻，不得不放缓通行速度。

当初悬浮于大骊版图上空由四方圣人联袂打造而成的骊珠洞天号称禁绝小洞天内一切术法神通，一旦强行施法，反扑极大。截江真君刘志茂不过是推演一二，就为此折寿数十年，阵法威力可见一斑。骊珠洞天无疑是此类阵法的祖师爷。

大貂寺站起身后，双拳重重互击一次，眉发怒张，怒喝道："来！"

皇宫龙壁阵法蕴藏的九条金色虚无蛟龙从各处飞快涌向他所站位置，一条条金光攀缘而上，变成一条条手指长短的金色小蛇，纷纷透过他的七窍进入神魂，融为一体。大貂寺很快像是变作一尊来自上古天庭的金色神灵，大步走向高墙处的窟窿，每一步都在地上踩出金色的涟漪。他并不低头弯腰，直接用手拍烂墙壁，径直走去，重返武英殿广场。

文臣武将，辅佐君主，是为扶龙；内侍宦官之流，则是次一等的附龙。双方对于帝王龙气皆有某种感应，但是像大貂寺这样能够驾驭堂堂皇皇的高氏龙气为自己所用，仍是匪夷所思。皇宫边缘的那些练气士和武道宗师面面相觑，眼神中都有些惊惧。显然，这其中必有不可告人的重大秘密。

大貂寺对李二厉色道："再战如何？"

若说之前他是大隋棋待诏中的弱九国手，那么当下就是名副其实的棋力暴涨，一跃成了顶尖的强九国手。

李二看着他，有些讶异。对方体内如同浇灌了大量的金液，好似兵家两座祖庭的请神之法，但照理说又不应该。李二懒得深思，点点头："这还差不多。"

与大骊藩王宋长镜在骊珠洞天内那一场大战的磨刀石有两块，一块是九境巅峰的宋长镜，第二块则是骊珠洞天本身。可即便如此，李二仍是无法成功破境，反而成功将宋长镜送入了传说中的十境，真正的武道止境。要说半点不失落，肯定不可能，所以李二这才答应师父杨老头，离开东宝瓶洲，去寻找自己的证道契机。

当时杨老头泄露过天机："你李二破境不在生死间。"

李二环顾四周，突然有所了悟。

为何杨老头要他故意压制李槐的天赋根骨，又为何齐先生在那晚登门拜访时看似随口地聊了那些。如今回头再看，这根本就是齐先生认可了他的武道。当时齐静春就清清楚楚点透了，他李二自己一直在走却从未自知的脚下大道。

向更强者出拳，没有错！

跟宋长镜的那场生死之战，李二本就占优，所以他其实斗志不高，只不过是恩师的吩咐，听命行事而已。加上也确实想知道自己的武道斤两到底有多少，所以最后打得还算酣畅淋漓。可内心深处，李二并没有觉得那是自己想要"出一口气"。

但是如今与整个大隋为敌，若说起因是为儿子李槐打抱不平，那么现在八面树敌，身陷虎狼环伺的境地……李二笑了，开怀大笑。

之前在东华山之巅，他分明想要说点什么，可偏偏不知道该说什么，那就只能打个明白。现在他终于想通了，自己儿子这么听话懂事还受人欺负，他这个当爹的，如果九境实力不够分量，未必打得服对手，那就破开他娘的九境，来个十境再说！

李二深吸一口气，默默感受着来自四方八面的无形压力，在心中默念道："先别急，饭要一口一口吃，这磨刀石还不够沉。"

手无寸铁唯有一双拳头的他，和那也无任何神兵利器、仅凭大隋龙气塑造出一副金身的大貂寺开始对冲。

武道极致，全无半点花哨招式可言，不过是"快准狠"三字，以最快的速度、最大的力道打到对手身上最弱的地点，以水磨功夫相互消耗，看谁能够支撑到最后，谁站着就生，倒下则死，就这么简单。

两个九境巅峰的世间最强大武夫，每一次出拳对撞，都让那些皇宫边缘地带的练气士和武夫心湖大震，气机紊乱。

二人的厮杀已经无异于山上的神仙打架，不比杀伤力有限的江湖厮杀。"千万莫要凑近了看热闹"，这是山上仙家一条不成文的规矩。

看戏看戏，会真的把性命看丢的，至于拍手叫好或是指点江山，那更是大忌。练气士之间的争斗往往法宝迭出，大范围殃及池鱼，越是拼命，辗转腾挪越是遥远，很容易就从一处战场掠至战场之外，加上一个不留神，杀气就会笼罩方圆数里数十里，动辄生机全无，这谁要是还敢贪图热闹，不是找死是什么？

之所以仍然有人愿意冒死观看这些打得荡气回肠的巅峰之战，都是因为那是强者与更强者之间的厮杀，为了砥砺心性，借他山之石攻玉，完善自身术法的缺陷漏洞，可不是为了点评这一招打得漂亮那一拳出得刁钻。

所以大貂寺在生死一线之间，身为大隋京城的守门人，仍是在出拳间隙跟李二立下了一条规矩："出武英殿广场者输！"可谓用心良苦。

所幸李二点头答应下来，两人在方寸之间打出了天翻地覆的雄伟气概。

本来齐整平坦的武英殿广场早已砖石翻裂，沟壑纵横，崎岖不平。

就连两边朱红高墙都已多出十数个大窟窿，李二身后不过四五个，大貂寺身后高墙破碎更多，有一处接连撞开三个窟窿，导致一段墙壁全部倒塌，像是开了一扇大门。每次两人都不曾真正退出高墙之外，这意味着胜负未分，还有得打！

大貂寺虽然劣势不小，可是愈挫愈勇，没有半点颓势，象征权势的鲜红蟒服愈发破碎，可是那副难以摧破的不败金身不见丝毫黯淡。毕竟在此作战，他占尽天时地利，不但从弱九变成强九，而且与大隋国祚休戚相关的皇宫龙气源源不断汇聚而来，让他立于不败之地。

实打实的互换一拳，金身大貂寺一拳打中李二头颅，李二一拳砸中大貂寺胸膛。

李二身形倒飞出去，一脚踩在高墙之上，借势反弹，以更加迅猛的速度前掠，身后墙壁轰然倒塌大片。大貂寺之前挨了那一拳，一路倒退，越往后双脚越深陷地面，犁出一道深两丈长十数丈的深沟，当李二扑杀而至的时候，他只得用双臂格挡在头顶。

李二犹不罢休,高高跃起,双手紧握一拳,对着半跪在坑底的大貂寺当头抢下。

砰砰砰!大坑之内传出一阵沉闷的声响,急骤如铁骑马蹄踩踏地面。

地底下每一次剧震,大坑就开始向外蔓延,地表不断有砖块崩碎四溅。

李二简直就是在凿井,打得他毫无还手之力,身形下坠,一身金光不断爆炸。

有一个御剑凌空的十境练气士苦笑道:"才知道九境巅峰的武夫如此不讲道理。"

言语之间,脚下的飞剑微微摇晃,如江水汹涌之间的水草晃荡,若非船家舵手足够沉稳,早就漂荡远去。

如果不是职责所在,他一个享誉朝野的顶尖练气士何至于在这里喝西北风,武道之争对他自身修为毫无裨益。

大隋宫城有一堵暗藏玄机的廊墙,可以秘密通往各处。皇帝陛下可以在廊墙内行走,而不惊动皇城官员和外城百姓,免得每次出宫,老百姓都需要净土扫街。

茅小冬缓缓而行,身旁是一个额头渗出汗水的司礼监秉笔太监,与武英殿广场那位为国而战的貂寺一样,身穿大红蟒服,只不过两人看似品秩相当,实则有云泥之别。

秉笔太监一次又一次小心翼翼地催促茅老快行入宫,可是离开东华山的茅小冬嘴上答应,脚步仍是迈得不急不缓,这可把他急得不行,恨不得背起老人跑向皇宫。

在东华山山崖书院里,崔东山懒洋洋地走向自己学舍。他如今单独拥有一座僻静小院落,与成了他名正言顺的门下弟子的少女谢谢,或者说卢氏王朝的天才修士谢灵越一同搬来了此处居住。

崔东山走入院子,潇洒一拂袖,石桌上多出一副棋盘和两盒棋子,棋盘上早有落子,弈至中盘,黑白棋子犬牙交错,局势复杂。

崔东山站着拈起一枚白色棋子,沉吟不语,举棋不落。

已经拔出半数困龙钉的谢谢,练气士修为已经恢复到第五境,若是仔细凝视,依稀可见她浑身上下流光溢彩。

崔东山叹息一声,将白色棋子放回棋盒,不再理睬棋局,走入屋内,正襟危坐,将一本儒家经典摊放在身前,双手十指交错放在腿上。有清风拂过,翻过一页泛黄书页。

谢谢站在门口,眼神既有敬畏也有艳羡。

那一阵清风,竟是儒家学宫书院独有的翻书风。

深不可测,喜怒无常。

这是她和于禄对这位少年皮囊的大骊国师最大的观感。

你永远不知道他的脑子里在想什么,下一步会做什么。

她突然想起那个一年到头穿着草鞋的陋巷少年。他是怎么做到处处压制大骊国师的?真的只是靠一个莫名其妙的先生头衔吗?

心性之争，宛如拔河，必有胜负。

崔东山纹丝不动，任由翻书风翻动书页，低头凝视着那些圣贤教诲的文字，微笑道："阿良曾经有句口头禅，叫'混江湖，咱们要以德服人，以貌胜敌'，我家先生，尽得真传。所以我这个做弟子的，输得心悦诚服啊。"

谢谢眉眼低敛，不敢泄露自己的神色。

崔东山依旧头也不抬，没好气道："丑八怪，滚远点，跟我这样的翩翩美少年共处一室，你难道不会感到惭愧吗？我要是你，早就羞愤自尽了！"

谢谢施了一个万福，轻声道："奴婢告退。"

崔东山补了一句："要死别死院子里，山顶有棵高高大大的银杏树，去那边上吊。"

谢谢默然离去，来到院子里，坐在石凳上，看着那盘棋局，突然眼前一亮，像是为自己找出了一条生路。

感知到少女的异样气机波动，崔东山在屋内哈哈大笑，笑得赶紧捂住肚子，一边擦拭眼泪一边大声道："就凭你也想当我的师娘？他娘的，老子要被你活活笑死了。算你厉害，真要笑死你家公子了……"

谢谢瞬间再度绝望，屋内那白衣少年已经笑得满地打滚。

大隋皇宫，武英殿广场上的大坑底下。

大貂寺摇晃着站起身，九条细微的金色蛟龙从窍穴退出散去，重归大地龙壁阵法之中。大貂寺顿时浑身浴血，但是精神昂扬，似乎在这场交手中受益颇多。虽然尚未出现破境迹象，但是九段国手的最弱者已经稳步提升为中游九段的强劲棋力，只不过即便如此，仍是对付不了眼前的汉子。既然这样，那他就不再继续挥霍大隋高氏的珍贵龙气了。他咽下一口涌至喉咙的鲜血，洒然笑道："咱家输了。"

李二抬头望去，雾蒙蒙的天空，冬日的日光透过那些云雾后，似乎扭曲了许多，这很不同寻常。

大貂寺又说道："可你也输了。"

李二笑问道："是以阵法压制我的境界，将我压到八境？"

大貂寺并不藏掖，坦诚道："倾一城之力，围殴一个九境巅峰的强大武夫，胜负不会有任何悬念，可是付出的代价太大了。但对付一个八境的武夫会轻松很多，虽然只有一境之差，可大隋京城付出的代价要小很多，小很多。"他罕见地吐露心声，望向这个实力恐怖的武道宗师，"不管你为何想要觐见我们陛下，你确实有这个资格，但是万万不该如此托大，毕竟我们大隋朝廷还是要面子的。"

李二咧嘴笑道："你的意思是九境武夫的拳头还大不过你们大隋的颜面，对吧？"

大貂寺愣了愣，苦笑道："倒是真可以这么讲。"

李二屏气凝神,气海下沉,轻轻踏出一步,破天荒摆出一个古老拳架。

一身拳意,沧桑古朴,刚猛无匹!

已经跌入八境的大貂寺骇然瞪眼,笼罩整座京城的云雾开始下垂。京城内所有中五境的练气士和六境之上的纯粹武夫明显感受到气机流转的滞缓不畅。

更有一名籍籍无名的落魄说书先生面露讶异,犹豫片刻,还是放下了手上的惊堂木,告罪一声,不顾骂骂咧咧的听众,走出临时搭建的说书棚子,向皇宫方向抬头望去,心情有些沉重。

负责为说书先生弹琵琶的少女来到他身旁,轻声问道:"师父,怎么了?"

说书先生轻声道:"有九境武夫硬闯我大隋皇宫,恐怕师父得亲自去看看。"

少女怀抱琵琶,歪着脑袋,天真烂漫道:"师父,您是堂堂十一境大修士啊,而且还是咱们大隋的首席供奉,能够不受护城阵法的禁锢。以十一打八,多不好意思呀?"

略微驼背的说书先生叹气道:"谁说一定是十一打八?万一真给那人打破了瓶颈,阵法限制就不再存在。加上师父的境界虽是十一,可又不是那精通杀伐的剑修和兵家。我从来不擅长厮杀,这才是最麻烦的地方。"

少女一脸惊骇,颤声道:"那师父您一定要小心啊!"

说书先生"嗯"了一声,轻轻跺脚,铺子这边灰尘四起,遮天蔽日,等到灰尘散去,他已经不见身影。

李二一步一步踩在虚空处,壮实身形再次出现在武英殿广场上。先是从八境巅峰一路破开那道天地间无形的大道屏障重返九境,然后再度升至九境巅峰!

最后,他闭上眼睛,缓缓递出一拳,轻声道:"给我起开!"

四周好似有无数枷锁同时崩断,李二身边的虚空出现一条条极其漆黑的缝隙,纵横交错。以李二为圆心,罡风四起,卷起无数砖石尘土。

武英殿广场上,平地起龙卷!

李二收起拳架,收手站定,那条高达天幕的龙卷风瞬间消散。

屹立于广场中央的矮小汉子睁眼后,用悄不可闻的嗓音低声道:"十境的感觉确实舒坦,比起吃儿子剩下的鸡腿,滋味是要强上一点点。"

站在屋檐下等待消息的大隋皇帝看到茅小冬快步走来,朝自己大声道:"陛下可以收手了。"

身边有清风拂过,身形佝偻的说书先生也来到皇帝身侧,轻声叹息道:"再打下去,除非舍得拆掉半座京城才行。"

大隋皇帝心湖之间更有大貂寺火急火燎的嗓音激起涟漪,传递心声:"那人竟然借机破境跻身武道十境！陛下决不可继续硬碰硬了！"

大隋皇帝并未慌乱，只是由衷感慨道："虽未亲眼见到，但是可想而知，武英殿那边必是景象壮观啊。"

他转身对那位说书先生恭恭敬敬作揖行礼，道："恳请老祖出面邀请那人来此。"

茅小冬大步走近，劝说道："陛下，我去更妥当些。那人是我们书院一个孩子的父亲，听说他儿子被人欺负得惨了，这才气不过，要来皇宫跟陛下讲讲道理。陛下之前不愿意见，现在人家被逼得破境，成为东宝瓶洲第三位武道止境大宗师，气势正值巅峰，可就未必愿意收手了。"

大隋皇帝笑道："那就劳烦茅老走一趟，寡人在养心斋等着。"

等到茅小冬一掠而去，说书先生轻声道："此番行事，合理却不合情，是你错了。"

大隋皇帝点头道："这件事是晚辈有错在先，之前风波则是大隋有错在先，两错相加……老祖宗，这次有点难熬啊。"

说书先生微笑道："既然事已至此，要么你诚心认错，要么陪他一打到底，当然不省力，可也省心，你就不用多想了。"

大隋皇帝会心一笑："还是老祖宗想得透彻明了。"

说书先生拍了拍大隋皇帝的肩膀，安慰道："坐龙椅穿龙袍，担系着整个江山，有些错事是难免的。要是我坐在你的位置上，不会做得更好。你无须自责，当初我力排众议选你继承大统，至今还是觉得很对。"

等了出乎意料的长久时间，站在养心斋外面檐下廊道上的大隋皇帝才看到茅小冬跟一个貌不惊人的汉子一起大步走来。

茅小冬笑容古怪道："陛下，他叫李二，是山崖书院学生李槐的父亲。他执意要步行前来面见陛下，说是在别人家里飞来飞去，不是跟人讲道理该有的态度。"

大隋皇帝哭笑不得，一直心弦紧绷的说书先生则如释重负。

一起走入养心斋，四人各自坐下。

李二开口说道："想见陛下，不太容易。"

瞬间气氛凝重起来。大隋皇帝都不知道如何回答。

好在李二自己已经开门见山道："欺负我儿子的人，有包括上柱国韩家、楠溪楚家、怀远侯府在内的五六大家子，恳请陛下让他们这些家族的老祖宗出山，我李二跟他们一一打过。若是他们觉得我欺负人，没关系，他们一起登场就是了，法宝兵器什么的，可以跟朋友多借一些。就是需要麻烦陛下在京城找个大一点的僻静地方，好让我们双方放开手脚。实在不行，去京城外也可以。"

茅小冬差点没幸灾乐祸地笑出声。

说书先生瞪了他一眼，他回了个白眼。

第六章 喝好酒的大宗师

145

大隋皇帝有些目瞪口呆，轻声问道："还要再打一场才行？"

李二闷闷道："我来这里，本来就不是跟你打架的，只是你这皇帝不愿意露面，非要打，我就只能陪你们打了。我真正要打的，一直就是那些欺负我儿子的。虽说孩子打架很正常，如果只是这样，哪怕李槐给学舍同龄人合伙打了，我这个当爹的再心疼儿子也不会说什么。可哪里有他们这么牛气冲天的，仗着家世好一些，就觉得可以欺负人了，道歉也没有，连偷了的东西也不还？"

李二说到这里，沉着脸道："如果你们大隋觉得道理在自己这边，那我们就继续打。我知道你们大隋底子厚，不怕折腾，可我李二就奇了怪了，大隋当官的如果都是这个鸟样，我儿子李槐如果以后就在这种地方读书，能读出个什么来？"

他当场望向说书先生："老先生，您算一个能打的，之前穿红衣服的只算半个。"

说书先生正在喝茶，差点被茶水呛到。

大隋皇帝笑道："那行，寡人可以捎话给那几个家族，让他们的长辈出山。只是怀远侯府那边有点问题，怀远侯虽是开国武将功勋之后，可他家族老祖早已逝世，自己也只是个寻常人，连武夫都算不上。"

李二显然对此早有准备："那就让那怀远侯花钱请个人，我不计较这个。"

大隋皇帝问道："需要那些家族向李槐公开道歉吗？"

李二摇头道："一群大老爷们儿跟一个孩子道歉算怎么回事，不用，而且我也不希望我儿子在山崖书院没法安静读书。我只不过是看不惯那些家族的行事作风而已，在打过之后，自有那些老的回家教训小的，这就够了。"

大隋皇帝略微松了口气："李二先生确实明理，早知如此，寡人应早早与你相见。"

李二赶紧摆手道："我可不是什么先生，茅老才是。书院里传授李槐学问的两个夫子还主动跟我们一家四口聊了大半天，也能算是真正的先生，对谁都客客气气的，那才是读书人。"

茅小冬微笑不语。这个面子给得比天还大喽。

说书先生听到这里，终于开口笑道："这次算是不打不相识，李槐有你这么个讲道理的爹，以及李槐能够在大隋京城求学，都是我们大隋的幸事、好事啊。"

李二瓮声瓮气道："客气话我不会说，反正我儿就在这等着，等到那些家族的人出来打一场。陛下，事先说好，我得早些回书院，让那些人别故意拖着我，到时候就别怪我一家家找上门去了。"

大隋皇帝给茅小冬使了个颜色，然后起身道："寡人这就去让人传话。"

茅小冬紧随其后离开养心斋，留下李二和说书先生。

大隋皇帝有些愁容，和茅小冬并肩走在廊道上："茅老何以教我？"

茅小冬笑道："很简单啊，让那些家族的话事人，不管能打的还是不能打的，全部一股脑进宫,然后站着不动,就那么杵在李二跟前,只低头认错,摆出一副挨打不还手的可怜架势,这事情就算一笔揭过了。陛下放一百个心,李二那么憨厚淳朴的性子,肯定不会出手的。"

大隋皇帝停下脚步,恼羞成怒道:"茅老,你说实话,你是不是就在等着今天看寡人的笑话呢?"

茅小冬大笑着摇头:"实不相瞒,我也不知道李槐有这么个爹,早知如此,我就早些入宫面圣了,哪里会闹出这么大动静。万一陛下将来迁怒书院,得不偿失啊。"

大隋皇帝气笑道:"迁怒个屁,寡人敢吗?"

茅小冬突然收敛玩笑意味,小声提醒道:"陛下,眼下虽是折损面子的坏事,但是从长远来看,这定然是一桩好事!"

大隋皇帝笑道:"寡人没那么糊涂!"

茅小冬促狭道:"如果陛下真糊涂,我哪里敢带着学生们来到大隋。"

大隋皇帝召来宫中内侍,传话下去后,问道:"这次李二愿意点到即止,是茅老的锦囊妙计和李槐的两位先生功莫大焉。寡人跟茅老你就不客套了,那两位先生,需不需要寡人让礼部嘉勉一番?"

茅小冬神色肃穆,拒绝道:"不用!"

大隋皇帝疑惑道:"为何?"

茅小冬沉声道:"陛下要知道一件事,这就是我山崖书院的真正学问所在,何须大隋刻意嘉奖? 以后十年百年,我山崖书院仍是会如此传道授业、教书育人,为大隋培育、呵护真正的读书种子。"

大隋皇帝心头一震,仿佛是第一次认识眼前的高大老人,心头那一点帝王心性的芥蒂终于一扫而空。他后退一步,是今天第二次作揖行礼:"朕为大隋社稷,先行谢过山崖书院!"

茅小冬没有躲避,有着十足的僭越嫌疑,就这么堂而皇之地接受了一位君主的隆重谢礼,肃容道:"茅小冬为山崖书院坦然受之。"

李二离开皇宫的时候,跟茅小冬一起走在那条御用廊墙之中,总觉得自己被身旁老人算计了一把,有些闷闷不乐。

茅小冬笑道:"认错了就行,你还真要打得他们个个躺着离开皇宫啊? 以后你儿子是要在京城书院求学很久的,抬头不见低头见,如今让他们自认理亏,加上大隋皇帝都觉得欠了你李二一个天大人情,不挺好?"

李二叹了口气:"总觉得这些人是不长记性的,我又不能留在书院,以后茅老您多照顾李槐他们。"

第六章 喝好酒的大宗师

147

茅小冬点头道:"应该的。再说了,不是还有那个弋阳郡高氏老祖嘛,对吧?"

说书先生现身于廊墙之内,点头笑道:"对的。李二你这次主动退让,大隋自然就愿意拿出双份的诚意。"

李二点点头:"希望如此吧。"

茅小冬笑问道:"李二,你在骊珠洞天就是九境武夫了,怎么还活得那么窘迫寒酸?如今更跻身十境了,是整个东宝瓶洲的武道前三,而且战力肯定还要在宋长镜前头,就没想着告诉家里人?好歹让他们过上好日子嘛。"

李二摇头道:"哦,给我媳妇穿金戴银,让李柳有一大堆胭脂水粉,李槐每天大鱼大肉,就真是对他们好?我觉得不是。"

茅小冬打趣道:"万一他们觉得是呢?"

李二仍是摇头:"有人让我不许那么做,这是一方面;二来,我自己也是这么觉得的。以前在小镇上,就我媳妇她家那些亲戚,知道了我的底细,那还不得坏事做尽?到时候我怎么办?打死他们,跟他们讲道理?人家会听?还不是嘴上一套背地里一套。最后肯定只有我媳妇最伤心,自家和娘家两头难做人。当然了,在骊珠洞天里边,家境再好也好不到哪里去。"李二完全收敛气势之后,那缩头缩脑的模样真是比普通汉子还不如,但是言语之间眉飞色舞,再不像以往在小镇那般腆眉耷眼窝窝囊囊的,"虽然一直待在屁大点地方,可这点道理我还是想得通的。一家人,安安稳稳的,谁都饿不着,儿女、媳妇想吃肉就吃得上肉,我嘴馋了也能喝得上口酒,比啥都强。"

李二望向廊墙外的京城风景,有句话放在心底,没有说出口:

我哪怕真的是个窝囊废,可如今在儿子心里,我李二已经是个还不错的爹了,没给他丢人现眼,你们知道我李二为此有多开心吗?

李二一想到这里,就告辞一声,一闪而逝,火烧屁股地赶往东华山。

除了想念那娘仁,再就是一件关于儿子的事情,他李二如今可以出手了。

茅小冬感叹道:"李二算是活明白了的,很多聪明人远远不如他。"

说书先生笑道:"甲子之前的十境武夫,怎么可能真是蠢人?"

不过他又唏嘘道:"可就目前看来,还是三人之中战力最弱的大骊藩王宋长镜最有希望达到那个境界,不单单是宋长镜年纪最轻这么简单。"

茅小冬点头道:"宋长镜的武道心性之好,比年纪轻还要可怕。"

说书先生笑问道:"你是说那人以绝对碾压的姿态出现在大骊皇宫后,宋长镜敢于誓死不退吧?"

茅小冬笑着反问:"你是想问大骊的白玉京飞剑楼到底是真是假吧?"

两个算是活成精的老狐狸并肩而行,视线没有任何交汇。

李二回到住处的时候,他媳妇等人正在吃饭。

林守一弄了两大食盒的饭菜,满满当当的一桌子。妇人跟李槐坐一条长凳上,李柳和林守一相对而坐,还有一条凳子留给了迟迟未归的李二。

两手空空的李二走到门口,才记起忘了买点东西。因为有林守一在场,妇人只是丢了个"等下再跟你算账"的眼神。

李二搓着手坐下后,发现还有一坛酒,看了眼林守一,问道:"要不一起喝点?"

林守一犹豫了一下,点头道:"我酒量不好,就陪李叔叔稍微喝点。"

李二咧嘴笑道:"酒量不好怎么行。"

妇人怒道:"怎么不行了? 家里有一个酒鬼还不够?"

林守一多聪明一人,顿时手一抖,差点把递过去接酒的大白碗给摔在桌面上。平日里不苟言笑的冷峻少年,在这一刻笑得如何都合不拢嘴。

李二也给妇人吓得一哆嗦,同样差点拿稳酒坛。

李槐使劲啃着油腻的大鸡腿,含糊不清道:"爹,明儿我去山脚帮您买坛好酒,钱我跟林守一借,以后先让陈平安帮我还,您只管喝。"

李二笑逐颜开,重重"哎"了一声,像是从儿子那边得了一道法外开恩的圣旨。奉旨喝酒,在媳妇面前就心里不虚啊。

妇人在儿子这边,那一向是和颜悦色说话的:"酒可以买,买最便宜的就行了。你爹喝好酒,那就是糟蹋银子。"

李二给林守一倒了大半碗酒,再给自己倒了一碗,点头笑道:"对对,便宜的就成,不用好酒。"

李槐翻白眼道:"娘,您这么管天管地,真不怕爹哪天跟个小狐狸精跑了啊?"

妇人朝坐在对面的汉子把媚眼一抛,暗藏杀机:"他敢? 再说了,那也得有人要才行,对吧?"

李二赶紧喝完一大口酒,点头道:"是是是,没人要。"

妇人一拍桌子:"没人要是一回事,心里有没有歪念头又是另一回事。说! 有没有?"

李二立马放下大白碗,挺直腰杆,保证道:"绝对没有!"

然后妇人就斜瞥一眼正襟危坐喝着酒的林守一,再笑着对自己女儿说道:"柳儿,以后要找个老实人嫁了,知道不? 那样才不会受欺负。"

李柳微微点头,始终笑而不言,只是俯身给李槐夹了一块剔去鱼刺的鱼肉。

林守一只敢用眼角余光偷偷看她,酒才喝了一小口,就有些醉醺醺痴然了,像是看到了世间最美的山水画卷。

茅小冬出现在雅静小院,看到吊儿郎当哼着小曲的白衣少年正盘腿坐在石凳上,对着那盘棋局,两手张开,分别放在黑白棋盒的边沿,入神思考的同时,手指轻轻拍打棋子,发出重重叠叠的清脆响声。

在茅小冬出现后,崔东山轻声问道:"如何了?李二大爷有没有拆烂皇宫?"

茅小冬来到石桌旁,瞥了眼胜负趋于明朗的棋局,没看出太大的名堂,就不再费神,坐在一旁:"你,或者说你们两个,到底有什么谋划?"

崔东山不转头,啧啧道:"这才到了东华山没几天就开始为大隋江山操心啦?小冬啊,真不是我说你,见异思迁没啥,可喜新厌旧如此之快,可就不厚道喽。"

茅小冬一掌拍在石桌上,所有棋子从棋盘上跳起来,悬停在空中,黑高白低,像是两幅上下叠加的图画。但是不管茅小冬横看竖看,都看不出更多玄机,冷哼一声,棋子瞬间落回原处,丝毫不差。

崔东山始终保持之前的古怪姿势:"山崖书院该如何就如何,不过就是兵来将挡水来土掩,咸吃萝卜淡操心作甚?难道大骊吞并了大隋,山崖书院就没啦?我看不会嘛,既然大隋一样给不了你们七十二书院之一的身份,以后重归大骊,大不了寄人篱下,反正相差不多。"

茅小冬厉色道:"书院书院,重在学生,重在夫子,而不是'山崖书院'这四个字!且不说书院里那些大隋学子,便是跟随我离开大骊的那拨孩子,如今尚显稚嫩,他们的精神气,如何经得起多次折腾!"

崔东山缓缓收回手,不过攥紧了一把棋子,在手心咯吱作响,转头望向勃然大怒的茅小冬,微笑道:"说得挺大义凛然,只可惜你茅小冬终究学问有限,想事情想得太浅太近了。"

茅小冬冷笑道:"就你崔某人想得多算得远。"

崔东山站起身,攥着手心那把棋子,围绕石凳缓缓踱步,打趣道:"寺庙不在僧人在,僧人不在佛经在,佛经不在佛法在,佛法不在佛祖在。"

崔东山扬起脑袋,一手负后,一手轻轻拧转手腕,闲庭信步道:"一切有为法,应作如是观啊。等到你什么时候真的想通了书院的存在意义,山崖书院才算真正找到了一处不败之地,至于是在哪家哪姓哪国的疆土上,都无所谓了。"

茅小冬嗤笑道:"当山崖书院是学宫啊,不管风吹雨打,我自屹立不倒?"

崔东山停下脚步,隔着一张石桌一副棋盘,凝视着他,反问道:"有何不可?"

崔东山轻轻跨出一步:"走走看?"

茅小冬神色凝重,摇头道:"你这是站着说话不腰疼。"

崔东山也跟着摇头,啧啧道:"你真该见见我家先生陈平安。"

茅小冬笑道:"能够让齐静春托付重任,陈平安自然是不错的,可你定然是狗改不了吃屎,在算计着什么。"

崔东山笑骂道:"喂喂喂,小冬你学问都读到狗身上去了? 可以,没问题,但是别随便带上我啊。"

茅小冬不愿在这里跟这家伙钩心斗角,站起身:"就你那点狗屁学问,丢地上,路边的狗都不稀罕叼一口。"

崔东山哈哈笑道:"嫉妒,嫉妒。"

茅小冬大步离开院子,背对着崔东山:"李二这趟硬闯皇宫,火候正好,你别得寸进尺。之后惹出任何麻烦,我拿你是问,别怪我事先没跟你打招呼。"

崔东山望向那个背影,尴尬道:"这样不好吧? 李二大爷想做什么,我一个九境小蝼蚁拦得住? 如果我先生在这里,倒是真不难,心平气和讲道理,他比我擅长。"

茅小冬转头望向那个一脸故作为难的家伙,"心平气和"道:"如果可以的话,我真想打烂你那颗脑袋,看看里头到底装着什么。"

崔东山伸出一只手,翘起兰花指,故作娇羞道:"讨厌。"

茅小冬黑着脸转身离去,一脸踩到稀烂狗屎被恶心到了的模样。

崔东山在茅小冬离去后重新坐回石凳,攥着棋子的拳头悬停在棋盘上空,漏出一颗颗棋子,清一色的白棋,所以这局棋下得很不合规矩。最后,崔东山两手空空地蹲在石凳上,下巴枕在膝盖上,不知道在想什么。

就像茅小冬所说,天底下真没有几个想得出"崔瀺"在想什么的人。

可能齐静春是唯一的例外。

院门那边传来细微匀速的脚步声,谢谢下课归来,放下物件后,开始在院子里清扫落叶。扫帚拂过地面,便有阵阵微风卷起。

崔东山呢喃道:"同样是起于微末,雄风过境,雷声阵阵,滚石伐木,梢杀林莽,虽衰而竭,气韵犹存。雌风不过是穿陋巷,动沙堁,吹死灰,浑浊不堪,虽正值鼎盛,仍是不值一提。谢谢,你觉得是大骊好,还是大隋好?"

谢谢这是第一次被崔东山正儿八经地询问问题,一时间受宠若惊,怀抱扫帚,惴惴不安。好在她天生思维敏捷,之前又打定主意跟这位公子朝夕相处,绝不去多想,反正多虑无益,还不如直截了当,想到什么就说什么做什么,大不了挨一顿揍就是了,省得贻笑大方。于是她回答道:"大隋适合安居定业,在这里生活很舒服。大骊适合野心家和阴谋家,如今内外兼修,所以更加强大,生机勃勃,充满了进攻性。最可怕的是大骊如今开始逐渐掌控版图内的山上势力,越来越接近名副其实的一国之主。"

崔东山点点头,没有说对或者错,但是难得没有出言讥讽。

谢谢心中大定,这一套还是管用的! 于禄果然说得没错,与此人相处,就要强迫自己想得眼前一些,逼着自己目光短浅一些。

突然,崔东山问道:"你怎么还不去上吊啊,我等着帮你收尸都好久了,到时候我就背着你的尸体下山,一边落着伤心泪,一边控诉蔡京神那老王八太无耻了,竟然潜入书院,连你这么相貌辟邪的黑炭少女都下得了手,害得你羞愤自尽,到时候我就好跟他再打上一场,为你报仇啊。"

谢谢呆若木鸡。

崔东山转过脖子:"由于那天晚上对外宣称你是我的门下弟子,不得不借给你那么多法宝,公子我心里可不得劲了。"

腰间悬挂那支绿竹笛子的少女开始继续埋头打扫院子。

崔东山瞥了眼她的婀娜身段,突然补充道:"如果我孙子蔡京神大晚上登山,闯入你屋子,他其实不亏啊。"

谢谢抬起头,直愣愣望向崔东山。崔东山凝视着那双漂亮眼眸,惋惜道:"你就只剩下这双眸子配得上'谢灵越'这个名字喽。"

谢谢泫然欲泣,低头不言,继续扫地。

崔东山哀叹一声,轻轻挥手,将棋盘棋盒一同收入袖内那块方寸物玉玺:"你哪里是扫地,分明是扫你家公子的兴致。罢了罢了,回屋看书。"

到了空落落的正屋内,一张大草席上放着一个茅草蒲团,崔东山一挥袖,从墙角一座小山堆里抽出一本儒家典籍,安安静静放在自己身前,然后便有一阵翻书风出现,围绕着俊秀神逸的白衣少年打转。

翻书风开始翻书,崔东山开始读书。

每当这个时候,谢谢就会安安静静坐在门口,心境祥和。因为只有这个时候,那个家伙才不会针对她。而且她不但是第一次亲眼见到,甚至是从未听说过,有谁仅仅是读书,就能够读出这样一个光怪陆离的大千世界的。

就像今天。

翻书风翻动第一页后,随着崔东山极其富有独到韵律的轻声朗诵,言语有如实质的雨滴飘落在那一页书页上,然后在书页之间,出现了一枝荷花,摇曳生姿,灵动异常。

一页页翻过,光阴缓缓流逝。

书页上的字里行间出现了两军对垒的画面,一个个武将士卒远远比米粒还要细微,气势却是金戈铁马,纵横捭阖,书页上空黄雾迷茫,如真正战场上扬起的黄沙万里。

又有不过寸余高的婀娜女子,挎着花篮从书页里姗姗而来。

还有大髯莽汉,袒胸露腹,做击节高歌状。

有老妪捣衣,竖耳聆听,果真能够听到咄咄的玄妙声响。

有稚童两两,骑着竹马追逐嬉戏。

有骷髅仗剑佩刀,行走于坟茔枯冢。

有夫子正襟危坐,沉吟捻须,仿佛正在推敲文字。

门口的少女谢谢,不管她内心深处如何仇恨、畏惧这个大骊国师,也不得不承认,专心致志读书时的白衣少年实在是一身风流,两袖清风。她完全想不明白一件事:为什么明明是这么坏的一个人,读书时却能拥有一番圣人气象?

在谢谢怔怔出神的时候,她没有察觉到今天的崔东山,翻书翻到最后,神色间有些异样,眼神炙热,但是满脸痛苦和挣扎。

原来,他读书读出了一幅景象,三人同时出现在同一页之上,皆看不清面容,但是年龄悬殊。

长衫老人在大河之畔,凝神观水。

附近一个生性枯槁的中年人则望向对岸,满脸沉思。

有一名少年骑着青牛,牛角挂书,少年昏昏欲睡。

最后,崔东山猛然间喷出一口鲜血,书页上的奇异景象随之烟消云散。

谢谢惊惧地望向崔东山,他面无表情地伸手抹去血迹,自言自语道:"没办法啊,差得实在太远了。"

谢谢担忧问道:"公子,没事吧?"

崔东山一手覆住心口,一手紧紧握拳,艰难涩声道:"去把我暂借给你的那幅水图拿来,快。"

谢谢赶忙起身去自己屋子拿来一卷古画,打开后摊放在崔东山身前,这才起身快跑,回到门口。

崔东山喉咙微动,赶紧抬起手臂,用手背抵住嘴巴,良久之后才放下手,深吸一口气。世间水图共计一十二幅,分别描绘有四个天下的十二条大渎。眼前这一幅,正是《天上之水》,取自"一剑破开小洞天,黄河之水天上来"的奇景。

当年还是文圣首徒的崔瀺与白帝城城主在彩云间手谈,崔瀺虽败犹荣,那位大魔头便以这幅珍贵非凡的画卷相赠,崔瀺对他亦是推崇备至。

崔东山屏气凝神看水,心中却想着山。

遥想当年,崔瀺曾经一人独行,芒鞋竹杖,走过天底下最崎岖的山路。

崔东山一想到此,情不自禁地伸手拍打膝盖,高声道:"噫吁嚱,危乎高哉!"

突然他愣了愣。只见水图之上凭空出现了一座小石崖,不甚起眼,可是石崖之上有一个熟悉的瘦削少年临水而立,双手掐诀,眺望远方。

谢谢看到这一幕后震惊不已。陈平安怎么带着一方石崖偷偷跑到这幅图上了?

崔东山早已恢复平稳气机,此时双手合十,嬉皮笑脸道:"先生在上,受学生一拜。"

然后崔东山向后倒去,再横着打了个几个滚,嘴里念叨着:"弃我去者,昨日之日不可留;乱我心者,今日之日多烦忧。多烦忧呀多烦忧,烦忧个大爷的烦忧哟……"

谢谢坐在门口,忍不住抬头看了眼天色,不像是要打雷的样子,有点可惜。

　　第二天,李槐偷偷给他爹买了一壶好酒,拉着他爹在湖边,蹲在一旁看着他爹喝酒,小声叮嘱道:"这壶贵,爹您先喝着,那壶便宜的放屋里头了,回头饭桌上再喝,娘亲就不会说您了。"

　　李二笑着点头,使劲喝酒,觉得这比什么跻身十境让人高兴多了。

　　他憨憨问道:"老贵了吧?"

　　李槐双手托着腮帮看着自己爹,笑容灿烂,答非所问道:"爹,您放心,我在书院过得挺好,真的。你们还能来看我一趟,我可高兴了。"

　　李二点点头,只敢低头喝酒,差点喝出泪花来。

　　他这才想起,昨天回来得比较急,好像忘了还有个蔡京神没见着。

　　等喝过了酒,他跟李槐说要逛逛书院,让李槐先回去。

　　李二走出东华山,找到了附近一栋闹中取静的宅子,开始敲门。可并无反应。

　　这栋院子早已租借出去,平时老人深居简出,几乎从不露面,但是那天晚上一场跌宕起伏的神仙打架,让有心人意识到此地有蛟龙盘踞。

　　虽说那场交手是白衣少年更胜一筹,一整宿的法宝乱轰堪称绚烂,但蔡京神的种种应对亦是不俗,哪怕是境界足够高的行家里手,自认若是站在他的位置上,亲身对阵那个乱丢法宝好似丢烂白菜的白衣少年,绝对支撑不到天亮。

　　李二一脚踹开大门,大踏步走进去,看到一个脸色阴沉的魁梧老人,正是十境练气士蔡京神。他站在院子里,桌上有一壶酒,其上有许多精致的下酒菜。对于他这种在凡夫俗子眼中的陆地仙人而言,这点聊胜于无的享受,实在微不足道。

　　蔡京神是昨天皇宫大战的旁观者之一,此时看到李二自然没有半点底气。可是没有底气不代表就要低头哈腰,他神色不卑不亢地问道:"我与你无冤无仇,你破门而入,有何贵干?"

　　李二见着了蔡京神,一个字不说就是迅猛一拳,打得措手不及的老人撞入内屋,撞烂了屋门和桌子,在大堂匾额下的墙角倒地不起,当场吐血。

　　李二随即转身离去,蔡京神有些发愣,靠着墙壁坐起身,本想着好歹要说上个一两句话再动手,所谓的一言不合大打出手,好歹还有"一言"不是,哪里有这般不讲理的,这不是仗势凌人是什么? 堂堂十境练气士,大隋豪阀蔡家的老祖宗忍不住破口大骂道:"有本事再来一场!"

　　然后李二就从已经没了大门遮掩的门口再次走入院子,望向屋内的蔡京神。

　　蔡京神咽了口唾沫:"我在跟那天的白衣少年说话呢,跟你没关系。"

　　这句话脱口而出后,老人恨不得挖个地洞钻下去。

李二腰间悬挂着一只空酒壶,问了个稀奇古怪的问题:"你桌上那壶酒卖多少钱?"

蔡京神有些茫然,然后心中悲愤,想着人在屋檐下不得不低头,还是老老实实回答道:"不知具体价格,约莫着最少三四十两银子吧。"

李二想了想:"那我把境界压在第八境,咱俩再打过一场。"

蔡京神彻底怒了:老子喝壶酒而已,怎么就招惹你了?

他到底不是任人欺凌不还手的性子,而是大隋大修士中公认的性情暴躁、战力卓绝,站起身怒色道:"打就打,怕你娘!"

片刻之后,李二离开院子,返回书院。

蔡京神在院子里躺着,虽未重伤,但是一时半会儿是站不起来了。

他望着天空,这辈子头一次如此憋屈和辛酸,觉得这日子没法过了。

老子姓蔡,不是下酒菜的菜啊。等下休养好了,老子就去皇宫面圣,要离开这晦气的东华山,离山崖书院远远的,大隋京城也不待了。

李槐回来发现李宝瓶和林守一都在,两人也刚到没多久,李宝瓶正在跟李槐他娘亲闲聊:"姊姊,你们要在书院待多久? 要不要我陪你们逛京城? 我已经仔细研究过大隋京城的舆图了,书楼可不好找,翻了老半天呢。你们想去哪里,我都知道路线的。"

李宝瓶到了书院后,首先就了解清楚了书院的烦琐规矩,特别是做错了什么该如何惩罚。其次就是去查阅大隋京城的布局,想着以后小师叔来书院找她,就可以带着他一起逛街了。

妇人笑着称赞道:"小宝瓶就是聪明,我们家槐儿多亏了你才没给人怎么欺负。"

李槐差点把眼珠子瞪出来。这一路就属李宝瓶欺负自己最多,不说自己在阿良那边呼风唤雨,跟他称兄道弟,哪怕是在陈平安那里,可都没吃过亏的。

再说了,李宝瓶最早在家乡学塾是怎么把自己的裤衩丢树上去的,娘亲您不知道? 当时您还拉着我去了趟福禄街,想要跟李宝瓶家里长辈吵架来着,只是一看到那对大狮子,就根本没敢去敲李家大门。

李宝瓶和李槐娘亲聊了一顿有的没的,总之听得李槐脑瓜子疼。这两个人根本就是鸡同鸭讲嘛,为何还能聊得像是很投缘的样子? 一个问:"宝瓶啊,你福禄街的大宅子到底有多少栋屋子啊?"一个答:"书院学舍可多了,比我家屋子还多……"

李柳此前被弟弟烦得不行,只得答应抓紧缝制一双新布鞋。这时她安静坐在床边,正一针一线细细密密纳着鞋底,偶尔歪斜脑袋咬掉线头,才会笑望向娘亲和弟弟。若是与林守一视线交汇,她便笑着点点头,少年就会脸红,心里有些无法言说的难为情。

这是林守一继喝过了阿良的葫芦酒后,第二次如此庆幸自己选择离开小镇,跟随陈平安和李宝瓶一同负笈游学。

李二回到住处,李宝瓶刚好离去,看到他后,风一般呼啸而去的小姑娘猛然停下身形,笑着打招呼道:"李叔叔好!"

口拙的李二连声应着,开心得很。

李宝瓶叹了口气,有些灰心丧气。她的想法一贯天马行空,看似无缘无故的歉意道:"李叔叔,对不起啊。"

李二憨厚却不傻,一下子就想明白了她的意思,肯定是觉得自己没照顾好李槐呢。李二赶紧摇头道:"可别这么说。"

李宝瓶认真道:"李叔叔,李槐如今读书其实比我还用心。先生说过,勤能补拙,大器晚成,所以别对李槐失望啊。读书嘛,是一辈子的事情,不要急!"

说到这里,小姑娘扬起拳头,加重语气道:"不要急啊。"

李二开心得不行,这样的小姑娘真是讨人喜欢,忙点头:"李槐读书我不急的。"

他在心里则默念:但是有件事情倒是可以做了,至于儿子最后能走到哪一步,只能一切靠他自己。

李宝瓶咧嘴一笑,飞奔离去,像一只欢快的黄雀。

李二驻足看着她的背影,等到她消失在视野里,才笑着转身前行。

到了门口,刚好碰到离开屋子的林守一,少年喊了声"李叔叔"就告辞离去。

面对其他人,哪怕是李柳的父亲,林守一同样不知道如何热情应对。

李二走进屋子,妇人正在对儿子耳提面命:"这个小姑娘还不错,就是性子太大大咧咧了点,不像是会照顾人的。我看那个石春嘉就蛮好,那丫头瞧着喜气,两根小辫子扎的……虽说家里不如李宝瓶家大富大贵,可到底是自己家里有那么大一间铺子的,跟咱们家勉强算是门当户对,你娶了石春嘉,以后不会受人白眼。"

李二呵呵笑道:"我还是喜欢李姑娘多一些。"

李槐无奈道:"爹、娘,你们有没有想过人家喜不喜欢我啊?"

妇人没好气道:"怎么可能不喜欢?那俩小姑娘又不傻!"

李槐一拍额头:"我的亲娘,这种话千万千万别对外说,要不然我真的会被李宝瓶活活打死。石春嘉虽然不敢打我,可就她肚子里那噼里啪啦小算盘打的,一定会记恨我一辈子。她最记仇了,揪她一次辫子而已,她就能跟齐先生告状十次,每次都说得跟真的似的,什么'李槐今天课业没做好,被先生你打手心了,看我笑话他,就揪我辫子';什么'李槐今天迟到,我好心说他几句,他就揪我辫子';还有什么'李槐打不过李宝瓶,就来揪我辫子'……我的天,石春嘉这丫头片子要是做了我媳妇,我得哭死啊。"

妇人打趣道:"那你到底想要找啥样的媳妇啊?"

李槐想了想:"娶媳妇好麻烦的,以后大了,哪天遇上看对眼的姑娘再说。"

妇人笑眯眯问道:"到时候娘亲被你的小媳妇欺负了,你会帮谁?"

李槐嘿嘿道："当然帮我媳妇啊，你不是有我爹帮着嘛，还不够啊？"

妇人佯怒道："你个没良心的！"起身就要拧儿子的耳朵，李槐满屋子乱跑。

妇人瞥了眼汉子："去哪儿了？"

李二低声道："尿急，找茅厕去了。"

妇人眼尖，一下子就发现了汉子腰间的酒壶，凑近嗅了嗅，怒道："撒泡尿需要这么久，你掉茅坑里了？而且茅坑里不装着屎尿，反而装着酒？"

李二瞠目结舌，转头望向儿子，祈求解围。

李槐落井下石道："爹肯定是见着了花枝招展的小狐狸精。"

"瞧你那副做贼心虚的德行。"

妇人白了胆战心惊的李二一眼，破天荒没有刨根问底，坐在女儿身旁，摸着李柳的头发，叹了口气："你们都长大了，爹娘也老啦。"

李柳放下鞋底，轻轻握住娘亲的手。

李槐拍马屁道："娘亲，您还老啊，生我的时候是啥样，现在还是啥样！您要是跟李柳一起出门，保不齐会被人当成姐妹呢。"

妇人笑得花枝乱颤："去去去，这种话留着将来对你媳妇说去。"

李柳突然说道："娘，我想去买一盒胭脂。"

妇人虽然絮絮叨叨，嘴上嫌弃女儿是个败家货，仍是起身带着女儿一起出门。

屋内只剩下父子二人，李二笑问道："儿子，要不要陪爹喝点酒？"

李槐瞪大眼睛："可以喝酒？"

不过是喝了半碗酒，李槐很快就晕晕乎乎，趴在桌上打瞌睡了。

李二伸手握住李槐的手腕，深吸一口气，闭上眼睛，默念道："神君开山造洞天！"

妇人牵着李柳一起下山的时候，在山脚牌坊下与一个白衣少年擦身而过。

李柳回首望去，刚好与少年对视。

一直给人印象就是柔柔弱弱的少女在这一瞬间迅速收敛笑意，对着那位她在小镇便从师公那儿久闻其名的大骊国师偷偷做了一个隐秘且骇人的警告动作——

纤纤手掌抹过脖子。

本就故意来此见她一面的崔东山啧啧称奇，感慨道："怪胎年年有，今年特别多啊。"

没有了崔东山先后两次的故意牵引，陈平安在之后这一路其实就走在了江湖里，而不是神神怪怪的山上。只不过他浑然不知，只是有些遗憾再没能遇上让人大开眼界的那些精怪鬼魅。如今已经不需要惦记李宝瓶他们的游学安危，身边又有得道成精的一双蛇蟒护驾，陈平安希望多碰到一些古怪事。当然，前提最好是远远旁观，既能长见识,又不用身陷险境。可惜一直到快要离开黄庭国地界,仍是走得十分平淡无奇。

这一天暮色四合,在水蛇背脊上练完走桩,陈平安就在一条幽静山路旁的破庙里歇脚,开始生火做饭。

虽然他刻意拣选荒郊野岭返回大骊,可还是遇上不少行走于林莽间的男男女女,多是貂裘锦衣,挎刀佩剑,一身的江湖气概。也有些人生得颇为凶神恶煞,满脸横肉,一看就不是正道人物,但是好在碰到陈平安三人后,最多几个斜眼,并无真正的风波。

行走江湖,老僧、小道、尼姑,遇上类似这些看着好欺负的货色,最好全都别招惹,这是无数在阴沟里翻船的江湖前辈代代相传下来的道理。

陈平安是沾了身边青衣小童和粉裙女童的光,毕竟没几个正常人会带着俩粉雕玉琢的小屁孩在野兽出没的深山老林里瞎逛荡。只要是稍微有点脑子的货色,就不会轻易出手行凶。

但也有例外。之前有一伙流窜犯案的莽汉确实心有歹意,小心谨慎地追踪三人,想着找准机会再出手,结果见着那瞧着一根手指头就能碾死的青衣小童变幻出的恐怖真身,翻山越岭,沿途大树纷纷崩断,把那拨人吓得一个个差点尿裤子。

粉裙女童帮着陈平安捧来枯枝,不停忙碌。青衣小童则是个惫懒货,就喜欢饭来张口,蹲在破庙外头打哈欠,懒洋洋道:"老爷,山路两头各有一拨人相对而行,很快就要撞上啦。左手那边打打杀杀的,好像很好玩的样子;右手那边个个鲜衣怒马,里头还有个大长腿的俊俏娘儿们哩。老爷您若是心动,我给您抢来当压寨夫人吧,玩过了就放她回家,大不了我送她些财宝机缘,她指不定还要对老爷感恩戴德……"

陈平安正撅起屁股吹着柴火堆里的火星,随口道:"等下碰到了他们,你别生事。"

青衣小童百无聊赖地揉着脸颊,气道:"老爷,我再不松松筋骨,手脚都要发霉啦。"

陈平安不再搭理他。

破庙外头的山路一头，喊声四起。

一伙灰头土脸的男子追逐着一个神色仓皇的美妇。

一个高大壮汉大笑道："贱货，跑！继续跑！这次给大爷逮着了吧，看不把你剥得精光，到时候一身白花花的肥肉，大爷得好好想一想，先从哪里下嘴！"

壮汉身旁有五六人，一个个快意大笑，笑意狰狞，满满的酣畅和恨意。

"这等蛇蝎心肠的臭婆娘，直接下锅炖了吃肉便是，再来几把葱蒜花椒，啧啧，必然美味。这一身肉怎么都有百来斤，够咱们痛痛快快吃上好几顿的了。"

"你们别跟我抢啊，我打小就爱吃乳鸽！"

青衣小童眼睛一亮。

陈平安让粉裙女童帮着煮饭，自己站起身，来到破庙门口。

青衣小童跃跃欲试，被陈平安按住脑袋，只得乖乖站在原地。

另外一侧的山路则是马蹄阵阵，欢声笑语，很快就发现路上的异样。听闻那拨山贼似的汉子的污秽荤话后，一名背负长弓的妙龄女子顿时面若寒霜，满脸不悦。她瞥了眼那个踉踉跄跄的丰腴妇人，很快收起视线，望向那些舞刀挥剑的匪人，冷哼一声，修长双腿一夹马腹，骤然加速，率先策马前冲出去："我去救人！"

一名佩剑上系挂银色剑穗的年轻人立即跟上，与女子并驾齐驱，同时笑着小声提醒道："兰芝，之前有外人在，我不好多说什么，但是根据我们郡府的密档记载，这条蜈蚣岭山脉一向多有妖物邪祟作乱，甚至几大山头的妖物还知道互为奥援，本就极为难缠，只是每次官府请出神仙入山搜捕，除了一些不入流的小精怪，大妖们都早早闻风而藏，狡猾得很。若非前不久官府才带人扫荡过一遍蜈蚣岭，我是不敢答应你们进山的。"

年轻女子除了背负一张篆刻有古朴符文的银色长弓外，腰间还悬挂有一柄乌鞘狭刀。她手按刀柄，冷声道："若真是妖怪倒好了。斩妖除魔，又不是只有山上神仙才做得，我们一样可以！"

年轻男子无奈而笑，不再多说什么，纵马飞奔，只希望这次行侠仗义不会出现什么幺蛾子。不同于离开师门初出茅庐的女子，他是家世不俗的官家子弟，对于世间险恶有着更多的体会。

那个妇人衣衫破碎，衣不遮体，裸露出大片白皙粉嫩的肌肤，模样凄凉。虽是个练家子，可被追杀一路，早已是强弩之末，脚步轻浮，见着了纵马而来的男女，便强提了一口气，大声疾呼道："恳请两位义士救命！"

年轻女子摘下披风抛给妇人，娴熟驾驭骏马，刚好与妇人擦身而过。她抽出狭刀，勒缰停马，气势汹汹地对那伙大汉怒目相向："滚远点！"

年轻男子停马在妇人身侧，微笑道："夫人受惊了。"

妇人用披风罩住娇躯，大口喘息，脸色雪白，心有余悸地颤声道："公子你们千万要小心那些山野强人，他们自称修行中人，也确实会一些道法神通，公子最好提醒你的朋友不要贸然行事。若是实在不行，公子与那姑娘帮我阻挡一二即可，我这就继续赶路。只是这披风，就对不住那个侠义心肠的姑娘了……"

年轻男子一直在暗中打量妇人，听闻这番言语，不曾发现明显破绽，就笑道："夫人不用忙着逃命，光天化日之下，谅他们也不敢为非作歹。如果真是那杀人越货惯了的亡命之徒，他们即便是山上修行过的，我们也自有计较，夫人只管放宽心便是。"

妇人欲言又止，不再反驳辩解什么，只是楚楚可怜道："公子还是小心些，那伙歹人什么恶事都做得出来，恶言恶语更是家常便饭，小心脏了二位的耳朵。"

年轻男子稍稍放松戒备，微笑点头："夫人如此心善，不该遭此劫难。"

妇人听到这里，死死咬着嘴唇，蓦然神伤，低下头去，泣不成声道："只是可怜了我的夫君和女儿，真是……我那女儿才十二岁大啊，我也不活了……"

身后数骑已经来到年轻男子和可怜妇人身旁，听到妇人如此言语，不用问就知道她遭遇了何等惨绝人寰的事。行走于穷山恶水间，匪人劫财劫色，在黄庭国不算多见，但绝不罕见。

一名年纪轻轻却故意蓄须如戟的男子顿时火冒三丈，虽然在宗门内和江湖上也不是个好说话的主，只是生平最见不得人欺凌弱小，愤而扬鞭继续前冲："兰芝，我来助你！这帮挨千刀的匪人，罪该万死！"

那伙大汉眼见那妇人就要逃走，为首之人便急红了眼，大骂道："瞎了眼的小娘儿们,叫老子滚?你们才是要赶紧滚远点,一个个毛没长齐奶水没断的崽子就敢逗英雄?换成你们师门长辈在这里,老子早就一巴掌扇过去了。那妇人是作恶百年的老妖,坏事做尽,等老子将她剥皮抽筋,是人是妖,自见分晓!"

单独一骑疾驰而至的络腮胡年轻人抽出长剑,剑尖指向那伙人,哈哈笑道:"哟呵,还恶人先告状上了?"

壮汉身后一名青衫老者皱眉道:"剑尖指人!是谁教给你的礼数规矩?"

络腮胡年轻人瞪眼道:"你祖宗!"

青衫老者冷笑道:"老宋,你们先去擒拿妖婆,我来给这后生长长记性。"

"别太拖延,老妖明显还藏着杀手锏呢,需要你的回春术以防万一。"壮汉脸色凝重地点头后,带着众人策马前冲,全然不理会拦路之人。

山路并不宽阔,仅供三骑并肩而过,面容秀美的狭刀女子厉色道:"还不止步?"

壮汉纵马从名叫兰芝的狭刀女子和络腮胡年轻人之间一冲而过,兰芝横刀拦截,被那壮汉手握刀刃轻轻一抬就给推了出去。自视武道小成的江湖名门女子愣在当场,满脸愕然。络腮胡年轻人脾气更加火爆,一剑迅猛刺出,那壮汉视而不见,只是死死盯住前方妇人,随手一抓,就把那长剑抓在手心,继而丢到山下。两个下山时意气风发的江湖儿女,一左一右像是两尊呆呆的门神,任由这伙山野匪徒纵马飞奔扬长而去。

留在最后的青衫老者缓缓驱马前行,望向满脸惊骇的年轻剑客,嗤笑道:"三境武夫也敢造次?小娃儿不知天高地厚,知道死在那老妖婆手底下的下五境练气士有多少吗?一双手都数不过来!就凭你还想护着她?人家指不定正在肚子里盘算着如何将你们这些救命恩人一点点生吞活剥呢!"

老者又扯了扯嘴角:"不过也说不定,老妖婆擅长一门歹毒的阴阳双修术,喜好蚕食青壮男子的精血,你这小兔崽子也算牡丹花下死,做鬼也风流了。"

络腮胡年轻人满脸涨红,恼羞成怒道:"老匹夫,你欺人太甚!"

青衫老者抬臂虚空甩出了一巴掌,离那络腮胡年轻人还有很长一段距离,可是后者脸上重重响起清脆声响,整个人被打得离开马背,在空中旋转两圈才坠地。

这一手神通,若是换成江湖上的认知,那最少都是四五境小宗师才能具备的本事。六七境,无一不是有资格在一国境内开宗立派的大宗师。至于传说中的八九境?想见都难,哪一位不是世俗王朝皇帝的座上宾?所以早就超脱于江湖了。

兰芝到底心志不差,立即转头提醒朋友:"小心那妇人!"

说时迟那时快,身罩披风的妇人猛然抬头,探手一抓,就将身边一个年轻人拽下马背,死死握住他的手臂,娇媚笑道:"还以为好歹能帮着拦上一拦,不承想全是些废物蝼蚁。既然如此,便帮你们家青芽山夫人一把!"

只是她刚刚催动气机,要汲取年轻男子的气血化为她的气府养料,眼角余光就发现破庙那边一直冷眼旁观的草鞋少年,身形矫健远超想象,动若脱兔,一个跃身而起,一拳朝她当头砸下。青芽山夫人妩媚而笑,只当是个年少无知的小傻子,对于那一拳根本视而不见,就不信砸在自己身上后,能打出个衣衫褶皱。

但是她刚享受上青壮气血补充气府的陶醉气息,那当头一拳便如铁锤般砸在她一侧太阳穴上,打得她整个脑袋大幅度晃荡出去,虽太阳穴未被一拳捶破,可是肌肤处也传来了一阵灼烧疼痛。妇人握住年轻男子手臂的五指成钩,狠狠钉入男子胳膊,痛得那人嘶声尖叫,如同魂魄给人撕裂一般。

陈平安一击得手后,借势后弹,与青芽山夫人稍稍拉开间距。双脚落地后,气机在体内迅猛流转,娴熟闯过六停途经的一连串气府,出拳的同时对那个壮汉沉声道:"一起出手!"

壮汉先是被陈平安雷厉风行的出手给惊到了,又怕自己这方杀力巨大的联手会伤及无辜,一时间有些两难,只得做了个手势,让身后同盟先困住那老妖物再说,自己则继续拉近距离,免得陈平安不小心杀妖不成,反而沦为老妖婆壮大气机的饵料。

相比那些莽莽撞撞的江湖晚辈,壮汉觉得这个看似冷眼旁观但是出手凌厉的少年郎要顺眼太多了。

行走于山野湖泽之间,难免遭遇魑魅魍魉,有没有足够的眼力见,往往比本事大小更重要。有多大本事,就做多大的事,要不然就别瞎添乱,这才是长命百岁的本钱。

壮汉倒是欣赏那些年轻男女的古道热肠,可是委实恼火他们的莽撞无知。

那姿容妖冶的青芽山夫人仍是不愿放开男子胳膊,吃过亏后,这次不敢托大,迅速侧身,眼见着那可恨少年又一拳劈来,便对着他一脚踹去,势大力沉,裹挟风雷之声,那气势好像便是山崖石块也要给她这一腿踹出坑洼来。

陈平安面容坚毅,脚步尤为轻盈,不再直线向前,瞬间横向挪开,躲了那凶猛一踹,同时身形下沉,一臂立起在肩头,以防妇人横扫而至,继续向前,拳劈妇人。

青芽山夫人这才瞧清楚了少年的古怪底细。原来这一拳看似朴实无华,实则悄然流淌着拳法真意,难怪先前能够伤到自己。

那壮汉暴喝道:"休要伤人!"

只见他一拳凌空砸下,一道拳罡便裂空而去,自扑青芽山夫人的头颅。

又有一条并非实质的雪白铁链起始于壮汉身后一人的袖中,哗啦啦横挂出去。

更有一名背负桃木剑的男子手指并拢,朝青芽山夫人喊了一个"疾"字,蓄势待发的桃木剑便横空出鞘,飞至高空,划出一条弧线坠向她脖颈。

"真当老娘好欺负不成?老娘之所以忍了你们这二百里山路,图什么?"

青芽山夫人肆意大笑,果真如陈平安所料,一踹不成,便横扫向他肩头,与此同时,身后竟然虚幻生出三条貂狐似的猩红长尾,分别拦下壮汉的拳罡、袖中铁链和破空而至的桃木剑。虽然长尾为此鲜血淋漓，到底是挡住了一轮来势汹汹的齐攻。

她随手丢开手中男子那条伤可见白骨的胳膊，彻底腾出手来，一手握住陈平安的拳头，忍住手心灼烧刺痛，另外一手轻轻一指戳向他眉心，誓要戳出脑浆来才解恨。但是真正的生死大敌仍然不是陈平安，她视线望向破败古庙之后的远处，轻佻笑道："老相好，难道要眼睁睁地看着你的女人被外人欺负？"

不料陈平安狡猾难缠得很，拳头被牢牢抓住，身体便后仰出去，双腿揣在青芽山夫人腹部。青芽山夫人微微吃痛，下意识收回手，并不追杀陈平安，反而媚眼一抛："等会儿再好好收拾你，夫人我可是出了名的菩萨心肠，保管你欲仙欲死，临死前只恨不多出几条命来享福！"

壮汉如释重负，忍不住朝陈平安伸出大拇指，大笑称赞道："漂亮！"

陈平安全身而退之后，深吸一口气。这时，那个早就冲出破败小庙的粉裙女童几乎都要哭出声来："老爷老爷，那家伙说让我保护您，他去对付那个厉害点的，可是我真的不晓得如何打架啊，急死我了。老爷对不住啊，都是我没用……"

陈平安始终盯着青芽山夫人，但是伸手轻轻拍了拍粉裙女童的脑袋，安慰道："没事，下次注意就行。"

自幼就在书楼潜心修行的粉裙女童愈发愧疚，一下子哇哇大哭起来。

壮汉小声提醒道："蜈蚣岭还有道行高深的妖修，我们见机行事，实在不行，好歹护住这些孩子再撤退。"

众人点头，虽然明知一旦遇上那种最坏结果，要做到这一点难如登天，可仍是没有异议。这一路追杀妖物太过凶险，只因有了青衫老者的回春术，队伍才没有出现伤亡。若非那妖物罪行滔天，他们这些人又如何会在大局已定的情况下，对那青芽山夫人"出言不逊"？实在是恨意难平，当真是想要将她下锅煮了才解气。

青芽山夫人得意扬扬地调笑之后，发现远处并无异样动静。照理说，以那头蠢熊的行事风格，早该以惊天动地的隆重方式登场才对。她顿时有些急眼，尖声道："人呢？"

破庙后面的远处山林，一个身高丈余、手持双斧的魁梧大汉正望着十几步外的青衣小童，龇牙咧嘴，露出对着美食垂涎三尺的滑稽表情。

雄壮如小山的山精大妖咽了咽口水后，掉头就跑，一路狂奔，遇山开山，见树伐树，最后干脆丢了斧头，现出原形。只见一头巨熊手脚并用，疯狂逃窜。

没有按照预期等来战力恐怖的熊精压阵，失算的青芽山夫人顿时慌了心神，在之后的修士之战当中，一不留神就被壮汉拳罡劈在身上，倒在地上，然后迅速被那把桃木剑钉入肩头，铁锁缠身，之后更是被一阵神通器物加身，最后被那拳法通神的壮汉数脚踩在额头，强行打散气府的流转，被踩得整个脑袋都陷入泥路中去了。

壮汉最后祭出一把银色小刀，完完整整刺入妇人心口，这才单手拎住她的脖子，将她扛在自己肩头,随手丢在了马背上。

壮汉眼神复杂地瞥了眼那个蹲在破庙屋顶的青衣小童,最后望向粉裙女童身旁的陈平安,抱拳笑道:"以后公子走江湖也需谨慎些,毕竟山上并非都是我们这些人。"

陈平安很快就想明白他的意思,是说山上神仙只要看穿身边蛇蟒的真身,就会不讲情理地出手,而不会像他们这样不见恶行即不出手。他抱拳还礼:"我会小心的。"

壮汉翻身上马,转头看看青芽山夫人并无苏醒的迹象,对陈平安大笑道:"拳法不错,再接再厉!"

陈平安以为那人是打趣自己,赧颜笑道:"前辈拳法才是真的厉害。"

壮汉爽朗大笑,不再说话,再度向他抱拳,这才拨转马头,和众人一起沿着原路返回。他们这趟斩妖之行并不顺利,光是诱敌就耗费了大半月时光,之后一路追杀至此,更是已过了两天两夜,便是他这位五境纯粹武夫都有些心神疲惫,更别提队伍里其余的练气士了。所以赶紧去往州城官府交差,不说事后黄庭国朝廷的丰厚赏赐,回了各自山门帮派,也算大大的功德一件了。

壮汉跟兰芝擦肩的时候,没好气道:"好人坏人,都不会在额头上刻两个字给你们瞧的。以后别这么冒冒失失的,既然选择了下山历练,勇气可嘉,但是少做一些需要师门帮忙擦屁股的蠢事。"

双方人马就此别过。

络腮胡年轻人也去找回了那柄佩剑,那个被青芽山夫人抓住胳膊的男子最为凄惨,哪怕敷了药止了血,仍是哀号不已,一条胳膊血肉模糊,眼见着多半是废了。

有个人脸色发白,不忍再看朋友的惨况,突然瞥见转身走向破庙的少年,起身后怒骂道:"你这人怎么回事,为何不早点出手! 若是早就看出那妖物的马脚,为何连提醒都不愿意? 诚心等着看好戏不成?"

很快有人颤声附和道:"是你害了马兄弟!"

陈平安停下脚步,转过头,一言不发地看着那两个人。

一人吓得后退数步,一人壮着胆子瞪眼道:"怎么,你理亏了,还想行凶伤人?"

陈平安仍是不说话,不过伸手指了指自己脑袋以及心口,这才转身走向火堆,蹲在那里看着煮饭的小锅。

那人犹然不罢休,嘴里还嘀嘀咕咕着,最后被那个银色剑穗的年轻男子阻止,这才不再念叨什么。一行人纷纷上马,其中一人与那伤者共骑一马,以绳子绑缚两人,以免后者由于伤痛而坠马。

站在庙口的青衣小童望着那群人远去的身影,眼神青光熠熠,问道:"老爷,为何不让我教训那帮小白眼狼? 我都要气炸了,气杀老夫气杀老夫! 不行,我得消消气!"

青衣小童使了一个凝聚水汽的神通,在头顶出现一个大水球,当头浇下,自己把自已折腾得像只落汤鸡。

蹲在陈平安身边的粉裙女童破天荒附和道:"是很气人!"

陈平安轻声道:"别人不讲道理,不是我们跟着不讲道理的理由,自己问心无愧就行了。"他突然笑了笑,"反正以后不会见面,而且咱们又不是他们爹妈,不用事事讲清楚。我好些个刚明白的道理,可是好不容易从书上读来的,凭什么教给他们。"

粉裙女童捂嘴而笑,青衣小童打了个响指,湿漉漉的一袭青衣顿时变得干燥,转身走回庙内,伸手烤火:"老爷,我没说要跟他们讲理啊,是想要一口吃掉他们……"

看到陈平安抬头望来的视线,他赶紧改变口风:"当然是不可能的! 唉,老爷,我就是想小小教训他们一下,比如打得他们一个个鼻青脸肿,爹娘都不认识。嗯,那个大长腿的姑娘就算了,还是留着给老爷您看着办吧。"

陈平安打开锅盖,米饭的香气弥漫,粉裙女童已经乖巧伶俐地递来饭勺,还有三只叠在一起的小白碗。

三人就着腌咸菜一起蹲着吃饭,陈平安没来由地想起一个经常用筷子敲碗喊着要吃肉的人,以及他说的一番话,于是对青衣小童说道:"真正的强者,愿意以弱者的自由作为边界。"

青衣小童扒着碗里的饭,看着吃得起劲,噼里啪啦作响,其实从头到尾就只吃了一小口。他眨了眨眼,然后满脸真诚道:"哇,老爷您这胸襟真是比御江还要宽广,佩服佩服,感动天感动地。亏得老爷不是读书人,要不然早就是学宫书院钦点的君子了。"

虽然听出了青衣小童言语里的讥讽意味,可陈平安还是叹了口气,想着自己的事情,缓缓道:"这句话不是我说的。"

青衣小童哪里敢得寸进尺,接下来的溜须拍马就要真心许多,哈哈笑道:"我就当是老爷说的,老爷的高风亮节,完全配得上这句话!"

陈平安笑道:"你哪里学来这么多马屁话,平时不修行吗?"

"修行啊,我认真修行起来,连自己都感到可怕……"青衣小童哼哼道,"我勤奋得一塌糊涂,其实就是偶尔出来透口气,跟水神兄弟一起喝酒吃肉。下面的人都这么说我的啊,我不过是拿来借用一下。"

青衣小童看着陈平安,摇头晃脑道:"以前吧,我还会有一丢丢的怀疑,那些小家伙是不是纯粹讨要赏赐才说得这么肉麻。但是自从认识了老爷,就觉得他们肯定是真心的,因为我对老爷就是真心得不能再真心了。唉,早知道当初应该多赏一些好东西,哪怕跟水神兄弟赊账也行啊。唉,我这是寒了众将士的心啊。对吧,老爷? 下面的人一片真心,上面的人需要珍惜啊!"

敢情拐弯抹角绕来绕去,兜了这么大一圈,就是跑陈平安跟前讨赏来了?

陈平安笑呵呵:"想要蛇胆石? 我老家那边确实有,还不止一颗,但是不给你。"

青衣小童立即跪下，手捧饭碗举过头顶："苍天可鉴啊，老爷您老人家就可怜可怜我吧。这一路上，我没有功劳也有苦劳啊，每天强忍住不吃掉那傻妞儿，很辛苦啊！"

粉裙女童往陈平安身边躲了躲。

陈平安缓缓道："行了，到了我家乡，你们一人一颗蛇胆石。"

青衣小童猛然抬起头，一脸不忿："凭啥她也有一颗？老爷，如果一定要给她，那我得要两颗！"

粉裙女童不敢反驳什么，只是满脸委屈，泫然欲泣。

陈平安对青衣小童伸出两根手指："两颗是吧？"

青衣小童点头如小鸡啄米。

陈平安收回手指："都没了。"

青衣小童放下饭碗在脚边，然后一个前扑，抱住陈平安的小腿，撒泼打滚："老爷，我知道错了，一颗就一颗。"

陈平安不理睬青衣小童，望向小庙外的天色，喃喃道："快要下雪了吧？"

有聚终有散，人生就是一场场折柳。

岁月长河里，仿佛存在着一个个杨柳依依的渡口，每一段光阴逆旅当中，会有人离船而去，有人登船做伴，然后在下一个渡口又有新的聚散离别。

就像那个任劳任怨的泥瓶巷少年，在上一个渡口，就已经远离众人而去。

拂晓时分，李二一家三口早已备好行囊，在东华山山脚与一行人告别。比起第一次在家乡小镇跟亲人们分开，李槐这次不再没心没肺，不会只觉得没了拘束，可以整天吃糖葫芦和鸡腿，而是多出了几分愁绪。孩子到底是长大了。

李宝瓶、林守一、于禄、谢谢，还有翩翩美少年崔东山都来送行了。

妇人红着眼睛，不愿松开李槐的手，絮絮叨叨说着天冷加衣、吃饱喝足的琐碎言语，李槐便安安静静听着。李二始终憨憨地傻站在旁边。

李柳给李槐理了理已经足够崭新齐整的衣衫，回头望向山崖书院的匾额。对于谢谢和于禄两个同龄人的打量眼神，她无动于衷。

妇人总算舍得离去，这一走出去，就狠着心不再转头。李二拍了拍李槐的脑袋，笑着跟上媳妇的脚步。李柳拍了拍弟弟的肩头，然后对众人施了一个万福，姗姗而去。

李槐轻轻踢了一脚林守一，后者手心满是汗水地攥着一封信，摇摇头，望着李柳的背影，呢喃道："下次吧。"

李槐不愿在他们面前流露出悲伤情绪，强忍着忧愁，找了个有趣的话题，嘿嘿笑道："崔东山，如果说你是陈平安的学生，我们三个都是齐先生的弟子，宝瓶又喊陈平安小师叔，你跟我们的辈分到底咋算？"

崔东山双手负后,玉树临风,扬扬得意道:"我可是我家先生的开山大弟子,辈分很高,比这东华山高出十万八千里。"

李槐愣了一下:"难不成得喊你大师兄?"

"大师兄?"崔东山顿时急眼了,"你全家都是大师兄!老子才不要当大师兄,其他怎么喊随你们。"

李槐有些蒙:"那喊你小师兄?有点拗口啊。"

崔东山眼睛一亮:"小师兄好,既尊重兄长,又透着股亲切,以后你们就喊我小师兄吧。于禄、谢谢,从今天起,你们也不例外,不用喊公子了,太生分,就跟着宝瓶他们一起喊我小师兄。"

李宝瓶冷哼道:"我可没答应!"

她冲出牌楼下,李槐喊道:"李宝瓶,等下还有课呢!"

"罚抄文章,我昨夜已经挑灯写好了,怕什么!我要一个人先逛遍这里,以后好带着小师叔逛街。"李宝瓶高高扬起脑袋,一路飞奔,追逐着蔚蓝天空中掠过的一群鸽子。鸽哨声此起彼伏,悠扬清越地响彻大隋京城。

李槐扯开嗓音喊道:"那带上我一起啊。"

李宝瓶置若罔闻,比起她那个远离书院牌楼的纤细身影,小姑娘的思念更已远在千万里之外。

已经走到了黄庭国边境的一座山岭,陈平安在山涧溪畔洗脸。

不同于只背着个书箱的粉裙女童,青衣小童身负一件方寸物,总有一大堆稀奇古怪的玩意儿。一开始他倒是没想着在陈平安面前显摆什么,后来对蛇胆石上了心,每天惦念得不行,就开始拿出来,求着陈平安拿蛇胆石跟他换宝贝。

就像此时,青衣小童又拿出一堆小瓶子,蹲在陈平安身边,给他们家老爷讲解这些瓶子的有趣。他拔出其中一只粉绿色瓷瓶的瓶塞,往溪水里一倒,很快就从瓷瓶里流淌出一大片柔和的月光,洒落在溪水上,如梦如幻。

青衣小童笑嘻嘻道:"老爷,好看吧,这是修行人颇为喜欢的月华瓶。除此之外,还有云霞瓶、日光瓶在内的林林总总,专门从五岳大山那边采撷云涛彩霞、日月光辉等等,其中蕴含的灵气虽然不多,自然比不得那些洞天福地的丰富充沛且细水长流,可是那些总归敌不过这些瓶子倾泻出来的风光好看呀。老爷您觉得呢?"

陈平安确实有些震惊。茂盛山林之间,大白天仍是略显阴暗,此时看着溪水上缓缓流淌的月光,真是觉得世间无奇不有。

青衣小童循循善诱道:"一个小瓶子换取老爷的蛇胆石肯定不厚道,我这里还有统称为绕梁瓶的三只瓶子,称呼源于'余音绕梁,三日不绝',俱装满了天地间各种美好的天籁之音。比如这只瓶子里的蛙鸣,这只的大潮水声,还有这只的高山松涛声。老爷,您想啊,睡觉的时候打开其中一只瓶子,枕头旁边就是潮水声,多惬意啊,就不心动?我这么多宝贵的瓶子,才跟您换一颗蛇胆石!只换一颗!老爷只要点个头,这七八只瓶子就立马全归老爷您啦,这种买卖不做,要遭天打五雷轰……"

陈平安在心中默算了一下家底,想着品相极佳的蛇胆石还有不少,便点头笑道:"好。"

粉裙女童在旁边使劲摆手,给自家老爷使眼色,想要劝阻他不要答应这笔买卖。

青衣小童将瓶子一股脑推给陈平安,高兴得活蹦乱跳,对着粉裙女童伸出两根手指,趾高气扬道:"我比你多一颗,如今又比你高出一个境界,等到了老爷家乡,吃掉石头,大爷我就要比你这傻妞儿多出两个境界了。到时候你自己识趣一点,别留在老爷身边丢老爷的人了,老爷有我一个小书童就足够,哪里需要什么蠢丫鬟……"

粉裙女童噘起嘴,皱着粉扑扑的小脸蛋,风雨欲来。

陈平安无奈道:"你再欺负她,我就反悔了。"

青衣小童立即咳嗽一声,对粉裙女童一本正经道:"以后照顾老爷衣食住行要多用心,晓得不?比如吃过了那颗蛇胆石,赶紧变成一个黄花大姑娘的身段容貌,老爷血气方刚,长夜漫漫,你就自己主动一点去暖被窝……"

陈平安放好那些材质各异的珍稀小瓶,对着青衣小童的脑袋就是一记栗子:"少在这里胡说八道。"

青衣小童装模作样地作揖道:"老爷教训得是。"

陈平安重新蹲在溪畔石头上,拿出一块干饼嚼起来,随口问道:"你们知道龙王篓是什么吗?"

两个小家伙同时脸色微白,青衣小童更是身体僵硬,别说是插科打诨,就连路都走不动了。还是粉裙女童小心翼翼道:"我在古书上见过记载,只要练气士将其丢入大江大水,就能抓获蛟龙。最可怕的地方在于蛟龙之属原本在水中是占尽地利优势的,便是对上比自己高出一两个境界的练气士也不会吃亏,但是如果对方拥有龙王篓,哪怕境界比我们还要低一两个,一样可以让我们束手就擒。"

青衣小童下意识远离陈平安几步,蹲在远远的地方:"没那么轻松,一旦被抓入龙王篓,不比凡人身处油锅好受,时时刻刻受那千刀万剐之苦。这是上古蜀国最大宗门的不传之秘,他们专门编织龙王篓,售卖给那些远道而来试图擒获我们族类的练气士。"他嗓音颤抖,握紧拳头晃了晃,"这么大的龙王篓,就能够抓住我了。"

陈平安伸出双手,在自己身前比画了一下:"如果是这么大呢?"

这下别说晓得龙王篓厉害的青衣小童,就是粉裙女童都吓得不敢说话了。

青衣小童哭丧着脸道:"老爷,别说见过,我听都没听说过有这么大的龙王篓。您该不会有一只吧?"他强忍住不要第二颗蛇胆石的冲动,试探道,"如果真有这么夸张的龙王篓,任你是化蛟数千年的老祖宗也要乖乖认命。老爷,是不是觉得那堆瓶子其实不太好看?没事,老爷留在手里玩便是,如果真不喜欢,到了老爷家乡再还我便是。至于蛇胆石,老爷看心情决定给不给……"

陈平安哭笑不得道:"我没有龙王篓,就算有,你们也不用怕什么。"

难怪大隋皇子高煊当初买走那尾金色鲤鱼和龙王篓后,会觉得过意不去,除了给出一袋子金精铜钱,这次在大隋京城还要表达谢意。

当时在小镇遇到那个提着鱼篓卖鱼的汉子,陈平安一眼就看出不同寻常了——怎么可能离岸那么久,鲤鱼还能活蹦乱跳?但一是当时实在没钱,朝不保夕的日子,哪里敢随着喜好花钱?二是被高煊和老人半路截下。

陈平安丢了一颗石子到溪水里。他此刻有些忧伤,不是因为丢了好大一桩机缘,而是觉得好几座金山银山跟自己擦肩而过了。所以说到底,他还是心疼钱。

事实上,陈平安不知道那个汉子正是李槐的父亲李二,杨老头的徒弟之一。当时李二就已是武道九境的巅峰武夫,不同于负责收受金精铜钱的看门人,他对陈平安观感很好。至于李二当时为何不直接将鱼和篓赠送给陈平安,是大有讲究的,师父杨老头这一条道路上的人历来推崇"公道"二字,所以李二当时随口报了一个价格,是为了能跟泥瓶巷少年讨价还价,显得更加真实。

只可惜半路杀出一个大隋皇子,本就坏了规矩在先的李二顿时心中警醒,不敢再强塞给陈平安这份天大福运。事后杨老头也训斥过李二,告诉他一个残酷的真相:如果陈平安真收下了鱼篓和鲤鱼,那么能不能活着离开小镇都难说。

小镇上这些暗流涌动,陈平安至今尚未获悉全部。

大道之上,永远是福祸相依。一件事情,是朋友雪上加霜,还是敌人雪中送炭,短时间内谁都说不好,也说不定。

三人重新上路,夜宿山巅。虽然已经无须陈平安守夜,可是他仍然习惯在走桩立桩之后,守着篝火一段时间才睡觉。

夜深时分,山顶万籁俱寂。

篝火旁,青衣小童往火堆里添了柴火,对着粉裙女童勾了勾手:"傻妞儿,你过来。"

粉裙女童在远处背靠崔东山留下的书箱,使劲摇头:"我不。"

青衣小童笑眯眯道:"我不吃你便是。"

粉裙女童打死不凑过去。

青衣小童怒道:"不过来,我就真吃你了啊!你怎么回事,好话不听,非得挨揍?"

粉裙女童只得壮着胆子坐在篝火对面。

青衣小童问道:"你说老爷很平常很无趣的一个人啊,怎么会有那么凶残那么可怕的弟子呢?"

粉裙女童想了想:"老爷心善,好人有好报。"

青衣小童冷笑道:"人好能当饭吃?"

粉裙女童缩了缩脖子。

青衣小童讥讽道:"亏得是五境修为的妖怪了,而且还有一些特别的本事,你有点骨气行不行?"

粉裙女童这次还真有了点骨气,轻声反驳道:"你给灵韵派太上长老御剑追杀两千里,怎么不见你有骨气?"

青衣小童破天荒没有恼火,耐着性子解释道:"我又不是怕那个一大把年纪的老妖婆,真是臭不要脸,恁大岁数,还往脸上涂抹胭脂。大爷我啊,是英雄难敌双拳,若是吃掉老妖婆,就要惹恼整个灵韵派,到时候连累了我水神兄弟遭殃,我这心里过意不去。"

粉裙女童悄悄转过头,偷偷翻了个白眼。她只敢这么做。

青衣小童愤懑道:"你这傻妞儿是要造反啊? 三天不打上房揭瓦! 仗着有我家老爷撑腰,就不把你家大爷放眼里是吧?"

粉裙女童吓得就要出声喊陈平安。

青衣小童赶紧摆手,示意她不要轻举妄动,叹了口气,转移话题道:"咱们老爷才是二境修为的武夫,虽说比起寻常的三境武夫也不差了,可你我心知肚明,他还是很弱小。再者,看他衣食住行、言谈举止,根本不像是大家门户里出来的孩子,当真在家乡坐拥五座山头,还能有那么多蛇胆石? 会不会是那个凶残的家伙故意骗咱们,想要把咱们带到小山沟沟里头去啊?"

粉裙女童蜷缩起来,望向那些她天生亲近的火焰,整个人觉得暖洋洋的,喃喃道:"我是无所谓啊。芝兰府这两代曹氏子孙居心不良,对不起他们祖辈辛苦经营出来的书香门第,我本来就不喜欢他们。跟着老爷回乡,挺好的。"

青衣小童脸色肃穆,不复见平时的嬉皮笑脸,轻声感慨道:"曹氏确实走了条歪路,不过也没法子,换成别人也会这么做。能够当神仙,谁还乐意傻乎乎读书考取功名? 什么独善其身兼济天下的,都是儒教圣人们骗人的。我在御江待了这么多年,见多了读书人的不幸,不说其他,只说历任刺史、郡守遇见了我那水神兄弟,比见着京城堂官还狗腿,只要是修行中人犯了事,一准连夜去求我兄弟帮忙斡旋。我兄弟若是心情不佳,还要把他们晾在祠庙外边好几天,那些个当官的一个屁都不敢放,没劲。"

粉裙女童欲言又止,终于还是默不作声。

青衣小童嘻嘻笑道:"老爷已经睡着了,可大爷还是长夜漫漫,无心睡眠啊。春宵一刻值千金啊……傻妞儿,要不你给我当媳妇吧?"

粉裙女童顿时红了眼睛,骂道:"臭流氓!"

青衣小童瞪眼："啥玩意儿？这是天大的福分啊,你祖坟冒青烟了,晓得不？你以为我真喜欢你？我要不是贪图你那颗尚未到手的蛇胆石……"

粉裙女童站起身："我跟老爷说去！"

青衣小童只好再次退让,使劲招手道："别这样别这样,咱们结为兄妹如何？义结金兰之后,你的东西是我的,我的东西还是我的……"

粉裙女童干脆背着书箱跑了。

青衣小童站起身,叉腰大笑。之后收敛笑意,撇撇嘴,意态阑珊,嘀咕道："真是个傻妞儿。"

青衣小童一路飞奔到山崖畔,蓦然高声道："人生天地间,你我皆逆旅！大爷带着傻妞儿跟着老爷回家喽！"

远处的陈平安翘起嘴角,这才不再运行那十八停剑气流转,开始真正睡去。

一条源头在大骊境内的黄庭国大江之畔,陈平安钓起了一尾出人意料的大青鱼,粉裙女童煮出了一锅美味鱼汤。

一人俩妖怪三个家伙,吃饱喝足之后开始闲聊。

陈平安问他们书上讲的神仙餐霞饮露,汲取沆瀣之气和日月精华,是不是真的很有用处。

粉裙女童使劲点头。

"聊胜于无,用处很小。"青衣小童一边弯腰打着水漂,一边摇头,"我们这些蛟龙之属还是要靠山吃山靠水吃水,融山根吞水运才是大道根本,其他那些虚头巴脑的,没啥意思。"

陈平安笑问道："既然还是有些用的,为什么不善加利用？你们俩都想要化蛟,以后还要尽可能挑选一条长过万里的大渎,走水入海,最终成就真龙之身,才算得道。难道不是更应该勤勉修行吗？"

青衣小童轻轻丢出最后一块石头,拍拍手笑道："修行啊,靠天赋,不靠努力。"

陈平安又问道："如果有了天赋,不是更应该努力吗？"

青衣小童愣了一下,然后装死道："老爷,我突然有些头疼,可能是受了风寒湿气,我睡觉去了啊。"

陈平安笑道："你一条水蛇……"

青衣小童纵身一跃,跳入江水之中,身影转瞬即逝。

粉裙女童低声道："老爷,他啊,就是懒。不过他资质出身都比我要好,先天肉身就更加强韧,我哪怕多苦修两三百年,也比不过他。"

陈平安安慰道："那就别跟他比,先跟自己比,争取今天比昨天强一些,明天比今天强一些。"

粉裙女童立即斗志昂扬:"老爷说得对!"

她诚心诚意道:"难怪老爷才二境修为也这么勤勉练拳,一点都不肯懈怠,原来是笨鸟先飞啊……"说到这里,她赶紧捂住自己嘴巴。言多必失。

陈平安被逗乐了:"你说得没错,我确实笨,所以要更加用功。"

然后陈平安沿着江畔开始走桩。

便是性子安定如粉裙女童,看了这么多次,也觉得有些枯燥乏味了。

数天之后,陈平安拄着一根竹杖缓缓登山,其间郑重其事地抓了一抔土壤,小心翼翼装入早就准备好的一只小棉布袋子。

一袋袋各色土壤累加在一起,逐渐成为背篓里最沉重的分量。对此,青衣小童和粉裙女童都默契地不去询问,只当是什么不可告人的修行秘事。

青衣小童一开始还觉得不用自己真身开路,十分闲散惬意,只是这么慢腾腾走久了,难免就有些厌烦,但是不敢对自家老爷的行程指手画脚,只好没话找话道:"老爷,之前路过那座郡城,咱们为啥不花钱豪迈一些呢?老爷身上银子不多了,可我有钱啊,别怕大手大脚。就算现在花光了身上的银子,我只要随便找条江河,很快就可以捞出一些宝贝来,那可都是钱。"

陈平安说道:"我听人说过修行这件事,最耗金银……"

青衣小童立即改口道:"老爷,我是穷光蛋,我方才跟您吹牛呢!"

为了不听陈平安那套积少成多的泥腿子道理,也算不择手段了。

青衣小童到底是耐不住寂寞的主,在陈平安沉默之后,又主动开口劝道:"老爷啊,不是我说您,咱们修行啊,为的就是千金散尽还复来。一言不合大杀四方,多英雄好汉,多气概非凡!可不是为了蝇营狗苟,窝窝囊囊,小家子气……"

陈平安没有反驳什么,只是缓缓走在山路上。

不一样的。哪怕是走在同一条道路上,一定会在某一天某一处分岔离别。

这是陈平安这趟出门,护送李宝瓶他们远游求学的最大心得之一。

在黄庭国和大骊接壤的边境上,陈平安遭遇了一场山颤地动的大异象。在一座山巅眼见着远处某地尘土四起,陈平安便拉着他们往那边赶去,结果在这座黄庭国小城内看到了一番人间惨剧:城墙、屋舍和祠庙倒塌无数,几乎半城百姓都身着缟素,家家户户悲恸欲绝,不断有老少道士进进出出,脚步匆匆,既有少年道童的悲天悯人之色,也有老道人钱财到手、腰包鼓鼓的喜悦神情,众生百态。

好在城内秩序并未大乱,只给陈平安撞见了一伙地痞流氓要欺辱一户爹娘刚刚死于异象的少年兄妹,被陈平安拦了下来,不让他们强掳少女去卖身。那伙人本就是趁火打劫,根本不占理,被陈平安一拳一脚打退两人后,便悻悻然溜走。

陈平安给贫寒兄妹留下二十两银子就离开了,最后在一座无人问津的武圣庙歇脚,发现这座给人单薄感觉的小祠庙竟然在大地震中屹立不倒,毫发无损。

一尊彩绘武圣泥塑像高高在上,张须怒目人间。

青衣小童只是瞥了眼武圣像,就看穿了玄机:"这儿香火不净,地方又小,香火分量明显不够。吃不饱饭就要饿死,人神都这样,所以坐镇此方的神祇早早就没了,自然无法庇护县城,只能勉强维持住这一亩三分地的安宁。"

粉裙女童没青衣小童的眼力和阅历,心性更加澄澈无瑕,反倒是毕恭毕敬对着那尊武圣像鞠躬致敬,之后看到陈平安已经开始清扫地面,她就帮着擦拭神台上的灰尘。

青衣小童不敢嘲讽自家老爷,只好对她讥笑道:"你一条读了点破书的火蟒,跟这类神祇套什么近乎? 再说了,当年那场波及天下的大战,好大的一次改天换地,咱们作为蛟龙之属,那可是实打实的叛徒。亏得这位小小神祇不在了,要不然你这一拜,肯定会被视为挑衅,说不定神灵老爷就会真身出窍,以金身姿态神游人间,然后一拳打烂你的脑袋,砰一声。哇,我到时候一定拍手叫好。"

陈平安好奇问道:"为什么你们蛟龙是叛徒?"

青衣小童自知失言,赶紧闭嘴,使劲摇头。

粉裙女童更是双手捂住嘴巴,可怜巴巴望向陈平安,一副"老爷你千万别问我,我知道也不敢说"的可爱模样。

天边铺满了火烧云,陈平安和粉裙女童接下来就在庙内生火做饭。青衣小童百无聊赖地等着开饭,在高高的门槛上走来走去。他突然跳下去,快步走下台阶,走到一对兄妹跟前,润了润嗓子,拿捏着架子道:"可是有事找我家老爷? 说吧,什么事,若是妄想老爷帮你们更多,我劝你们赶紧打道回府。若是……"

青衣小童贼笑兮兮打量了一眼妙龄少女,看她穿着寒酸,跟自家老爷是一路人,颜色不过中人之姿,但是小姑娘家家的身段好哇,小小年纪就有丰满妇人的韵味,多难得。青衣小童收敛笑意,继续一本正经地胡说八道:"若是觉得救命大恩难以报答,有人要对我家老爷自荐枕席,我这就帮你们去禀报……"

年纪稍长的少年脸色有些阴郁,就要愤而转身,却被少女轻轻拉住袖子。

陈平安走出武圣庙,给了青衣小童一记栗子后,歉意道:"你们别当真,他就喜欢开玩笑吓唬人。"

少女腼腆道:"没关系,哥哥和我不会当真的。"

原来兄妹二人是过来送吃食的。陈平安接过之后,双方都不善言辞,少年很快就转身回去了,少女生疏蹩脚地施了个万福,这才跟萍水相逢的恩人告辞离去。

陈平安叹了口气,走回武圣庙,看到在门槛上蹦蹦跳跳的青衣小童,轻声道:"我知道你没有坏心,但是以后不要跟所有人说话都没个正行。一些无心言语是会伤到人的,有些人会惦记很多年。"

青衣小童那双细看之下充满诡谲的深青色眼眸流露出些许不耐烦,只是掩饰得很好,低头"哦"了一声,就没有下文了。

陈平安也不再说什么,在武圣庙内坐着练习剑炉立桩。

住在泥瓶巷一端尽头的顾璨,小小年纪就记住了茫茫多的"仇家"。跟陈平安私下相处的时候,说起那些家伙,顾璨就总是咬牙切齿,杀气腾腾。那么点大的孩子,就已经有了偷偷刨掉人家祖坟的念头。

这里头的是非对错,很难说清楚。但是按照文圣老爷的说法,若是按照顺序来说,其实很多顾璨的心结来自于那些看似加在一起还不足一两重的冷嘲热讽。

青衣小童看着屋内忙碌的粉裙女童以及凝气精神的陈平安,欲言又止,最终还是把话咽回了肚子,只是好像有些积郁难消,在门槛上逛荡来逛荡去的步伐就急促了一些。最后他实在是觉得不吐不快,双脚钉在门槛上,矮小身体如秋千一般大幅度晃动起来,一下子倒向庙内,一下子后仰庙外,对陈平安说道:"那少年忒不知好歹了,一两句玩笑话都经受不起,死了算数!屁大本事没有,心气比天高,活该一辈子受苦遭灾!"

陈平安依旧席地而坐,闭目练习剑炉,不闻不问不言不语。

青衣小童沉默片刻,嗓音低沉,一双泛起冰冷水雾的深邃眼眸死死凝视着陈平安,尽量用玩笑的语气说道:"老爷,咱们出来混江湖,要帮亲不帮理,才能吃得香混得开啊。更何况,我可没怎么着他们兄妹。老爷这么大一份恩情,同样是兄妹,妹妹就是个明事理的,至于哥哥,之所以把愤懑摆在脸上,一方面是觉得我调戏了他妹妹,害他丢了颜面,其实更多还是骨子里的自卑作祟。因为他在心底知道自己就是个废物,哪怕不是身处乱世,一样护不住他妹妹。这种人如果将来还这么死犟,不愿低半点头,只会吃更大的亏。所以老爷啊,我这是为他们兄妹二人好。"

陈平安睁开眼睛,在心中认真思量过后,点了点头,然后缓缓道:"你说的没有错,但是对错分先后,你不能用一个后边的对来否认前边的对。错误更是如此。"

青衣小童双拳紧握在袖中,眉眼低敛,似乎是生怕自己的神意泄露,被陈平安透过"水井"看出自己心湖的兴风作浪。这条在御江一人之下万人之上的得道水妖只觉得内心怒火燃烧,恨不得一拳打死无趣的"自家老爷",再一口吃掉那条火蟒来进补修行,成为自己大道登天的垫脚石。

青衣小童转过身去,跳下门槛,嘿嘿笑道:"老爷,那我去道歉了啊。"

笑声已经传入武圣庙,但是背对祠庙的青衣小童则是满脸暴戾杀气。

在青衣小童远去之后,粉裙女童怯生生道:"老爷,他真的很生气,如果在御江,依照他的性格,指不定就要水漫两岸了。按照郡县地方志的记载,这几百年里出现过好多次洪水泛滥的'天灾',御江水神非但不会压制,反而会推波助澜。"

陈平安摸了摸她的脑袋:"既然不愿意听,以后不跟他讲道理就是了。"

陈平安说不讲道理,那就是真的不再跟青衣小童讲这些无聊道理了。本以为一路相伴而行,关系亲昵了,陈平安才愿意稍微说一些。既然他不爱听,那么陈平安绝对不会自找没趣,重新返回原点就是了,之后青衣小童只要不做超出陈平安底线的事情,就一切听之任之。就像今天这点小事,如果在认识之初,陈平安肯定会冷眼旁观,哪里还会说这些心里话。陈平安跟崔东山走了那么远的路,又讲了多少?

粉裙女童一脸天真烂漫:"老爷,那您可以跟我讲,我爱听这些。"

陈平安会心一笑:"有说得不对的地方,你一定要告诉我。"

粉裙女童在这一刻蓦然灵机一动,脱口而出道:"老爷的顺序一说,茅塞顿开,说得对极了!"她很快有些脸红,赶紧声明,"老爷,我不是学他,不是拍马屁!"

陈平安看着火候,米饭就要煮熟了。粉裙女童气鼓鼓道:"老爷,咱们不给他留,让他饿着。老爷一心为他好,他还要发火生气!如果不是真身拘押于那方砚台之中,他今天真的会对老爷出手,刚才我都快吓死了。"

陈平安摇头笑道:"这可不行,饭还是要留的。"

粉裙女童灿烂地笑道:"我听老爷的。"

陈平安揉了揉她的小脑袋。

青衣小童当然不会去跟他眼里的蝼蚁道歉,忍着不一巴掌将兄妹拍成肉泥就已经是他宰相肚里能撑船了。他双手负后,远离武圣庙,脚尖一点,跃上一座屋脊,矮小身影化作一道浅淡青烟,往城外飞掠而去,最后一次迅猛拔高,冲入云霄,在天空划出一个极其巨大的弧度,落在一座深山后。恢复真身的水蛇轰然砸在地面,震动之大,就连县城都能够感受到清晰的颤动。水蛇一路扭摆庞大身躯,过境之处,树木崩碎,山石翻滚。之后沿着一条溪涧逆流而上,水花四溅,最后来到一座宛如一枝独秀的灰白山崖,身躯围绕山崖盘旋而上。当头颅来到山崖之巅后,尾巴犹然搭在山崖底部。山崖上本就不多的树木全部被搅烂,滚滚而落。

一身暴戾气焰的水蛇身躯不断加重力道,最后竟是将整座山崖都给挤压得崩断了。他这才在遮天蔽日的尘土中恢复人形,下山而去,健步如飞,快若奔雷。

青衣小童并不知道他的所作所为全部落在了两人眼中。

在百里之外的一处山头,儒衫老人临风而立,手里托着一方老蛟酣眠、呼声如累的砚台,正是黄庭国的老侍郎,或者说是上古蜀国硕果仅存的蛟龙之属。

老蛟得了文圣的掌心金字后,又跟崔东山达成了一桩秘密盟约,将他送到大隋境内后,就返回黄庭国,以大神通挖地三尺,入水千丈,悄悄捕捉一切蛟龙孽种,全部拘在砚台内。除去崔东山亲手抓获的青衣小童和粉裙女童,如今砚台内又多出了十余条小物游弋其中。

此刻老蛟身边站着一个驼背老妪，真身正是一条成长于山野的赤链蛇，得到一桩机缘后，又辛苦修行五百年，才有了今日光景，刚刚跻身七境修为。这次被老蛟找到了藏身之处，直接凿开大山百丈深，揪出了真身，这才不得不寄人篱下。但是臣服于大名鼎鼎的老蛟，老妪只是觉得不够逍遥快活，并不会觉得委屈窝囊。

老蛟淡然问道："觉得如何？"

老妪恭谨答道："启禀老祖，这条水蛇到底还是心性顽劣，不过他的根骨血脉，便是我也有些羡慕。"

老蛟点头道："出身尚可，只可惜资质愚钝，心性不定，不堪大用，白白挥霍了一场隐秘的蜕皮机缘。"

老妪错愕，不知老蛟为何如此讲。

之前县城那座荒废武圣庙内发生的事，这两人虽位于高空云端，老蛟却以一手掬水观天地的术法看得一清二楚。如果青衣小童胆敢对陈平安出手，哪怕只是挑衅，就会瞬间暴毙，老蛟绝对不会心慈手软。

事实上，老蛟对于青衣小童先天有些厌恶，跟性情无关，纯粹是血脉上的冲突。世间众多的蛟龙遗脉孽种之中，青衣小童这一脉往往修行迅猛，颇为得天独厚，但是又最被真正的蛟龙所排斥。就像中等世族里冒出头一个私生子，偏偏捞个不高不低的举人身份，大出息没有，却碍眼得很。

老妪道行低，眼界窄，可没看出任何名堂。

至于水蛇的那点暴躁脾气，老妪更不会觉得有大错了。她之所以背脊隆起，就在于初次开窍之后，尚且力弱，曾经被山野捕蛇人抓获，搏斗过程中给那人砸伤了元气根本，这才使得她哪怕化为人形也是天生的驼背姿态。之后她找到那个捕蛇人的后裔子孙，来了一场迟到两百多年的血腥报复，郡城一个中等门户之家一夜之间就全部暴毙，妇孺老幼都没能逃过一劫，彻底断绝了香火。

老妪事后犹然觉得不解气，只恨那捕蛇人不是修行中人，否则非要让他品尝一下生不如死的滋味。所以面对那个婆婆妈妈的穷酸少年，水蛇能够从头到尾都隐忍不发，直到深入荒山野岭才开始释放阴鸷杀机，在老妪眼中，已经算是修心养性的功夫相当不俗了。

老蛟摇摇头："你比那条小水蛇差了根骨，比起那条小蟒更差了悟性和慧心，差得太远了。"

老妪仓皇失色，唯恐老蛟一个不开心就将自己打杀了。毕竟这一路相伴，不是没有不开眼的同类不愿接受约束，无一例外全部被老蛟出手击毙，死后所有精元魂魄根本无所遁形，全部被攫取融入古砚之中，沦为一层纤薄的"淡墨"而已。

老蛟感慨道:"大道之上,人人争先,可一步慢步步慢,兴许别人一直打瞌睡偷懒还是境界一日千里,你没日没夜苦修,到头来还是个废物。修行就是如此无奈。"

老妪赶紧亡羊补牢道:"老祖,那少年如此了不得?"

老蛟失笑道:"不是少年本身如何厉害,而是少年的领路人太了不起。如果少年只是少年,不管他如何努力勤奋,武道境界仍然不会太高的,大概撑死了就是六境七境的样子,仅此而已。"

走江化蛟,入海为龙,是蛟龙之属梦寐以求的两次大磨砺。这个过程,必然极其坎坷艰辛,血肉模糊不说,还要经受住脱胎换骨的煎熬。之前境界攀升的蜕皮是为"小蜕",次数众多,之后两次才会被誉为"大蜕"。

老蛟御风而行,一步步走出山顶,老妪要现出真身才能跟随。

老蛟笑道:"我不是说少年的道路一定是对的,那有可能是条通天登顶的大道,也有可能是条没有大前程的断头路。但话说回来,哪怕是条断头路,也绝对足够让那小水蛇化蛟了。只可惜他身在福中不知福,自绝前路,怪不得老天爷不赏饭吃,只是赏了,自己没本事端住饭碗罢了。"

赤链蛇口吐人言:"老祖宗修为艰深,早已看遍了山河变色、沧海桑田,眼光自然深远。我们只需按照老祖宗的吩咐去做就心满意足了,对我们而言,这已经是一桩莫大的福缘。"

老蛟笑而不言。

其实还有很多天机,老蛟没有跟这条赤链蛇泄露,甚至还故意说了些有违身份的话。那少年的武道天赋确实算不得出类拔萃,但他绝不是像老蛟所说的那样"不起眼"。当初在自家宅邸别业第一次见到那伙远游学子的时候,老蛟以神通第一眼望去,陈平安是最后一个落入他法眼的人,但是看着看着,老蛟就发现,所有人都围绕着陈平安打转,不单单是言行举止而已,而是一种玄之又玄的气势。

那次雨夜,有丰神俊朗的白衣少年、背着小书箱的红棉袄小姑娘、已经走在修行路上的冷漠少年、根骨精彩的苗条少女、修为隐秘且一身龙气更为隐晦的高大少年及虎头虎脑的孩子,分明最后才是手持柴刀、领头带路的草鞋少年,乍看之下,真是最不起眼的存在。可是老蛟凝神一遍遍望去,却看出了大不同。

如众星拱月,又如山峰朝拜大岳。

那个少年一马当先,好像在说:你们放心尾随其后便是了。

因为天大地大,我已经一肩挑之。

青衣小童回到武圣庙后,又恢复了嬉皮笑脸的德行,陈平安依旧以平常心待之。

起先青衣小童还有些担心陈平安会反悔,将答应自己的那两颗蛇胆石给忽略不计。试探了两次，得到了满意的答复后，青衣小童就有些如释重负。只是在那之后的相处过程当中，哪怕陈平安没有半点异样，该砥砺武道就继续让他喂拳，该骑乘赶路就继续让他现出真身，对于他的撒泼打滚和无理取闹，陈平安仍然是无可奈何，没有半点厌烦，可青衣小童总觉得缺了点什么，到底是什么，他又说不出个所以然来。

随着距离老爷家乡越来越近，青衣小童只知道粉裙女童越来越开心，这就让他越来越不开心。

于是在翻山越岭正式进入大骊国境后，青衣小童使出了一份压箱底的杀手锏。

黄昏之中，在一条荒废无数年的崖壁栈道上，三人在一座稍稍宽敞的凹洞内生火歇脚。青衣小童小心翼翼地从方寸物中祭出了一只大瓷碗，碗中有小半碗清水，灵气弥漫，不同于世间寻常无根水。

粉裙女童眨了眨水灵眼眸，一下子就看出了门道，可又不好意思凑过去近看。好在青衣小童已经屁颠屁颠地双手端碗来到陈平安身边坐下，神秘兮兮道："老爷，给您看点好东西，就快了，还剩下一刻钟。"

青衣小童转头对粉裙女童咧嘴一笑，伸出一只手掌："这样的水，我如今还有五碗，来自五座不同的仙家府邸，其中还有取自正阳山滚雷潭的。知道花了大爷多少钱吗？把你这傻妞儿卖了都不够。我最多的时候，有七大碗！当然了，你是火蟒，类似物件应该是一截特殊柴火、一炷香才对，不过你肯定一样都没有吧？"

陈平安看着趾高气扬的青衣小童及有些自惭形秽的粉裙女童，问道："通过这碗水能看到什么？"

青衣小童只是咧嘴笑，故意卖关子。

粉裙女童小声解释道："老爷，我在书楼一些前人读书笔记上看到过，山上修行需要消耗太多钱财，许多仙家宗门便生财有道，适当对外开放一些有趣的画面，比如说某些可遇不可求的门派奇景，还有一些著名修道天才的生活起居，或是一些修行长辈的御空风采。外人不用去那些门派的山头就能够在千万里之外一览无余，省心省力，嗯，就是半点也不省钱。"

粉裙女童嘴上念叨着，其实一直偷偷看着那碗水，眼眸里满满的艳羡，掰着手指头轻声说道："老爷，这种事情真的很神奇，需要那些仙家先拿出一些山水气运相连接的小玩意儿，比如说凿出的一小块影壁石头，山门内砍伐下来的灵秀树木，或是这白碗承载的正阳山深潭之水，在有奇景对外开放之前，就会出现一行文字提醒买家，至于愿不愿意消耗物件灵气来遥遥观览，买家自行决定便是了。如果愿意，只需要灌注一点灵气，就能够通过对方宗门开启的术法神通，让买家看到文字显示的诸多画面，有趣极了！"

粉裙女童越说越失落："我早年在笔记上看到后，曾经祈求芝兰曹氏帮我重金寻觅一块这样的木头，只是我按照约定早早给了他们好处后，曹氏便一直搪塞我，说了各种借口拖延,最后我便不好意思再开口,只当没有这回事了。"

青衣小童得意扬扬道:"那是你本事低微,换作是我,你看芝兰曹氏敢不敢收钱不干活!"

粉裙女童脸色黯然,陈平安拍了拍她的丫鬟小发髻,柔声安慰道:"吃亏是福,亏先吃着,要相信以后不会总是吃亏的。"

粉裙女童抬起头,点头而笑。

青衣小童翻了个大大的白眼:一大一小两个傻瓜。

片刻之后,他惊喜道:"好戏来喽!"

碗中清水泛起涟漪,青衣小童打了个响指,清水从碗中缓缓升空,如泉水喷涌,最后变成一张大如山水画卷的水幕。

水幕画卷之上先是出现了一座高耸入云的山峰,四周有群峰环绕,然后是一名白衣女子御剑破空而至。女子腰间系挂一只古朴葫芦,驾驭飞剑迅猛拔高往山顶飞去,在水幕中最初不过米粒大小的渺小身影逐渐变成了巴掌高度,容颜清冷,气质出尘。

距离山顶尚有一小段距离,剑气凝聚实质,似云非云似雾非雾,古怪神奇,妙不可言。女子不再御剑登高,而是立于飞剑之上,开始眺望那些剑气中蕴藉的充沛剑意,哪怕是隔着千万里,隔着这个水幕画卷,山顶剑意蕴含的各种绵长意味仍是扑面而来,或古老沧桑,或朝气勃勃如一轮旭日东升大海,或密集攒聚如一场瓢泼暴雨。

青衣小童可不看那些乱七八糟的剑道意气,只是对着那个御剑女子流着哈喇子,贼笑道:"这位正阳山苏稼仙子可是大爷我的心头好。您瞅瞅,这身段这气质。我那水神兄弟粗鄙不堪,虽然也仰慕苏稼仙子,不过仍是喜欢体态丰腴一些的仙子。肉食者鄙,圣贤说话就是一针见血。"

他手指一转,还将画面稍稍扭转方向,变成了苏稼的背影,然后轻轻一抓,苏稼的背影就蓦然扩大。青衣小童呵呵傻笑着,伸手抹嘴,恨不得把整张脸贴在苏稼的背上,如果不是有外人在场,估计早就这么做了。

青衣小童眉飞色舞道:"不过我的头号心肝还是道姑贺小凉!那可是仙子里的仙子,神仙中的神仙。若是她给我摸一下小手儿,我便是折寿百年也愿意,绝不骗人!谁要是能够帮我引荐,让我跟贺小凉说上一句话,我给他当儿子当孙子都成啊……"

陈平安看着那些化作云雾的剑道意气,不管如何用心去看,只觉得气象万千,但都看不出真正的端倪。陈平安很快就收起心思,希望从水幕中寻找到一个身影——那头在家乡小镇行凶的搬山猿,只可惜画卷之上始终只有苏稼一人。如果没有记错,风雷园那个叫刘灞桥的家伙就一直暗恋着苏稼?

一炷香的工夫过后,水幕淡去,趋于模糊,凝聚下坠,最终重新变成一小碗清水,只是水位明显下降了一些。

青衣小童收起白碗,搓手蹀步,乐哈哈道:"这次观赏,因为有正阳山之巅的剑气场景,所以折耗挺多,但绝对不亏!之前那么多次遥看正阳山的各种风景,苏稼仙子只有惊鸿一瞥,这次……啧啧,苏稼仙子不承想还是个好生养的,之前哪里看得出来……"

陈平安默然起身,走到洞外的栈道上,山风阵阵呼啸而过,吹拂得他的衣衫向一边飘荡倒去。不过如今扎实的二境修为,加上一次次翻山越岭,一次次收壤入袋,让陈平安此刻身形不动如山,隐隐约约之间,仿佛已经与身后的陡峭山壁浑然一体。

陈平安突然惊喜道:"下雪了!"他伸出手去,等着雪花落在手心,猛然转过头,对青衣小童和粉裙女童欢快报喜,"你们快来看,下雪了!"

一场鹅毛大雪,不约而至。

一年二十四个节气,已经一个接着一个走了,三人返乡的道路上,小雪时节,唯有风雨。但是今天恰好是大雪时节,真有大雪。

陈平安继续伸手接着雪花,扬起脑袋,开心喃喃道:"下雪了,下雪了。"

粉裙女童从未见过这么开心的老爷,欢快蹦跳着凑过去。

青衣小童从未见过如此幼稚的家伙,留在原地嘟嘟囔囔,觉得人生好没意思。

陈平安接了两捧白雪,用雪搓着手,笑着回到小崖洞,伸手烤火之后,这才从背篓里拿出一本书,开始借着火光看书。

这是一本文圣老先生赠送的儒家典籍,陈平安的记性很好,一路勤于翻阅,内容早已烂熟于心,但他还是喜欢一有空闲就像当下这样翻书,轻轻诵读。

李宝瓶曾经说过,读书百遍,其义自见。

陈平安觉得这句话讲得实在太好了,所以如今每次按照《撼山谱》记载走桩立桩前后,便化用此句在心中默默告诉自己:读书是如此,想来拳法也差不离,说不定练拳百万,拳意就会自来。毕竟如此勤勉练拳,日夜不休,每天都会花上七八个时辰,缝补原先破屋破窗似的体魄,效果显著。尤其是杨老头传授的吐纳方式,配合十八停的运气方式,陈平安能够清晰感知体魄的逐渐强健,所以活命已经不再是唯一的目的。

陈平安想要的更多了一些,比如如果有机会再次相逢,为某个姑娘展示走桩,她不至于像在泥瓶巷祖宅里那般一脸痴呆,仿佛是说天底下怎么会有这样的笨蛋,而是会朝他伸出大拇指,再一次说出那两个字:"帅气!"

陈平安手中的书本被一页页缓缓翻过,他看得极其认真,摇曳的篝火映照着少年黝黑的脸庞,别有神采。

粉裙女童虽是火蟒真身,却是孩子心性,在芝兰曹氏书楼深居简出,不敢轻易露面,唯恐遭受横祸。此次跟随陈平安返乡,越来越恢复活泼天性,此时正在栈道那边忙着堆雪人,只恨老天爷不多打赏一点鹅毛大雪。

青衣小童虽是水蛇,天生亲水,但是对于一场稀拉平常的隆冬大雪实在提不起兴致,无精打采地缩在篝火旁边,感伤自己的遇人不淑和命途多舛。

粉裙女童堆了个像自家老爷的雪人,栩栩如生,正想着跟陈平安邀功,蓦然变色,一溜烟跑回崖洞,神色慌张道:"老爷老爷,栈道那边来了一双男女,男子瞧不出什么,可女子好大的妖气。咱们怎么办啊?"

青衣小童使劲嗅了嗅,立即精神焕发:"哟呵,还真是个大妖,满身的狐狸骚味。老爷,我跟您说,世间妖狐多姿容绝美,瞧我的,这就给您抓个暖被窝的通房丫鬟,保管比瘦竹竿似的傻妞儿强太多!"

陈平安合上书,说道:"如果他们只是路过,我们就让出栈道;如果想要伤人,我们再出手不迟。"

满怀热忱的青衣小童叹息一声,乖乖坐回原位,惋惜道:"老爷您倒是给我一个建功立业的机会啊。"

陈平安笑道:"安安稳稳回到家乡,就是大功一件。"

青衣小童委屈道:"这都进入大骊国境了,一直这么稳稳当当,我猴年马月才能让两颗蛇胆石变成三颗啊?"

在峭壁之中开凿出来的古老栈道上,一男一女一前一后行走于风雪之中。女子身穿锦缎宫装,婀娜多姿,头戴帷帽,遮掩容颜。男子面容清雅,身材修长,身披一件雪白貂裘,腰挂一只朱红色酒葫芦,整个人像是融入了天地风雪夜。

两人途经崖洞的时候,女子转头看了眼洞内三人便不再多看。

这轻描淡写的一瞥,就让之前跃跃欲试的青衣小童如遭雷击,坐得比陈平安还端正。反而是道行逊色一筹的粉裙女童尚未知道轻重厉害,忍不住多看了一眼那对男女。陈平安则将书本放在腿上,伸手烤火,神色自若,目不斜视。

男子路过雪人的时候,眯眼微笑,觉得颇为有趣,犹豫了一下,径直转身走向崖洞,却不得寸进尺,在"门口"停步,直接望向陈平安,用娴熟流利的东宝瓶洲正统雅言问道:"雪夜赶路,我与侍女委实疲惫不堪,这位公子能否让我们也进来休憩片刻?"

陈平安转头望去,是一个气质温和的男子。他心知肚明,这场狭路相逢,是福是祸躲不过,如果对方真有歹意,他点不点这个头并无两样,所以干脆就笑道:"可以。"

男子入内,被他称呼为侍女的帷帽女子却没有跟随,站在崖洞门口,直腰肃立。

男子大大方方盘腿而坐,背对着崖洞,摘下酒葫芦准备喝酒,喝之前,开诚布公道:"我那侍女是狐妖,之前她感知到三位的存在,我便让她释放出一些妖气,算是打过招呼了,以免发生不必要的冲突。我们并无恶意。"

陈平安在发现青衣小童的拘谨惶恐之后就知道事情不妙,但是事已至此,他反而不去多想什么,只是屏气凝神,随时应对男子和他侍女的暴起杀人。

山上神仙也好,精魅妖怪也罢,好坏难测,一旦大敌当前,往往生死立判,陈平安对此并不陌生。经历了小巷对峙蔡金简、老龙城苻南华,之后与搬山猿纠缠厮杀,在神仙坟跟马苦玄打了一场,棋墩山对敌白蟒,枕头驿面对朱鹿的刺杀,等等,一系列风波,陈平安之所以能够活到现在,"心定"二字至关重要。

男子喝了口酒,眼神清明如月华,望向陈平安,开门见山地笑道:"公子的武道境界不高,拳意却很扎实,实属不易,若是能够坚持下去,止境可期。"

青衣小童咽了口唾沫,不敢动弹。大妖大妖,真他娘的大啊,比天还大了!

原因很简单,世间狐妖之所以出名,除了擅长蛊惑人心之外,还有一个最重要的原因,就是狐妖相比其他山妖精怪更难遮掩妖气,所以修士那些个广为传唱的斩妖除魔事迹,对象往往是不成气候的狐妖。

照理说,崖洞外的狐妖越走越近,一身狐妖气息就该愈发浓郁,但是她路过洞口的时候,已经是一身纯正人气,给青衣小童的感觉简直比凡夫俗子还肉眼凡胎,像是一根手指头就可以掐断她的曼妙腰肢。青衣小童本就是世间妖物之一,化作人形不过是山泽妖修得道的第一步,距离真真正正成为一个人,还隔着大隋到大骊这么遥远的距离。

能够让他这个修为六境、战力堪比七境的御江地头蛇都感知不到任何异样,青衣小童掂量了一下,觉得装孙子最合适,如果孙子不够,曾孙子都行。他判定那狐妖最少九境,甚至有可能已经是十境的通天大佬,好在这个可能性并不大。

浩然天下的妖物能否跻身十境是一道巨大的分水岭,丝毫不弱于人族修士破开十境瓶颈的难度。这意味着能被这个天下的大道所认可,何其艰难? 其中需要多大的机缘和磨砺,可想而知。所以那条身份隐蔽的老蛟,寒食江神的父亲,十境修为,已经足够媲美十一境修士的实力。

陈平安不清楚其中的门道,但是危机临头,不耽误他的蓄势待发,听到男子的称赞后,没有任何掉以轻心,只是客套回答道:"谢过先生美言。"

男子小口喝着酒,一语道破天机:"公子你这长生桥断得有些可惜了,想要修补难如登天,不如另辟蹊径,干脆重建一座……"说到这里,他"咦"了一声,似乎有些惊讶,思量片刻,瞥了眼少年腿上的那本书,笑了,"好吧,真是无巧不成书。"

他缓缓起身,就这么离去,走到崖洞外,狐妖已经默然前行带路。

男子转头看了眼客栈上的雪人,笑了笑,感慨道:"无巧不成书啊。"

风雪之中,男女继续赶路。狐妖没有转头,毕恭毕敬道:"白老爷,此次偶遇,难道是两边圣人的阴谋?"

男子摇头道:"此次远游散心,无欲无求,我很小心隐藏痕迹了,不曾惊扰到任何势力,如果这样还要算计于我,那我……"

狐妖帷帽下的容颜祸国殃民,眼神炙热。

不料男子叹息一声："又能如何呢？"

一场大雪，让天地白茫茫，干干净净的。

在栈道走出三四里路程后，男子停下脚步，仰头望向天幕，神色寂寥。

狐妖只得跟着停下脚步，发现男子没有挪步的迹象，小心翼翼喊了一声："白老爷？"

男子始终望向天空，轻声道："树欲静而风不止。你说你自幼生长于浩然天下，为什么要心心念念想着走过倒悬山？若是思乡心切，想着落叶归根，这很合情合理，可你的根子就在这里啊，到底图什么呢？天下浩劫，十室九空，很好玩吗？"

狐妖吓得魂飞魄散，转身跪倒在地。如果居高临下望去，她那副妖娆身段，如山峦起伏。她颤声道："白老爷饶命！"

男子置若罔闻，自问自答："我觉得不好玩，一点都不有趣。"

狐妖畏惧至极，一咬牙，瞬间爆发出排山倒海一般的磅礴气机。

下一刻，栈道之上出现了一只大如山头的八尾巨狐，通体雪白，攀附在峭壁之上，疯狂向山顶攀缘而去，试图远离那个男子。

男子无动于衷，轻轻喊出一个名字："青婴。"

砰然一声，一团鲜血如暴雨洒落山崖，竟是一根狐狸尾巴当场爆炸开来。

无数鹅毛大雪被鲜血浸染，男子所立栈道附近的这一片天地下了一场诡谲恐怖的猩红大雪。

相传世间曾经有无数妖物作祟各个天下，乱象纷纷，凡人皆不知姓名，束手无策，哀鸿遍野，后世有道德圣人铸大鼎铭刻万妖姓名，记载其渊源来历，之后命人仿造千余座大鼎，放于各洲各座大山之巅，以供山下之人记诵，凡夫俗子不惜涉险登山，经此历练，是为山上修士之发轫。

那些大山大多成为后世的各国五岳，享受无数君主凡俗的顶礼膜拜。

峭壁上的那个庞然大物如一颗彗星坠入山崖。显而易见，不仅仅是断掉一尾、修为重创那么简单。

以妖物的先天暴戾性情，濒死或是重伤之际爆发出来的凶性往往更加可怕。

一切玄机，只在"青婴"这个称呼上，以及是谁来报出这个本名。

重重摔在山崖底部的狐妖溅起了无数雪花碎屑，它看上去已是奄奄一息，大口大口呼出的血腥雾气使得四周积雪融化一空，显露出一大块好似伤疤的泥泞地面。

男子不知何时站在狐妖跟前，提着朱红色酒葫芦喝了口酒。他与那个蜷缩在一起的巨大狐妖相比，无异于一只蚂蚁站在人类面前，无比渺小。

"在重新修炼出第八根尾巴之前，就老老实实待在我身边，有些事情，暂时不是你能够掺和的。"男子缓缓说道，"如果不是念在当初那点香火情，你已经死了。既然现在还活着，就好好珍惜。走吧，继续赶路。"

男子一挥袖,撤去隐秘的天地禁制,将随手切割出来的小天地返还给大天地。

狐妖逐渐变回人形,挣扎着起身,踉踉跄跄地跟在男子身后,神色凄凉。

一尾之差,天壤之别。

之前足够让她傲视同类,如今已是泯然众矣。

但是它却没有半点复仇的心思。

对土生土长于浩然天下的狐妖而言,白老爷的喜怒,就是天威浩荡。

崖洞内,青衣小童擦着额头汗水,心有余悸道:"太可怕了,太可怕了……"

粉裙女童懵懂无知:"那位夫人很厉害吗?"

青衣小童跳脚骂道:"傻妞儿真是傻妞儿,最少九境的狐妖不可怕,还有什么才算可怕? 再说了,一个侍女就如此厉害,给狐妖当老爷的男人不是更变态?"

粉裙女童弱弱道:"我们家老爷就没我们厉害啊。"

陈平安忍俊不禁。

青衣小童眼睛一亮:"啊? 对哦!"

他哈哈大笑,然后咳嗽几声,悻悻然道:"失态了失态了,让老爷见笑啊。人非圣贤,孰能无过嘛,这点瑕疵,就让它随风而逝吧,忘掉,都忘掉。"

陈平安继续看书,只是静不下心来,只好收起那本儒家典籍,想了想后,找出陆姓道长的那几张药方,全是方方正正规规矩矩的小楷写就,然后拎了根细一点的树枝,蹲在崖洞门口的积雪地上临摹写字。为了不让药方被雪花沾湿,得小心翼翼护着,只能看一个字写一个。

今晚丢了面子的青衣小童嚷着要睡觉,粉裙女童则绕过陈平安,继续将那个雪人打造得尽善尽美。

最后一张药方的末尾,陆姓道长当时从袖中还掏出了一枚青玉印章往纸上盖下,所以是朱红印文的四个字:"陆沉敕令"。

今夜练字,陈平安从头到尾临摹了一遍,连最后四个印文都没有错过。

当崖洞这边的陈平安一丝不苟地用树枝写出"陆沉"二字,已经十分遥远的山崖底部,身后跟着狐妖的男子猛然转过头。

当陈平安最后写完"敕令"二字,刹那之间,仿佛天地翻覆了一下。

男子依旧纹丝不动,神色凝重。但那狐妖已是惊骇失色,几乎要站不稳。

狐妖惴惴不安,一种近乎本能油然而生的恐惧渗透全身,下意识靠近男子,轻声呼喊道:"白老爷?"

男子收回视线,向前行去:"没事了,无非是井水不犯河水。"

谁是小小井水,谁是浩荡河水,天晓得。

清晨时分,三人动身赶路,迎着风雪。

前头带路的陈平安走完一段拳桩,突然停下脚步。

粉裙女童轻声问道:"老爷是在想念谁?"

青衣小童懒洋洋道:"这鬼天气,老爷可能是想找个山清水秀的地方好拉屎呢,最少不会让屁股冻着。"

粉裙女童气愤道:"恶心!"

青衣小童叹气道:"忠言逆耳啊。"

第八章
我看一座山

道士名士两风流的南涧国今年格外热闹，一场浩大的盛典刚刚拉开帷幕。

南涧国边境，一座高耸入云的山岳后方，山林之间，小径幽深，有年轻道姑缓缓而行，手里拎着一根翠绿竹枝，手指轻轻拧转，她身后跟随着一头灵动神异的白色麋鹿。

一个悬佩长剑的白衣男子与她并肩而行，神色落寞。

她无奈道："早就跟你说过不止一次，不是你只有下五境修为，我就一定不喜欢你，但也不是你有了上五境修为，我就一定喜欢你。魏晋，我跟你真的没有可能，你为何就是不愿死心？不然你告诉我，如何才能死心？"

男子正是风雪庙神仙台的天才剑修魏晋，要一个潜心修道的道姑说出这么直白赤裸的言语，看来他对她的纠缠不清着实让她有些恼了。

山上修行之人，所谓的天才，其实也分三六九等，如此年轻的十一境剑修，魏晋是当之无愧的第一等，破境速度远超同辈。

魏晋神色萎靡，哪里像是一个刚刚破开十境门槛的风流人物，苦笑道："是因为你有喜欢的人了吗？比如说你们宗门里那个师叔。"

贺小凉停下脚步，转头望向这个已经名动一洲的风雪庙剑修，气笑道："魏晋，你怎么如此不可理喻！"

魏晋虽然面无表情，可心中有些委屈，又不知如何解释和挽回，一时间便保持沉默。但哪怕是如此心灰意冷的他，在外人眼中，也依旧是天底下最有朝气的一把剑。

只可惜这个外人，不包括贺小凉。

剑心澄澈净如琉璃，不一定就真的通晓熟稔人情世故。尤其是情爱一事，本就是天底下最不讲道理的事情，更是让人懊恼。

魏晋轻声道："贺小凉，我最后问你一个问题。"

贺小凉点头道："你问便是。"

魏晋犹豫片刻，视线转向别处，嗓音沙哑道："你最讲缘分，那么如果有一天，你终于遇上与你有缘的人物，哪怕你内心并不喜欢他，会不会为了所谓的大道，依旧选择跟他成为道侣？"

万籁俱寂，仿佛天地间无形的缕缕清风都在这一刻凝固。

贺小凉微笑道："会。"

魏晋眼神彻底黯淡，依旧不去看这位让自己一见钟情的女子，红着眼睛："哪怕你和他成了世人眼中的神仙眷侣，可是你会不开心的。贺小凉，我不骗你，我不希望看到你不开心的样子。"

贺小凉轻轻叹息一声，虽然流露出一丝伤感，可道心依旧坚若磐石："魏晋，哪怕真有那么一天，我会过得不如人意，可是我绝对不会反悔，更不会转过头来喜欢你。"

魏晋喃喃道："这样吗？"

贺小凉转身离去，魏晋久久不愿挪步。她不后悔，可是他已经后悔了，后悔不该问出这个伤人伤己的蠢问题。

一个年轻道人从密林深处走出，身旁有一青一红两尾大鱼在空中游弋。

魏晋收回视线，在贺小凉走远之后，才敢凝望她愈行愈远的背影。他不去看那个东宝瓶洲当代金童玉女里的金童，冷声道："你敢说一个字，我就敢出剑杀人。"

金童虽然对这位十一境剑修有些忌惮，可这片山林就位于宗门后山，他相信魏晋一言不合就敢拔剑杀人，但他不信自己会死，所以他嗤笑道："风雪庙的十一境剑修，就能在我们神诰宗逞凶？"

"宗"这个字眼，他咬得特别重。

东宝瓶洲有道家三宗，其中又以南涧国神诰宗为尊，是一洲道统的居中主香。上次跟贺小凉一同下山去往大骊王朝的骊珠洞天，一路北上，所到之处，无论是世俗的帝王还是各国真君、陆地神仙，无一例外，都对他和贺小凉这一对金童玉女以礼相待，丝毫不敢怠慢。

神诰宗位于南涧国边境，独占七十二福地之一的清潭福地，宗主祁真，身兼四国真君头衔，道法通天，是东宝瓶洲屈指可数的真正神仙，神诰宗虽是他们这一脉道统的下宗，但是祁真哪怕去往位于中土神洲的那座道统正宗，依然毫无疑问是一等一的重要角色。而这位金童，恰好就是宗主祁真的关门弟子。

至于他的同门师姐贺小凉，则师从玄符真人。这位与世无争的前辈真人不同于掌门师弟祁真,只收了贺小凉一人为徒。当初贺小凉刚刚进入神诰宗,声名不显,天赋不显,身世不显,唯有玄符真人一眼相中了她。事后证明,他确实抓到了一块绝世璞玉,甚至无须他这个师父如何雕琢,福运深厚的贺小凉就迅速崛起,破境之快,机缘之好,让宗门上下瞠目结舌。

东宝瓶洲的金童玉女结为道侣的可能性极大,哪怕不在同一座宗门也不例外,各自宗门往往乐见其成。

像他和贺小凉这样师出同门的金童玉女,在东宝瓶洲近千年的历史上,连同他们两人在内,只出现过三次,全部成了联袂跻身上五境的大道眷侣。

所以他不想自己成为第一个例外。

魏晋转头望向他,突然有些意态阑珊:"你没资格让我出剑,你师父还差不多。"

十一境的剑修,战力完全能够等同于兵家之外的十二境练气士,这是常识。

更何况神诰宗的宗主卡在十一境巅峰已经很多年,今年之所以召开庆典,就是为了庆贺他终于破境。所以魏晋和祁真都是破境没多久的练气士,两人若是换个地方打擂台,胜负还真不好说。

不过这是神诰宗的地盘,各种阵法层出不穷,又是一方真君地界,占尽天时地利人和的祁真,绝不可以视其为普通的十二境初期修士。

金童笑道:"没资格,又怎样?"

这句话,对于再一次被贺小凉当头浇了一盆冷水的魏晋而言,真是伤人至极。

于是他淡然道:"接好。"

金童根本无法看清楚魏晋拔剑,一缕长不过寸余的剑气就在他头顶劈下。

眼看着就要失去一张保命符的金童看到一只白皙如玉的温润手掌伸到了他头顶,替他抓住了那缕裂空而至的恐怖剑气。

然后空中泛起一点血腥气,与这片静谧祥和的山林格格不入。

魏晋看了一眼那个不速之客,松开剑柄,缓缓离去,只是撂下一句话:"好自为之。"

一个面如冠玉的道士站在金童身前,收起那只挡下魏晋剑气的手掌,手心伤口深可见骨。他温声道:"向道之人,修心还来不及,何必逞口舌之快。"

金童恭敬道:"师叔,我知道错了。"

那个玉树临风的俊逸道士笑着教训道:"知错就改,可别嘴上认错就行了。"

金童赧颜道:"师叔,我真知道错啦,一定改。"

被称为师叔的道人其实年纪不大,看着还不到而立之年。他微笑道:"你要不愿意改,师叔也没办法啊,谁让你师父是我的掌门师兄。"

金童一阵头大,他就怕师叔这个样子跟人说话。事实上,即便是宗主祁真,听了此话恐怕都要发虚。他立即苦着脸道:"师叔,我这就去抄写一部青词绿章。"

道人点点头："可以抄录《繁露篇》，三天后交给我。"

金童可怜兮兮地快步离开，心想明摆着是三天三夜才对，苦哉苦哉。

道人一步跨出，瞬间来到了一池荷塘畔，站在贺小凉身边，直截了当问道："大道经常与风俗世情相悖，毕竟这里是浩然天下，你可想好了？"

贺小凉伸手轻轻拍着白鹿的柔软背脊，脸色黯然，点头道："师叔，我想好了。"

道人望着一池塘绿意浓郁的荷叶。寒冬时节，山外早已冻杀无数荷叶，这里依旧一枝枝亭亭玉立，宛如盛夏光景。他轻声道："真到了那一步，师叔会站在你身边。"

贺小凉非但没有任何感激涕零，反而感慨道："大道真无情。"

道人"嗯"了一声："确实如此。你能有此想，于修行是好事。"

他之所以选择站在贺小凉这边，站在师兄玄符真人的对立面，不是他觉得贺小凉可怜，而是他站在了大道之上，恰好贺小凉位于这条大道而已。如果有一天这对师徒颠倒位置，他一样会做出相同的选择。

贺小凉收起那点思绪，笑问道："师叔，那个我们戏称为陆小师叔的家伙到底是何方神圣？他可是在南涧国边境滞留将近一年了。"

道人摇头道："我算不出那人的根脚，既然他愿意称呼我为师兄，我下棋又输给了他，就只好随他了。我只算出他在骊珠洞天是那个死局的死结，以及他跟神诰宗上边的正宗有些渊源，仅此而已，再多就算不出了。"

哪怕是贺小凉都有些毛骨悚然。齐静春最后一次出手，虽然很快就被各方圣人遮蔽了天机，但是贺小凉不但亲眼看到过那场大战的开头，还感受到了那场大战的余韵，哪怕等到她有所领悟时已经只剩下大浪拍岸的尾声那点岸边涟漪，这就已经让她倍感震惊了。与此同时，更加坚定了她的向道之心。

天下如此之广大，高人如此之巍峨，我贺小凉为何不自己走到那里去瞧一瞧？

道人微笑道："不用多想什么，水落自然石出。"

之后这位在一洲之地都算辈分极高的道人缓缓行走于荷塘岸边，悠然思量。

他思量着世间最天经地义的一些事情，比如为何会下雨，为何会以人为尊，为何会有阴晴圆缺，为何会有洞天福地，诸如此类被所有人习以为常的无聊事情。之所以无聊，就在于你如果跟人聊这些，会没得聊。

贺小凉遥遥望去，自叹不如。

无关境界差距，无关辈分差距，而在于那位年纪轻轻的师叔早早走到了大道远处，让人难以望其项背，所以就会自惭形秽。

在街边酒肆买过一壶酒，魏晋倒了些在手心，那头白色毛驴低头就着他的手喝得飞快。好在这里的老百姓都是见过大世面的，别说毛驴喝酒了，就算是毛驴开口说话都不会皱一下眉头。

魏晋缩回手,开始自己喝着酒,离开酒肆,漫无目的地随意行走,毛驴就屁颠屁颠跟在他后头。

走出那座位于神诰宗山脚的城镇后,从来只把自己当江湖人的魏晋依然不愿御剑飞行,只把自己喝得醉醺醺,摇摇晃晃坐在毛驴背上,任由它驮着自己随意逛荡。

山山水水,重重复复,最后来到了南涧国的国都丰阳。魏晋如常人一样,在城门口递交了关牒,这才得以牵驴入城。

满身酒气的魏晋使劲想了想,记得自己在丰阳有个对脾气的江湖朋友,在七八年前有过一场结伴游历,那人好像说过自己是丰阳城内一个大门派雄风帮的掌门之子,魏晋便问路去往那个门派。魏晋记得当时那人还自嘲来着,说他祖上真没学问,取了这么个不讲究的帮派名称。魏晋就安慰他,说东宝瓶洲南边有个很大的仙家府邸,传承千年,底蕴深厚,雄踞一方,势力堪比一国,却被开山祖师爷取了个名字,叫无敌神拳帮,那才叫可怜,每逢盛会,神仙扎堆,门下弟子个个觉得了无生趣。

魏晋缓缓前行,街旁有个算命摊子,一个身穿道袍、头戴道冠的年轻道人正趴在桌子上,对着一个流着鼻涕、手里拿着糖葫芦的小孩说教:"这个世道很糟糕,但是你不能因为这样就觉得那些与人为善、愿意吃亏的好人是傻子。"

他加重语气道:"其实你才是傻子,知道不?"

面无表情的孩子抽了抽鼻子,原本青龙出洞的两条鼻涕返回洞府大半,然后舔了口糖葫芦。

年轻道人有些焦急:"跟你说正事呢,吃什么糖葫芦。"

孩子依然无动于衷,歪着脑袋吃糖葫芦。

年轻道人语重心长道:"唉,你这崽子,真是没有慧根,贫道好心好意帮你算了一卦,明明算出你跟邻居小姑娘是天作之合,贫道都不收你铜钱了,这还不够仗义?你咋就不知道感恩呢?一串糖葫芦而已,值得了几文钱?还比不上一个未来媳妇?"

一直木讷呆呆的孩子突然呵呵一笑:"你当我傻啊。"

然后他就转身一摇一摆蹦跳离开,嘴上嚷嚷:"吃糖葫芦喽!"

年轻道人痛心疾首地一拍桌面:"世风日下,人心不古哇!"

魏晋一笑而过,猛然间又停下脚步,却没有转头,回想了一遍那算命道人的装束,有些犹豫不决。

那道人已经开口笑道:"既然有缘,何不相见?"

魏晋牵驴而走。

年轻人可怜兮兮道:"日子难熬,这南涧国的人咋一个个就这么精呢?民风也太不淳朴了!"他愤愤然坐回凳子,守着桌上的签筒,双手抱住后脑勺,晒着太阳,脖子前后晃悠,头顶的道冠跟着晃荡,自言自语,"无聊啊真无聊。"

一个俊俏女子怯生生走来,鼓足勇气问道:"道长,能算姻缘吗?"

年轻道人赶紧摆正坐姿:"绝对能算,不是好签贫道不收钱!"

妙龄女子愣了愣,然后转头就走,心想这不是明摆着坑钱嘛,肯定是个臭不要脸的江湖骗子。想来也是,咱们南涧国的道士哪有如此落魄的,自己就不该贪图小便宜。姻缘多大的事情,还是应该去屏风巷那边找真正的道士算卦,价格贵就贵一些,总好过被人骗。她随之有些郁闷,那骗子其实长得挺好看啊,怎么是这么个不正经的人?

年轻道人双手使劲揉脸,颓然道:"这日子没法过了。真是时来天地皆同力,运去英雄不自由。报应不爽啊。"

最后他叹了口气:"好一个君子可以欺之以方。既然你都如此开诚布公了,贫道自然不会欺人太甚。"

"收摊了收摊了。"他念叨着,就忙碌了起来,默念,"那咱们就山高水长,后会有期?"

只是他很快就摇头否定了这个念头:"难。"

大骊南方边境,风雪呼啸,一大两小行走于一条峡谷之中。

陈平安走桩艰辛,为了保持走桩的一气呵成,他的呼吸越来越困难。每次呼吸之间,都像是无数刀子蹿入了七窍,使得他的脸色有些发青。

背着大书箱的粉裙女童道:"老爷,小心适得其反啊。书上说欲速则不达,老爷今天走桩已经比平时多出很长时间了。"

陈平安只是微微摇头,没有说话,否则积蓄起来的那口气就散了。

青衣小童故意落在后边,喊道:"傻妞儿。"

粉裙女童扭头望去,看到他朝自己招手,还偷偷伸出手指做了个嘘声的手势。

她本想不理会,但是青衣小童狠狠瞪眼,吓得她只好悄悄放慢脚步,很快就变成他们两个并肩而行。

青衣小童神色阴沉,一言不发。

粉裙女童跟着沉默片刻,轻声道:"你要不给老爷认个错?"

青衣小童火冒三丈,不忘压低嗓音,跳脚道:"认错?你这傻火蟒的脑子灌进了一条江水吧?"

粉裙女童吓得不敢多说什么。

青衣小童犹豫之后,问道:"你说老爷会不会记仇,对我心怀芥蒂?"

粉裙女童摇头:"老爷不会的。"

青衣小童一脸不信:"当真?"

"当真!"粉裙女童一开始信誓旦旦,但是很快就偷偷加了两个字,"的吧?"

青衣小童气得不行，浑身散发出焦躁不安的气息，恨不得现出真身，将山谷两侧的山壁给撞碎。但是最后他一咬牙，挤出一个僵硬笑脸："那我给老爷磕头认错去！"

粉裙女童一脸茫然："啥？"

很快，青衣小童就返回了，病恹恹的。

粉裙女童疑惑问道："怎么了？"

青衣小童压抑着满腔怒火："你别管！"他一屁股坐在地上，哭丧着脸道，"大爷甚至不敢开口。我都不明白为何如此，你说气人不气人？"

粉裙女童望着那个始终缓缓前行的背影，再回头望向坐在地上的青衣小童，蹲下身："我大致晓得老爷的想法了，你想听不？如果不想，我就不说。但是你如果想听，你必须保证，听过之后不许生气，更不许吃了我！"

青衣小童有气无力道："答应，都答应！你说便是。"

粉裙女童满脸严肃，偷偷摸摸告诉青衣小童："如果你的初衷是让那个少年知道世道不易，那你就是对的，说不定老爷还愿意跟你道歉。可如果只是觉得好玩就随口言语伤人，哪怕你做的事情最后是好的，那么老爷还是会觉得……不那么对。这些呢，是我胡思乱想的，不一定是老爷的真实想法。其实我觉得你最好是跟老爷自己聊。"

青衣小童听得一愣一愣，然后喃喃道："我当然是觉得好玩啊，那少年以后是生是死关老子屁事。"

粉裙女童满脸无奈："那我就没法帮你了。"

青衣小童突然问道："那你觉得我有错吗？"

粉裙女童欲言又止，青衣小童冷哼道："说实话！"

粉裙女童换了个方向，用小书箱对着自家老爷，她自己就躲在书箱底下，仿佛这样就可以放心说话了："我觉得吧，老爷肯定是没有错的，但是你也不用太在乎老爷的看法。其实老爷也不在乎你是不是在乎他的看法，如果能这么想，事情就很简单了呀。"

青衣小童若有所思，点头道："继续说。"

粉裙女童愈发小声："再说了，咱们都在修行，境界已经比老爷还要高出许多。你如果修行得更好更快，说不定老爷哪天就会觉得自己是错的，毕竟老爷曾经亲口告诉我，如果他有不对的地方，就要直接告诉他，老爷可不会觉得他的道理就一定永远是对的。这是我最喜欢老爷的地方了！"说到最后，她神采奕奕，满脸欢喜。

青衣小童翻白眼道："我早就告诉你了，修行靠天赋，不靠努力。"

"又来，难怪老爷不喜欢你。"粉裙女童站起身，加快步伐去追赶陈平安。

青衣小童伸出一只手，很快凝聚出一颗雪球，塞进嘴里，狠狠嚼着。

他一边走一边想，既想一拳打死那无趣至极的老爷，一了百了，一错到底，但同时又想捏着鼻子违心地认个错。可他就是开不了这口，不愿意跟着那个泥腿子一起无趣。

青衣小童忍不住回头望去。他想念自己的家乡了。

在这里，加上自己孤零零三个人，他没有一个同道中人。

家乡那里可以大碗喝酒，大块吃肉，那里有高朋满座，快意恩仇，那里没有萦绕心间的是非对错，没有坏人胃口的狗屁道理，没有让他这么不痛快不开心的老爷。

东宝瓶洲向来喜欢以观湖书院划分南北，北方多蛮夷，南方皆教化。

南人瞧不起北人，那是天经地义的事情，哪怕是北方的大隋文豪，面对南涧国的雅士，都是要自认矮人一头的，故而南方世族高门以嫁入北方为耻。

临近年关，南方一处喧闹集市上，有一名光脚的中年僧人托钵缓缓而行，面容方正刚毅。有杂耍艺人使出浑身解数，博得阵阵喝彩声。僧人看到一根木桩子上拴着一只小猴儿，干瘦干瘦的，故而显得眼睛极大。

僧人蹲下身，掏出半块生硬干饼，掰碎一点，放在手心，伸向枯瘦小猴。

小猴却被僧人的善举给惊吓到了，惊慌失措地向后逃窜，铁链被瞬间绷直，一个反弹，满身鞭痕的小猴子顿时摔倒在地，身躯蜷缩，细细呜咽起来。

僧人轻轻将掰碎的干饼放在木桩附近，将剩余半块干饼又掰碎一半，零零散散放在地上，然后又把铁钵放下，这才起身向后退去，最后盘腿坐在距离木桩三四步的地方，开始闭目，嘴唇微动，默诵经文戒律。

行也修行，坐也修行，万里迢迢，一直苦行。

饥寒交迫的小猴委实是饿惨了，在僧人坐定后，怯生生望了他半天，终于鼓起勇气去抓住一块碎饼，退回原地低头啃掉后，眼见着僧人无动于衷，便愈发胆子大了，再偷吃了一块，如此反复，无意间发现铁钵内竟有些清水，便去喝了口。隆冬时节，钵内清水竟然有些温暖，这让小猴有些舒坦，更加不怕那僧人了，大眼睛直愣愣望着他，一脸费解。

僧人念完一段经文后，睁眼起身，小猴便又躲避起来。

僧人只是弯腰拿回铁钵，就此离去。

小猴扶着木桩子，目送僧人的背影很快消失于拥挤的人海。

它破天荒地打了个轻轻的饱嗝，伸手挠了挠干瘦无肉的脸颊，眨着大眼睛。

光脚僧人低头行走于人山人海之中，便是被路人撞了肩膀也不抬头，反而右手在胸前行礼，微微点头后，继续前行。

集市上有个疯疯癫癫的老人，眉发打结，邋里邋遢，衣衫褴褛，只要遇上稚童，不管孩子们的长辈是富贵还是贫穷，都要凑过去询问一个同样的问题："你家孩子取名了没有？"大多数老百姓对此见怪不怪，多是牵着孩子加快步伐离去，也有一些会笑骂几句，另一些个脾气不太好的青壮汉子还会推搡老疯子几下。

有对老人知根知底的一群年轻浪荡子堵住他，其中一人一脸坏笑地问道："我家有小孩还未取名，你要如何？"

老人顿时眉开眼笑，高兴得手舞足蹈起来，说道："我来取，我来取，这次我一定取个好名字……"

"取你大爷！"老人被那年轻人一脚踹在腹部，跌了个后仰倒地，在地上抱着肚子打滚。

托钵僧人蹲下身，搀扶老人起身，那群浪荡子哄笑着离去。

老人被扶起身后，伸手死死攥住僧人的手臂，对着僧人依旧问了那个极其不敬的问题："你家孩子取名了没有？"

托钵僧人看着痴呆老人，摇摇头，帮老人拍去尘土，这才继续前行。

老人依旧在集市上自讨苦吃，挨了无数的白眼和谩骂。

夕阳西下，僧人托钵乞食，七户之后不再化缘，铁钵内食物寥寥，想要一个温饱都难。他由北入城，由南出城，路上行人如织，他低头而行，若是遇见小虫子，便捡起放于道旁无人处。最后看到一座荒废已久的古庙，僧人在门外单手行礼，缓缓走入。

在大殿外的檐下廊道，吃过了钵内食物，僧人开始盘腿而坐，继续修行。

暮色中，老人踉跄归来，看也不看僧人，直奔大殿，倒在一堆茅草上，卷起一块破碎不堪的单薄被褥，尽量遮住手脚，呼呼大睡。

一夜无事。老人在正午时分才睡醒，醒了之后就离开破庙，往城里的人堆凑。对于那个托钵僧人，他根本视而不见。一开始不是没人猜测，老疯子会不会是性情古怪的奇人异士，后来才发现他根本就是个老废物，打不还手骂不还口，而且打疼了会哭喊，打重了会流血，到最后就只有一些游手好闲的浪荡子才乐意拿老人取乐。

老人住在这座荒废破庙里已经很多年了，接下来小半年，日复一日，僧人也在这里暂住，偶尔会与老人一起去往城内，托钵化缘，也偶尔会与老人一同出城，返回住处。

两人一直没有言语交流，甚至就连眼神交汇都极少。每次老人见着僧人都一脸茫然，记不得什么。

这一夜，大雨滂沱，电闪雷鸣。

疾风骤雨之中，估计就连近在咫尺的呼喊声都听不真切。

缩在茅草堆上的老人，每次雷声响起都会惊吓得打个战。熟睡之中的老人不知是想起了什么伤心事还是做起了噩梦，双手握拳，身体紧绷，不断重复呢喃："是爷爷取的名字不好，是爷爷害了你，是爷爷害了你啊。"

那张干枯苍老的脸庞早已没有任何泪水可流，但是偏偏显得格外撕心裂肺。

虽然雨水依旧密集，声势骇人，可是随着急促的雷声变得断断续续，老人的自言自语也渐渐平息。可就在老人彻底陷入沉睡之际，僧人弯曲手指，轻轻一叩。

咚！如木鱼声响彻古庙，如春雷响起于廊下。

老人打了个激灵，猛然坐起身，环顾四周后，先是茫然，然后释然，最后悲苦，站起身向大殿外走去。衣衫褴褛的矮小老人，行走之间气势凶悍，如同下山虎、过江龙，只是体魄仍是孱弱至极，虎死不倒架而已。

老人走出庙外，仰头望去，久久无言，最后只剩下怅然。

僧人轻声道："有情皆苦。"

老人看也不看僧人，嗤笑道："苦什么苦，老子乐意！当绝情寡欲的仙人怎么就逍遥了？狗屁的长生久视，一个个高高在上，只记得仙，忘了人……哈哈，老百姓做人忘本要天打雷劈，神仙忘了本才算真神仙。可笑，真可笑……"

僧人又道："众生皆苦。"

老人沉默，盘腿而坐，双拳紧握撑在膝盖上，自嘲道："恍若隔世。"

拂晓时分，不知何时睡去的老人猛然惊醒，再次眼神浑浊，然后继续他浑浑噩噩的一天。

就这样又过去了一个月有余，在中秋月圆夜，老人终于恢复清醒，只是这一次，他整个人的精神气已经大不如前，垂垂老矣。

他跟僧人一起坐在檐下廊道，望向那轮明月，自说自话："我孙儿很聪明，是天底下最聪明的读书种子，只可惜姓了崔，已是不幸，遇上我这么个爷爷，更是不幸。不该这样的，不该这样的……"

僧人寂然无声。

东宝瓶洲崔氏曾有人言：有庙无僧风扫地，有香无火月点灯。

入冬后，大雪纷纷，老人睡在庙内，牙齿打架，脸色铁青，像是要熬不过这个寒冬。僧人托钵进入，递给老人一块温热干饼。老人怔怔接过后，猛然丢在地上，眼神恢复些许清明，看着那个重新捡起干饼递过来的僧人，摇头道："我活着只想见孙儿一面，要不然我死不瞑目，这口气我咽不下，断不掉！我要跟他说一声对不起，是爷爷对不起他！我不能疯，我要清醒！和尚，你救我！"老人一把死死攥紧僧人手臂，"和尚，只要你让我清醒地见着孙儿，我便是给你牛做马都无妨……我这就给你磕头，这就给你当徒弟！对对对，你这和尚神通广大，一定可以帮我脱离苦海……"

这一次清醒过来的老人，精神气出现了油尽灯枯的迹象，意识也不再清晰。

僧人淡然道："如何都放不下执念？就算你见着了他，事已至此，又能如何？"

老人神色悲苦："如何放得下？又不是我一个人的事情。放不下的，这辈子都放不下的。"

僧人想了想："既然放不下，那就先拿起来。"

老人痴痴问道："如何拿？"

僧人答道:"去大骊。"

老人点头道:"对对,我那孙儿就在大骊。"

僧人摇头道:"你孙儿在大隋,但是你孙儿的先生在大骊龙泉县。"

老人陷入惶恐,身形向后退去,抵住墙壁,使劲摇头道:"我不要见文圣……"

片刻之后,老人蓦然大怒:"你若想害我,打死我便是;你若想害我孙儿,我就一拳打烂你金身!便是你家佛祖来了,我一样出拳!"

言语落地,老人挣扎着站起身,气势之刚猛雄壮,竟是不输在骊珠洞天中交手的那两名纯粹武夫!但也仅是剩下点虚张声势的气势了。

僧人脸色平静,低头凝视手中铁钵,钵内有清水微漾:"佛观一钵水,八万四千虫。"

老人皱眉道:"秃驴,莫要跟老夫打机锋!"

僧人转过头,轻轻抬了抬铁钵:"这是你家孙子最有意思的地方。他看到了'小',贫僧觉得可以跟他的先生说道说道。"

老人眼神坚决:"和尚你所谋甚大,老夫绝不会答应你。"

僧人叹息一声:"无根之草。"就这么起身离去。

老人抓紧时间盘腿而坐,开始呼吸吐纳,一身原本枯死的肌肤缓缓生出熠熠金光。然后他在手心以手指刻下"大骊龙泉县"五字,血肉模糊,不断告诉自己:"去往此地,必须去往此地,只看不说,不问不做。"心湖激荡,铭刻心声。

老人回到庙内,倒头就睡。

庙外大雪愈烈,只是阵阵寒气刚刚逼近庙门就自动消融。

陈平安这次不经由野夫关进入大骊国境,走出那条栈道和那处山谷之后,他们三人遇到了一队精骑。

风雪茫茫,双方对峙。

那支大骊边境精锐原本大多已经默然拨转马头,但是突然间一骑冲出,疾驰到陈平安身边。那是一张年轻坚毅的脸庞,充满了警备和审视,眼眸深处,还有一抹陈平安当时不理解的毅然决然。

当这一骑突兀而出,其余袍泽亦是咬牙跟上,一时间雪屑四溅,扑面而来。

陈平安用大骊官话喊道:"我们是龙泉人氏,从黄庭国返回,由牛栅栏入关。"

与此同时,陈平安从怀中掏出龙泉县衙颁发的通关文牒。游学千万里,其上盖满了各国各地各关隘的官印。眼见着那名骑卒要翻身下马,陈平安三步作一步小跑上前,伸手高高递过文牒。骑卒愈发身体紧绷,一整队斥候俱是瞳孔微缩,如临大敌。

骑卒弯腰接过了关牒,仔细浏览之后,蓦然笑容灿烂起来,原本紧紧握住刀柄的那只手在背后悄悄打了个安全的行伍手势。

骑卒下马递还文牒,在陈平安小心翼翼收起后笑道:"这么糟糕的天气,若是遇上麻烦,可以去我们烽燧暂住休整,备好食物,等到风雪小一些再赶路不迟。"

陈平安感受到骑卒发自肺腑的真诚,立即抱拳笑道:"没事,我刚好借这个机会练习拳桩,难熬是难熬,但是还扛得住。"

大骊尚武,民风彪悍,名动一洲。陈平安如此坚韧,很快就赢得这一队精骑斥候的好感,便是一名面容粗朴、不苟言笑的边关老伍长也会心一笑。

双方就此别过,斥候继续南下侦察,陈平安继续北上返乡。

边骑伍长回头望了眼三人北归的背影,收敛笑意,转头对那麾下骑卒训斥道:"逞什么英雄,不要命了? 且不说那少年的深浅,他身边两个衣衫单薄的侍女书童分明是道行不弱的修行中人,否则如何吃得住这天气的打磨? 方才我们近距离接触,他们气色之好,你看不出? 若三人真是敌国的谍子,你这次贸然前行问话,害得我们全军覆没不说,还会耽搁谍报的传递!"

年轻骑卒嗫嗫嚅嚅,仍是有些不服气:"伍长,咱们身为边关乙等斥候,这还在大骊境内,不管来自哪里的练气士,也得讲讲咱们边军的规矩吧? 真敢杀我们,事后盘查起来,定要他们吃不了兜着走。退一万步说,不是还有王爷在嘛,我就不信谁有本事跟王爷掰手腕子。"

戎马生涯半辈子的老伍长气得一鞭子打过去,不过打在了年轻骑卒肩头外的空处,雷声大雨点小而已。他气笑道:"要是换作我刚从军那会儿,你这等行径就是挑衅练气士老爷,知道吗? 怎么死的都不知道。碰到个厚道仗义的将军,最多帮你讨要几十两抚恤银子;不厚道的,管你死活!"

能够成为大骊边军的乙等斥候,无疑是大骊军伍的翘楚锐士,就没几个是蠢人。年轻骑卒赶紧亡羊补牢道:"老伍长消消气,以后打到了那大隋高氏的老巢,我用军功给您老人家换个细皮嫩肉的豪门娘儿们,好好降火……"

老伍长笑骂道:"滚蛋! 就你那么点军功,给老子塞牙缝都不够。甭废话,继续巡视! 上头发话了,小心黄庭国狗急跳墙,越是这种天气越要注意! 倒是不怕他们一头撞进来找死,只是打了这么多年仗,可都是咱们的马蹄往别人家踩去,万万没有让别人踩进咱们家门的道理。"

年轻骑卒嬉皮笑脸道:"晓得了晓得了,我这就先行一步,保管一只苍蝇都飞不进前边的牛脊背山谷。"他深吸一口气,拉了拉略显僵硬的厚实貂帽,晃掉一些冰碴子,缓缓前奔。

一名中年斥候忍不住问道:"伍长,之前两国边境上闹出那么大动静,听说黄庭国境内天崩地裂的,死了好多人,咱们这边倒是没啥损失,这其中是不是有啥说头? 伍长您小道消息多,好些个老袍泽如今都是都尉大人了,我知道您之前专门找人喝过酒,有没有可以说道说道的?"

老伍长神色凝重,没有泄露天机,只是咧嘴笑了笑,眼神炙热,语气阴森:"没啥可以说道的,就是咱们很快就有肉吃了,好事!"

那边,顶着风雪前行的陈平安缓缓道:"之前大隋的骑军护送着我们从边境到京城,跟我们大骊骑军相比,总感觉哪里不一样……具体的说不上来。"

青衣小童懒散道:"老爷,这多简单一件事。大隋的骑军是养在深宅大院里头的看门狗,看着厉害而已。当然,真打起架来,估计也能凑合。可是你们大骊的骑军,尤其是边关骑军,就是一群野狗,四处咬人,牙齿早就给磨锋利了。换成是黄庭国的边关戍卒见着咱们三个,早就跑得远远的了,哪里有胆子上前问话。"

青衣小童打了个哈欠,随口说道:"以前在御江,听我水神兄弟讲过一桩秘事。十多年前,大隋北边有一支边军跟一伙山上练气士起了冲突,主将一怒之下,尽起六千精锐,连同他和军中麾下的武秘书郎,加上从袍泽那里借调而来的随军练气士,一起追杀了八百多里,四名行凶的练气士愣是给他们宰掉了三个。"

粉裙女童惊讶道:"在黄庭国,无论是地方行伍还是山下江湖,可不敢跟山上练气士怄气。芝兰曹氏之所以不遗余力地栽培幼子,就是想着一人得道鸡犬升天,不需要处处仰人鼻息。"

"黄庭国洪氏从上到下都烂透了,将来打仗哪里会是大骊蛮子的对手。"青衣小童百无聊赖地伸出双手,一次次凝聚出晶莹剔透的雪球,一次次抛掷向远方,"大骊边军也折损得七零八落,尤其是武秘书郎战死大半,总之闹得很大。大骊皇帝龙颜震怒,把那个正三品武将召回京城,将其贬为底层士卒,这才让那四名练气士背后的山门消气。只是听说没过几年,那名镇守北关的沙场武夫就出现在了南边野夫关,而且很快就恢复了原先官职,之前所在那支边军更是获得大骊新晋'铁骑'之一的荣誉头衔,边军人马不但迅速恢复满员,还加入了许多甲等大马和甲等悍卒,如今风光得很。"

陈平安想起大隋山崖书院,自言自语道:"千万别打仗啊。"

青衣小童向高处迅猛抛出一颗雪球,然后用第二颗雪球激射而去,两者砰然碎裂:"箭在弦上不得不发,我看这场灭国大战是逃不掉了,关键就看大隋争不争气。不过如果大骊的白玉京飞剑楼真有传闻那么厉害,我看大隋原本占优的山上势力大多会选择明哲保身,毕竟谁也不愿意被一把从白玉京掠出的飞剑瞬间斩杀于阵法庇护的洞府之内,那就真是死不瞑目喽。谁愿意试一试白玉京飞剑的杀力?境界越高的练气士越惜命怕死。反正我那水神兄弟就说,只要白玉京飞剑有传闻一半的威势,他就主动投降,以大骊庙堂的行事风格,指不定还会保留他御江水神的神位。"

粉裙女童一脸茫然:"白玉京是什么呀,还会跑出飞剑?"

青衣小童哈哈大笑,轻轻弹指,一粒雪球击中粉裙女童的额头:"嗖一下,一柄飞剑就会从大骊京城的白玉京掠出，以五境以上陆地剑仙的御剑速度，转瞬之间就飞过千山万水洞穿了你这傻妞儿的头颅，好玩不？"

粉裙女童双手捂住额头，给吓得不轻。

青衣小童讥笑道："就你那点微末道行，杀你还需要用白玉京飞剑？你是傻妞儿不假，可大骊朝廷又不傻。白玉京十数柄飞剑，如今率先针对的练气士全部是大隋境内那些个躲在水底下的老乌龟王八蛋。我猜啊，其中有资格上榜的那拨大隋练气士，肯定有人已经悄悄离开大隋版图了，为的就是避其锋芒。"

陈平安虽然一直没有插话，但是对于青衣小童的论点和猜测，觉得绝大多数有理有据，所以全部默默听在耳里，记在心上。但陈平安愈发想不明白，这么一个看问题挺透彻的聪明家伙，怎么在家乡御江就心甘情愿给那个居心叵测的水神背黑锅？

陈平安没有开口询问。这到底是青衣小童的自家事。

他开始默默走桩，迎着风雪一遍又一遍。

在及膝的大雪里，《撼山谱》的走桩不得不极其缓慢，陈平安从山崖栈道一路走到这里，耗费的气力和精神是平时的十倍百倍之多。他全身上下，从外到内，几乎冻成一块冰块，以至于到了后期，根本不用他刻意运转十八停剑气流转，那条宛如火龙巡狩关隘的玄妙气机就会自行快速游走，无形中帮助他勉强维持住一口真气不坠。

每一次呼吸吐纳，都是一次痛彻骨髓的炼狱。

愈懒的青衣小童看得头大，觉得不可理喻：天赋差就认命不好吗？别人在修行路上一日千里，你陈平安每天都在这儿事倍功半，多丢人啊。

粉裙女童则看得快要心疼死了。

半旬过后，风雪渐歇，之后赶路不至于太过艰辛困苦。

三人在这期间绕过了两座关隘和十数座大大小小的高耸烽燧。

陈平安还是会自找苦吃，每天练习拳桩之余，还要主动跟青衣小童切磋武艺，经常被后者一拳打得陷入深雪之中不见人影。

二境依然是可怜兮兮的二境，陈平安的武道进阶真是雷打不动。

青衣小童不知是哀其不幸还是怒其不争，有几次出手重了，打得缺心眼一根筋的自家老爷像断线风筝一样乱飞出去，得挣扎好久才能站起身，一旁观战的粉裙女童便转过头去，不忍再看。

在这样千篇一律的返乡途中，今年的第一场雪就此落幕，三人终于赶到一座在舆图上标注为风雅县的城镇。因为陈平安拣选了一条通往家乡西山的归路，所以不会经过绣花江、红烛镇和棋墩山。他想要多走过一些陌生的地方。

读几部书，识千余字，行万里路，练百万拳，这就是陈平安当下的心愿。路总归都是需要一步步走出来的,陈平安这次返乡行程,每天都过得很充实,当然苦头也没少吃。比起赶赴大隋书院的游学之路,归程可以腾出更多时间,通过练拳来打磨体魄,以运气来淬炼神魂,滴水穿石,燕子衔泥,点点滴滴都是添补。

青衣小童会觉得他是在浪费光阴,可是陈平安能够清晰感知到一点点裨益的累积,这种感觉,如同在泥瓶巷每天辛勤劳作,多出几枚铜钱入账,家底在悄然增加,外人觉得乏味,可是陈平安自己的感觉不要太好!

年关临近,风雅县的集市熙熙攘攘。这里不同于大骊边关其他城池,书铺多了许多,书香气更重一些。当然,想找孤本善本是奢望了,这里多是粗劣廉价的私家刻本,错字漏字极多。青衣小童和粉裙女童都是眼界高的,一个是身家雄厚,见惯了好东西,一个是自幼跟圣贤书籍打交道。于是只有陈平安在书铺逛得认认真真,对书架上一长排十二本成套的《玉山燃雪谈》爱不释手,可惜背篓空隙不多,已经装不下这么一套大部头,而且价格太高,便只好退而求其次,买了一本作者署名程水东的《铁剑轻弹集》。

上了年纪的店家便由衷称赞他好眼光,然后解释这是黄庭国老侍郎的著作,如今收入囊中,肯定稳赚不赔。因为市井传闻那人很快就要重新出山,受邀担任大骊一座新书院的副山长。

夜幕中,满载而归的陈平安选了一座简陋客栈,要了两间相邻屋子。粉裙女童单独睡一间,青衣小童跟着陈平安跨过门槛,立即皱着鼻子一脸嫌弃,使劲在鼻子前晃动手掌,驱散那些陈年积久的霉腐味。不愧是修炼成精的水蛇,那些不管如何擦拭都难以消除的气味全部被他一阵阵驱逐到了窗外。

陈平安关上门后,在桌上摊开那张大骊南方州郡舆图,因为这些秘不示人的地理形势图一向为官府独有,民间私藏就是大罪。陈平安看着风雅县和龙泉县之间相距不过六百里路程,一半是便于商旅赶路的官道,一半是相对难行的冲澹江水路,相比这一去一回的漫长路途,六百里路可以算是近在咫尺。

陈平安吃过食物就开始练习剑炉,耳边时不时响起一个妇人的谩骂声,以及客栈掌柜的求饶声。

多像家乡泥瓶巷杏花巷那边的场景,只不过那会儿顾璨他娘亲还在,嘴巴恶毒的马婆婆还没去世,每天都会有学塾的读书声远远传到铁锁井。

等到这次回去,老槐树已经没了,看门人也已不在,泥瓶巷邻居家的院门口,大年三十那天,注定是不会张贴上一副崭新喜气的新春联了。

陈平安叹了口气,收起剑炉立桩,来到窗口,从袖中特意缝补而成的小兜里掏出那颗银色小剑胚,轻轻握在手心,缓缓摩挲。

青衣小童没来由怒喝一声:"找死!"

陈平安闻声转头看去,只见青衣小童双指拈住一团虚无缥缈的灰色烟雾,猛然夹紧,指间传出一阵轻微的噼里啪啦声。灰雾逐渐消散,隐约之间有哀号嘶鸣。

看到陈平安的疑惑脸色,青衣小童欢快邀功道:"老爷,这只不知死活的小精魅已经被我捏爆了!还敢来老爷您的地盘撒野,真是活腻歪了!"

青衣小童指了指那团四处流散的雾气:"它名为枕边魅,并无实体。这小玩意儿所过之处带起的那点风是世间众多歪风邪气之一,最喜欢追逐那些心肠歹毒的骂街泼妇,每当她们搬弄唇舌,这种精魅就会偷偷出现,将那股风气收集起来,最能够离间亲人,尤其是夫妻关系。市井坊间所谓的枕头风,就是它们的拿手好戏。"

陈平安叹了口气,笑道:"以后遇上这类精魅,赶走就是了,不用打打杀杀。"

青衣小童"哦"了一声,歪着脑袋,问道:"老爷,您不是菩萨心肠吗?怎的碰到这等邪祟精魅,就不替天行道啦?"

陈平安哭笑不得道:"什么替天行道,我没那么大能耐……"

他很快就止住话头,不再说什么。

青衣小童没来由心头泛起一些失落,因为没能听到滥好人老爷的大道理。那些道理,以前听着总觉得无趣厌烦,武圣庙那次之后,陈平安便不说了,青衣小童竟然会觉得更无趣。他在桌上趴了一会儿,觉得自己病得不轻,干脆爬到桌上,手脚扒开躺着,死气沉沉地望着天花板,盯着一张已无主人坐镇的小蛛网看了半天,开始在桌上翻来覆去。

粉裙女童在那边收拾过褥床垫,就跑来这边帮陈平安收拾,没忘记好好背着那个崔东山的书箱。这一路风餐露宿,她时时刻刻都护着书箱,由此可见,白衣少年当初在芝兰曹氏的书楼内施展的那一番神通,对她造成的心理阴影有多大。

陈平安重新收好那枚"银锭",走向桌子,青衣小童赶紧坐回凳子。陈平安从背篓里拿出那本还带着浓郁墨香的《铁剑轻弹集》,青衣小童赶紧狗腿殷勤地端来油灯,帮着点燃灯芯。主仆三人分坐三边。

青衣小童不敢打搅看书的陈平安,笑问坐在对面的粉裙女童:"马上就可以吃掉一颗蛇胆石了,是不是很开心?"

有陈平安在身边,粉裙女童要胆气粗壮许多:"你别打我那颗蛇胆石的主意。"

青衣小童嘿嘿笑道:"老爷私下跟我说了,蛇胆石分大小,品秩有高低。傻妞儿你一路上没有功劳没有苦劳,最没用了,所以只给你一颗最小最差的;我陪着老爷喂拳那么多次,所以我拿到手那两颗是最大最好的,一颗有你十颗那么大哦。"

粉裙女童立即转头望向陈平安。

陈平安翻过一页书,微笑道:"别听他瞎扯。"

粉裙女童瞪了眼谎报军情的青衣小童。

青衣小童一拍桌子:"造反?"

粉裙女童往陈平安那边坐了坐。

陈平安对此习以为常，倒是没有故意给小火蟒撑腰说话，始终安静看书。

借着那盏油灯的昏黄火光，陈平安一页页翻过那部读书笔札，其间还拿出了一块棋墩山剩余竹简和当时买玉簪子那家店的店主赠送的小刻刀，读到某些让他眼前一亮的好句子，就一笔一画刻在竹简上。

青衣小童脸颊贴在桌上，自顾自转动眼珠子，装神弄鬼。

粉裙女童不敢跟他对视，就凑在自家老爷身边，看着陈平安读书或是刻字。

陈平安突然眉头紧皱，犹豫片刻后问道："书上说富贵发达了之后要修桥铺路，不可以修建豪宅大墓。"

青衣小童对此嗤之以鼻，但是没说话，保持那个半死不活的姿势。

粉裙女童点头轻声道："老爷，一些读书人是有这个讲究，希望有钱了之后行善积德，造福乡里。"

陈平安有些无奈。他原本想着回家之后，就赶在年关之前，立即花钱给爹娘修建一座大坟，气气派派的，不用连块像样的墓碑都没有。

青衣小童忍不住开口道："老爷您如今又不是读书人，讲究这些作甚？再说了，真要担心什么，大不了修桥铺路一并做了，到时候我亲自帮忙，咱们不但花了钱，还亲自出了力，老天爷肯定没话说。"

陈平安恍然，刚刚打结的心结很快就解开，转头望向青衣小童，朝他伸出大拇指，开心道："好样的！说得对！"

粉裙女童跟着自家老爷一起高兴起来。

青衣小童愣了愣，然后赶紧低头，眼泪差点掉出来了。

走着走着，走过了官道和水路，气氛融洽的一大两小终于看到了一座略显孤零零的高山轮廓。

陈平安停下脚步，拍了拍青衣小童和粉裙女童的脑袋，然后伸手指向那座名为落魄山的大山。这次他可笑得一点都不含蓄："到家了！我家！"他开始撒腿狂奔，不再管什么走桩立桩，没有半点近乡情怯的多愁善感，只管埋头奔跑，占据着大半背篓的一袋袋土壤，层层叠叠，随着肩头的起伏不定，窸窸窣窣作响。

青衣小童和粉裙女童屁颠屁颠跟在后头。其实临近大骊龙泉县地界后，他俩早就察觉到异样的灵气，通体舒泰。此刻落入眼帘中的那座大山头，让青衣小童不断咽口水，简直就是垂涎三尺，仿佛瞧见了一大桌子最丰盛的美餐。

青衣小童之前曾经无意间提及，他们这类蛟龙之属，餐霞饮露，只是末等修行之法，进展缓慢，唯有融山根吞水运，才是勇猛精进的大道正途。只可惜灵气充沛的名山大川，要么被仙家坐镇割据，要么早就树立起一座座朝廷敕封的神祇祠庙，哪怕是青衣小童这等修为不俗的江泽大妖也不敢轻易染指，一旦涉及证道长生，尤其是鬼魅精怪，别说修行路上的朋友知己，恐怕就连爹娘都不认了。

反观自幼浸染书香气息的粉裙女童，就要比青衣小童矜持许多。显而易见，同是蛟龙之属的旁支，两人的证道契机大不相同。

临近落魄山的山脚，陈平安放慢脚步。视力绝佳的他发现山上多处尘土飞扬，这让他心里一紧。照理说，落魄山有圣人阮师傅帮忙看顾，不该有意外才对。棋墩山的土地爷魏檗之前倒是答应要在这座山上搭建竹楼，可是一栋小小竹楼，怎么都该搭建完毕了，魏檗也就该打道回府，绝不会长久逗留。为何此时此刻落魄山上还是一副大兴土木的古怪样子？难道是那条黑蟒恶习不改，在自家山上择人而噬，惹恼了县衙，派人入山围剿？

陈平安正要急匆匆让青衣小童变出真身，以便快速登山，突然想起最近在书上看到的一个句子，讲述的是遇事莫慌的道理。于是他当下便深吸一口气，强自镇定，默默告诉自己：不要急，不要急，书上讲的，其实跟烧瓷拉坯是一个道理。

刚要开始登山，陈平安眼前一花，定睛望去，就发现一袭白衣的熟人笑吟吟站在山脚。陈平安脱口而出："魏檗！"

粉裙女童忍不住"哇"了一声，倍感惊艳。这是她继崔东山之后，这辈子见着的第二位神仙人物，俊俏得没天理。她随即又有些赧颜，躲在了陈平安身后。

青衣小童愣在当场，然后气势汹汹转头问道："老爷，这家伙是来抢地盘的？"

"当然不是。"

陈平安摇头而笑，望向一身潇洒气质远比在棋墩山更加显著的土地爷，好奇问道："怎么还在落魄山？你们山水神灵，不是不好太长时间离开自己地界吗？"

魏檗笑眯眯道："巧了，如今我搬家到了披云山，跟你做了邻居。陈平安，以后一定要多多照拂在下呀。"说到这里，这位昔年跌落神坛的神水国北岳正神，如今即将成为大骊北岳共主的尊荣神祇，竟然还玩笑似的给陈平安作了一揖。

陈平安没好意思受这一拜，侧过身躲掉，笑问道："竹楼造好了吗？"

魏檗直腰点头道："做好啦，保管没有偷工减料，就在落魄山上，我领你们去瞅瞅？本来挑了块最容易让它扎根的风水宝地，可是被落魄山的山神庙给占去了，只得换了块地盘，不过也不差，视野开阔，天高地远，风景很美，我这一年有事没事就去那边待着，你以后可不许过河拆桥，赶我走啊。"

粉裙女童觉得眼前这家伙模样长得好，不承想脾气也好，然后小丫头就有些骄傲：自家老爷就是厉害，连交好的朋友都这么潇洒绝伦。

青衣小童越看越心虚，突然之间，魏檗毫无征兆地张牙舞爪，对他做了个恐吓姿势，吓得他往后掠出十数丈。

魏檗爽朗大笑："加上山上那条黑蟒，咱们落魄山要热闹喽。"

陈平安一板一眼纠正道："落魄山不是你的。"

魏檗无可奈何道："对对对，你陈平安才是主人，我只是客人，行了吧？"

一行人开始登山，魏檗善解人意地为陈平安解释道："如今小镇西边这些大大小小的山头都算名花有主了，全部在破土动工，忙着开山事宜，除了开辟山上道路，还要建造凉亭等等。落魄山这样有山神庙的则更加任务繁忙，大骊朝廷工部负责一掷千金，除了卢氏王朝的近万刑徒遗民不要钱就能驱使之外，龙泉郡府和县衙两座官府还雇用了好多你们当地青壮帮着打造出一座座仙家府邸，一副不折腾出人间仙境不罢休的架势，有些劳民伤财啊。"魏檗指了指宽阔的黄土地面，"以后这里会铺上从外地运来的石板，反正比福禄街、桃叶巷的青石地面只好不差。"

陈平安小心问道："不需要我自己出钱？"

魏檗笑着指向高空："只要你不想着在空中建造索桥，跟别处山头牵连在一起，那就不用开销一枚铜钱。"

陈平安震惊道："难道有人这么做了？"

魏檗点头道："有啊，还不止一两家。在北边好几座山头之间已经出动家族供奉，或是重金聘请专门建造洞天福地的练气士开始搭建长桥了，其中一座还不是铁索木板桥，而是石桥，听说石头清一色是从湖泽之中打捞出来的，估摸着从头到尾，怎么都要花出去百来万两白银。不过效果肯定没得说，行走于石桥上，烟雾缭绕，飘然欲仙，看那日出日落云卷云舒，我都要心动了。"

陈平安啧啧道："原来他们这么有钱啊。"

魏檗打趣道："你要是乐意卖掉一座彩云峰或是仙草山，立马就是顶有钱的富家翁了，也能这么穷奢极欲。"

陈平安没好气道："我要那些花花架子做什么，一个个山头才是立身之本。"

魏檗哈哈大笑。财迷还是财迷，二境还是二境。草鞋换了一双又一双，可少年依旧是那个少年啊。

青衣小童怎么看魏檗怎么讨厌，恨不得一脚踹在那家伙屁股上，踹他个狗吃屎！

一路登山，陈平安见到几拨卢氏王朝的刑徒遗民，有老有幼，有青壮有妇人，大多形容枯槁，神色憔悴，但是在旁监工的大骊军卒应该得到过朝廷授意，并未对这些亡国之徒刻意刁难，一些晕厥过去的老弱便由着亲朋好友搀扶到熊熊燃烧的火炉旁，喂上一口热水、几口吃食。

魏檗云淡风轻道："一开始可没这么好的光景，累死冻死摔死的卢氏刑徒，当然还有打死和不堪受辱自尽的，短短两个月之内，就多达六百余人。后来是就地升任龙泉郡守的吴鸢不惜冒着丢掉官帽子的风险向朝廷递交了一封奏疏，这才止住了遗民人数骤减的势头。"

陈平安疑惑道："郡守？"

魏檗伸手画了一个大圈："原先骊珠洞天方圆千里的广袤地界，哪怕如今是边缘地带都被临近州郡各自在朝堂上找人帮着说话求情，然后瓜分划走了一些，但龙泉如果还只是个县，仍然管不过来，就算升格为郡，其实还是有些牵强。"

陈平安点了点头。这一路走来，关于各国州郡县的版图大小，早就有了清晰认知，毕竟是一步一步丈量出来的。他问道："棋墩山那条黑蟒到了这里，没有闯祸吧？"

魏檗摇头道："一直在落魄山老老实实修行，不曾伤人。如今就算它出去找水喝，被人半路撞见，都已经见怪不怪了，相安无事。一些个胆大的当地青壮，已经敢拿石头远远丢它了，它也忍着。"

陈平安皱眉道："这可不行，我得找人说清楚。魏檗，知道这里谁负责吗？不管结果，我得先说明白，没理由这么欺负人的。"

"哪里欺负'人'了，那就是条刚刚开窍的山野大蟒。"魏檗哑然失笑，"再说了，黑蟒皮糙肉厚，就是给人使劲砍几刀都不痛不痒，陈平安，你不用大惊小怪。何况如果我没有记错，你对黑蟒观感可不算好，怎么如今才回到落魄山，就开始偏袒起它了？"

"如果黑蟒敢率先伤人，我这次见面就会请人打死它，花钱请我都愿意。"陈平安摇头道，"但是如果它没有伤人，那么就跟它在不在落魄山没关系。换成任何一个地方，黑蟒只要是安分守己上山下山，却还有人去主动挑衅它，那可一点都不好玩了，那叫找死。我要是敢这么做，早死在山里一百次了。"

"有道理。"魏檗眯眼微笑道，"回头这件事，我帮你打声招呼便是，这些山头的大小关系，我都很熟了。"

粉裙女童双手搭在身前的竹箱绳子上，充满好奇。

这么大一座山头，走了这么久都没到半山腰，竟然都是自家老爷的啊。

老爷果然没吹牛，真有钱！

青衣小童听着久违的大道理，有些神清气爽。当然不是他觉得陈平安说得如何有理，而是反驳了那个看不出深浅的白衣神仙，让他觉得很带劲。

陈平安看似漫不经心道："魏檗，你认识阮秀吗？龙须河边铁匠铺的一个姑娘。"

魏檗故作思索，然后恍然大悟道："你是说圣人阮邛的亲闺女啊！远远见过几次。她家那座神秀山是如今大骊朝廷花最大气力去打造的，她几次进山去看进程，都会来逛一逛宝篆山、彩云峰之类的山头。竹楼造好之前，她也来过一次落魄山，双手背后，就那么看着我在竹楼顶上忙碌，还问我要不要她帮忙搭把手来着，我没答应。小姑娘就那么抬头看了半天，害得我怪不好意思的，最后她不知道什么时候悄悄走了。"

陈平安转头对粉裙女童和青衣小童笑道："阮姑娘是我很好的朋友，我在小镇有两间铺子，都是她在帮我打理，你们见着了她，就喊她阮姐姐。"

粉裙女童立即点头："好嘞！"

青衣小童有些不情不愿："我的岁数，当她老祖宗都没问题，凭啥喊她姐姐，白白掉了十八个辈分……"

陈平安不咸不淡地瞥了他一眼，他立即双手捶胸，跟擂鼓似的，义正词严道："老爷发话，我喊她娘亲都行！"

陈平安乐了，难得不抠门一次，财大气粗道："回头多给你们俩一颗普通蛇胆石。"

粉裙女童雀跃欢呼，原地蹦跳起来。

青衣小童怔怔问道："老爷，那我喊她一声夫人，能不能再多给一颗？"

陈平安揉了揉额头："到时候阮姑娘要打死你，我不会拦着她的。"

青衣小童悚然一惊，突然记起魏檗顺嘴一提的"圣人阮邛的亲闺女"。关于圣人阮邛的行事风格，黄庭国御江都早有耳闻，那真是跋扈至极不讲道理，哪里有把人拽进自家地界然后当场打杀的圣人？他立即干笑道："我对阮姐姐一定会客客气气、恭恭敬敬的。我还会帮着老爷盯着傻妞儿，让她别不小心措辞不当，惹恼了阮姐姐，到时候惹来杀身之祸，最后让老爷你难做人……"

陈平安使劲忍住笑，故意不去介绍那个姑娘的温柔性情，反而板着脸"嗯"了一声，点头道："见了面，要礼貌客气。"

弯弯绕绕，最后魏檗领头走在一条青石小径上，自嘲道："咱们脚下这条小路是我临时铺出来的，随便收集了些山涧石子，陈平安你回头不妨换了。"

陈平安走在结实齐整的石子路上，笑道："不换不换，这就很好。"

众人视野豁然开朗，看到了一栋两层的竹楼，颜色苍翠欲滴，模样精巧别致，关键是正对着大好山河。竹楼底层摆着几张玲珑可爱的小竹椅，上头垫着小小的茅蒲团。

陈平安眼神呆滞，张大嘴巴，被震撼得无以复加。本以为魏檗答应自己建造一栋竹楼，想象之中，不歪歪扭扭就已经很好了，哪里能够想到是如此之好。

陈平安回过神后，轻声问道："它是我的？"

魏檗笑道："当然。"

陈平安抱拳道："魏檗，以后落魄山就是你半个家，只要想住就随便住。"

魏檗笑道："哟，这就改口啦？先前是谁说落魄山不是'咱们的'来着？"

陈平安呵呵笑道："魏檗，你堂堂棋墩山土地爷，跟我一般见识多掉价啊。"

魏檗哈哈大笑，伸手点了点他："到底还是有些变化的嘛，这趟远游求学没白走。"

之后魏檗看着一溜烟跑到竹楼二楼、并排趴在栏杆上举目远眺的一大两小，一颗高一些的大脑袋连着两颗矮点的小脑袋，觉着其实也挺像一座小山头的。

"老爷老爷，这儿风光可好啦，以后我们能住在这里吗？"

"当然可以啊。"

"老爷,把这里划给我呗,我可以少要一颗普通蛇胆石,咋样?"

"不行。"

像是被他们的欢快情绪感染,早已不是棋墩山土地爷的魏檗转身一同望向远方山河,也有些笑意。

与善人居,如入芝兰之室,久而自芳矣。

看了一会儿,陈平安带着他们下山去往小镇。

魏檗神出鬼没,身影已经消逝不见,青衣小童小声提醒道:"鬼鬼祟祟,一看就不是啥好鸟! 老爷,以后少跟那家伙打交道,我这可是老成持重之论啊。"

陈平安没理睬他。

一路熟门熟路地翻山越岭,当三人遥遥看到小镇西边房舍的时候,陈平安轻轻叹了口气。之前专门爬上了那座不起眼的真珠山,陈平安已经眺望了一遍家乡,给身边两个家伙指出了许多地方的大致位置。例如自己家祖宅所在的泥瓶巷、齐先生当年教书的学塾、坐拥两间铺子的骑龙巷、送信最多的福禄街和桃叶巷、小镇外边的铁匠铺、东边的神仙坟和最北边的老瓷山等等。唯独那座恢复原本面貌的石桥,陈平安只是在望向铁匠铺子的时候,眼角余光一瞥而过,不但没有介绍什么详情,甚至连明显的眼光停顿都没有。亲眼见识过了外边的世道险恶和千奇百怪,一定要小心再小心。

青衣小童大摇大摆道:"老爷,咱们等下是先去骑龙巷看看草头铺子和压岁铺子?"

陈平安轻声道:"先去我爹娘坟头。"

三人没有穿过小镇,而是沿着河水往下游走去。默默走过那座已经不见老剑条的石桥,经过矗立起一栋栋低矮茅屋、高大剑炉的铁匠铺子,最后来到那座小小的坟头之前。陈平安摘下背篓,拿出那些还不如拳头大小的棉布袋子,为坟头添土。

少年那张黝黑脸庞上,既没有伤心伤肺的模样,也没有衣锦还乡的神情。

走过山走过水走过千万里的少年,回到家乡后的第一件事,只是默默打开那些袋子,为爹娘坟头添加一抔抔土壤。

一大两小走下山,返回小镇,青衣小童见识过了落魄山和竹楼的富贵气象,觉得入乡随俗也不错,同时对家乡的眷念浅淡了一些,喜气洋洋道:"老爷,接下来咱们去哪儿? 泥瓶巷祖宅? 老爷,不然咱们把整条泥瓶巷买下来吧,如果老爷手头紧,没关系啊,我有钱! 大钱不敢夸口,那些家当折算成金子银子的话,茫茫多哇,老爷可以拿蛇胆石来换,普通的就成!"

陈平安笑道:"买下泥瓶巷做什么? 没这么糟践银子的。"

青衣小童不太服气,倒是没敢跟陈平安顶嘴。老爷总觉得自己的小算盘打得噼里

第八章 我看一座山

啪啦响,精明得很,可他自个儿还不是冲着蛇胆石去的?

看到青衣小童吃瘪,粉裙女童有些开心。她也有自己的小算盘,想着到了泥瓶巷,就帮老爷把祖宅拾掇得干干净净,清清爽爽。

到了龙须河沿岸,陈平安给他们说了些之前关于这条河的故事。青衣小童听得心不在焉,猛然睁眼怒视河水某处,一跃而去,虽然没有现出凶悍真身,可一手驭水神通施展得颇有章法。每次出拳击中河面后,就跟凿井似的,打出一个个河水激荡的巨大漩涡,原本一条缓缓流淌的祥和河水被他折腾得翻覆无常。

青衣小童在河面上如履平地,像是在追逐隐匿于河底的某物,嘴上嚷嚷着:"不长眼的虾兵蟹将,也敢觊觎大爷我的美貌?!"

陈平安没有阻止。一来青衣小童的出手毫无征兆,已经来不及;二来因为离开小镇之前,有次他在岸边走桩,确实发现河中好像有东西在凝视着自己,透着股让人不舒服的阴沉气息,让他感到一阵后背发凉。只是当时他刚刚练拳,不敢刨根问底,只能敬而远之。

再次见识到青衣小童的暴戾脾气,粉裙女童有些头疼,小声提醒陈平安:"老爷,大骊朝廷有对这条龙须河敕封神灵吗?比如河婆河伯什么的。如果是品秩更高的河神,咱们可别这么不依不饶。书上说过,县官不如现管。书上还说,远亲不如近邻……"

这还真把陈平安问住了,环顾四周后,认真想了想:"如果是河神,应该得有祠庙吧,一路走来,好像没看到。"

陈平安心中微微叹息,想起背篓里一块竹简上自己亲手篆刻的"欲速则不达",便决定放弃这种没头没脑的旁敲侧击,对那个愈战愈勇的青衣小童喊道:"回来!"

遥远河面上大打出手的青衣小童从袖中掠出一阵阵法宝带起的流光溢彩,大笑道:"老爷,稍等片刻,就一会儿,我马上就可以逮住这条滑不溜秋的小泥鳅了!跟我比拼水战功夫,真是……哎哟,还有点家当的意思啊,这件法宝品相不错啊,可惜大爷只要沾着水,就天生一副横练无敌的体魄!臭八婆,你这点本事根本不够看啊。哇哈哈,抓住你后,就把你往我家老爷床上一丢,保准蛇胆石到手!"

青衣小童和那河底阴物打得有来有往,双方法宝迭出,龙须河上宝光熠熠。

当然,这是青衣小童心存戏耍的缘故,否则以他的强横体魄和不俗修为,哪怕不用出真身,一样能够以蛮力重创对手。

片刻之后,青衣小童转身一路小跑向陈平安,手里倒拽着一大把……黑色长发?

到了临近陈平安和粉裙女童的岸边,青衣小童松开手,得意扬扬道:"老爷,这婆娘长得不错,臀儿滚圆,一个能有傻妞儿两个大呢,不如收了当丫鬟吧?"

粉裙女童满脸涨红,羞愤难当。

青衣小童脚边的河面上露出一颗脑袋和一段白皙脖颈,正是龙须河的河神马兰花。此刻她的神色楚楚可怜，一头鸦青色瀑布头发铺散在水面上，随着剧烈晃荡的河水荡漾摇曳。她见着陈平安，想着他的个子好像稍高了一点，可穷酸依旧，而且不知怎的祖坟冒青烟，竟然收了青衣小童这么厉害的喽啰。

马兰花眼神晦暗不明，迅速收敛复杂思绪，微微垂下头，泫然欲泣道："我是龙须河新晋河神，按例需要巡查所有途经河岸的各路人等。职责所在，若是无意冒犯了各位，还望三位神仙手下留情，莫要跟我一般见识。"

陈平安让青衣小童赶紧上岸，对这个面孔陌生的龙须河神抱拳道歉："是我们冒犯了河神夫人。我叫陈平安，就是龙泉本地人，不知河神夫人是何方人士？"

马兰花的眼神闪过一抹古怪，很快怯生生道："既然当了一方山水神灵，就必须斩断俗缘，这跟僧不言名道不言寿是一样的道理，所以公子莫要询问我的来历。总之我不但没有害人之心，反而还会庇护这条龙须河的水运。"

青衣小童勃然大怒："给脸不要脸是吧，欺负我家老爷好说话是吧？"

陈平安伸手按住青衣小童的脑袋，不让他重返水中跟堂堂河神撕破脸皮，对着妇人点头笑道："有劳河神夫人了。"

马兰花连忙抬起一截白藕似的手臂，摆手道："不敢当不敢当。这次是不打不相识，陈公子无须多心，以后若是有事，公子让人到河边知会一声，我一定不会推脱。"

陈平安不再跟她继续生硬地客套寒暄，这本就不是他的强项。而且对方口口声声"陈公子"，让他浑身不自在，就带着青衣小童和粉裙女童快步离去，很快就走近了那间坐落在河畔的铁匠铺子。

马兰花缓缓潜入河底，眼神阴森，满脸怒火，一脚踩死一只河底烂泥里的老王八，又补上一脚，踩得龟壳粉碎才罢休。但她随即又有些后悔，磨盘大小的老王八，已经活了小两百年，加上如今骊珠洞天四散流溢，花草树木、飞禽走兽一律雨露均沾，已经给老王八生出一丝灵性，说不定两三百年后，只要它成功开窍，就会成为自己手底下的一员可用之兵。

马兰花哀叹一声，弯腰对着那堆破碎龟甲道："你要怪就怪那个姓陈的小泥腿子，是他牵累了你，他才是罪魁祸首。陈公子？我呸！克死了爹娘的小王八蛋，跟你才是一路货色，怎么不干脆死在游学路上，给人踩得稀巴烂……"

她恨极了陈平安，骂骂咧咧，身形曼妙地行走于水底，身后拖曳着长达一丈有余的青丝，如同豪阀贵妇的漫长裙摆。她不知不觉往下游逛荡而去，等回过神来时，已经来到龙须河和铁符江的交界处，脚底下就是疾坠而落的迅猛瀑布——吓得她掉头就跑。

这一年当中，龙泉郡热闹纷纷，无数妖怪精魅从四面八方涌入，希冀着能够在此修行，汲取灵气。如果说她这个龙须河神最多只是趁火打劫，跟妖物讨要一些过路费，帮着孙子积攒点家底罢了，那么下边铁符江里头的那个凶神煞星，正儿八经的大江正神，真是好大的杀心好重的杀性，死在她手底下的野修散修一双手都数不过来。奇怪的是，大骊朝廷和龙泉郡府对此从不过问半句，让马兰花好生羡慕，于是愈发惦念起那座迟迟不来的河神庙了。

第九章
恍 如 神 人

铁匠铺门口,陈平安正犹豫着要不要登门,就看到石拱桥那个方向出现了一名青衣少女的身影。少女也瞧见了他,先是站定不动,过了片刻,才加快脚步。

陈平安带着两个小家伙迎向她,笑着远远打招呼道:"阮姑娘!"

阮秀应声,小跑向陈平安,站定后,柔声道:"回来了啊。"

陈平安点头道:"回了!"

一时间,两两无言。

青衣小童瞪大眼睛。哇,不愧是圣人的女儿,长得真是俊。可惜人不可貌相,好像她脾气不是很好,极有可能一言不合就打死自己,要不然自己肯定要喊一声夫人了。

粉裙女童眨着眼眸,充满好奇和仰慕,心想自己长大以后也要长得像眼前这个柔柔弱弱的青衣姐姐。

阮秀率先打破沉默,微笑道:"先去铺子喝口热水,然后放在我家那边的东西,我帮你一起搬回泥瓶巷?"

陈平安"嗯"了一声。

之后,阮秀开始说小镇的琐碎事情:泥瓶巷那栋不知主人是谁的屋子,她已经帮着修缮好了。只是草头铺子和压岁铺子的生意不是太好。阮秀说到这里的时候,有些愧疚和难为情。她还自作主张地把陈平安邻居家的那笼母鸡和鸡崽儿带回铁匠铺子养着,但是不小心给野猫叼走了两只……阮秀说起这个,就更加失落了,把陈平安给乐得不行,赶紧安慰她:"这才多大点事啊,哪里需要上心,赶明儿杀了老母鸡炖锅鸡汤都成,我如今饭菜手艺大涨，肯定好吃。"

这可把阮秀急坏了："不能杀不能杀，它们乖得很，如今还都有了名字呢。"

见陈平安笑得合不拢嘴，阮秀这才晓得是陈平安故意使坏，轻轻瞪了他一眼。

青衣小童恍然大悟：敢情老爷一开始就给自己挖了个大坑，这个姐姐哪里脾气差了？真是亏大了！青衣小童觉得这颗失之交臂的蛇胆石，别说撒泼打滚上吊投水，就算偷也要偷到手，要不然心气难平！

走入那间井然有序的铁匠铺子，原本走路飘忽的青衣小童立即吓得脸色雪白，粉裙女童更是躲在了陈平安身后。

七口水井星罗棋布，每一口皆有剑气冲霄而去。哪怕只是多看一眼，就让青衣小童和粉裙女童觉得双眼生疼，几乎要忍不住刺痛落泪，恨不得现出真身，抵御那些无形的威压和磅礴剑意。瑟瑟发抖的两个小家伙之前到了龙泉的那种兴奋和激动立即烟消云散，只觉得这里处处凶险，简直就是一座人间雷池，最是镇压他们这些蛟龙之属的旁支遗种。直到陈平安让他们俩坐在一栋茅屋前的竹椅上，他和阮秀去不远处那栋黄泥房搬东西，两个小家伙才略松一口气，面面相觑，发现对方额头都是汗水。

青衣小童跷起二郎腿，故作轻松，讥讽道："傻妞儿，胆小鬼，没出息！"

粉裙女童小声道："你又好到哪里去了。"

青衣小童双臂环胸，老神在在道："我这叫示敌以弱，你懂个屁！"

粉裙女童看到一个其貌不扬的中年汉子大步走来，出于礼貌，她赶紧起身道："叔叔好，我是陈平安老爷家的婢女。"

汉子点点头，搬了把椅子坐在不远处，望向泥屋那边，脸色不太好看。

青衣小童打量一番，没看出门道，只当是铁匠铺子的壮劳力："瞅啥瞅，我可警告你，秀秀姑娘是我家老爷的老相好，你要是敢动歪心思，我就一拳打死……算了，老爷叮嘱我要与人为善，算便宜你了，只是一拳打得你半死！"

汉子脸色愈发难看，没说话。

青衣小童自以为看出一点苗头，因为中间隔着一个碍眼的粉裙女童，他探出身，扭过头望着汉子："你真对我家老爷未过门的夫人有念想不成？他娘的，你多大岁数了，真是气死我了。大爷我行走江湖这么多年，真没见过你这么厚颜无耻的腌臜汉子。来来来，咱们过过招，我准许你以大欺小……"

陈平安身后那只空去大半的背篓里，现在已经填入一只沉重的棉布行囊，跟阮秀并肩走来。看到汉子后，他恭谨地喊了一声"阮师傅"，可是汉子根本没搭理他。直到阮秀笑着喊了一声"爹"，汉子才闷闷不乐地点了点头。

爹？青衣小童就像被一个晴天霹雳砸在脑袋上，二话不说就蹦跳起来，跑到汉子身前的地面上，扑通一下跪下磕头："圣人老爷在上，受小的三叩九拜！"

这条御江水蛇砰砰磕头,毫不犹豫,只是一肚子苦水,腹诽不已:你一个高高在上的兵家圣人,好歹有点圣人风范行不行? 就该在那山岳之巅吞吐日月才对啊,要不然在大水之畔出拳如雷也行,结果一声不吭跑来我身边坐着跟块木头没两样,闹哪样?

堂堂十一境的大佬,坐镇骊珠洞天的兵家圣人,享誉东宝瓶洲的铸剑师,你不在额头刻上"阮邛"两个大字就算了,咋还长得这么普普通通? 退一万步说,走路好歹要龙骧虎步吧? 坐着就要有渊渟岳峙的气势吧?

觉得自己瞎了一双狗眼的青衣小童磕完头后,仍是不敢起身,一副慷慨就义的姿态,只是哭丧着脸,眼泪哗哗往下流,眼角余光瞥了一下自家老爷,希冀着老爷能够为自己仗义执言一下。他这次是真有投水自尽的心思了。

有些疑惑青衣小童的古怪作态,阮秀不明就里,也不愿多问什么,只道:"爹,我陪着陈平安去趟小镇。"

阮邛憋了半天,只憋出一句:"早点回来打铁。"

阮秀问道:"爹,开炉铸剑的时辰不对啊,怎么回事?"

阮邛站起身:"我说了算,你别多问。"

阮秀"哦"了一声。

直到阮邛的身影消失在视野,青衣小童这才有胆子站起身,摇摇晃晃,擦拭着满脸泪水和额头冷汗,心有余悸,默默念叨着"大难不死必有后福"。

一行人走出大有玄机的铁匠铺子,走过千年又千年横跨河水的那座石拱桥,陈平安突然跟身边的青衣姑娘道了一声谢。

阮秀转头笑道:"变得这么客气了啊。"

陈平安诚心诚意道:"到了外边,才知道一些事情,所以真不是我客气。"

阮秀笑问道:"是在夸我吗?"

陈平安笑容灿烂:"当然!"

阮秀凝望着少年的笑脸,收回视线后,望向小镇,说了一句让人一头雾水的话:"没有变,真好。"

恐怕只有圣人阮邛才知道这句话的分量和深意。

或者齐静春知道一切,可能某个老人也依稀看出些端倪,但是都不会说什么。

阮秀自幼就天赋异禀,是真正的千年不遇,绝非寻常的修行天才可以媲美,以至于阮邛不得不自立门户,跑到骊珠洞天遭罪,为的就是借助这方天地的术法禁绝来遮掩阮秀的出类拔萃,或者说是在尽量拖延女儿"木秀于林,峰秀于山"的时间。

这名手腕上有一尾火龙化作镯子盘踞环绕的青衣少女,不单单是火神之体那么简单。因为在她的眼中,所看到的世界和人事,跟所有人都大不相同。她可以直接看到人心黑白,看清楚因果善恶,看出气数深浅。

在她眼中，天地之间，色彩斑斓。这意味着她的证道之路会更加坎坷难行。当然，一旦证道，她的成就之高，大道之大，根本就是不可估量。所以当初在青牛背，阮秀第一眼看到陈平安，之所以没有退避消失，就是因为看到了他的"干净"。偌大一个骊珠洞天，世间百态，只有这个陈平安，孤零零一个人，纤尘不染，就像一面崭新的镜子。所以阮秀喜欢跟他待在一起，喜欢偷偷观察他心湖的细微起伏，悄悄感受他的喜怒哀乐。

对于这位吃货姑娘而言，少年就像一道最好吃的"糕点"，她很喜欢，喜欢到舍不得吃的那种。她很担心陈平安这趟出门远游，心湖会变得浑浊，心路会泥泞，沾染那些不好的习气和繁乱的因果。现在看来，陈平安确实变了一些，但还是很好的。阮秀如释重负的同时，就更加喜欢陈平安了：看吧，我就知道他肯定不会让人失望的！

一路走到泥瓶巷，走入那条狭窄阴暗的巷弄，即便青衣小童已经做好心理准备，仍是瞠目结舌：自家老爷就是在这条破烂巷子里长大的？

阮秀娴熟地开锁推门，打开院门之后的屋门，连同刘羡阳和宋集薪两家一起，总计三串钥匙，她一起递还给陈平安。

陈平安收起后，跨过门槛，看着再熟悉不过的屋子。里面很整洁，窗台上竟然还放了一盆不知名的小巧草木，在寒冬时节绿意郁郁，让人格外有意外之喜。

陈平安正要开口说话，阮秀已经笑道："可别再说谢谢了啊。"

陈平安有些尴尬，将背篓放在地上，又将那沉重行囊拿出搁在桌上，再蹲在地上，摸摸索索，最后拿出一块小竹简，站起身后递向阮秀，赧颜道："不知道该送你什么，外边城镇吃的东西倒是很多，可我怕压坏了，时间放久了也不好，实在没办法，就做了这个，别嫌弃啊。"

阮秀愣了愣，接过那块巴掌大小的青绿竹简，入手沁凉。她低头凝视，发现原来上边刻了一行小字："山水有重逢"，写得端端正正，认认真真。

阮秀笑得眯起眼眸，用手指肚轻轻摩挲那些刻字，低着头说道："我很喜欢。"

青衣小童一脸呆滞。这都行？圣人独女，就这么一块破竹简、一行破字，就喜欢？大爷我之前的几百年江湖是不是白混了？记得以前水神兄弟看上一个眼高于顶的山上婆姨，送给她成堆的财宝，光是跟自己就借了好些品相不俗的法宝，可从没见那娘儿们咧一下嘴啊，东西全盘笑纳，好脸色一个没有。

陈平安当着阮秀的面打开布囊，露出一大堆石头，零零散散怎么都该有八九十颗。里头还有一只稍小的棉布袋子，打开之后，里面装的还是石头，但是色泽绚烂各异，大小不同，只有十余颗。

粉裙女童如遭雷击。青衣小童两眼放光，狂咽口水，恨不得饿虎扑食，全部吞下肚子。说不定之后走出这条破巷子，自己就已经是真正的大爷了，这么一座小山似的蛇胆石，莫说是八境，九境十境都有希望！但是一想到身边还站着一个爹是圣人的姑娘，青衣小童这才忍住杀人越货的冲动。

陈平安拣选出两颗上岸后始终未曾褪色的蛇胆石,一颗色泽桃红、晶莹剔透,一颗乌青厚重,分别递给粉裙女童和青衣小童,然后再拿出四颗普通的蛇胆石,对半分送给如获至宝的两个小家伙。

粉裙女童还背着那只书箱,这会儿一手兜住三颗蛇胆石,一下子哭了,抬起手背狠狠擦拭眼眶。青衣小童则死死盯住手上的蛇胆石,满脸陶醉和痴迷。

陈平安一拍脑袋,笑着又拿出一对模样色泽相差无几的上等蛇胆石,通体鲜嫩黄色,质地细腻如冰冻住的羊脂油水,依旧是一人一颗赠送给青衣小童和粉裙女童。

青衣小童这才想起自己确实应该有两颗,接过手后,傻呵呵笑着。

粉裙女童不敢伸手去接:"老爷,说好了,我只有一颗好的蛇胆石啊。"

陈平安拍了拍她的脑袋:"我是谁? 你的老爷。送你东西还需要理由? 赶紧收好。"

粉裙女童小心翼翼拿住后,愈发哭得稀里哗啦。

青衣小童一脸矛盾神色,既有狂喜,也有幽怨,试探性问道:"老爷,也多打赏我一颗呗?"

陈平安笑道:"以后如果不再欺负她,我就送你。"

青衣小童使劲点头:"我今天肯定不欺负傻妞儿,明天就给我呗? 后天,最晚大后天送我。老爷,行不行?"

陈平安反问道:"你说行不行?"

青衣小童一咬牙,转头对粉裙女童郑重其事道:"傻妞儿,我接下来一个月都不欺负你。"

陈平安气笑,一巴掌拍在他脑袋上:"最少一年时间。"

青衣小童故作委屈,其实在心里偷着乐。对于他们这些蛟龙之属而言,一年算什么,一百年光阴都不算长的。

陈平安又不是真傻,只是懒得计较青衣小童那点弯弯肠子而已,毕竟这一路行来,有他们相伴,他走得一点都不寂寞。陈平安其实很感激他们两个,转身重新收好大小布囊后,阮秀也已经收好那份礼物,屋内两大两小围着桌子各坐一方。

阮秀提议道:"去铺子看看?"

陈平安点头道:"看过了铺子,我刚好去趟福禄街李家大宅,有个东西要送给李宝瓶的大哥。"

锁好门一起离开院子,那条活蹦乱跳的过山鲫被装在一只小陶罐里,陶罐里装满了阮秀从铁锁井挑来的井水。过山鲫总算是名副其实的如鱼得水了,在里头肆意游窜,欢快异常,不断溅射出水花。青衣小童刚刚吞下一颗普通蛇胆石,便想着好好表现自己,主动捧过陶罐,被水花溅射到身上后,突然震惊道:"这井水……有讲究啊。"

阮秀点头道："可惜铁锁井如今被外乡人买下了，老百姓已经不可以去挑水，靠近都不行。"但她去挑水，当然没问题。

青衣小童在铁匠铺子受过惊吓后，已是风声鹤唳，再不敢横行无忌，听闻噩耗，差点要捶胸顿足，只好碎碎埋怨陈平安为何不早点买下水井。

阮秀轻声问道："不然我去找人谈谈看？如果你愿意的话，说不定可以买下来。"

陈平安赶紧摇头："不用，而且我如今也没钱了。"

阮秀欲言又止，眼见着陈平安神色坚决，只得打消了心中的那个念头。

临近骑龙巷，陈平安说道："有个名叫石春嘉的小姑娘，好像就是其中一间铺子的掌柜的女儿。"

阮秀有些迷糊："我不知道啊。"

少女不在意的事情，其实有很多。

当两间铺子的伙计听说店铺真正的主人露面后，都过来凑热闹，见着陈平安后，难免有些失望，陆陆续续返回铺子干活。倒是他们对着阮秀喊掌柜的，让少女有些羞赧。

陈平安在压岁铺子坐了一会儿，喝了热茶，有些无地自容，因为根本不知道该做什么说什么，反而是阮秀有条不紊地询问相关事宜，入账多少、盈利多少。陈平安看着脸色认真的青衣少女，挠挠头，开始觉得自己的礼物送得太马虎了。

动身去往福禄街之前，阮秀看了眼青衣小童和粉裙女童，跟陈平安轻声叮嘱了一句："福禄街和桃叶巷如今大变样，搬来很多外乡人，其中李家比较特殊，他们家老祖成功跻身十境，按照大骊先帝颁发的恩赏令，当今天子给李家赐下了两个恩荫名额，李氏子孙能够直接获得两个清流官身。不知为何，只有一个在京城当了官，另一个却拒绝了，现下就留在家里，所以福禄街最近气氛有点怪。"

陈平安想了想，让两个孩子留在压岁铺子里，自己捧着陶罐去往福禄街，而且没让阮秀带路。阮秀也没坚持什么，自回铁匠铺子了。

她走向不知走过多少次的石拱桥。廊桥早已拆去，如今老剑条都已消逝不见，曾经有好事之徒试图搜寻，希冀着一桩聊胜于无的机缘，只是徒劳无功。

对于忙忙碌碌、暗流涌动的龙泉郡而言，奇奇怪怪的事情发生了太多太多，需要谋划的千秋大业又是层层叠叠，哪里顾得上这种小事。

阮秀走在石桥上，情不自禁地掏出那块竹简，高高举起。

五个小字，百看不厌。

她突然觉得如果能在背面再刻上一行字，就更好了。比如"陈平安赠阮秀"？

小镇上，陈平安再一次踩在青石板路上，一座座高门豪宅如山脉绵延。相比之前的一次次送信，如今回头再看，陈平安自然而然就看出了更多的意味。

陈平安这才刚刚走到李家门口，就看到有个青衫男子站在那边，笑望向自己。不知为何，看到这个满身书卷气的年轻男子，陈平安就会想到那次去学塾送信，回首望去，当时眼中见到的，正站在学塾门口的齐先生，也是跟这人一模一样的风采，恍如神人。

陈平安走过半条福禄街积攒下来的沉重心绪一扫而空，捧着陶罐快步上前。

年轻书生笑容和煦，迎面走向陈平安，率先开口："你就是陈平安吧，我叫李希圣，是宝瓶的大哥。宝瓶在山崖书院寄出的家书我已经收到了，我这个当哥哥的实在是不知道如何回报，听说你一直在读书，以后不妨经常来我家，我还算有些藏书，请君自取。"不但如此，他从陈平安手中接过陶罐后，还弯腰一拜，"只好大恩不言谢了。"

这让陈平安有些手足无措，只得指着那只陶罐，神色拘谨道："李公子，陶罐里装着一条过山鲫，是我在回来的路上，在山上找着的，来送给宝瓶。"

李希圣低头看了一眼陶罐里的金色游鱼，在方寸之地犹然优哉游哉。他抬起头，望向陈平安，感慨道："曾经在先贤笔札中见到过过山鲫的神奇描绘，金色过山鲫更是万里挑一，没想到这辈子还有亲眼见证的机会。放心，我一定会小心饲养，将来宝瓶回家了，她一定很高兴。"

陈平安完全不知如何作答。虽说这是他拖着崔东山一起眼巴巴盯着那群浩浩荡荡的过山鲫，最后瞪得眼睛发酸，好不容易才逮住的，可不管书上如何记载，不管崔东山说得如何玄妙，对他来说，真谈不上多么珍稀贵重。

只要是他内心认定的亲近人，他就愿意掏心窝。

陈平安实在不擅长热络聊天，挠挠头，告辞一声，就要转身离去。

李希圣连忙喊住他："怎么不去家里坐一会儿？我今天先带你走一遍，以后就自己来登门看书，我随后会告知门房。"

陈平安摇头道："下次吧。"

李希圣无奈笑道："那好歹让我放下了过山鲫，将陶罐还给你吧？"

这次陈平安没客气，点头道："那我在这里等着。"

李希圣笑道："稍等片刻，我去去就回。"他转过身，捧着陶罐一路小跑。

这一刻的他，不再像那在书上说着道理的圣贤夫子，而是真的很像那个红棉袄小姑娘的大哥。

没过多久，李希圣就捧着陶罐跑回来了，两边腋下还夹着好几本书。

陈平安接过陶罐，弯腰放在地上，使劲擦过双手，这才接过那些书籍，有样学样地夹在腋下，最后动作滑稽地拿起陶罐："我看完就来还书。"

李希圣笑如春风，摆手道："不用着急还书，慢慢看就是了，它们比宝瓶乖多了，可不会自己跑来跑去。"他收起玩笑神情，缓缓道，"陈平安，别觉得我邀请你登门看书是客套话，我是真的很希望你多来。宝瓶虽然很聪明，可终究年纪还小，孩子心性，让她在家里安安静静看书，那真是比登天还难。所以这么多年来，感觉家里好像就我一个人在翻书看书，仔细想一想，其实挺没意思的。"

李希圣一口气说了许多心里话，如果这里有李家人在场，一定会以为太阳打西边出来了。因为这位名声不显的李家大公子在弟弟李宝箴的衬托下显得实在太古板无趣了，虽然对谁都和和气气的，但是话极少，沉闷无趣，每天不是躲在书斋里埋头研究学问，就是在大宅里独自散步，日出日落也看，风雪明月也看，什么都看，鬼知道这能看出个啥名堂。好在李希圣到底是李家嫡长孙，人缘不差，府上没人会讨厌一位性情随和的未来一家之主，只是比起弟弟李宝箴，更不讨喜罢了。

陈平安点头道："我会来的。"

李希圣"嗯"了一声，跟少年挥手告别。

看着陈平安逐渐远去的背影，李希圣喃喃道："我见青山多妩媚。"他会心一笑，"料青山见我应如是？"

李希圣转身走向大门，跨过门槛，满脸笑意，自言自语道："又是美好的一天。"

但是他一想到京城传来的消息，便又叹了口气。没办法，家家有本难念的经。走着走着，穿廊过栋，他又自顾自笑了起来："不耽误今天的美好。"

廊道中，一个妙龄丫鬟与他打了个照面，放缓脚步，侧身施了一个万福，娇柔道："大公子。"

李希圣习惯性放缓脚步，笑着点点头，并不说话，就这么擦肩而过。

姿色不俗的丫鬟转头望去，难免自怨自艾，心中哀叹一声。大公子人是不错，可惜不解风情啊。若是换成二公子，一定会停下身形与自己闲聊，还会夸奖几句自己新买的漂亮头饰。

她自然不知，这位李家嫡长孙确实不解此处风情，但却深谙别处风情，如骤雨打枯荷、春风吹铁马、将军佩宝刀、大雪满青山，皆是那人眼中的人间美好。

李希圣回到自己院子，院内有一个各色鹅卵石堆砌起来的小水池。李希圣蹲在水池旁边，低头望着清澈的池水，里头就有那尾金色过山鲫，摇头摆尾，逍遥忘忧。

很难想象，这个有模有样的水池，全是李宝瓶一个人的功劳。小姑娘每次偷溜出门，大多会去龙须河捡取石头，几块几块往家里搬。后来有天李宝瓶突发奇想，看着角落堆积成山的石头，就要给大哥打造出一个可以养鱼养螃蟹的水池。李希圣对此阻拦不成，只好帮着出谋划策，但是从头到尾，活全是李宝瓶一个人干，李希圣这个大哥想帮忙，她还死活不乐意。

李希圣看见一块青石板底下有个探头探脑的小家伙，笑眯眯道："你们两个，好好相处，不许打架。"

他站起身，去往悬挂匾额为"结庐"的小书斋，开始铺纸研磨，提笔作画——是一幅古意浓浓的雪压青松图。放下毛笔后，李希圣抖了抖手腕，开始低头端详这幅画，墨汁未干，墨香扑鼻。最后，他朝着那幅画轻轻吹了一口气。画中青松如遇强劲罡风，竟是飒飒作响，枝头积雪瞬间消散。

　　阮秀欢快地回到铁匠铺子，没在剑炉找到她爹的打铁身影，又上外头找了一圈，发现他竟然在檐下竹椅上喝闷酒。

　　阮秀觉得奇怪，问道："爹，不打铁吗？"

　　阮邛摇摇头心想：打个屁的铁，今日不宜铸剑。但如果是打陈平安，我倒是一百个愿意。

　　阮秀坐在一旁："爹，今天忘了捎壶酒回来，明天去镇上，我肯定给你买壶好的。"

　　雪上加霜。她自然不知道这句话一出口，无异于在她爹的伤口上撒盐。

　　阮邛叹了口气，喝了一大口闷酒，怔怔望向远方的龙须河，低声问道："秀秀啊，你是不是喜欢陈平安？"

　　阮秀笑道："喜欢啊。"

　　听到自己闺女回答得如此干脆利落，阮邛反倒是松了口气：看来还有悬崖勒马的补救机会。这位兵家圣人问道："知道我为什么不答应收陈平安为徒吗？"

　　阮秀愣了愣，纳闷道："爹，你之前不是已经说过了吗，你说对陈平安印象不差，只可惜不是同道中人，你们俩不适合当师徒，这一点我是知道的。再就是陈平安……不太一样，所以爹担心因为我跟他走得太近，会吸引许多幕后势力的注意，所以看到我和陈平安做朋友，你其实不太高兴，我是能理解的。"

　　感觉所有道理都给闺女早早说完了，阮邛顿时哑口无言，强忍住跑到嘴边的言语，狠狠喝了一大口酒：既然道理都晓得，以后就少跟陈平安那家伙厮混啊！傻闺女，你又不缺那点狗屁机缘。再说了，如今陈平安也丧失了引诱"飞蛾扑火"的本事，更何况闺女你本身就是最大的机缘！结果如何？一听说人家回乡了，就从骑龙巷一路飞奔到石拱桥，然后就假装闲庭信步，慢悠悠走向自家铺子，你到底骗谁呢？

　　阮邛放下酒壶，淡然道："齐静春一走，就等于收官了。如今这龙泉郡虽然没什么人的凶险，可骊珠洞天这么大一块肥肉从天上掉下来，说是豺狼环伺，丝毫不过分。很多事情没你想的那么简单，爹还是那句话，陈平安自己惹出来的麻烦好解决，可你一掺和，就很不好解决。"

　　阮秀伸长双腿，身体后仰靠在竹椅背上，眼神慵懒道："知道啦。总之我会好好修行的，到时候我看谁敢不老实，都不用爹你帮忙，我自己就能解决。"

　　又是好大一把盐，下雪似的落在阮邛伤口上，害得他差点喷出一口老血来。

　　这位兵家圣人气呼呼站起身，经过女儿身后的时候，打赏了一个板栗下去："成天胳膊肘往外拐!"

阮秀转过头,看着她爹的背影,嘴角翘起。

既不打铁,又不用照看铺子,她有些无所事事,便轻轻晃动手腕。手镯"活"了过来,那条从瞌睡中清醒过来的小火龙开始围绕着少女的白嫩手臂缓缓转动。

阮邛走向一座新筑剑炉,如今除了数量众多的青壮劳工,他在今年还新收了三个徒弟,暂时只是记名,不算入室弟子。其中一个在井边体悟剑意的长眉少年突然睁开眼,小跑来到阮邛身边,轻声问道:"师父,要打铁?"

阮邛摇摇头,改变主意,不去剑炉,走向龙须河。他要亲自去掂量掂量阴沉河水的分量,如果足够,就可以按照约定开炉铸造那把剑了。

长眉少年紧跟其后。师徒虽然有先后,可是两人同走一路。

陈平安回到骑龙巷的铺子,把那只陶罐交给青衣小童,再把钥匙和书籍交给粉裙女童,让他们先回泥瓶巷祖宅,他则独自走到了杨家药铺。

不管风吹雨打日晒,年复一年,铺子两边悬挂的春联每年都会换,但是所写内容从来没有改过,都是"但愿世间人无病,宁可架上药成灰"。

陈平安问过一个新面孔的年轻店伙计,得知杨老头就在后院,走过侧门,看到老人坐在院子里的小板凳上,弯着腰跷着腿,在那里吞云吐雾。

陈平安没有开口说话,有些罕见的坐立不安。

杨老头开门见山道:"是想问你爹娘的事情?有没有可能跟顾璨他爹一样,死后魂魄还能留在小镇?"

陈平安瞬间呼吸沉重起来。

"没有。"杨老头吐出一大口烟雾,直截了当地给出了答案和缘由,"因为不值得。"

陈平安低下头,更不说话了。地上只有那双磨损得厉害的草鞋,看不太清楚。

等陈平安再次回到泥瓶巷祖宅,粉裙女童正拎着扫帚打扫院子,青衣小童趴在小水缸边沿上,对着水面张大嘴巴。还隔着两尺距离,却有一条水柱逆流而上,被吸入青衣小童的嘴里,这幅画面,如龙汲水。

陈平安坐在门槛上,粉裙女童发现自家老爷有些异样,善解人意地没有开口打扰。其实院子早就被阮秀清扫得很干净,只是粉裙女童总觉得如果不做点什么,就会良心难安,对不住老爷慷慨馈赠的蛇胆石。

陈平安神游万里,突然想起崔东山说起过宋集薪的事情,站起身,拿出宋集薪离开小镇之际偷偷丢在自家院子里的那串钥匙,跑去打开隔壁宅子的院门屋门,果然在书房桌上看到三本叠放的书籍:《小学》《礼乐》《观止》。

陈平安搬来椅子,坐着翻阅那部《小学》。

这趟远游求学的后半段跟崔东山同行,经常会听他诵读经典,才知道《小学》的不简单。只看书名,可能觉得这就是一门"很小的学问",可按照崔东山闲聊时的说法,在世俗学塾和教书先生之中,《小学》绝不会被当作蒙学典籍,大概也只有齐先生能够将这么艰深晦涩的圣贤心血,传道解惑得如此深入浅出,以至于李宝瓶他们从没觉得那部《小学》之大。

陈平安没有将三本书拿回自家祖宅,翻过十数页《小学》之后,觉得仅凭他那点鸡毛蒜皮的学问功夫,一知半解都做不到,若是刻意往深处想,只会四顾茫然,头脑发涨,如坠云雾,没有立锥之地。他只得合上书籍,从袖中拿出那块银色剑胚,轻轻攥在手心,继续像先前那样坐在门槛上发呆。

两次路过石拱桥都毫无感应,冥冥之中,陈平安意识到她真的会消失一整个甲子光阴,用半座斩龙台去砥砺剑锋。至于斩龙台早已一分为三,被阮邛、风雪庙和真武山三方势力瓜分,她偏偏如此行事,会不会惹来麻烦,陈平安无从揣测,更加无法插手。

当初在那个寒冬时节的风雪夜,少女晕厥在自家院门口,陈平安救了她,她最后却成了宋集薪的婢女,由王朱改名为稚圭,最后还跟着宋集薪去往京城。

窑务督造官衙署、廊桥匾额"风生水起"、深不见底的锁龙井、每一张槐叶都蕴含着祖荫的老槐树、神仙坟老瓷山……更别提地镇上,还有那么多的地头蛇和过江龙。

一团乱麻。

难怪杨老头会说,总有一天,他陈平安会发现这座小镇到底有多大。

想到那个推崇公平买卖的药铺老人,陈平安神色黯然,轻轻吐出一口浊气,下意识握紧手心的剑胚,站起身后,将剑胚藏入袖袋,离开这座被宋集薪遗弃的宅子。

回到自己家,陈平安交给粉裙女童那串刘羡阳家的钥匙,要他们两个搬去住在那边,毕竟泥瓶巷这栋宅子实在太小。

青衣小童还没喝饱井水,絮絮叨叨地从水缸边站起来,突然想起一事,问道:"老爷,你不是用一颗普通蛇胆石跟我换了一大堆破烂儿……珍奇瓶子嘛,既然你跟阮姑娘关系这么亲近,为啥不送她云霞瓶月华瓶当礼物?老爷,以我驰骋江湖数百年的丰富经验来看,天底下的女子,任你身份再高,都喜欢花里胡哨的玩意儿,不比一块破竹简更好?"青衣小童贼眉鼠眼,笑嘻嘻的,"怎么,难道是老爷舍不得那堆宝贝瓶子,不愿意送给阮秀?那我可得斗胆说老爷几句了,阮秀可是一位兵家圣人的独女,老爷就是一万只瓶子全部送出去,仍是一笔划算的买卖!"

陈平安帮粉裙女童背好书箱,没好气道:"你没看出阮师傅不喜欢我?"

青衣小童仔细回想了一下当时的情景,好像那个闷鳖似的圣人老爷确实对陈平安不冷不热,遂打抱不平道:"他眼瞎才看不出老爷你的前程似锦。老爷你别生气,气坏了身体不值当……"

猛然记起那阮邛是这方天地的主人,身在辖境之内,如皇帝坐了龙椅,那就是普天之下,莫非王土,因此拥有诸多无法想象的道法神通,青衣小童赶紧甩了自己一耳光:"童言无忌童言无忌,圣人老爷打瞌睡,啥都没听到,听到了也莫要怪罪啊……"

青衣小童又问道:"可这送不送瓶子给阮秀,跟阮圣人喜不喜欢老爷有啥关系?"

陈平安随口解释道:"我要送瓶子,肯定一股脑都送出去,到时候阮姑娘揣着这么一大堆瓶瓶罐罐回家,多半会被阮师傅发现,我就会更加惹人厌,指不定还会被他误以为居心不良。而且万一阮姑娘和她爹有了争执……终归不太好。"

粉裙女童恍然点头道:"老爷想得真周到。"

青衣小童满脸震惊:"老爷,啥叫误以为居心不良?你对那阮秀,不是明摆着心怀不轨吗?"

"瞎扯什么!"陈平安一巴掌拍在青衣小童后脑勺上,拍得他一个趔趄跨出门槛。

青衣小童顺势跑到院子里,站在院门口,转身嬉皮笑脸道:"老爷可别杀人灭口,我保证守口如瓶,比李宝瓶还瓶,比绕梁瓶还瓶!"

陈平安伸手抚额,觉得没脸见人。

粉裙女童望向院门外的泥瓶巷,再一次觉得自己大开眼界。第一次是感受到龙泉郡的充沛灵气,第二次是亲眼见识到落魄山潜在的山岳之质,第三次是看到俊美非凡的魏檗,第四次是走入那栋能够凝聚山水气运的漂亮竹楼。现在是第五次,她看到一个神采飘逸的读书人站在光线阴暗的小巷之中,此时此景,宛如朝阳初升。

李希圣笑眯眯问道:"我家宝瓶怎么了?"

青衣小童骤然身体紧绷,僵硬转头。看到他后,左右张望,见再无别人,便满腹狐疑:眼前这个士子书生,观其气象,平淡无奇啊。

粉裙女童使劲眨了眨眼。这条成长于芝兰曹氏书楼的火蟒,此刻发现那个读书人好像瞬间失去了所有光彩神异,不管怎么看,就只是寻常的士族男子。

青衣小童吃一堑长一智,哪怕没看出李希圣的深浅,仍是没有信口开河,笑嘻嘻装傻扮痴:"李宝瓶是我家老爷最要好的朋友,所以我对那个小姑娘可仰慕啦,请问你是?"

"李大哥,你怎么来了?"陈平安已经揭开谜底,生怕青衣小童闹出什么幺蛾子,赶紧走到院门口。

李希圣略带愧疚道:"我忘记说了,先前送你那些书,书页空白处多有我个人感悟的注解和疑问,墨批为一些粗浅的注疏心得,朱批则是一些很希望当面询问圣贤的问题。我这趟来,就是想告诉你,这些文字你暂时不用管,能不看就别看,看过就算了,千万别因为我的想法,害你曲解了一本书原有的宗旨本义。"

陈平安点头道:"我记下了。"

李希圣笑着转头望向青衣小童,轻声道:"开玩笑没关系,但是切记言多必失。世间一个个文字是有力量的,字眼组合成词,词汇穿连成句,语句契合成文章。大道就在其中。"

青衣小童仰着头目不转睛,盯着这个莫名其妙跑出来的读书人,一肚子冷嘲热讽,就是没有脱口而出,忍得有点辛苦。如果不是在铁匠铺子刚刚吃过苦头,青衣小童都想开口询问了,既然这家伙如此好为人师,怎么不去儒家当学宫书院的圣人啊?

李希圣仿佛一眼看穿了青衣小童的想法,甚至直接听到了他的心声,笑容和煦,耐心解释道:"佛家有次第之说,道家有长生桥一阶阶、登天梯一步步的讲法,我们儒家则有循序渐进的规矩,所以我得先参加科举,至于以后能否成为儒家圣人,太过遥远,不敢奢望。"

青衣小童如丧考妣,不敢再看他,只是转过头,求助地望向陈平安,神色凄凉,生无可恋,竟是一个字都不敢说了。那模样,感觉像是在跟自家老爷诉苦:这龙泉郡实在太可怕了,随随便便一个人走过来坐在竹椅上,就是个兵家圣人;又随随便便一个人跑来站在巷子里,就是能看穿自己心思的儒家君子、贤人?那么下一次,会不会还有人随随便便就能一拳打死自己啊?

粉裙女童满脸涨红,鼓足勇气,大声问道:"先生,为何我们读书之时,经常会突然就不认得某些文字了?哪怕它们就在眼皮子底下,一动不动待在书页上,可是我们就是会觉得很陌生。"

李希圣略微惊讶,望向娇小可爱的粉裙女童,心中有所了然,流露出一丝赞赏。这个李家读书人弯下腰,对着她眨了眨眼睛,轻轻放低嗓音,半真半假道:"因为在某时某刻,某些文字被某些圣人偷偷借走了呀。"

粉裙女童有些生气。她在书籍学问一事上会有一种特别的执拗,竟是破天荒教训起了别人:"先生若是不知道正确答案,就不要胡乱解惑,天底下哪里会有这种不可理喻的事情!知之为知之,不知为不知,是知也……"越往后,粉裙女童气势越弱,嗓音越来越低,以至于最后细弱蚊蚋,恐怕连她自己都听不见了。

陈平安笑着拍了拍粉裙女童的小脑袋,对李希圣说道:"李大哥,别生气,她一般情况不这样的。"

李希圣爽朗大笑,开怀道:"这样才好。"

之后听说陈平安他们要去往别处,李希圣就跟着一起离开泥瓶巷。

陈平安突然发现前方巷子里站着一个双手负后的年轻……剑客?剑客靠近他们这边的腰侧悬挂一柄只比匕首稍长的短剑,另外一侧则悬挂一把远比寻常长剑更长的佩剑。短剑剑鞘雪白,长剑剑鞘漆黑。

年轻剑客的侧脸轮廓阴柔,嘴角先天习惯性翘起,给人感觉就像无时无刻不在微笑,以至于他的相貌挺像一只狐狸。他此时眯起眼眸,凝望着那栋远比他想象中更加完整的老宅，显得有些不高兴。他转过头，"笑着"望向陈平安一行人，语气柔和，嗓音温暖道："知道是谁修好了这栋宅子吗？"

陈平安脸色看不出丝毫变化，问道："怎么了，房子破了，不应该修吗？"

年轻剑客摇头笑道："修得好不好且不去说，但是'太岁头上动土'这个说法，在你们大骊龙泉郡，有没有的？"

虽然那个年轻剑客一直在笑，可是陈平安一点都不敢掉以轻心，甚至觉得心头直冒寒气。这个看似很好说话的年轻外乡人，很危险！

李希圣突然一步跨出，伸手拦住身后的陈平安三人，轻声道："站在我身后，接下来不要说不要做，看着就是了。"

年轻剑客笑意更浓，双手扶住两侧剑柄，摇了摇脑袋，试图寻找李希圣身后的陈平安，最后站定："怎么，这么巧，刚好被我遇到正主啦？至于你，是想要做什么？找死？"

李希圣笑道："道理可以好好讲，剑，不要随便出鞘。"

年轻剑客耸耸肩，一脸无辜笑容："可在下的道理，就在剑鞘里啊。"

李希圣云淡风轻地"哦"了一声，伸手指了指自己，恍然道："原来醉翁之意不在酒，在我啊？"

年轻剑客笑道："没你想的那么复杂，我连你姓甚名谁都不知道。我只是第一眼看到你就不顺眼，听了你一通胡说八道之后，就更加不舒服了。刚好歪打正着，一箭双雕，连你和那个小家伙一起教训了，岂不美哉？"

他用手心抵住短剑的剑柄，笑道："放心，我曹峻出剑，很少杀人。"

李希圣皱眉问道："你家先祖是剑仙曹曦？"

曹峻叹了口气，答非所问道："你这读书人，何苦来哉？以我曹峻的身份修为，就算看那少年不顺眼，还能如何欺负他不成？至多打烂他的那点武道底子而已。结果你非要当出头鸟，若是你本事够大，或者太小，都还好说；若是本事不上不下，只输了我一筹半筹，到时候少年被我迁怒，你不是害他吗？"他咧嘴，露出洁白森森的牙齿，"好了，不绕圈子了，实话实说吧，我曹峻天赋异禀，能够感知某些奇怪的存在，例如……一块剑胚。其余一切，什么擅自动我祖宅，什么看你这读书人碍眼，都是……真的。不过你们放心，关于剑胚，我会出价的，而且价格绝对不低。至于你们会不会觉得强买强卖，就不关我的事情了。"

李希圣问道："在你准备动手之前，我能否问你一句，你如今的境界是？"

"哪有打架之前问这个的，不过你既然这么有趣，我还真就不介意回答你。"曹峻眯眼成缝，嗤笑出声，言语轻佻的他在提及剑道和境界的时候，一下子变得惜字如金，"剑，八，九，之间。"

李希圣点点头："知道了。"

陈平安袖中的那块剑胚逐渐滚烫起来,他把左手绕到背后,拧转手腕,死死握住它。

阮邛最近时不时就来到龙须河畔,伸手入水,掂量河水中蕴含的阴气重量,而长眉少年也经常跟在他身后。

可今天,阮邛蹲在河畔,突然倾倒掉手心河水,冷哼一声:"仗着有个好祖宗,就敢坏我规矩?不知死活。"

河面之上,逐渐浮现出泥瓶巷内的对峙场景。长眉少年看着那个悬佩长短剑的年轻男子,伸手指了指:"师父,是他吗?"

阮邛点点头:"他祖辈中出过一个名叫曹曦的剑仙,跟你的老祖宗谢实算是咱们东宝瓶洲屈指可数的人物,在别的大洲都能站稳脚跟,开宗立派,割据一方,确实了得。"

长眉少年对此似乎不太感兴趣,只是盯着河水上的画面:"师父,怎么说?你要不要阻拦那个曹氏子弟?"

"阻拦个屁!"阮邛冷笑道,"等他打伤了人,我就打死他,这才合规矩。"

长眉少年问这场冲突的原因,阮邛大略说过之后,少年讶异道:"在师父你的眼皮子底下,那曹峻见财起意,还敢强买强卖,外边的人都这么蛮横无理吗?"

阮邛面无表情道:"欲求天上宝,需用世间财。有什么好奇怪的,既然那块剑胚,之前连我都看不出玄机,却被曹峻如此重视,这说明曹峻眼光独到,以及那块剑胚一旦显露真容,必然极为惊世骇俗。如果不是在这里,曹峻还算有所收敛,别说出价了,直接杀人就走。"

刚刚踏足修行、登山没多久的长眉少年觉得这个世道太过匪夷所思,问道:"师父,这种恶人,如何成为这么厉害的练气士?"

"你又没读过书,谈什么善恶?记住,山上不讲这一套。"

阮邛站起身,撂下一句话后,身形一闪而逝。

李家大宅,一个老人逗弄着笼中鸟,其实心不在焉,眼神之中满是期待的笑意,唯恐天下不乱,喃喃道:"赶紧打赶紧打,一鼓作气,鲤鱼跳龙门,天下谁人不识君……"

披云山之巅,白衣飘飘的魏檗盘腿坐在一团云雾之上,离地不足一丈。他酣睡沉沉,时不时脑袋就下坠一下,好似小鸡啄米。云雾之下挤满了飞禽走兽,都希望靠近那团云雾,尽可能接近那位白衣神灵。

一道身形重重落地,山顶真是呈现出鸟兽散。

魏檗睡眼惺忪,一脸茫然,发现那个汉子的身影后,云雾散去,飘然落地:"稀客稀客,荣幸荣幸。"

阮邛语气生疏道:"只是跟你提醒一句,剑仙曹曦有可能在不久的将来杀到这里,到时候你可以袖手旁观,但是别煽风点火。"

魏檗瞥了眼小镇泥瓶巷:"是有人有意拿曹曦来做你和大骊的文章? 大隋高氏、观湖书院、南涧国,还是另有高人?"

阮邛脸色凝重。其余都好,无非是兵来将挡水来土掩,怕就怕是针对他女儿。

他望向小镇,却不是大战在即的泥瓶巷,而是那间杨家铺子,随即松了口气。

阮邛来也匆匆去也匆匆,魏檗哀怨道:"烦死啦,算计来算计去,就没个消停。"说完也一闪而逝,下一刻来到落魄山竹楼,躺在二楼廊道,继续呼呼大睡。

水落石出,原来蛟龙盘踞。风吹草动,已是虎视眈眈。

临近年关,天寒地冻,泥瓶巷的狭窄泥路变得十分坚硬。

陈平安深吸一口气,望向那个高大背影,轻声喊道:"李大哥。"

李希圣没有转身,微笑道:"不用担心,我能够应付。就算我不是他的对手,小镇有小镇的规矩,不会由着他乱来。"

曹峻笑道:"你是说大骊朝廷,还是兵家阮邛? 如果是前者,我劝你们死了这条心,大骊宋氏如果真有骨气,就不会当缩头乌龟。如果是阮邛,哈哈,容我先卖个关子,你们大可以拭目以待。"

曹峻看着李希圣。相比自己的貌似年轻,对方是货真价实的年轻,这让曹峻有点不爽快。他拇指抵住腰间短剑剑柄,道:"真要打? 有些亏,认了就认了,说不定事后发现是因祸得福。"

李希圣微笑道:"既然你说你的道理全在剑鞘里,那我可以听听看。"

"听闻骊珠洞天之前术法禁绝,如今洞天破碎下坠,才一年工夫,你就已经跻身中五境,很不错了。"曹峻目露赞赏,但是很快摇了摇头,"可惜了。"

李希圣伸出一只手掌:"请。"

曹峻忍俊不禁道:"井底之蛙,不知天高。既然咱们不算生死之战,那我就把境界压一压,省得你的生平第一战输得太过不甘心。"

李希圣笑而不语。

"等你以后出了井口,就会发现我这样的人物,当得起……"曹峻脚尖一点,弯腰前冲,大笑出声,一旦选择出手,这个笑意吟吟的年轻剑客气势骤变,狭窄逼仄的巷弄回荡起后续言语,"'厚道'二字啊!"

一道绚烂白光爆炸开来,疯狂四散的剑气瞬间弥漫整条巷弄。加上曹峻的身形太过迅猛急速,使得他的模糊身影融入其中,不易察觉,让人错以为像一条暴雨过后的山涧洪水,以巷弄为河床,疯狂涌向处于下游的李希圣一行人。

白茫茫一片,气势汹汹的剑气流水之中,依稀可见一抹更加凝聚的雪白光彩,如一尾白鱼悄然游走于溪水。

流水停滞。李希圣看似不急不缓,侧过身,抬手挥袖,伸向那尾仿佛白鱼的雪亮短剑,然后轻轻地、精准地握住了曹峻的持剑手腕。

曹峻微微一笑,松开手指,距离李希圣胸膛尚有两三尺的短剑,嗖一下,直刺李希圣心口。李希圣神色从容,左手双指并拢于身前,竟是在千钧一发之际刚好夹住了那条白鱼。白鱼翻身滚动,剑刃随之拧转。李希圣只得后退,曹峻欺身而近,持剑之手已经出拳,直击李希圣脖颈。

李希圣以手肘抵住曹峻拳头的同时,那尾白鱼已经激射而至,李希圣抖了抖另外一只手的手腕,大袖摇晃,那尾白鱼自投罗网。

曹峻嗤笑一声,一脚踹中李希圣腹部,踹得他后退四五步。而后,曹峻没有趁势追击,大大方方站在原地,一手负后,一手潇洒绝伦。

李希圣止住后退颓势,脸色微白。曹峻虽是剑修,可这一脚势大力沉,丝毫不逊色于五境巅峰的纯粹武夫,这本就是剑修和兵家修士的恐怖之处,炼气淬体两不误,所以李希圣挨了这么一下,并不好受,体内气机的流转必然受到一定程度的波及。

李希圣那只兜住曹峻飞剑的大袖之内砰砰作响,连绵不绝,然后发出细微的丝帛撕裂声响,之后丝丝缕缕的雪白剑光从缝隙之间渗透而出。

李希圣的五指或弯曲如弓,或笔直如剑戟,飞快掐出一个道家法诀,在心中默念一个字:镇!原本已经鼓荡紧绷、纷乱异常的袖口顿时安静下来,飞剑疾速撞击衣袖的声响变作微微颤抖的嗡嗡嘶鸣。

曹峻对此毫不意外,笑道:"七。"

李希圣整只袖口,自手肘以下瞬间破碎,手腕附近剑光大震。好似月光满手的绝美风景,却蕴含着莫大的凶险杀机。

李希圣掐诀的五指随之变换,成为名副其实的握诀,在所有人看不见的手心,掌纹如水流微微晃动,改变轨迹,李希圣这条胳膊瞬间焕发出一阵雾蒙蒙的青紫光彩。

疯狂萦绕李希圣手臂的那条白色游鱼带起的剑气跟李希圣散发出的青紫之气相互敲击出清脆的金石声,密集攒簇,震人耳膜,以至于泥瓶巷一侧的高墙和另一侧老宅的院门矮墙上不断有灰尘泥屑簌簌而落。

曹峻原本细眯如缝的那双丹凤眼眸睁开些许,调侃道:"有点意思。道家法诀号称千千万,我见识过的就不下两百种,还真没见过你这么简单又好用的。你这六境修为也太厚实了些,从来只有六境剑修欺负七境练气士,哪里有你这种六境练气士硬扛七境剑修的道理,传出去,我曹峻岂不是要被全天下的剑修笑话啊。"

李希圣在经历过初期的生疏之后，当下已经显得犹有余力，甚至还可以开口笑道："可能是你的道理还不够……高？"

曹峻点点头，深以为然，所以满脸笑意地说出一个字："八！"

宛如灵活白鱼的飞剑往主人那边倒掠回去，然后静止悬停，瞬间黯淡无光，再没有之前的煌煌气势，之前给人诡谲感觉的阴冷剑意也变得光明正大。

飞剑刹那之间凭空消失，两人之间的小巷一处院墙上出现了极其细微的痕迹，不过是丁点儿粉末碎屑飘落。

李希圣右手伸出双指，试图再次握住那柄绕出一个弧度的短剑，却突然一扭头。下一刻，飞剑在李希圣左侧高墙上钻出一个窟窿后，再度消失。李希圣左侧脸颊上开始出现一粒血珠，然后逐渐扩大为一条寸余长的血痕。

果然是如传闻一般，与剑修厮杀，生死只在一线之间。

李希圣心中默念：原来这就是八，确实厉害。

剑修之战力，之所以能够被公认冠绝于百家练气士，就在于一把温养得当的飞剑，凌厉之处在于"点"，以及最多就是一条线。

不管一座山岳如何巍峨，何等雄伟，如果想要在峭壁之上钉入一颗钉子，或是凿出一条沟壑来，其实不难。同样是练气士当中的异类，即便是既修体魄又修神魂的兵家修士，都不如剑修与人厮杀来得干脆利落。任你法宝万千，任你神通广大，我剑修追求一击致命，一剑破万法。

曹峻始终保持一手负后的自负姿势，一手轻拍长剑剑柄："你这样的修道天才，肯定是家族寄予厚望的存在，就没有几件防身的宝贝？我可不信。事先说好，不管你出于何种目的，如果继续藏藏掖掖，不愿公之于众，就真的会死，因为我怕自己一不小心打得太高兴了，收不住手，到时候你肯定要死不瞑目。"

面对敌人的冷嘲热讽，李希圣并不生气，嗓音依旧温醇柔和："陈平安，可能需要麻烦你们再后退一些，如果能退到四五丈之外，最好。"

曹峻抬手使劲一拍额头，满脸委屈："大敌当前，还有闲情逸致说废话，我很生气。"

年轻剑修的谈笑之间，暗藏杀机。在他手拍额头发出声响的同时，飞剑已经在那点声响的遮掩之下，真正做到了悄无声息，杀到了李希圣的后背心。

叮！一声空灵悦耳的响动响彻泥瓶巷。

曹峻愣了一下，随即大笑道："这也行？那我可就真不客气啦。"

李希圣背后浮现出一片青翠竹叶，抵挡住了飞剑的刺杀。

叮叮叮叮……小巷内，李希圣四周响起一大串类似动静。除了一片片竹叶，还有桃叶、柳叶、槐叶……各种树叶皆青绿。

曹峻眯眼凝视那处战场。李希圣岿然不动，四周全部是高高低低、飘荡起伏的树叶,名为白鱼的短剑则穿梭其中,不断破阵,但是次次无功而返。

虽然不断有绿叶坠地,瞬间枯黄,可是曹峻着实有些无奈,因为粗略估计,那个读书人的树叶最少也该有百片。所以他心情不太好:你这家伙的家里是卖树叶的啊? 就算卖,有人买吗? 曹峻不愿就此打退堂鼓,他就不信一个小小的六境练气士能够支撑到最后。同时驾驭这么多片树叶,本来就不简单,需要耗费的心神极其巨大。于是曹峻暗中告诉自己,虽然胜之不武,可勉强当作是一场砥砺剑锋的蠢笨气力活好了,他倒要看看那个读书人能够支撑多久。

白鱼剑开始肆无忌惮地横冲直撞,小巷内落叶纷纷,坠地之后便由绿转黄。

李希圣突然出声提醒道:"咱们如果只是这么打下去,能够打到明年。不然你说过了这把剑的道理,再说说另外那把的? 如果可以的话,一并祭出本命飞剑好了。不管如何,好歹先分出个胜负,因为我朋友还要赶路。"

曹峻蓦然瞪大眼睛,终于不再以笑脸示人:"你不吹牛会死啊?"

李希圣叹了口气,不再说话。他只是抖了抖那只仅存的袖子,从袖子里抖搂出了一大堆匪夷所思的玩意儿。除了所剩不多的春叶,还有一粒粒指甲盖大小的夏雷、一缕缕长不过手指的秋风、一片片鹅毛大小的冬雪。

对手有一剑可破万法,怎么办? 我是不是可以积攒出一万零一法?

于是,这个名为李希圣的年轻书生,哪怕如今不过刚刚跻身中五境,却已经有了春叶夏雷秋风冬雪。而且他还有其他,有很多。

曹峻看着那些乱七八糟的小玩意儿,如同沙场上的重甲步卒方阵,将主帅李希圣围得铁桶一般,佩服道:"你下棋一定很厉害,而且肯定精通阴阳家的卜卦。"

因为以六境练气士的修为,除非是三教鼻祖级别的谪仙转世,才能够一口气驾驭那么多的物件。但是眼前书生明显是投机取巧了,每次防御白鱼剑的穿刺,都大致算出了飞剑的轨迹和突破口,所以除了维持春叶、秋风诸物不坠,书生真正需要灌注灵气的区域并不算太大。

这就像一场城池攻守之战,曹峻一方战力强悍,但是兵力不够,只能专攻一面城墙;李希圣看似在四面城墙上都布满了守城甲士,实则三面都是空架子,他只需要次次算准曹峻的进攻方向,防守起来就显得游刃有余。

曹峻心意一动,白鱼剑撤出战场,回到主人身前。曹峻轻轻瞥了一眼,发现剑尖和剑刃的损耗比预期多。好在白鱼剑蕴含的剑意在数百次砥砺打磨之下有所提升,说到底还是做了一笔赚钱买卖。

曹峻内心有些纠结。大骊皇帝是不敢为了一个齐静春跟三教幕后势力掰手腕,但多半愿意为了一个有望跻身上五境的自家练气士,跟早已在别洲扎根立业的曹氏撕破脸皮。他将白鱼剑收回剑鞘,同时握住了另外一把佩剑的剑柄,剑名墨螭。他故意一脸恼火道："有本事别当缩头乌龟!"

李希圣笑着反问道："你有本事当缩头乌龟?"

曹峻被噎得不行。他曾经是被一洲剑仙寄予厚望的天才剑修,追求的是天下无匹的锐气和杀力,当然没本事也没兴趣跟眼前的青衫书生一样,打不还手骂不还口,就靠着一大堆稀奇古怪的破烂货死守城墙,坚决不主动出击。

曾有人形容,剑修本身是轻骑,来去如风,风驰电掣,飞剑则像弓弩,与人狭路相逢,小规模厮杀,往往一个照面,敌人就死了。至于一位上五境陆地剑仙的飞剑搁在沙场上的杀伤力,就像是一架床子弩,哪怕只是安静地摆放在城头,对于敌人也有巨大的威慑力。而兵家修士是重骑,一旦被他将气势和精气神提升到巅峰,就等于是展开冲锋的重骑兵,攻守兼备,破阵无敌。至于被山上视为大道无望的纯粹武夫,只是笨重且杀伤力一般的重甲步卒,哪怕是第八境远游境的宗师,能够御风而行,如果在短距离爆发中没有成功毙敌,那么一旦被练气士拉开距离,陷入持久战,远远无法媲美练气士。

李希圣见曹峻不说话,伸手轻轻拨动,身前的一些夏雷、秋风缓缓挪动,使得他视野开朗。他主动开口道："你这把剑所讲的道理,没讲透。"

言下之意,他愿意听一听那把墨螭的道理。

曹峻双手轻轻揉了揉脸颊："你这人说话真是不中听,不过我承认你有这个资格。我有个建议,你可以考虑一下。咱们来一场生死之战,所有后果自负,与家国无关。如何,敢不敢跟我赌一把?"

李希圣摇头道："你已经看出来,我根本就不擅长攻伐之道,所以你其实从头到尾就立于不败之地。"他丝毫不介意泄露底细。

曹峻无奈道："你是坦诚还是缺心眼啊?"他看着那个年轻书生,没来由地想起一位南婆娑洲最了不起的读书人——醇儒陈氏这一代的家主。传闻那位读书读出莫大学问的陈氏老人两袖藏清风,一肩扛明月,一肩挑红日。

曹峻收起思绪,转头望去,只见一只通体鲜红的小狐狸,双腿自立,站在泥瓶巷一栋老宅的屋檐上,对他说道："老祖宗让我告诉你,要你适可而止,若是给阮邛打死了,他就随便在这边找个地儿把你葬了,好歹算是落叶归根。"

曹峻一脸嫌弃："啥? 你再说一遍!"

小狐狸咳嗽一声,从温文尔雅的模样瞬间变得凶神恶煞,摆出双手叉腰状,骂骂咧咧:"曹曦那个老王八蛋告诉你这个龟孙子,赶紧收手,如果惹恼了姓阮的铁匠,被打成一摊肉泥,他不会帮你报仇的,他有几百个嫡系子孙呢,帮不过来。还说可惜你那媳妇还没娶进门,否则他就不会让我劝你收手了,给人打死最好,他好趁机而入。"

曹峻一脸云淡风轻,点头道："这就对了。是老王八蛋的口气。"

李希圣不管这些:"如果不打,就请让路。"

"不打了不打了，我打不死你，你打不死我，多没劲。"曹峻笑道，"去铁匠铺子瞅瞅，瞻仰瞻仰圣人。"他的身形拔地而起，直冲云霄，向铁匠铺子急急坠去。至于龙泉郡内不得擅自御风凌空的狗屁规矩，他还真不放在心上。结果砰然一声巨响，曹峻顿时如同一颗流星倒掠出去，最后等他好不容易停下身形，已经是数百里之外。此前他已在云海之中翻滚了无数次，在空中盘腿而坐，呕血不止。

那只皮毛鲜红的狐狸绕着曹峻打转，幸灾乐祸道："吃苦头了吧？"

曹峻笑道："又没死。"

狐狸啧啧道："欺软怕硬的本事倒是随曹曦。"

曹峻说道："不欺软怕硬，难道还要欺硬怕软？你脑子有病吧？"

狐狸不以为意，抬起一只爪子挠着下巴，踮起脚尖，眺望小镇："那块没能抢到手的古怪剑胚，咋说？"

曹峻黑着脸道："你还好意思说？如果不是你在一边怂恿我杀人夺宝，我最多就是跟那少年公平买卖。"

狐狸板起脸教训道："做人呢，要坚守本心，你在外边如何，到了小小龙泉郡，就该继续保持。不过就是有个十一境的兵家圣人，你屁股后头不也跟着个十一境的剑修老祖？一个有天时地利，一个有称手神兵，都是练气士里不讲道理的货色，旗鼓相当，他们打一架，你在旁观战，说不定还可以有所明悟，何乐而不为？"

曹峻冷笑道："就曹曦那脾气，我算计他一寸，他能讨回去一尺。"

狐狸哪壶不开提哪壶，老调重弹道："大不了让他将来睡几次你的媳妇，怕什么？"

曹峻默不作声，保持微笑，凝视着那只狐狸。

狐狸故作惊讶："哇，真生气了啊，吊儿郎当了一百年的曹峻，竟然也有较真的时候？"

曹峻微笑道："闲来打蚊蝇，忽起杀尽蚊蝇心。"

白鱼出鞘，虹光乍现。

狐狸的头颅高高抛起，但是却不见丝毫鲜血溅射。那颗头颅仍然在开口说话："哎哟，这出剑速度，慢得跟乌龟搬家似的，还天才剑修呢，真是丢人现眼。"

无头之身则大摇大摆走路，扭着屁股，根本无视白鱼剑一次次穿透身躯，空中头颅继续挑衅道："你这绣花针是在挠痒痒啊。"

这一片空中剑光暴溅，白虹纵横。别说被切出十七八块的身躯，就是那颗头颅都已经变作八瓣，但是当白鱼剑出现一丝凝滞，一瞬间狐狸就恢复完整。如此循环往复。

最后曹峻叹息一声，收剑入鞘。狐狸扭了扭脖子，走到曹峻身边坐下："年轻人，多大的本事，就说多大口气的话。"

曹峻点头道："有道理。听你的。"

狐狸讥讽道："哇，咱们南婆娑洲一百年前的那个头号剑仙坯子，如今的九境大剑修,今天突然这么听话?"

"年纪轻轻"的曹峻原来早已百岁高龄,他此时举目远望,嘴唇抿起,对于那只狐狸在耳边的挖苦,置若罔闻。

陈平安快步跑到李希圣身边,忧心忡忡道:"没事吧?"

李希圣微笑道:"头一回打架就遇上了剑修,其实心里挺慌的,不过结果还不错。"

陈平安如释重负,袖中那枚剑胚已经恢复寂静,在曹峻离去之后就不再滚烫颤动。

青衣小童突然一个飞身直扑,抱住陈平安的腰:"太可怕了太可怕了!果然猜得没错,一不小心走在路上就要被人打死的,小镇待不得,待不得啊!老爷,你行行好,放我滚去落魄山修行吧,我保证,我发誓,从今天起,一定勤勉修行,日夜不歇,别说是餐霞饮露,就是在落魄山吃草根嚼烂泥我都干!"

李希圣忍俊不禁,赶忙安慰道:"曹峻之流终究是极少数。我虽然不曾走出小镇,不过可以确定,像曹峻这样修为高、脾气怪的人物屈指可数,你不用太紧张。"

青衣小童没有理会李希圣,只顾着跟陈平安哀求不已,被陈平安推开脑袋后,就转为死死抱住他的一条胳膊,身体后倾倒去,死活不让陈平安继续前行:"老爷,发发善心,求你啦!大不了我还你一颗普通蛇胆石,行不行?!老爷你不是不知道,我这个人从来就胆子小,走个夜路都会两腿打战,结果这才到了小镇多久?咱们不过是出个门,剑气就嗖嗖嗖地乱窜,我是真怕啊……"

陈平安只好停下脚步,无奈道:"你认识去落魄山的路?"

青衣小童一把鼻涕一把泪的,难得认了一回孙子:"老爷,都这个时候了,我哪怕不认识也得装认识啊。"

粉裙女童轻声道:"老爷,我认识路。"

陈平安想了想:"那你们两个去落魄山好了,暂时住在竹楼里,但是必须跟我保证,不许惹事。我这边尽快忙完就马上去看你们,争取年前跑一趟落魄山。"

青衣小童弯腰鞠躬道:"老爷英明神武!"

粉裙女童轻声道:"老爷,我把他送到就赶回来。"

陈平安笑道:"不用,竹楼适宜修行,你就跟他一起待在山上。别怕他,他如果敢违约,偷偷欺负你,到时候我来收拾他。"

青衣小童跳脚道:"老爷、傻妞儿,你们两个就不能念我一点好?我是那种出尔反尔的人吗?黄庭国朝野上下,谁不知道御江水神有个言出必行的兄弟?说斩草除根绝不漏掉一个,说灭他祖宗绝不杀他孙子……"

陈平安呵呵笑道:"这么厉害啊。"

青衣小童立即扭过脑袋,一脸矫揉造作的赧颜羞涩,伸出一只手掌轻轻晃动:"老爷,我跟你吹牛壮胆呢,千万别当真啊。"

陈平安一手按住他的脑袋,一手伸出:"拿来。"

青衣小童有些发蒙,抬起脑袋:"啥?"

粉裙女童小声提醒道:"你先前答应老爷,只要让你去落魄山,就交出一颗普通蛇胆石。"

青衣小童挤出笑脸:"老爷你家大业大,别这样。"

陈平安没收回手,青衣小童只得乖乖掏出一颗最小的蛇胆石放在陈平安手掌上。陈平安将这颗蛇胆石递给粉裙女童,笑道:"到了山上,只要他不欺负你,到时候你可以当作奖励,送给他。"

粉裙女童小心翼翼地收起蛇胆石,青衣小童一把拉住粉裙女童的胳膊,火急火燎道:"咱们赶紧去落魄山,此地不宜久留!"

两个小家伙刚拐出泥瓶巷,青衣小童就猛然停下。不等他开口说话,粉裙女童就以迅雷不及掩耳之势将那颗蛇胆石抛给他。他收起失而复得的蛇胆石,点头笑道:"傻妞儿你累不累啊,我帮你背书箱吧。"

粉裙女童使劲摇头。

青衣小童唉声叹气道:"你就是劳碌命,好在还算傻人有傻福。"

粉裙女童咧嘴一笑。

青衣小童挺起胸膛:"走,带路!打道回府!"

泥瓶巷那边,既然不用去刘羡阳家了,陈平安就把李希圣送到巷口。李希圣停下身形,犹豫片刻,仍是说道:"接下来这些话,可能现在说为时过早,但是就跟我送你那些书上的批注,你只需要看过就算数一样,这些话你也只需要听过就行。"

陈平安点头道:"李大哥,你说。"

李希圣缓缓道:"白马非马这桩公案,可曾听说过?"

陈平安挠头道:"求学路上,宝瓶和李槐曾经为此吵过架,我越听越迷糊。"

李希圣笑了笑,思量片刻:"那就先不往深处想,我换一个说法。一粒沙子加一粒沙子,是几粒?"

陈平安疑惑道:"不是两粒吗?"

李希圣笑道:"当然是。那么一堆沙子加一堆沙子,是几堆沙子?"

陈平安试探性说道:"还是一堆吧?"

李希圣拍了拍陈平安的肩头:"传言远古圣人发明文字的时候,天地间的鬼神为之惊惧哭泣。这当然是一桩莫大的功德,但是你要明白一个道理,文字在有些时候,恰恰会是我们认识这个世界的无形障碍。所以你以后读书,不要时时刻刻都去咬文嚼字,若是遇到了瓶颈,不妨先退一步,再登高数步,尽量往高处走。不登山峰,不显平地。"

陈平安听得云遮雾绕,一阵头疼,就跟先前翻阅那本《小学》差不多,茫茫然之间,觉得前路已无,退无可退。

李希圣安慰道:"慢慢来,不要急。"

陈平安"嗯"了一声:"明白了。"

之后,没了一只袖管的李希圣独自走回福禄街大宅,府上仆役丫鬟看到这位大公子的窘况后,都有些莫名其妙:大公子长这么大,除了跟随长辈一起上坟之外,几乎从不出门,怎么好不容易出去散个步,就这么坎坷? 总不会是跟人打架了吧?

李希圣回到自己院子,先看过了相安无事的螃蟹和过山鲫,再去换了一件衣衫,然后去"结庐"书斋看了一会儿书,最后去了一间经常锁住门的屋子,开锁推门。李希圣举目望去,视野之中,全是贴墙竖立的一架架高大百宝阁,而百宝阁上头没有任何古董珍玩或是龙泉郡盛产的精美瓷器,而是一方方高高低低、大小不一、材质不同的印章。

除了百宝阁,屋内就只有一张桌子和一把椅子。桌子上放有三枚尚未完工的印章,材质分别是木、黄玉和青铜,以及一大盒做工精良的刻刀,还有几本材质珍稀的古老书籍。

李希圣轻轻关上门,坐在桌后的椅子上。桌上三方印章都只缺少一个字:青铜印篆刻有"降伏外",末尾少了一个"道"字;黄玉印篆刻有"都天主",中间少了一个"法"字;木印篆刻有"气化生",最开始少了一个"青"字。

刻印如画符,讲究一气呵成,李希圣显然不是这样。他非但没有捉刀刻字,反而闭上眼睛开始睡觉,呼吸绵延,如溪涧潺潺,细水长流。

小小房间,别有洞天。

另一边,陈平安回到祖宅,发现那把放在桌面上的槐木剑出现了一丝细微倾斜。他虽然内心震动,仍是不露声色地坐在桌旁。

当初齐静春用李宝瓶搬去的槐枝偷偷削好又悄悄放在陈平安背篓里的那把槐木剑里,住着一个来历不明的金色香火小人。只是在秋芦客栈和曹氏芝兰府两次短暂现身之后,性情腼腆的香火小人就再没有出现过,陈平安对此任其自然,并不强求什么。

夜幕深沉,杨家药铺,老人抽着旱烟,皱了皱眉头,伸手一抓,香火小人从虚空处坠落在地。

杨老头冷冷道:"齐静春苦心孤诣地把你藏起来,想要做什么?"

香火小人怯生生站在地面,似乎很畏惧,双手死死攥住衣角,嘴唇微动。

杨老头越听脸越皱,沉思许久:"我答应了。"

他拿烟杆子一敲地面,地面上立马滚出一座小庙,矗立在香火小人身前。

香火小人满脸雀跃,正要走入其中,突然抬起头,欲言又止。

杨老头脸色冷漠道:"知道所有事情当然是最好,但是如果做不到这点,就干脆什么都不要知道,这样才能好好活着。"

香火小人似乎还是有些犹豫不决,想要返回泥瓶巷,好歹跟那少年道一声别。

杨老头重新提起烟杆,吐出浓重的烟雾:"把全部聪明放在肚皮里头才叫真聪明。你真以为那小子万事不想,除了练拳,成天就知道乐善好施,当那善财童子?亏得你跟了他一路,你是真笨,他可不傻。"

香火小人噘起嘴,有些泄气,走入那座小庙后,又顿时惊呆,如同一颗渺小至极的米粒置身于一口大缸内。小庙内的高大墙壁上,一个个名字熠熠生辉,散发出不同颜色的光彩。香火小人的头顶群星璀璨,光明辉煌。

杨老头收起烟杆,双手负后,佝偻着走出药铺,一直走出小镇,经过石拱桥的时候,叹息一声,充满遗憾和不解,缓缓下了石桥,来到龙须河边,轻轻一跺脚,马兰花立即从河底一路倒飞而来,神魂震动,有些晕头转向,发现是杨老头后,立即谄媚笑道:"大仙何须运用无上神通,随便喊上一声便是。"

杨老头面无表情道:"你马上去龙须河源头,主动散去一半金身融入河水,帮着阮邛增加水性的阴沉分量。"

马兰花呆若木鸡。削掉半数金身?老人说得轻巧,可无论是其间遭受的痛楚,还是大道折损,皆不可估量。她恨不得逃到十万八千里之外,只可惜她逃不掉。

杨老头补充道:"做成了,回头阮邛开炉铸剑成功,我帮你讨要一座河神庙,最多五六十年,你就能够恢复完整金身,之后百年千年,香火不绝。这是一笔细水长流的收益,你肯定赚。"

马兰花唯唯诺诺,声音弱不可闻:"打散半副金身,太痛苦了,我怕疼啊……"

杨老头不说话,只是望着波光粼粼的河面。

马兰花小心翼翼问道:"大仙,我能拒绝吗?"

杨老头点头道:"可以。"

马兰花窃喜之余,大感意外:什么时候这位大仙如此通情达理了?

杨老头冷笑道:"我打烂你整个金身,效果更好。放心,等你今夜神魂烟消云散之后,我将来会在你的子孙身上做出补偿。"

马兰花有些绝望,一番掂量之后,颤声问道:"大仙,福报只落在我孙子一人头上,行不行?"她知道,不管这位大仙如何做事公道,唯独对她的孙子马苦玄不太一样。

但是杨老头依旧当场拒绝:"不行。"

马兰花面如死灰,惨然道:"那我还是去往龙须河的源头吧。"

杨老头不置可否,马兰花一咬牙,开始沿着河水逆流而上,穿过那座再无半点异样的石拱桥，直奔深山而去。

阮邛来到岸边，站在杨老头身旁，问道："帮那个少女铸剑一事，成与不成，我根本不着急，没有跟你做买卖的想法。"

"铸剑一事，不是买卖。"杨老头摇头道，"不过你女儿的真实身份，我可以帮忙遮掩三十年，但是你要确保尽快打造出那把剑，这才是我要做的买卖。"

阮邛神色如常，笑道："真实身份？"

杨老头淡然道："你阮邛只需要点头或者摇头。"

阮邛有些憋屈，可仍是点了点头。

杨老头笑了笑："回头再看，是值得的。"

阮邛问了一个古怪问题："那什么算是'不值得'？"

杨老头笑道："阮邛，偷听别人说话，不是什么好习惯啊。"

阮邛大大方方坦白道："你、李希圣、魏檗，你们三个我必须盯着。"

杨老头点了点头，又摇头道："把我跟李希圣位置颠倒一下，可能会更好。"

阮邛笑问道："一千年，还是一万年之后？"

杨老头不再说话。

一旦进入百家争鸣的乱世，枭雄豪杰，天才异端，就会像雨后春笋，疯狂地破土而出，一夜之间，就是改天换地的崭新景象。杨老头见过那幅波澜壮阔的画面，并且不止一次。阮邛到底只是兵家的圣人，而不是阴阳家这类圣人，虽然已经看得很远，比如他女儿阮秀的成长，但还是不够远。

杨老头突然冒出一句："当然不值得，两个凡夫俗子，收拢了魂魄有何用，需要为之付出的代价倒是不小。如果换成马苦玄，当然两说。"

阮邛笑问道："前辈一开始就不看好陈平安？"

杨老头面无表情道："有人看好他就行了。"

第十章
新年里的人们

北上驿路重新开辟通行，使得原本就热闹的红烛镇更加歌舞升平。

夜间，一艘悬挂青竹帘子的画舫悠悠然驶出水湾，驶向小镇，才刚刚进入那条将小镇一分为二的河水，就有生意临门。来人是一名身穿锦缎的老者和一个粗布麻衣的中年壮汉，瞧着像是有钱老爷带着护院家丁出门来喝花酒了。

画舫属于中等规模，有五名船家女，两人撑船，两人弹琴煮酒，剩下一个姿色最出众的美娇娘坐在老人身旁小心伺候，如小鸟依人，这让老人开怀大笑，伸手指着对面的粗朴汉子道："怎么样，老谢，人靠衣装佛靠金装，老话说得没错吧？"

那汉子不知是恼羞成怒还是为人耿直，从煮酒女子手中接过一杯酒，道了一声谢后，对老人说道："别老谢老谢的，我跟你不熟。"

老人是个脸皮厚的，接过酒水的时候，趁机摸了一把船家女的手背，还不忘朝那曼妙女子眨眼挑眉，把那船家女给恶心得不行，只是不得不强颜欢笑罢了。

老人才不管这些，有滋有味地喝了口酒："你跟我不熟，可我跟你熟啊，你老谢的名头可是从东北边一直传到了南边。每次跟老友说起你，他们得知你跟我是同乡后，一个个求着我帮忙引荐，说是这等大英雄大豪杰，不见一面，实在遗憾。"

汉子只是皱眉不语，低头喝酒。

老人留着两撇胡须，此时盘腿而坐，脑袋歪斜，望向岸上的灯红酒绿，一手旋转酒杯，一手手指摩挲着胡须，这副尊容，旁人怎么看怎么猥琐下作。更何况老人盘腿而坐，膝盖故意抵住身边女子的丰满臀部，就连那个见惯风花雪月的女子都后悔没有坐在沉默寡言的汉子旁边。

老人抬臂抚须的时候露出一截袖管，画舫里头善于察言观色的船家女们都有些失望。原来老人手腕上系着一根幽绿色长绳，若是戴在稚童手上还算有几分纤细可爱，可戴在老头子手上，实在是不伦不类。

老人突然收回视线，询问身边的漂亮女子："你们欢场女子，信不信山盟海誓？"

不但是这名女子不知如何作答，其余船家女也都面面相觑，不知老头子葫芦里卖的什么药。

老人哈哈大笑，伸手指向对面的汉子："找他，真管用。他可是一个山大王，管着好些大山，山盟海誓，山盟海誓，这里头的山盟……"

汉子皱眉不语，缓缓喝着酒，心不在焉。

老人指了指自己："其实找我也有用，天底下有座很高很高的楼，名字老霸气了，叫镇海楼，在海边，我家就在镇海楼附近。"

汉子终于忍不住，满脸不悦："姓曹的，你跟她们显摆这些做什么？"

老人喝了口小酒，夹了一筷子下酒菜，斜眼看那汉子："正是跟听不懂的她们聊这个，才有意思。跟山上人显摆这些，那才叫没劲。"

汉子眉宇之间充满阴霾，闷头喝酒。

山盟海誓，在世俗王朝的市井坊间，如今被行走四方的说书先生们提起，多用于男女之间的情爱，其真实含义，寻常老百姓早已不知。

事实上这个说法，对于山上人颇为重要，是指修行之人，可以分别对山、海起誓，誓言拥有妙不可言的约束力，比起山下百姓买卖之间的白纸黑字还要管用。

山盟的山只要是国境内朝廷敕封的五岳正山就可以，练气士境界越高，对于山岳的品秩要求就会越高，多是大国之间的同盟，或是生意上的契约，随着时间的推移，媒妁婚约逐渐占据多数。海誓，则已经失去绝大部分意义。因为随着世间最后一条真龙的陨落，浩然天下的五湖四海，九洲之外的九大版图都已无主，世俗王朝又没有权力敕封五湖四海的正神，因此再没有名正言顺的水神能够出面统御那五座巨湖以及那四座广袤无边的海面。相传，日出东方而落于西山，这个日出之地，就在东海某处。

曹姓老人丝毫不顾及汉子的感受，吃着下酒菜，嚼出很大的声响，伸手放在身旁女子的大腿上，笑眯眯问道："这位美人姐姐，晓得雄镇楼吧？"

女子摇头。

"这怎么行！"老人轻轻拍打女子结实有弹性的大腿，"容小弟我给你说道说道。咱们这人世间啊，存在着九座不知道由谁建造的气运大楼，分别矗立在九个地方。其中八座高耸入云、几乎通天，分别是镇山、镇国、镇海、镇魔、镇妖、镇仙、镇剑、镇龙。这八座大楼都是二字名称，唯独最后一座，是三个字，最为古怪，叫作……"

汉子一拍筷子,怒色道:"够了!曹曦你有完没完?!"

随着筷子拍在案几上,与此同时,所有船家女都陷入一种古怪状态,并不妨碍她们呼吸,手上动作也娴熟无碍,可是好像对于船上近在咫尺的两名外乡客人,完全视而不见听而不闻了。

"既然都到了这里,咱们俩的身份很快就会被看穿,你谢实好歹是从骊珠洞天出去的人物,若是刻意隐蔽身份,反而让人怀疑,还不如像我这样,大摇大摆走入小镇,说不得还要打一架,让大骊见识见识,省得他们不把一位陆地剑仙当回事。"

曹曦说到这里,看了眼对面的汉子,笑嘻嘻道:"都说北俱芦洲的谢实光明磊落,如头顶悬空的大日骄阳,平生不做半点亏心事,怎么,这次要破例啦?"他身体前倾,从一只粉绿色小瓷碟中夹起一块腌萝卜丢入嘴中,"不就一件破烂瓷器嘛,只要你开口,再点个头,我帮你出面解决。谢实啊谢实,真不是我说你,你说咱们好歹混到这个份上了,你怎么还给人牵着鼻子走,不窝囊啊?"

谢实嗤笑道:"买了你本命瓷的家伙,就是什么好说话的货色了?"

曹曦一脸惊讶道:"怎么,老谢你消息不够灵通啊,没听说我家里一个晚辈刚刚跟醇儒陈氏嫡系的一名女子订了一桩婚?陈氏请一位陆家高人帮着算了一卦,你猜怎么样?八个大字:良人美眷,天作之合!这事情真不是我吹嘘什么,在咱们那个洲,真不是什么小事情。"

谢实冷笑:"这种事情,你不害臊就罢了,怎么还能一脸得意?谁给你的脸皮?"

曹曦皮厚如墙,反问道:"咋就丢脸了?我家子孙凭真本事拐骗来的媳妇,我这个当老祖宗的,为何不能乐和?"

谢实双手环胸,眯眼沉声道:"说吧,到底为什么要把我喊到这里来?如果是关于那件瓷器的事情,你不用再说了,我不会答应的。自家事自家了,更何况我信不过你。"

曹曦"哎哟"一声,去揉眼睛:"不愧是享誉一洲的谢大侠,这一身凛然正气真是光彩夺目,我得赶紧揉揉眼睛,要不然经受不住……"

这个看似荒诞不经的老头子,手腕上的那根绿色丝绳再度显现出来。

南婆娑洲皆知,曹曦的剑术在陆地剑仙之中不算拔尖,可是他那把佩剑,作为一件法器,足可跻身一洲前十。他手腕上系挂的,就是那把佩剑。

谢实对于这些算不得秘闻的别洲消息早有耳闻,可即便如此,仍是直接问道:"你是需要打一场,才能闭嘴?"

曹曦只是吃菜喝酒,摇头晃脑道:"南婆娑洲都说我曹曦喜怒无常,性情乖张。谢实,你是不是觉得我这种人很难打交道?"

谢实开始闭目养神。

曹曦晃了晃筷子:"大错特错。世上最难打交道的人,是你这种人,太难交心了。"

谢实闭着眼睛："我的耐心有限。"

曹曦翻白眼道："好吧，说正事。有人看不得大骊宋氏崛起，你谢实偏偏死脑筋，信守承诺，不得不出山，以至于那倒悬山之行都不得不耽搁下来。

"不凑巧，醇儒陈氏见不得齐静春的好，连带着对大骊也印象极差。只是如今变了主意，原因不明，我也不在乎，反正醇儒陈氏不但在小镇以东宝瓶洲龙尾郡陈氏的名义开办学塾，还让我走这一趟远门，算是给我家那个子孙出的彩礼钱，为的就是拦下你。

"虽然不知具体谋划，但是我继续出现在这里，接下来就会好好盯着你。"

谢实没有睁眼，嘴角有些讥讽："你确定拦得住？"

曹曦总算吃完了一盏盏小碟里的各色菜肴，放下筷子，胸有成竹道："我不确定能不能打过你，但是确定我拦得住你。"

谢实猛然睁开眼，转头望去。

一名相貌年轻的剑客没有悬佩长剑或是背负长剑，而是横放长剑于身后，双手手肘懒洋洋抵在剑鞘之上，就这么微笑着与谢实对视。

此人在那悬挂"秀水高风"匾额的嫁衣女鬼楚夫人府邸前，长剑出鞘不过寸余就以一条被他搬到身前的袖珍山脉硬生生挡下陆地剑仙魏晋的凌厉一剑。

在红烛镇，他跟阿良见过面喝过酒。在绣花江渡船上，他又跟陈平安打过招呼，当时好像还是陈平安第一次与人抱拳行礼。最后也是他和一名属下刘狱，带着棋墩山魏檗去往龙泉。魏晋当时对他的称呼是"墨家的那个谁"。

陈平安对着那把槐木剑，在屋子里坐了很久，发现如何都静不下心来，看书不行，练字不行，甚至就连走桩和立桩都不行。于是他背着背篓，装好槐木剑，离开祖宅，走出泥瓶巷，径直赶往落魄山。看到他出现在竹楼前，青衣小童和粉裙女童都大吃一惊。

陈平安走上竹楼二楼，心一下子就静了下来。粉裙女童想要跟上，被青衣小童抓住脖子，轻声教训道："你真是傻啊，没瞧出来老爷心情不太好？"

粉裙女童一脸茫然，青衣小童拽着她坐在一楼的小竹椅上，信誓旦旦道："咱们老爷这脾气，就只有两种情况才能让他这么不对劲。"

粉裙女童竖起耳朵，认真聆听。

青衣小童伸出一根手指，压低嗓音道："一种情况，是丢了钱，而且数目不小。"

粉裙女童深以为然。

青衣小童坏笑道："再就是老爷受了很重的情伤，比如一个人辗转反侧，孤枕难眠，突发奇想，跑去跟阮秀姑娘表白，结果被她拒绝了。或是跟阮秀姑娘表白的时候，得寸进尺，想要亲个嘴儿，狠狠抱一下，然后就给阮姑娘打了一耳光，骂了句'臭流氓'，害得咱们老爷一肚子火气，只好来竹楼这边清凉清凉。"

粉裙女童将信将疑道："老爷不会做这种事情的。"

青衣小童哀叹一声："你不懂我们男人啊。"

陈平安在二楼盘腿而坐，透过栏杆间隙望向远方，槐木剑横放在膝盖上。

他掏出那块银色剑胚，低头凝视着它。

不同于泥瓶巷内的异样动静，此时剑胚安静如死物。

不知为何，陈平安已经心境平和，甚至比平时练拳的时候还要心稳，头脑清明，思绪清澈。他重新抬起头，攥紧手心的剑胚，语气平静道："不是我的，哪怕在我脚底下，我捡起来后，只会主动找到失主，还给别人。是我的，就是我的，你哪里都不能去，就算你逃到了天边，我都会把你抓回来。"

银色剑胚逐渐变得温热，没过多久就滚烫。陈平安咬紧牙关，只是单手握紧它，另外一手轻轻放在槐木剑上，作为某种情绪上的支撑，到后来就不得不死死攥住剑身。

手心早已被灼烧得通红一片，痛彻心扉，神魂颤动。

这种疼痛，除了肌肤血肉，更多是一种类似熔化铜汁浇灌在心坎上的恐怖。十八停剑气运转之法，自然而然开始流淌，一次次冲击着那些命名迥异于当今的气府窍穴，拼死抵御着那股火烫带来的震荡。

之前陈平安一直停滞在六七停之间，死活无法突破那道门槛。无论陈平安如何练拳练桩，如何跟青衣小童切磋淬炼体魄，都不得其法，故而不得其门而入。

陈平安为了尽量减轻对疼痛的感知程度，身躯剧烈颤抖的他开始不得不竭力分心去想别处，去想崔东山大声朗诵的圣贤典籍内容，去想年轻道人陆沉的药方字体，想风雪庙魏晋的一剑破空破万法，想今天白鱼飞剑敲击春叶秋风的奇异景象……

一件件事情，想了依旧皆是毫无益处。陈平安除了手心血肉模糊，与剑胚粘在一起，还开始七窍流血。这还不止，他全身肌肤的细微毛孔都开始渗出血丝，最后凝聚出一粒粒触目惊心的血珠。

他的内里更加不堪，体内气府之间的经脉如同被铁骑马蹄践踏得泥浆四溅。

陈平安最后想到了一位姑娘，会心一笑。他也只能会心一笑了，因为他的脸庞早已扭曲出一个僵硬死板的狰狞神色，不可能再有丝毫变化。

陈平安依然在默默遭受着巨大的伤痛，从头到尾，一声不吭。他已经意识模糊，浑浑噩噩。迷迷糊糊之中，陈平安想到了一个个人名，走马观花。熟悉的人，景象画面会相对清晰长久一些；不那么熟悉的，就会一闪而逝。有喜欢，有仰慕，有尊敬，有畏惧，有厌恶，有反感，有可怜，有仇恨，有疑惑……

咚咚咚……如有人在用手指叩响少年心扉，像是在询问着什么，直至本心。

仅存一丝意识支撑着不愿认输的少年只能以心声作答，答案连他自己都不会知道。

人力有尽时。陈平安终于支撑不住，向后倒去，后脑勺一磕绿竹地面，略微清醒几分。

嗡嗡嗡。陈平安只觉得肚子里传来一阵古怪的动静。

人身即为小天地,忽起剑鸣不平声!

陈平安彻底昏死过去后,在一二楼之间的楼梯口,青衣小童终于松开粉裙女童的胳膊,后者飞奔过去,满脸泪水,哭成了一只小花猫。她一边为陈平安把脉,查看神魂动向,一边扭头抽泣道:"你为什么要拦着我,你忘恩负义,狼心狗肺……若是老爷死了,我就跟你拼命……"

青衣小童面沉如水:"说你是傻妞儿还不服气,冒冒失失打搅陈平安的气机运转,你会被那股剑气视为敌人,将你打个半死不说,还会耽误了陈平安的证道契机,说不定就要害死他,本来好好的一桩机缘,愣是被你变成一桩祸事。"

粉裙女童伤心哽咽道:"老爷全身都是血,老爷都快死了,这下你满足了吧?我不傻!你就是贪图老爷的蛇胆石。老爷就不该带你回来,你太没有良心了,老爷对我们这么好……"

青衣小童轻轻一跳,蹲在青竹栏杆上,没好气道:"陈平安死没死你说了不算,就你那点道行,知道个屁。"

粉裙女童哭声越来越小,因为她发现陈平安体内的两股气机初期虽显得紊乱且狂躁,此时却是逐渐趋于稳定,如同一场山水相逢,虽然一开始水石相击,溅起千层浪,激荡不已,气象险峻,可是随着时间的推移,已经变得平稳安宁,因为痛苦而剧烈颤抖的魂魄神意亦是被安抚下来,开始由哀号变作呜咽。

陈平安睡意深沉,那张扭曲狰狞的黝黑脸庞一点一点恢复正常,最后竟是如同襁褓里的婴儿,睡得格外香甜。

粉裙女童欣喜万分,满脸泪痕,对青衣小童低声道:"老爷没事了,就是真的睡着了。"

青衣小童翻了个白眼,站起身,把栏杆当作过道,开始散步。

陈平安一晕,粉裙女童就没了主心骨,只得向青衣小童求助:"接下来怎么办?"

青衣小童在栏杆上走来走去,沉吟不语。说实话,他只模模糊糊知道一个大概,之后如何处置陈平安,还真不敢妄下断论。他是垂涎陈平安的蛇胆石不假,可要说让他乘人之危,做出落井下石的勾当,还真小觑了他这位御江水神的好兄弟。他宁可正面一拳打死陈平安,光明正大地抢了那堆小山似的蛇胆石,也不会鬼祟行事。出来混江湖,要讲点道义。这一直是他恪守的江湖规矩。

水神兄弟曾经在一次酩酊大醉后,对他说了一句贼有学问的言语:"江湖道义不能太多,可总该有那么点儿,半点不讲,就是条真龙,迟早也得淹死在江湖里。"

青衣小童心神一凛,然后眼前一暗,抬头望去,发现一位白衣神仙站在自己身边,一脸欠揍的笑意，正在俯视着自己。

魏檗对青衣小童微笑道："小水蛇，你没有想杀你家老爷，我很意外。"

青衣小童最受不得这个家伙的那张英俊笑脸，好像两人天然相冲，尤其是当魏檗以居高临下的语气调侃自己时，他忍不住破口大骂："老子当初没杀你全家，我很后悔！"

魏檗大袖扶摇，潇洒跳下栏杆，轻轻拍了一下青衣小童的脑袋，笑呵呵道："调皮。"

看似轻描淡写的一拍，却把青衣小童拍得两脚扒开，一屁股跌坐在了栏杆上，疼得他捂住裤裆，龇牙咧嘴。如果换成别的地方，就是一座铜山铁山也能给他坐塌，可这座小竹楼真不是一般的结实牢固。

魏檗坐在陈平安身边，一手搭住陈平安的手腕，脉象沉稳，是个好兆头。

粉裙女童低声问道："魏仙师，外边天凉，要不要把我家老爷搬到屋里头？"

魏檗笑道："你是蛟龙之属，先天对酷暑严寒有着极好的抵御，所以可能感觉不深。其实这栋竹楼有一个好处，就是冬暖夏凉，即便是一个常人，大雪天在竹楼里脱光了衣服，也不会冻伤筋骨。所以任由你家老爷在这里躺着睡觉，不去动他分毫，更加妥当。"

粉裙女童松了口气，赶紧给魏檗鞠躬致谢。

魏檗对此不以为意，笑问道："陈平安有没有带上换洗的干净衣物？"

粉裙女童摇头道："老爷这趟上山，应该没想着待多久，背篓里不曾放有衣衫。"

魏檗皱了皱眉头，看着陈平安身上衣服就像是血水里浸泡过的，等下醒过来，还穿着这么一身，肯定不是个事儿，就提议道："你们去小镇上买衣服也好，去泥瓶巷拿衣服也罢，速去速回，陈平安应该不需要太久就会清醒。"

粉裙女童"哦"了一声，就要离开。

青衣小童眼神阴沉，死死盯住魏檗："我信不过你。"

魏檗想了想："那你留下。"

青衣小童抛给粉裙女童一颗金锭："除了给老爷买新衣服，给咱们俩也准备几套。"

粉裙女童笑道："我不用。"

青衣小童板着脸道："我就跟你客气一下。"

粉裙女童有些伤心，一溜烟跑下竹楼，飞奔下山。

之后青衣小童就坐在栏杆上，背对着地上躺着的陈平安和坐着的魏檗，思绪万千。

陈平安足足睡了一天一夜才醒过来，一番清洗之后换上干净衣服，整个人神清气爽。没有穿草鞋，他光着脚站在竹楼二层的廊道中，脚底板布满着一层厚如铁石的老茧，年幼时最早的老茧是被粗糙草鞋磨出来的，后来又被山石沙砾、草木荆棘一点点加厚。他的发髻间还别上了那支白玉簪子，有他亲手篆刻的八个小字。他怀抱着槐木剑，眺望南方，怔怔出神。

魏檗去而复还，带了一些药材，让粉裙女童帮着煮药，用来给陈平安温补元气。陈平安习惯了所有事情都自己解决，就想着自己动手，她死活不让，皱着一张红扑扑的小脸蛋，风雨欲来的可怜模样。陈平安受不得这些，只得悻悻然作罢。

青衣小童跑去四处逛荡了，像是一国之主在巡视版图。他今天往山上走去，山顶那边有座山神庙，供奉着一尊黄金头颅的奇怪山神。祠庙尚未竣工，还剩下点收尾事项，所以那边有大骊工部衙门的官吏和听从朝廷调令负责帮忙的修士，加上小镇青壮百姓和刑徒遗民，鱼龙混杂。

魏檗此刻站在陈平安身边，笑道："那么一通胡乱冲撞，好歹没白白遭罪，总算快要三境了。"

陈平安点头道："比我想象中要快很多，本以为最少最少还要个三五年。"

"难聊，没劲，走了。"魏檗哑然失笑，摇头晃脑地走了，这次没有飞来飞去，一步步走下楼梯，晃晃悠悠离去。

陈平安在魏檗的身影消失后，拍了拍心口，自言自语道："我知道你有不甘心，不太情愿跟我待在一起。那个剑修曹峻一定有过人之处，才会让你这么激动。确实正常，八境九境的剑修，那么大的一个山上神仙，当然比我要强太多了。但是没办法，你是文圣老爷送给我的，所以在我死之前，你哪里都不能去……"

陈平安心口传来一阵锥心之痛，喉结微动，就要喷出一口鲜血。他咬紧牙关，强行咽下那口鲜血，含糊不清道："我虽然不知道真相如何，但是我大致猜得出来，你能够轻轻松松杀了我，但是因为某些原因，不可以杀我。所以你的处境很尴尬，对吧？"

片刻之后，陈平安伸出手掌抹去鼻孔流淌而出的两条血迹："没关系，山上我还有好几身干净衣服，而且我的小丫鬟是条火蟒，衣服脱了马上洗掉，就能当场晒干继续穿。你有本事就继续在气府之间乱窜，这点苦头，呵呵，我陈平安真不是跟你吹牛，真不算什么，我五岁的时候就尝过更厉害的了。"

一阵腹部绞痛，翻江倒海。光脚站在廊道上的陈平安只是抱住怀中槐木剑，眼神坚毅，只是嗓音难免微颤："我要是喊出口一声痛，以后你就是我祖宗。"

十八座气府，十八座关隘，其中在六七之间，十二十三之间，仿佛存在着两道不可逾越的天堑。之前陈平安运转气机，只能一口气经过六座窍穴，虽然气机还没有达到强弩之末的地步，但是就像已经没了前路，只能一头撞在墙壁上，次次无功而返。这次莫名其妙将银色剑胚由手融入心中之后，仍是无法一气呵成触碰到第七座雄关险隘，但是在六七之间，似乎某种瓶颈有所松动。就像有人在兢兢业业修桥铺路，对岸的光景开始依稀可见，一次比一次更加接近。

而且比起练拳走桩的锤炼体魄，剑气在体内的肆意纵横效果更加显著，有点迫使陈平安不得不内外兼修的意思。就像一座大山，陈平安之前一直想要开山造路，但是无从下手,披荆斩棘,进展极慢。结果剑胚入窍后,就像青衣小童现出真身游走于山岭之间,自然而然就出现了一条粗糙不堪的"山路",陈平安只需要跟在它屁股后头,不断修修补补、挖挖填填就行了。

陈平安不怕吃苦,但是天底下没几个人真喜欢吃苦,陈平安当然也不例外。可如果吃苦能够换来好处,陈平安会毫不犹豫地自讨苦吃。因为这么多年孑然一身,辛辛苦苦活着,陈平安明白了一个道理:人生在世,很多人做很多事,吃苦就是吃苦,只是吃苦而已。一分耕耘一分收获? 得看喜欢打盹的老天爷答应不答应。

还是要把大部分家当放在阮姑娘家的铁匠铺子,落魄山人太杂,陈平安实在不放心。之前如果不是李希圣,陈平安即便是在泥瓶巷的自家门口,恐怕也要吃大亏。难怪青衣小童有事没事就念叨那句口头禅:江湖险恶啊。

陈平安脑袋往侧面一晃荡,猛然伸手捂住嘴,鲜血从指缝间渗透而出。他大口呼吸,摊开手心,一摊猩红。陈平安愤愤道:"接下来我要下山去给我爹娘修建坟墓,这段时间,我们暂时休战,如何?"

原本正要再次冲撞一座气府窍壁的剑胚缓缓归于平静,像是默认了陈平安的请求。之后陈平安独自下山,背着背篓,装着大部分物件,在铁匠铺子找到阮秀,不得不再次让她帮忙,帮着将东西放回那栋黄泥屋里。

听说陈平安要修坟,阮秀要帮忙,陈平安摇头没答应,说事情不大,他花钱请些工匠就够了,而且这笔钱他出得起。

阮秀倒是没有坚持,只说如果需要帮忙就知会一声,不用客气。

陈平安苦笑着说,如果真跟她客气,就不会跑这趟了。

阮秀笑了。

陈平安再没有后顾之忧,就带着银子去了小镇,很快就找到人,之后跟老工匠问过一些关于修坟的规矩和礼节,谈好了价格,挑了个黄道吉日,就开始动工。陈平安从头到尾都盯着,能帮忙就帮忙,不方便掺和的绝不插手,一切听从老匠人们的吩咐安排。

约莫是少年给的银子够多,而且平时相处劳作的点点滴滴,少年给匠人们的感觉,心也足够诚,所以一切顺利,并无波折。最后仔仔细细、小小心心修好的坟墓,不比寻常人家更好,谈不上如何豪奢,而且墓碑上的字,都是陈平安自己通宵熬夜刻上的。

结完账后,陈平安跟那一行人弯腰感谢,然后一个人带着祭品重返坟头。置办祭品的时候,陈平安犹豫了一下,带上了一壶好酒,在坟头给爹敬酒的时候,望向娘那边的坟头,挠挠头道:"娘,爹好像没喝过酒,你让他喝一回。"又微微转头,对毗邻的另外一座坟头笑道:"爹,如果喝不惯酒,或是惹娘不高兴了,就托个梦给我,下回就不给你带了。"

陈平安倒完了那壶酒,抹了把脸,咧嘴道:"爹、娘,你们不说话,那我就当你们答应了啊。"

在那之后,陈平安去了趟神仙坟,熟门熟路地拜了拜几尊神像。

陈平安没有大肆修桥铺路,而是选择了这座神仙坟,以阮秀的名义,雇用工匠修缮那些横七竖八的破败神像,他出钱,她出面。阮秀不知为何,但也没追问什么,只是点头答应下来。在经历过上次的浩劫之后,那次夜幕里,所有小镇百姓都能够听到神仙坟的爆裂声响,就跟爆竹崩裂差不多。

神像愈发稀少,也更加残破,陈平安听从阮秀的建议,这次大规模修缮,原则上是修旧如旧,尽量保持原貌,若是无法保证还原,就只确保重新竖立起来的神像不会再次倒塌,绝不随意篡改,所以为此临时搭建了一座座竹棚遮风挡雨。

偶尔陈平安会去骑龙巷两间铺子坐一坐,然后就这样忙忙碌碌的,在大年三十之前,专程进了一趟落魄山,找青衣小童和粉裙女童。

阮秀得知这个消息后,说是刚好要去钉着神秀山的建府事宜,于是跟陈平安一同进山,然后并未分道扬镳,而是中途改变主意,说是想去看看陈平安家的竹楼,上次看得潦草了些,想要再瞅瞅。陈平安当然不会拒绝。

在陈平安和阮秀出现在山脚的时候,青衣小童就站在栏杆上啧啧称奇,双手抱住后脑勺,双脚扎根不动,身体在栏杆上前后晃悠荡起了秋千,喃喃道:"这样的好姑娘,上哪儿找去? 分明是天下地上独一份! 老爷他如果不知道珍惜,会遭天谴的。真的,这话我说得对得住良心。"

粉裙女童深以为然道:"秀秀姑娘是真的很好。"

陈平安和阮秀缓缓登山,阮秀说她之前收到了枕头驿送来的信,之后确实有目盲老道人带着瘸腿少年和圆脸小姑娘进入小镇,到骑龙巷铺子找过她,但是师徒三人很快就继续北上,说是想去大骊京城碰碰运气。

陈平安记起那个曾经共患难的老道人,就想到了林守一,以及他修行的《云上琅琅书》,便跟阮秀问了一些有关五雷正法的事情。只可惜阮秀对这些从来不感兴趣,知道的不多,只能说些道听途说的东西。

一路闲聊之中,陈平安得知阮师傅在今年收了三名记名弟子,一名长眉少年姓谢,虽然世代居住于桃叶巷,但是到了他这一辈,家道中落,如果不是进入铁匠铺子,就要卖出祖宅,搬往其余巷弄。他还有一个姐姐和一个弟弟。

在谢姓少年之后,一个来自风雪庙的少女成为第二名弟子。按照阮秀的说法,那个姑娘在风雪庙中属于天资平平的,好像犯了大错,被驱逐出师门,就找到了自立山头的阮邛。阮邛说她其实心志不定,做什么事情下意识都想先找到一条退路,她可以留下来,自己也会指点她剑术,但是不会收她为徒。她在铁匠铺子当了很久的杂役,有一天,自己砍掉了握剑之手的一根大拇指,脸色惨白地找到阮邛,说她从今天起,开始左手练剑,从头再来。

还有一个不爱说话的年轻男子最晚成为阮师傅的记名弟子。在入冬的第一场大雪下下来时，就跪在水井旁一天一夜，恳求阮师傅收他为徒。可能是精诚所至金石为开，阮师傅答应他进入铺子打铁铸剑。

说起这些，阮秀始终神色平静，就像是在说老母鸡和那窝毛茸茸的鸡崽儿。

陈平安灯下黑，并没有意识到这点。他当时更多是在思考有关"山上"的事情。他知道，只要能够成为修行中人，就没有谁是简简单单的。他自己身边就有林守一，于禄、谢谢那更是天之骄子。但是通过崔东山的只言片语，以及阮秀的闲聊当中，陈平安大抵上晓得了一件事情：即便是成功上山，做了老百姓眼中的神仙，其实仍然会被分出三六九等。原来修行一事，开头难，中间难，会一直难到最后的。

对此，陈平安最近还算有点体会。因为在修完坟头之后，剑胚就开始使坏了，更加来势汹汹，在陈平安窍穴内简直就是横冲直撞，势如破竹。所以泥瓶巷就多出了一个经常走路跟跄的家伙，像是喝醉酒，或是莫名其妙就蹲在神仙坟那边咳嗽，要不然就是在祖宅里闭门不出，在木板床上打滚。

临近竹楼，阮秀问道："大年三十，你也在山上过吗？"

陈平安摇头道："不会的，肯定要去泥瓶巷那边过年。那天先上完坟，回到祖宅还要贴春联、福字、门神，吃过年夜饭就是守夜，清晨开始放爆竹。而且骑龙巷的两间铺子也一样需要张贴，有太多事情要做了，到时候肯定会很忙。"

阮秀问道："我来帮你？"

陈平安笑着摇头："不用不用，只是听上去很忙，其实事情很简单。"

青衣小童和粉裙女童听说要下山去泥瓶巷过年，没什么意见。

陈平安收拾行李的时候，突然问道："在这栋竹楼贴春联门神，会不会很难看？"

青衣小童斩钉截铁道："当然难看！红配绿，简直就是俗不可耐。老爷，这件事我坚决不答应！"

粉裙女童也轻轻点头，认可了青衣小童的看法。

陈平安无奈道："我就随口一说，你们不喜欢就算了。"

青衣小童试探性道："最多贴个春字或者倒福字。"

陈平安笑道："算啦。"

青衣小童有些心虚："老爷你没记我仇吧？如果真想搞鼓得有些年味儿，咱们可以好好商量，比如老爷你只要送我一颗不那么普通的蛇胆石，我就主动帮忙贴春联，竹楼上上下下，里里外外贴满都没问题！"

陈平安打赏了一颗板栗过去："我谢谢你啊。"

下山后，阮秀跟他们分别，去往神秀山。

不知不觉,就已经是大年三十了。

一起去过了坟头,回到泥瓶巷,往门口张贴春联的时候,青衣小童和粉裙女童一个说贴歪了,一个说没歪,让陈平安有些手忙脚乱。

吃年夜饭的时候,做了一桌丰盛饭菜的陈平安不忘给了他们一人一颗普通蛇胆石。青衣小童二话不说就丢进嘴里,咬得嘎嘣脆,笑成了一朵花儿。粉裙女童矜持地低头吃着,满脸幸福。

晚上,桌子底下放着一盆木炭足够的小火炉,三人都将腿架在火盆边沿,而且全都换上了崭新的衣服。桌上摆着一大堆自家铺子拿来的吃食,陈平安身前放着一本书、一卷竹简和一把刻刀。

他要守夜。年复一年,都是如此。只是今年,不太一样,陈平安不再是一个人。

粉裙女童嗑着瓜子,青衣小童双手托着腮帮望向陈平安,笑问道:"老爷老爷,大过年的,你会不会一高兴,就又赏给我一颗蛇胆石?"

陈平安借着比往年要更加明亮一些的灯光,认真看着书,头也不抬:"不会。"

青衣小童没有懊恼,反而笑得挺开心,又问道:"老爷,明早放爆竹,让我来呗?"

陈平安抬起头,笑着点头:"好啊。"说完又转头望向粉裙女童,她赶紧放下手里的瓜子,做了个双手捂住耳朵的俏皮姿势。陈平安朝她做了个鬼脸,继续低头看书。

两个小家伙相视一笑,然后心有灵犀地一起望向少年头顶。那里别有一支不起眼的簪子,写着八个小字,内容跟读书人有关。

关于这个,就像春联到底贴歪了没有一样,他们之间私底下是有争执的,青衣小童觉得跟老爷半点不搭,粉裙女童则觉得不能再合适了。

过了子时,就是新的一年了。

青衣小童早早去床上倒头大睡,粉裙女童在陈平安的劝说下,后来也趴在桌上打瞌睡。陈平安就这么独自守夜,屋内唯有轻微的书页翻动声。

当天地间出现第一缕朝霞曙光,陈平安轻轻起身去打开屋门,仰头望向东方。突然,他忍不住轻轻咳嗽一声,然后张口一吐,吐出了一抹长约寸余的雪白虹光——原来是一柄小小的清亮飞剑。它安安静静地悬停在院子里,锋芒毕露。

这一柄飞剑,不再是一颗银锭的粗俗模样,除了极其纤小之外,与剑无异。只是它介于虚幻和实质之间,晶莹剔透,仙气盎然。在朝霞映照之下,小巧精致的飞剑闪烁出层层光晕,光彩夺目。

陈平安愣了半天,终于开口说道:"干吗?新年了,你是想要跑出来透口气?怎么,你们飞剑也讲究逢年过节?"

飞剑剑尖微动,缓缓旋转。陈平安心弦紧绷,随时准备逃跑。

飞剑转动一圈后,剑尖微微翘起,剑柄下坠,像是在认识这个有些陌生的世界。

屋内传来青衣小童起床打哈欠的声响，飞剑嗖一下掠向陈平安眉心处，速度之快，以至于原地还留着它的残影，在空中拖曳出一抹纤细如长绳的光彩，远远超乎陈平安的想象，根本就是躲无可躲。下一刻，陈平安只觉得眉心一凉，伸手去摸，非但没有给飞剑刺出一个窟窿，就连半点印痕都没有。

掠入身躯，重返窍穴，轻而易举。仿佛一位陆地剑仙在沙场上仗剑开路，如入无人之境。陈平安打算回头问问阮姑娘，世间飞剑是否都是如此玄妙。

跃跃欲试的青衣小童怀抱着早就准备好的一大捆竹筒，和睡眼惺忪的粉裙女童一起跨出门槛，还轻轻踹了她一脚。粉裙女童赶紧拍了拍，这可是老爷给她买的新衣裳，然后对青衣小童怒目相向："做什么？"

青衣小童站在院子里，叹气道："你傻不傻？你身为一条火蟒，先天精通火术神通，所以赶紧点火烧爆竹啊！"

粉裙女童眨了眨眼眸，原来火术神通还能这么用？这一路行来，煮饭煲汤，老爷次次都是自己生火，哪怕是雨夜、风雪夜都是如此，所以她从来没有想到这一茬。

陈平安是从来不提，她是根本想不到，青衣小童估计是懒得说。

两个小家伙点燃爆竹，声声辞旧岁。很快，别处也有爆竹声响起，遥相呼应。青衣小童玩得不亦乐乎，粉裙女童等到最后一只竹筒烧完，就要去屋子里拿了扫帚准备扫地，陈平安笑着接过扫帚，贴着墙壁，将那把扫帚倒竖起来。原来按照龙泉的习俗，正月初一这天，家家户户扫帚倒立，表示今天什么事情都不会做，就是休息。

陈平安站在墙边，看着冷冷清清的隔壁院子，心情复杂。他犹豫了一下，还是拿出了自家多出的一副春联和两个福字，去隔壁贴上。

青衣小童笑问道："是老爷很要好的朋友？"

陈平安轻声道："希望不是仇家就好。"

回去自家院子，陈平安站在门口巷子里，望向门上那两张彩绘门神，一文一武，文持玉笏，武持铁锏，怎么看怎么奇怪。以往小镇在年关贩卖纸质门神，各式各样，除了文武门神，还有财神在内众多"神仙"，但是今年小镇所有门神一律是这个规制，听店铺掌柜说是衙署订立的规矩，而且将来小镇新建的文庙武庙，里头供奉的金身老爷就是纸上绘的这两位。陈平安想起杨老头说过的那句话，感触越来越深。

不过片刻，陈平安便扫去心头阴霾，坐在院子里开始晒太阳，什么都不去想。粉裙女童继续坐在小板凳上嗑瓜子，青衣小童双手负后，在院子里兜圈，满怀雄心壮志，嚷嚷着今年他要勤加修行，一定要让老爷和傻妞儿刮目相看，那么到了年底，他就可以在小镇横着走，再也不怕什么八九境的狗屁剑修。

说到最后，青衣小童谄媚笑道："老爷，你只要再给我几颗好一点的蛇胆石，别说年底，明天我就能打遍小镇无敌手，到时候老爷你带着我上街欺男霸女，做那无法无天的土豪劣绅,见着哪家姑娘漂亮就拖来泥瓶巷,哇哈哈,老爷,是不是想一想就开心?!"

陈平安从粉裙女童手中抓了一把瓜子,点头道:"你开心就好。"

青衣小童的憧憬笑脸一下子垮下去,长吁短叹地坐在陈平安身边,跟粉裙女童一左一右,像是两尊小门神。只是他觉得新年第一天没有开一个好头,有些晦气,所以掏出一颗普通蛇胆石,嘎嘣嘎嘣咬着吃起来,只能自己给自己讨一个好彩头了。

就在这个时候,陈平安突然从袖子里拿出两只精美小袋子,是自家骑龙巷压岁铺子售卖的年货之一,递给他们俩,打趣道:"都拿着,本老爷给你们的压岁钱。"

青衣小童没觉得会有什么惊喜,结果一打开,眼珠子瞪得不能再圆了——竟然是一颗品相绝佳的蛇胆石,色彩绚烂如晚霞。粉裙女童手上那颗也是极好的蛇胆石。

青衣小童当时瞧得清清楚楚,除去八九十颗普通蛇胆石,陈平安回到这栋祖宅后,当时包裹里还剩下十一颗价值连城的蛇胆石,然后一下子就给了他们一人两颗,这就没了四颗,如今又掏出来两颗,岂不是哗啦啦一下子半数没了?陈平安你真当自己是广结善缘的散财童子啊?

虽然死死攥紧手中蛇胆石,青衣小童实在忍不住开口提醒道:"老爷,你这么送东西,攒不出一份丰厚家底的,以后娶媳妇咋办?"

粉裙女童双手捧着"压岁钱",低着头沉默不语,粉嫩白皙的小脸蛋上,眼泪吧嗒吧嗒往下掉。

青衣小童扭扭捏捏,实在是不吐不快,问道:"老爷,你就不怕我吃了这三颗蛇胆石,修为暴涨,结果老爷你这辈子都赶不上我?"

陈平安反问道:"如果你有个朋友,他过得好,你会不会高兴?"

青衣小童点头道:"当然高兴,我这辈子结交朋友兄弟,都不是嘴上说说的那种。"

陈平安又问道:"那如果你的朋友过得比你好很多,你会不会高兴?"

青衣小童有些犹豫。

陈平安嗑着瓜子,笑道:"我会更高兴。"

青衣小童在这一刻有些神色恍惚,突然觉得自己混了几百年的那个江湖,似乎跟陈平安的根本就不是同一个。是自己的江湖太深,还是陈平安的江湖太浅?

陈平安说过了之后就没多想什么,本就是随口一聊而已。倒是青衣小童一直闷闷不乐,粉裙女童收了石头后,也有些沉默。

陈平安有些后悔,难道这笔压岁钱送错了?或者应该晚一点送出手?愁啊。

就在这条泥瓶巷,走了宋集薪和稚圭、顾璨和他娘亲后,却多出一户新人家,在年前就主动拿出了一份祖上的房契,跑去交给龙泉县衙。衙门还想仔细勘验一番,因为如今小镇寸土寸金,外边不知道有多少人想要挤进来,即便无法购置房舍,都愿意在这儿租房住下,所以县衙户房就想着一定要慎重,千万别给奸猾之辈钻了空子。但是很快,从龙泉县第一任县令升为龙泉郡首任太守的吴鸢亲自杀到县衙,全盘接手此事。很快,泥瓶巷就多出了一个名叫曹峻的年轻人,祖辈从此地搬迁出去,如今回乡打拼。

曹峻深居简出,几乎从不露面,街坊邻居对此颇为好奇。由于开山建府一事,小镇当地百姓多有参与,而且出自县衙、郡府的一份份条例公示,对于世上有神仙一事,龙泉百姓已经不得不相信。一开始也猜测容貌俊美、异于凡人的曹峻会不会是仙人之一,只是回头一想,住在泥瓶巷的神仙?未免太不值钱了些。

今天泥瓶巷来了两个陌生人:一个手缠绿色丝绳的老者和一个身后横放长剑的年轻人。两人一起走向泥瓶巷,从顾璨家宅子那边走入,途经宋集薪和陈平安两家的院子,院墙低矮,老人瞥了眼青衣小童和粉裙女童,笑意有些玩味。

粉裙女童有些懵懂,没当回事。青衣小童看似漫不经心,其实在心中默念:不会又是某个老神仙大妖怪吧?

年轻剑客笑着伸手打招呼:"陈平安,咱们又见面了。"

陈平安站起身打开院门,笑道:"是来我们这儿跟人拜年吗?"

年轻剑客摇头道:"有点事情要处理,不过顺便拜拜年也是可以的。"

曹曦笑眯眯出声道:"听说是你小子害得我家祖宅给一头搬山猿踩踏了屋顶,然后又是你帮着出钱修好的?"

曹峻的家族长辈?陈平安心一紧,道歉道:"老先生,不好意思,这件事确实怪我。"

曹曦摆摆手:"我心里有数,就那么一栋破宅子,再不修肯定就要自己塌了。你道什么歉,应该是我们曹家感谢你才对。之前曹峻那个家伙想要抢你东西,对吧?你放心,我这就去教训他……哈哈,忘了说,新年好新年好。"说到最后,和蔼可亲的老人竟然主动抱拳拱手,微微摇晃,算是拜年礼。陈平安赶紧还礼。

年轻剑客皱了皱眉头,不动声色地上前一步,刚好挡在曹曦和陈平安之间,搂住后者肩膀,笑着走向院门,转头对曹曦说道:"曹老先生,你先回家,我稍后登门拜访。"

曹曦眯眼点头,对此不以为意,独自缓缓离去。

不知道经过了几个一百年之后,他终于故地重游。

院门上的两尊彩绘门神,在陈平安和年轻剑客跨过门槛后,肉眼凡胎看不出的那一点点灵光已经烟消云散。

年轻剑客进门后,轻声道:"以后行走江湖,抱拳行礼,记得男子需要左手抱住右手,这叫吉拜,反之则犯忌讳,容易害得对方触霉头。"

陈平安猛然望向他。他看似漫不经心道:"这些讲究,记在心里就好。"

家里就三条小板凳,粉裙女童赶紧让出,年轻剑客没有着急坐下,笑道:"大年初一登门,空手不像话,就送两件小玩意儿好了。"

他伸出手,手心叠放着两块无字玉牌,但是玉牌四角篆刻有大骊宋氏独有的云篆花纹:"它们叫太平无事牌,平时可以悬挂腰间,对你们两个将来在此落脚算是有点用处。如果出远门,那么行走于大骊版图,也会更方便一些。"

青衣小童有点眼馋,因为他知道这东西的珍贵。

粉裙女童不明就里,只是望向陈平安。收不收,得看自家老爷的意思。

陈平安犹豫了一下,还是点头道:"收下吧。"

粉裙女童和青衣小童接过后,同时向年轻剑客鞠躬致谢。

年轻剑客送过了见面礼,就马上告辞离开。

陈平安不知如何挽留,只好送到院门口。

曹家老宅,曹曦站在屋内的水池旁边,屋顶天井的口子上坐着一只红色狐狸,曹峻跷着二郎腿坐在椅子上,斜眼看着自家老祖,一声招呼都懒得打。

年轻剑客走入后,曹曦笑问道:"你跟那少年关系不错?"

年轻剑客笑道:"以曹老先生的修为和地位,竟然还会对一名陌巷少年出手?"

曹曦哈哈笑道:"略施薄惩而已,最多不过是一年晦气缠绕家门,不算什么,便是祖荫稍多、阳气稍旺一些的凡夫俗子都经受得起。再说了,你不也从中作梗,帮着少年祛除了那点灾厄嘛。"

年轻剑客摇摇头,不再说话。

世事就是如此荒诞,同样是骊珠洞天走出的大人物,谢实性格忠厚,名声传遍数个大洲,是公认的宗师风范,能够在剑修遍地、道家式微的北俱芦洲脱颖而出,有望成为一位分量十足的天君,哪怕是谢实的敌对修士,都会心存钦佩。反观曹曦,性格古怪,名声一直不好,都说此人刻薄寡恩,只是机缘太好才一路攀升,势不可当。但偏偏是野路子出身的曹曦如今选择跟大骊站在同一个阵营,谢实却要做出一件不太光彩的事情。

曹峻站起身,微笑道:"我知道你是墨家的许弱,在中土神洲行走江湖多年,名气很大,有'人间蛟龙'的美誉。我觉得东宝瓶洲的魏晋之所以常年厮混江湖,不喜欢待在山上,说不定是学你年轻时候。"

许弱想起风雪庙那个意气风发的年轻剑仙,摇头笑道:"他没学我。"

曹曦突然记起一事,跳入干涸的水池,翻动一块青石板,里边藏有一枚锈迹斑斑的普通铜钱。他爽朗大笑,收那枚铜钱入袖,啧啧道:"好兆头,好兆头。"

曹曦抬头望向许弱:"要我看啊,当年那只被打碎的本命瓷,是你们大骊和龙泉有错在先,导致出了纰漏。不过当初大骊就做了补偿,对方也接受了,照理来说,这件事情就算结完账两清了,如今却由那个买家往幕后层层递进,最终搬出了谢实这尊大菩萨来吓唬人,事情做得不地道,相当不讲究。其实很好解决,一鼓作气打死谢实,有我在、你在，加上圣人阮邛，咱们三个联手，谢实不但会输，就是想跑都跑不掉。谢实自己找死，怨不得别人。"

许弱问道："就算打死了谢实，可这座破碎下坠的骊珠洞天给彻底打没了，我们大骊怎么办？"

曹曦站着说话不腰疼："打死一个谢实，敲山震虎的效果，不比打造出一座白玉京逊色。"

许弱不搭话，曹曦继续蛊惑人心："你们大骊不是马上要南下吗？打死谢实之后，你看看大隋境内的十境和上五境的老王八到时候还能剩下几只。我敢打赌，绝对不会超出一只手。如果我曹曦输了，多出的老王八全部交给我来解决，如何？"

许弱疑惑道："你跟谢实有深仇大恨？"

曹曦摇头道："没啊，只是老乡而已，跟他又不是一辈人，从没见过面，两家祖上也没啥纠葛。我就是看不惯谢实仗着修为欺负大骊而已，太忘本了，好歹是大骊出身，不念着养育之恩也就罢了，还跟大骊对着干，这种人，我曹曦看不顺眼。"

"放你娘的臭屁！"屋顶上的火红狐狸一语道破天机，讥笑道，"南婆娑洲的醇儒陈氏是当年中土神洲的分支之一，真正的陈氏本家跟道家一直不对付。打死一个谢实就是天底下最大的彩礼，别说是把醇儒陈氏嫡系女嫁给曹峻，就是中土本家再嫁一个给你曹曦都无妨。"

"你这个碎嘴婆姨。"曹曦笑骂一句，抬手挥袖。火红狐狸砰然炸裂，化作齑粉。

它恢复完整原貌的时间，明显比起之前被曹峻飞剑分尸要长很多。它掀起一块瓦片狠狠丢向曹曦，快若奔雷，然后掉头就跑。

曹曦轻轻接住瓦片，往上一抛，丢回原先位置。其实那块瓦片已经支离破碎。

许弱拒绝了曹曦的建议："这种事情，不是我可以擅自做主的。"

曹曦翻白眼道："那你们大骊到底谁能做主？"

许弱笑道："皇帝陛下，藩王宋长镜，国师崔瀺，就这三个。"

曹曦气愤道："那倒是来一个啊，你许弱来了光看戏不出手有啥意思？谢实既然胆敢孤身赶来，肯定有所凭仗。一个万一，我们三人联手都会让他跑掉，到时候给他达成日的，还给他跑回北俱芦洲，到时候我们三个可怜虫加上你们大骊宋氏全部完蛋！"

许弱点头道："会来的。"

曹曦瞬间沉默下去。因为他从来喜欢以小人之心度君子之腹，很怕大骊收拾了谢实再来收拾自己，何况大骊宋氏又不是君子。

某位真正的君子，一个比他曹曦加上谢实都要厉害的家伙，已经死得不能再死了，而且就死在这里。这件事情当然怪不得大骊王朝不仗义，怨不得宋氏皇帝当缩头乌龟，但是曹曦就是觉得太晦气，不吉利。加上来的路上收到大骊关于骊珠洞天的谍报，其中有提及他的祖宅倒塌修缮一事，就让他更加心情不快意了。如果不是醇儒陈氏开口，他其实根本不愿意当这过江龙。尤其是他如今仍然没有推算出来齐静春那场必死之局的死结所在，这让他一走入龙泉郡就浑身不自在。所以他希望谢实之死能够将其勾引出来，到时候即便是猜想中那个最坏的结果，还有大骊宋氏、圣人阮邛以及自己身后的醇儒陈氏、中土本家陈氏一起来分摊风险。

富贵险中求。山下山上都一样。

谢家老宅在桃叶巷，家族子嗣谈不上枝繁叶茂，到了这一代，其实已经家道中落，如果不是长眉少年成为阮邛的记名弟子，早就到了需要卖出祖宅维持生计的惨淡地步。

一个中年汉子开始敲门，里头一个少女开了门，问道："你是？"

汉子正儿八经回答道："是你祖宗。"

眉清目秀的少女看似婉约，其实性子泼辣，顿时怒道："大年初一的，你怎么开口就骂人呢？信不信我拿扫帚抽你！"

汉子神色如常："你去翻翻族谱，找到那部甲戌本，上边会有个叫谢实的人，就是我。'实'字缺了一点。"

一炷香之后，谢家上下全部跪倒在家族祠堂外的地面上。

谢实不理睬那些战战兢兢的家族晚辈，一言不发地推开祠堂大门，进去烧了三炷香，然后沉声道："那个眉毛比常人长一点的可以进来烧香，其余人都回去，反正老祖宗们见着你们，不用你们烧香就有一肚子火气了。"

祠堂外一个妇人满脸惊喜，激动得泪流满面，一把抓住身边儿子的手臂，一手捂住嘴巴，不让自己哭出声。

长眉少年深吸一口气，在他娘亲松开手后站起身，战战兢兢跨过祠堂门槛，一步一步走向那个背影。

小镇外边的驿路上，一辆马车缓缓而行。马夫是在棋墩山阻拦过某位剑客的刘狱，车厢内坐着一个老夫子模样的儒雅老者和一个眉眼天然清冷凌厉的少女。

国师崔瀺，宫女稚圭。或者说是老崔瀺，和王朱？

小院里，青衣小童又开始抱头哀号。怎么这座山下的小镇这么烦人啊，才新年第一天，就又来了两个看不出深浅的厉害角色，用膝盖、屁股想也知道是那种能够一拳打死自己的可怕人物。青衣小童以前总觉得自己好歹是见过大风大浪的，如今到了这里，才知道之前的风浪简直都比不过门外泥瓶巷里一摊小水洼啊。他开始由衷佩服陈平安,能活到今天,太不容易了! 果然能够成为他老爷的,不会是简单人,难怪当初身边跟着一个那么凶残的弟子。于是青衣小童泪眼婆婆地抓住陈平安的手,发自肺腑道:"老爷,以后我肯定对你好一点。"

陈平安一把推开他的脑袋,笑道:"就你最怕事,丢不丢人。"

青衣小童眼角余光打量着没心没肺的傻妞儿,觉得自己是挺丢脸的,默默坐回板凳生闷气。

粉裙女童确实比他更加心大,捧着那块细腻温润的太平无事牌,爱不释手。

当然,心最大的,还是他们的老爷陈平安。他搬出了一块块刻有文字的竹简,放在两家院子中间的黄泥矮墙上,算是晒书简了吧。

竹简们安安静静躺在院墙上,跟主人一起晒着初春时分的温暖阳光。

然后来了一个不速之客——董水井。

当初不愿意跟随李宝瓶三个同窗一起远游大隋的质朴少年选择留在小镇,而石春嘉,那个扎羊角辫的小姑娘,则选择跟随家族一起迁去大骊京城。留在齐先生学塾的最后五人就此分道扬镳,天各一方。

见到董水井后,陈平安赶紧让他进院子坐下,粉裙女童则手脚伶俐地搬出了点心。董水井有些拘谨,还有些难为情,像是个犯了错的蒙童,坐在学塾等待先生的责罚。

陈平安真没觉得董水井当时留在小镇就是错的。远游路上,有次晚上被胆子小的李槐喊去一起拉屎,听李槐闲聊说起过董水井的身世,说他之所以叫'水井',是因为他娘亲怀着他的时候,挺着大肚子去铁锁井挑水,结果一弯腰就把他给生了下来,因此沦为学塾同窗们的笑柄。董水井从来不刻意解释什么,别人说笑就随他们去。至于董水井和林守一都喜欢李柳的事情,陈平安更是一清二楚,至于真假,他不太感兴趣。

董水井简单聊了一些小镇新学塾的事情,陈平安就跟着说了些游学趣事,没敢说太光怪陆离的事情,怕董水井多想,毕竟人老实,不代表就是缺心眼。

董水井得知小镇将来会有自己的驿站,就跟陈平安讨要了大隋山崖书院的寄信地址,说一定要给李宝瓶他们三个写信。陈平安有些犹豫,他知道驿站寄信一事,寄的是家书信件,更是真金白银,董水井如今孤苦无依,未必承担得起,但是陈平安最后还是没有说什么,只是把这件事情默默记在心里。

董水井开心离去,青衣小童啧啧道:"这傻大个还算不错,我还以为是跑来找老爷蹭吃蹭喝的。他要是敢开口……"他下意识望向陈平安,把到嘴边的话咽回肚子,"那我就好言相劝,一定好好跟他讲道理,说做人要将心比心。"

陈平安笑着拍了拍青衣小童的脑袋:"难为你了。"

大年初二,小镇风俗是开始拜年走亲戚。

陈平安没亲戚可走,就干脆带着两个小家伙去往落魄山。

落魄山位于大郡龙泉的西南方向,附近三座山头大小不一,只是规模都远远比不过落魄山,分别叫跳鱼山、扶摇麓和天都峰,各自被大骊以外的仙家势力买下,为了打造出别具一格的府邸,在去年末的除夕夜之前,仍是干得热火朝天,昼夜不息。

今天陈平安三人路过天都峰的时候,山峰总算安静了。这一年时间里,各大山头,一座座府邸宫观、亭台楼榭、庭院高阁、山巅观景大坪、悬浮于两山之间的索道长桥等等,一处处千奇百怪的豪奢建筑在山林之间拔地而起,让人叹为观止。

至于落魄山的开山,因为几乎全是大骊工部的既定开销,加上他这个主人并没有额外的建造需要,所以虽然山大地大,反而显得比较寂寥。有山神坐镇的落魄山尚且如此,那么宝箓山和彩云峰、仙草山就更不用提了,死气沉沉,让附近山头负责监工的各家修士每次眺望邻居都觉得好笑。有大钱买山,没小钱开山,这也太荒诞了。

在陈平安他们临近自家山头后,魏檗又神出鬼没地出现。陈平安递给魏檗一个小袋子,里头装着一颗上等蛇胆石,让魏檗帮忙送给那条来自棋墩山的凶悍黑蛇。魏檗笑着收下这笔压岁钱,说一定送到,绝不贪墨。

一起登山,陈平安问了魏檗关于学塾的事情,魏檗当然比董水井要知道更多内幕,娓娓道来。原来是龙尾郡陈氏开办的家族学塾,不过对所有人都开放,而且不收任何费用,便是许多年幼的卢氏刑徒遗民都可以进入学塾读书,这就等于一下子挽救了数十条性命,否则那些体魄孱弱的孩子能否熬过去年的寒冬还真不好说。

随着龙泉郡的蒸蒸日上,还有大量从附近州郡迁移而来的家族,多是不缺钱不缺人的郡望大族,在小镇和周边大肆购买宅屋、土地,一掷千金,福禄街、桃叶巷的大宅院当然是首选,如今就连骑龙巷、杏花巷一带,许多老宅都纷纷更换了主人。短短一年时间,学塾就有了一百多名学子,教书先生俱是声望卓著的文豪大儒。

说到这里,魏檗笑问:"是不是觉得杀鸡焉用牛刀?那些平时架子极大的读书人为何愿意背井离乡跑来这里吃苦头,而且他们传道授业的对象还只是一帮孩子?"

陈平安点了点头,问道:"是龙尾郡陈氏花了很多钱?"

魏檗哈哈大笑,摆手道:"还真不是钱的事情,那些饱读诗书的先生当中,贤人就有两个,怎么可能图钱。他们啊,是希冀着进入披云山,因为山上即将出现一个名为林鹿书院的有趣地方。"

青衣小童在一旁打岔问道:"你之前说住在披云山,该不会在林鹿书院打杂吧?"

"去去去,一边待着凉快去,我跟你家老爷聊天下大事呢。"

魏檗做出挥袖驱赶的姿态,然后继续跟陈平安说道:"其实瞎子都看得出来,大骊所谋甚大,林鹿书院明摆着是要跟大隋山崖书院唱对台戏的,一旦大骊南下顺利,大隋高氏覆灭亡族,观湖书院之外,东宝瓶洲第二座儒家七十二书院之一的名额必然要落在林鹿书院头上。所以越早进入林鹿书院，就越有可能跻身为'从龙之臣'。从龙，附龙，一字之差，天壤之别啊。没办法，读书人想要施展抱负，经国济民，你得在庙堂上有一把椅子，否则就全是纸上谈兵。当然，挤不进官场，退一步，穷则独善其身，做好学问也不差，在地方上传道授业、教化百姓、引导民风也行，可比起前者，毕竟寂寞了些。"

魏檗一席话说得云淡风轻，登山的时候，两只大袖摇晃不已，如两朵白云飘往山巅，看得背着书箱的粉裙女童目不转睛，想象着以后自家老爷也会是这般风姿卓然。

陈平安突然问道："魏檗，你如今是山神了吗？"

魏檗会心笑道："陈平安，我一直在等你问这个问题。"

青衣小童撇撇嘴，满脸不屑。山神？我还有一个统御大江的水神兄弟呢。

魏檗抬手指向披云山那边："我如今暂时是披云山的山神。"

跟粉裙女童并肩而行的青衣小童偷偷摇头晃脑，作妖作怪。

魏檗补充了一句："如果没有意外的话，披云山很快会破格升为大骊的北岳。"

陈平安停下脚步，问道："北岳？不是南岳吗？"

魏檗摇头："就是北岳。"

粉裙女童"哇"了一声，眼神中流露出满满的仰慕。五岳正神，那真是好大的一尊神祇了，何况还是大骊王朝的大岳神灵。

青衣小童咽了咽口水，润了润嗓子后，快步走到魏檗身边，抬头微笑道："魏仙师，走路累不累啊，需不需要坐下来歇息？我帮您老人家揉揉肩膀敲敲腿？"

魏檗笑眯眯道："哟呵，怎么不跟我抬杠啦？"

青衣小童一脸正气道："魏仙师！你是我家老爷的好哥们儿好兄弟，我跟老爷是一家人，那么咱俩就是半个朋友。这么说合不合适，魏仙师？"

魏檗伸手拧着这条小水蛇的脸颊，劲道不小："调皮。"

青衣小童笑容僵硬，不敢反抗。

没法子，如果魏檗没骗人，那么如今他和老爷都算是寄人篱下，哪怕陈平安拥有山头再多，只要还身处龙泉郡，一样需要仰人鼻息。作为高高在上的山岳正神，打个喷嚏都能让辖境内的山峰抖一抖，截留灵气、挖掘山根等等行径可以做得神不知鬼不觉。

魏檗笑问道："神秀山那边动静很大，哪怕今天也没有中断开山事宜。陈平安，你要不要去瞅几眼？很有意思的。"

陈平安有些期待，使劲点头道："好啊，之前就一直想去看。"

魏檗吹了一声口哨，很快山上传来一阵声响，动静越来越大，最终一条腹部生出一根金线的巨大黑蛇游弋而至，出现在他们视野当中。青衣小童和粉裙女童都有些紧张。蛟龙之属，同类相残再正常不过，而且这条黑蛇已经是名副其实的崭露头角，展现出了走江化蛟的资质。谱系庞杂的蛟龙之属遗种，许多修出人身并且跻身七八境甚至是九境的强悍大妖甚至连半点化蛟的迹象都没有。青衣小童经常念叨它们修行靠天赋，并非全是自身懒惰的借口，至少有一半是对的。

魏檗将那只袋子抛给黑蛇："陈平安送你的压岁钱，不用急着吃进肚子。接下来你载着我们去往神秀山。"

黑蛇一双眼眸极为平静，没有半点挣扎抗拒，缓缓垂下头颅，表现出足够的温驯。

一行四人站在黑蛇的身躯上，翻过落魄山，从北麓下山，其间黑蛇小心翼翼地绕过了山神庙。离开棋墩山到达落魄山之后，性情暴戾的黑蛇已经收敛了太多。显而易见，魏檗功莫大焉。

一路迅猛推进，魏檗指着远处山脚的一群人，笑着解释："那些是精于机关术的墨家子弟，还有几个擅长堪舆风水的阴阳家术士，都被聘请来到龙泉郡大山之中。这两拨人经常一起出现，配合得天衣无缝，是开山立派、打造神仙府邸的关键人物。"

之后在一处半山腰，他们看到几只庞大的灰色蛤蟆，肚囊鼓鼓，雪白一片，正在缓缓向山上挪动。原来它们是能够在肚子里容纳数万斤江河之水的吞江蛤蟆，到了山上，只需要对着开凿完毕的水池张开大嘴，水源就会源源不断地涌入池塘。

还有一种体形稍小的蟾蜍，被称为开路蟾，肚皮坚韧至极，一路爬行，可以碾压出一条宽度适宜的平整山路。

不过他们没能看到魏檗所说的那几头大骊朝廷豢养的年幼搬山猿。

然后在黄花峰一带，陈平安他们遇到了一群道士，正指挥着一尊尊身高两丈的黄巾力士开山破土，搬运巨石。原来打造洞天福地，几乎绕不过道家符箓派修士，在他们手中，一张张符纸落地即化为傀儡，灵智稍开，能够听从一些最粗浅简单的指令，听命行事，不用休息睡觉，直到耗尽灵气，就自动变作一堆符纸灰烬。

魏檗带着陈平安去了趟梧桐山，哪怕是在山脚远远望去，仍是会让人觉得蔚为壮观，因为这条绵延山脉的整个山头都被削平了。等到黑蛇载着他们登上那块尘土飞扬的大坪，听人介绍，才知道这块山坪占地得有方圆四五里，将来会成为一座"渡口"，只是山下百姓的渡口是乘舟泛水，山上修士的渡口多是泛海，云海的海。至于"大船"为何物，魏檗故意卖了一个关子。

过了梧桐山，距离神秀山就不远了，中间只隔着一座挂在陈平安名下的宝箓山，和一座由某个南涧国修士买下的牛角山。牛角山不高，山势显得很敦厚，从山脚到山顶，一栋栋建筑依次绵延递进。

魏檗跳下黑蛇背脊，让陈平安几人都下来，然后吩咐黑蛇留在山脚别乱动。

山脚牌坊悬挂"包袱斋"三字匾额，金光灿灿。

魏檗是内里行家，边走边说："此处既是典当行，又是古玩店，无奇不有，什么都可以卖，什么都可以买，只要价格谈拢，一手交钱一手交货。创始人最早是个穷酸野修，只能背着个包袱，装着一堆破烂儿各地奔波，倒买倒卖，赚取差价，飞黄腾达之后，就干脆给铺子取了名字叫包袱斋。牛角山是他们一家分铺，每栋楼出售的古董珍玩种类都不同。如今楼盖得差不多了，就是货物才运来很小一部分，应该是等梧桐山渡口建成，才好大规模运送。"

牛角山上上下下，不管是包袱斋的实权管事，还是来此游历观光的散修野修，见到了这位即将成为大骊山岳正神的白衣男子后都毕恭毕敬，客气得近乎谄媚卑微，所以几人一路畅通无阻。包袱斋甚至专门派出一个气态雍容的妇人为他们带路，讲解一栋栋藏宝楼的珍玩。

陈平安大开眼界，在"一片楼"内，搁放有一种特殊的青瓷诗文罐，篆刻着出自道家典籍的青词文章，共七个，高的约莫有半人高，矮的也有一臂长。据说里头装有泉水，全部是从天下百大名泉之中汲取而来，泉水澄澈如玉，流淌如虹，最适宜煮茶待客。

"人可以一日无谷，不可一日无水，水为食精。所以世人所谓的入乡随俗，饮水第一。我们包袱斋，有专门修士去精准测量各地泉水，用银制小方斗和一杆小秤称其重量，轻、清、甘甜，三者具备，才能收纳储藏于这些青瓷罐中，不敢说是琼浆玉液，但是可以保证灵气充沛，每一斤泉水，皆绝不流于世俗。"妇人虽不姿容绝美，但是嗓音温柔，宛如泉水叮咚，悦耳动听。

在"壮观楼"内，他们刚刚跨入门槛，就看到了一组等人高的画卷屏风，上边绘有十二名绝色美人，俱是出自丹青圣手笔下。更加出奇的地方在于那些美人活灵活现，或低头抚琴，袖如流水，或托腮凝望而来，或持扇扑蝶，娇憨动人。一眼望去，满屏绝色，各有千秋，美不胜收。

还有绘有二十四节气的气候屏风，那幅惊蛰即是电闪雷鸣的景象，清明时节则小雨纷纷，种种奇思妙想，让旁观者忍不住拍案叫绝。

因为有魏檗在，妇人破例带着陈平安他们参观了私家灵圃，当时还有怀揣着奇花异草的农家修士正在田间劳作。培植灵圃一事，除了能够贩卖名贵花草树木之外，还能够留住山水气运，同时可以赏心悦目，所以历来被仙家势力所青睐。

看过了这些匪夷所思的画面，陈平安才知道什么叫真正有钱。

跟那个一直没有自报家门的妇人致谢告辞，下山走出牌坊楼，魏檗先让陈平安转头望向牛角山，伸手在他眼前打了个响指，笑道："再看看，有什么不同。"

陈平安凝神望去，发现整座牛角山笼罩在一层青灰色的雾气当中，时不时有一丝丝雪白电光飞掠而过。魏檗解释道："这就是所谓的护山大阵。牛角山的这座阵法出自阵图当中著名的《气蒸云梦泽》，原本是一位儒家圣人的山水画，后来被人不断推演完善，最终变成了一幅阵图，除了起到庇护山头、抵御攻势的作用，还兼具了摆放风水石的功效，抵挡邪秽煞气，将浊气转为清气。"

陈平安感叹道:"真厉害。"

魏檗笑道:"是不是一下子觉得自己太穷了?"

陈平安摇头道:"没觉得穷,但是会觉得不富裕。"

魏檗开怀大笑,一行人重新跃上黑蛇背脊,继续去往神秀山。

魏檗告诉陈平安,山上交易,真金白银不是没有,但基本上只是一个数目而已。因为除非双方都拥有珍稀罕见的方寸物、咫尺物,否则太麻烦。这件法宝八十万两黄金,咋办?折算成白银,注定更加夸张。所以山上的大宗买卖,会有专门的"钱币"。

他们很快就近距离看到了那座神秀山。神秀山太高了,若非还有一座披云山,就数这座高山最为挺拔俊美,足以力压群山。

陈平安问道:"阮姑娘在山上吗?"

魏檗摇头道:"不在。"

神秀山有一面陡峭山壁,在云海滔滔的遮掩之中,刻有四个大字——"天开神秀"。除非御风飞行,哪怕是练气士抬头仰视,恐怕都无法窥见真容。因为阮邛当初订立下的规矩,在龙泉郡辖境内,任何修行之人不得擅自御风掠空,使得大骊周边的练气士凭空多出很多麻烦,说是怨声载道都不为过。

当初东宝瓶洲之外的遥远北方,浩浩荡荡的剑修南下,路过当时的小镇上空,仍是降低了高度,以示善意。除了对铸剑师阮邛表示认可,更多是尊重这座浩然天下的两个字——规矩。

这无形中为阮邛增加了一层威势,那拨去往倒悬山的剑修之中,陆地剑仙可不止一位。所以阮邛在大骊王朝的地位水涨船高,一些本来就嗓门不大的异议彻底消失。

在浩然天下,一旦修成了山上神仙,当然可以十分逍遥,可以不遵守许多世俗礼仪。但是别忘了还有儒教三大学宫、七十二书院,以及九座巍峨雄镇楼的存在。山海妖魔剑仙,九座雄镇楼无不可镇之物。

阮邛个人订立的规矩,哪怕他是风雪庙出身,并非儒教门生,但只要契合更大的规矩,符合儒家的大道宗旨,那么儒家的统治力反过来就会馈赠阮邛,最终帮助阮邛的小规矩形成一种无言的威慑,双方相辅相成,最终相得益彰。这就是当初礼圣亲自订立的天地大规矩,看不见摸不着,但是却无处不在。

魏檗没有登山,而是让黑蛇原路折返,盘腿而坐,感慨道:"就像这里,任何一个王朝的版图上,山头林立,一座座仙家府邸、一个个帮派宗门,在山为山主,在水为龙王。有的君王将其视为王朝屏藩;有的皇帝心中认为是听宣不听调的割据势力,是一位异姓王、土皇帝,尾大不掉,只是碍于山上势大,不得不虚与委蛇。但是归根结底,山上山下,能够大致保持一个相安无事,还是归功于那位礼圣的造化之功。"

陈平安坐在魏檗身旁,轻声道:"这些离我太远了。"

魏檗笑了笑："说远很远，说近很近。"

陈平安回望神秀山，喃喃道："这样啊。"

泥瓶巷，一名青衣少女站在陈平安祖宅外边，看着院门紧闭的场景，打量了几眼春联和门神，打算转身回家。此时正巧有三个妇人快步走来，身边还拖拽着两个十来岁的孩子，她们瞧见了少女后，笑道："秀秀姑娘也来了啊。"

阮秀置若罔闻，没有理睬，其实她心底有些厌烦。

市井妇人们不以为意，她们虽然不知道少女的爹，铁匠铺的那个阮师傅到底是何方神圣，但是大致晓得阮师傅的了不得，好些神神秘秘的小道消息，什么县令老爷都跟那汉子平起平坐的，反正她们不是不信，但只肯信一半。只不过很多次去骑龙巷那两间铺子，跟少女打交道多了，就从一开始的惴惴不安变成了心安理得，没觉得她如何小姐脾气，就是没啥笑脸罢了。

阮秀很想跟往常一样忍住不说话，可今天如何都忍不住了，望向她们，冷声道："你们去铺子白买东西就算了，我可以不告诉陈平安，帮你们算在我自己的账上，可你们怎么还来陈平安家里闹？"

"哎哟，我的秀秀姑娘，你是不晓得我们跟小平安的关系。我们几个妇道人家，年轻的时候跟他娘亲关系可好啦，所以小平安爹娘走了之后，不说其他，光是两场葬礼，我们谁不是有钱出钱，有力出力？后来小平安孤零零一个人，如果不是我们这些好心的街坊邻居帮衬着，那么点大的孩子，早就饿死了，哪里有今天大富大贵的光景哟……"

"就是就是，小平安见着我，还得喊一声二婶哩，当年在我家蹭饭，我可是大鱼大肉舍不得自己吃，舍不得自己娃儿吃，都要夹到小平安碗里去。这份恩情是不值钱，可如今小平安发达了，不但有了两间那么大的铺子，听说连山头都有好几座，总不能过河拆桥吧？不能不念着我们这些婶啊姨啊的好吧？那得多没良心才做得出来……"

"秀秀姑娘，我们知道你是大户人家出身，对你也是客客气气的，你不能否认吧？但是秀秀姑娘你真是不知道我们穷苦人家的难处，娃儿要上学塾，龙窑那边又不景气，苦啊。再说了，我们又不是跟小平安要几千几万两银子，这不新年了，给娃儿们向小平安这个当哥哥的讨要几十两银子的压岁钱，秀秀姑娘，你摸着良心说，这不过分吧？"

阮秀脸色冷淡，直接撂下一句："我觉得很过分。"

叽叽喳喳的小巷子，气氛顿时无比尴尬。

一个妇人一拍大腿："秀秀姑娘，话可不能这么说啊，小平安上次离开小镇后，秀秀姑娘是托人给咱们送了些谢礼，我们也不昧着良心说话，对，是多少收了些东西，可那些玩意儿换不了铜钱啊。贫苦人家过日子，没钱买米，揭不开锅，怎么活啊？我们这些大人也就算了，可孩子还这么小，秀秀姑娘，你瞅瞅，我儿子这胳膊细的，一点不比小平安当年好啊,你怎么忍心?"

阮秀板着脸点头道:"我忍心的。"

妇人们一个个呆若木鸡。其中一个回过神,轻声道:"咱们不跟她聊,就找陈平安,他要是好意思抠抠搜搜,我们就戳他的脊梁骨,看他还要不要名声了。"

其余两个妇人点点头,这个法子肯定可行。一人眉飞色舞,压低嗓音笑道:"陈平安最怕别人说他爹娘的不好了,这个最管用。"

"滚!"阮秀伸出一根手指,指向泥瓶巷一端,面无表情道,"要不然我就打死你们。"

阮秀身后传来一个苍老嗓音:"打死她们做什么,不嫌脏手啊?"

妇人们原本第一次见着发火的秀秀姑娘,有些惊吓,当她们看到那个老人露面之后,便松了口气。毕竟是个小镇百姓都熟悉的面孔,多少年过去了,家家户户无论贵贱,可都需要跟老人打交道,或者说跟老人所在的杨家药铺打交道,毕竟就算是阎王爷要收人,也得先问过杨家药铺的郎中们答应不答应。就是收钱狠了些,让人不喜。

阮秀转头看了眼老人,不说话。

杨老头大口大口抽着旱烟,看着那些个长舌妇。心肠歹毒她们倒算不上,可要说良善之辈,那真是八竿子打不着。陈平安年幼落难,没了双亲,差点活不下去那会儿,出手帮忙的街坊邻里确实不少,毕竟陈平安的爹娘为人厚道,人心都是肉长的。比如顾璨的娘亲,还有如今已经去世的几个老人,就都经常拉着陈平安去自家吃饭,饭菜不好,天寒地冻就送些旧衣衫,缝缝补补的,可好歹能帮着实实在在续命。

只是世事有嚼头的地方就在于此,真心帮了大忙的,事后都没想着收取回报,看到少年出息了,只是由衷有些高兴,愿意跟自家晚辈念叨几句好人有好报,说:"看吧,老天爷是开眼的。这不,那对年轻夫妇的儿子,如今所有福报就都落在儿子身上了。"连带着他们对生活都有了些盼头和希望,想着自家以后也能有这般好运气。

反而是当初没怎么出钱出力的,估计还没少说风凉话,在少年发迹之后,那真是拼了命地狮子大开口,个个把自己当作救苦救难的菩萨。比如眼前三人,就经常去骑龙巷白拿白吃,还拖家带口一起去。阮秀忍着,不愿意陈平安被人说闲话,又不愿意铺子生意在账面上做差了,只好拿出自己的家底银子来填上窟窿,数目虽不算太大,可差不多一年下来,也得有四五百两银子。这笔钱,搁在泥瓶巷、杏花巷这种一年到头都摸不着几粒碎银的市井底层住的穷苦地方,就真不小了。

杨老头望向其中一个没有带子女来的妇人,开口道:"去跟你那个在县衙当差的汉子说一声,再让他跟背后的人说一句,人在做天在看,恶心人的事情要适可而止,小心以后生儿子没屁眼,真成了祸事,谁都兜不住。"

那个妇人有些心虚:"杨老头,你在说啥呢,我怎么听不懂?"

"听不懂拉倒。"杨老头吐出一口雾蒙蒙的烟圈,"那我就说句你们都听得懂的。以后你们去我铺子抓药,费用一律加倍。遇上个要死人的大病,我铺子的郎中直接不上你们三家的大门,你们直接准备棺材好了。"

妇人们顿时愕然。

杨老头瞥了眼一个怯生生站在他娘亲身旁,眉眼清秀、根骨硬朗的孩子,摇头叹息道:"可惜了,让你娘的一百两银子硬生生断了长生路。以后无法在西边大山里立足,离了家乡颠沛流离的时候,多想想我今天说的这句话。"

杨老头径直离去:"秀秀姑娘,接下来如果她们还不滚,那就真可以打死她们了,合情合理合规矩,谁都挑不出毛病。打死之后,不用收尸,只需要记得丢出泥瓶巷。脏手之后,去龙须河洗洗就是了。"

阮秀先前对杨老头的观感谈不上多好,总觉得云遮雾绕看不真切,所以还有些忌惮,但是现在好感骤增,笑道:"下次我跟陈平安一起去铺子拜年。"

杨老头"嗯"了一声,点点头,没拒绝。他一想到李二家那个泼辣媳妇,再回头看看这样通情达理的小姑娘,心情就有些复杂,好坏参半。这个小镇,恐怕也就那个缺心眼的愚昧妇人有本事也有胆子跟他满嘴喷粪了,关键是他还骂不过她。有次被妇人堵着门骂惨了,实在忍不住,让李二好管管自己媳妇的那张破嘴,结果李二憋了半天,回答了一些让他愈发火冒三丈的混账话:"师父你要是真气不过,就揍我一顿好了,记得别打脸,要不然回到家给我媳妇瞧见,她又得来骂你。"如果不是看在李二家丫头的分上,杨老头真想一巴掌把那妇人拍成肉泥。

巷子里三个妇人不敢再待下去,乘兴而来败兴而归,出了巷子还起了内讧,各自怪罪对方起来,骂骂咧咧,推推搡搡。那个被杨老头单独拎出来说的孩子,在娘亲跟人对骂的时候,始终脸色沉静。孩子转头望向狭窄深深的巷弄,只觉得心里头空落落的,说不上来原因,像是失去了什么很重要的东西,比如妇人烧菜少了盐,樵夫上山丢了柴刀。

阮秀在妇人们灰溜溜离开后,发现陈平安家的两尊彩绘门神不知为何失去了那一点真灵。这很奇怪,哪怕是集市上贩卖兜售的普通纸张门神,只要所绘门神并未消逝于光阴长河,金身犹在,香火犹存,那么就都会蕴含着一点灵气,只是这点灵气很快就会被风吹雨打散去,抵御不了太多的邪风煞气,所以每逢新年就需要更换崭新门神,不单单是新春佳节平添喜气这么简单。但是阮秀眼中这两幅门神绘画的文武圣贤,是大骊王朝袁、曹两大上柱国姓氏的缔造者,如今在大骊更是门庭兴旺、香火鼎盛,照理来说不该才贴上就真灵消逝。阮秀皱着眉头走上前,伸出手掌在粗劣彩纸上轻轻抹过,纸上很快就金光流淌,正气凛然,不过肉眼凡胎无法看见罢了。

青衣少女这才心满意足地离开,至于隔壁宋集薪家的院子的门神光景如何,她根本看也没看一眼。她一路散步到刘羡阳家的巷子,吹了一声口哨,很快就有一条土狗欢快蹿出,在少女身边围绕打转。她笑着丢下一颗香气弥漫的火红色丹丸,老狗很快吃下肚子，跟在少女身后，脚步轻巧，轻轻摇晃尾巴。

一人得道鸡犬升天。若说人比人气死人，可如果有练气士看到这一幕，那就是跟一条狗相比，都能气死人。

没能见着想见的人，阮秀原本有些失落的心情此刻重新开始高兴起来：看吧，他要她照顾的，不管是那笼鸡崽儿还是这条狗，她都照顾得很好呀。

青衣少女走在青色的石板路上，一头青丝扎成马尾辫，天高地远，风景这边独好。

送陈平安回到落魄山后，魏檗又消失，来到了落魄山的山顶。山顶上有一座气势雄伟的山神庙，广场宏大，用一种形如白玉、质如精铁的奢侈奇石铺就，庙内金身已塑，只是尚未正式接纳百姓香火。

魏檗大袖流水，潇洒前行，一名风尘仆仆的大骊工部员外郎闻讯后赶紧过来问好。魏檗看着那名满脸倦容、十指冻疮的大骊清流官员，一边散步，一边与他和颜悦色地交流工程进展，内心难免感慨。大骊宋氏能够从一个卢氏王朝的附属小国，一步步崛起称霸北方，绝对不是只靠虚无缥缈的运势。

员外郎没有走入山神庙，只是留在了门槛外，魏檗独自跨过门槛后，他就立即快步离去，继续去亲自钉着建造事宜，大小事务，事必躬亲。

大骊官场，两袖清风、逍遥快活似神仙，这是形容清贵超然的礼部官员；大块吃肉、快刀杀人、铁骑破阵开疆拓土，这是说兵部武人；吃土吃灰喝西北风，这是说工部官员。但是身为一名实权在握的员外郎，并且出身豪阀世族，如此兢兢业业，仍是其他王朝难以想象的场景。

魏檗轻轻挥袖，关上大门，山神庙内有一股良材美木的沁人清香弥漫开来。

大殿供奉的落魄山山神，那颗项上头颅为纯金打造，颇为古怪。

一名儒衫模样的男子现出金身，从塑像中飘荡而出，脖颈之上，一张脸庞显现出淡金之色，只是不如塑像那么突兀醒目。

山神为宋煜章，正是前任龙泉窑务督造官，在小镇生活了二十余年，宋集薪曾经被误认为是他的私生子，那座悬挂"风生水起"匾额的廊桥就是宋煜章亲自督造。最后宋煜章离开此地，返京赴任，又在重回龙泉小镇期间被那位大骊娘娘派人拧断了脖子，私藏了头颅装入匣中。杀人灭口，卸磨杀驴，不外如此。

宋煜章知晓太多大骊宋氏的丑闻内幕，他其实一开始就知道自己必死无疑，甚至当初在返京途中，这位当得起"骨鲠"二字的大骊文官就做好了暴毙途中的准备，忠心耿耿，慷慨赴死，亦是不过如此。所以当时被大骊娘娘派遣杀人灭口的王毅甫，那位卢氏亡国大将，才会发自肺腑地说出那句盖棺论定："原来读书人也有大好头颅。"

宋煜章作为落魄山山神，对眼前这位未来的北岳正神作揖行礼："小神拜见大神。"

魏檗哑然失笑，挪步侧身，摆手道："宋先生无须如此。"

宋煜章跟着转移拜礼方向："规矩如此，不可例外。"

魏檗只得完完全全受了这一礼，无奈道："你们读书人够傻的，生前死后都一样。"

宋煜章直起身，坦然一笑。

魏檗笑问道："礼部和钦天监的人有没有跟你说过担任山神的注意事项？"

宋煜章自嘲道："他们不敢多说什么，封神典礼完成之后便早早下山离去了，没把我当作山神，倒是把我当作了一尊瘟神。还是有劳北岳正神为小神解惑。"

魏檗点了点头，让宋煜章站在自己身旁，使劲一挥袖，大殿内山水雾气升腾而起，四处弥漫。地面上，很快就出现了一座落魄山辖境的地界全貌，山水不分家，虽然一位山神统辖根本只是山头，但是发源于山上的溪涧或是山脚路过的河流，山神都拥有程度不一的管辖权。世间江水正神，尤其是品秩更低的河伯河婆，往往不如大山正神吃香，前者往往需要主动跟后者拉拢关系，根源就在这里。

魏檗指着地上那座落魄山的山巅祠庙道："丑话说在前头，我们山水神灵其实没太大意思，就是躺在功劳簿上享福，吃香火，不用修力不用修心，一点点积攒阴德就行了。帮着朝廷维持一地山水气数，相较上个十年，辖境内天灾人祸是多了还是少了，人口数目有无增减起伏，有无举人进士冒头，有无修士搬迁扎根于此，出现过某种祥瑞征兆的话自然更好，这就是神灵的功德、当官的政绩。"

宋煜章是官员出身，魏檗以官场事说神灵事，宋煜章很快就恍然大悟，很好理解。

魏檗笑道："总之一切功过得失都清清楚楚记录在朝廷官府的账面上，一目了然。别以为当了山神，就只需要跟我打交道，事实上，你真正需要理会的对象还是大骊朝廷。龙泉郡总计三座山神庙，我占据披云山的山岳大殿，你在落魄山，还有一座建在北边地带，这在别的地方很少见，属于粥少僧多，以后你会很头疼，因为需要争夺善男善女的信徒香火，当然，你跟我争不着……"

宋煜章玩笑道："我哪里敢，这叫以下犯上。以前活着，还可以告诉自己怕个屁，大不了辞官不做了，最大的大不了就是一死，如今可不行，想死都难喽。"说到这里，宋煜章又再次作揖告罪，言语中带着笑意，"山岳大神多次莅临落魄山，小神都没好意思露面，实在惶恐，应该是小神主动去披云山拜访才对。"

好歹是一名在小镇扎根多年的底层官员，而且喜欢亲力亲为，常年待在那三十余座龙窑里，宋煜章身上的官气早就给磨光了，别说是插科打诨，就是荤话都知道不少。

魏檗无奈道："好嘛，宋先生立即就从一个官场融入另一个官场了，悟性很高。"

宋煜章笑问道："北边那位？"

一山不容二虎，佛还要争一炷香呢，更何况是他们这些依靠香火存活的山水神灵。其中的弯弯绕绕，蝇营狗苟，丝毫不比世俗官场逊色。

魏檗想了想，轻声道："不是善茬，生前是战功彪炳的大骊武将，脾气很臭。不过听说人家跟文昌阁武圣庙里的两位关系很好。"

宋煜章打趣道："这么当官可不行，不拜正神拜旁门，进错了庙，烧错了香，是会吃苦头的。"

魏檗爽朗大笑，伸出大拇指："这话说得让我解气啊。"他手指轻轻提起，山水雾气当中的落魄山越来越高，最后露出某处一幅纤毫毕现的画面。

在溪涧水面上，有人拉直一根绳子，两端系在两棵树上，一只小瓶子在打开塞子后挂在绳子上头。岸边一棵树下，有一个粉裙女童时不时就会轻轻跳起摇晃一下绳索，河面上的瓶子就随之晃荡起来。

魏檗解释："这是一只品相尚可的绕梁瓶，可以收纳世间诸多美妙声音，但需要有人在旁边轻轻摇晃绳子，若不然，就得消耗更多的时间才能填满。"

宋煜章问道："是山主陈平安的瓶子？"

魏檗点头道："是的。你对陈平安印象如何？"

宋煜章毫不犹豫道："因为宋集薪……因为殿下的关系，我对陈平安的成长一清二楚，所以印象很好。能够在落魄山成为山神，我觉得很不错。"

魏檗突然转头盯着这位下辖山神，第一次将宋煜章称呼为"宋大人"，然后笑眯眯说道："你别告诉我，没有想到一种情况，大骊是需要你监视着陈平安，说不定某天就又要你做出违背良心的龌龊事情。"

宋煜章洒然笑道："当然有所猜测，我大骊为此付出那么多心血，为了建造出那座廊桥，死了多少个大骊皇族子弟，想必你已经知道，所以如今陈平安否极泰来，鸿运当头，我大骊怎么可能全然不防备着意外？"

我大骊！生前以此为荣，死后仍是不改。大概这就叫死不悔改？魏檗沉默良久，将那些雾气收拢回大袖之中，如倦鸟归林，竟然能够让宋煜章感受到它们的欢快气息。

魏檗笑了笑："好的，那我知道了。"就此身形消逝。

宋煜章独自留在了山神庙内，叹息一声。自己难道真的是不适合当官？处处坎坷，生前死后皆如此。

魏檗带着陈平安巡游四方，言下之意，谁不清楚？宋煜章知道，北边那位山神庙里头的塑像一样清楚，所有买下山头的仙家势力，哪个不是活成了人精，更是心知肚明。魏檗故意带着少年行走于各大山头，无疑是在直白无误地彰显一个事实：陈平安是我魏檗罩着的，你们这些外地佬，不管是什么来头，只要想在我的地盘上讨一碗饭吃，就得掂量掂量一位新北岳正神的分量。因为魏檗不是什么普通的山岳大神，未来极有可能是观湖书院以北，力量、地盘、权势最大的一位北岳正神。没有之一！

图书在版编目(CIP)数据

剑来4：草长莺飞时 / 烽火戏诸侯著. —杭州：
浙江文艺出版社，2020.4（2025.9重印）
ISBN 978 - 7 - 5339 - 6061 - 2

Ⅰ.①剑… Ⅱ.①烽… Ⅲ.①长篇小说—中国—当代
Ⅳ.①I247.5

中国版本图书馆CIP数据核字（2020）第042541号

策划统筹　柳明晔
责任编辑　徐　旼
特约编辑　李　烨
营销编辑　俞姝辰　徐轶暄
封面绘图　白衣巷九
责任印制　张丽敏

剑来4：草长莺飞时

烽火戏诸侯　著

出版　浙江文艺出版社
地址　杭州市环城北路177号
邮编　310003
网址　www.zjwycbs.cn
经销　浙江省新华书店集团有限公司
印刷　杭州杭新印务有限公司
开本　710毫米×1000毫米　1/16
字数　332千字
印张　17
插页　2
版次　2020年4月第1版
印次　2025年9月第24次印刷
书号　ISBN 978-7-5339-6061-2
定价　43.00元